W0368697

A.E. Via

Nichts Besonderes

Nothing Special

Vol. 1

Aus dem Englischen von Julie Werner

Impressum
© dead soft verlag, Mettingen 2017
http://www.deadsoft.de

© the author
Titel der Originalausgabe: Nothing Special

Übersetzung: Julie Werner

Coverbearbeitung: Irene Repp
http://www.daylinart.webnode.com

Coverartist: Jay Aheer
Simply Defined Art
https://www.simplydefinedart.com/

1. Auflage
ISBN 978-3-96089-134-5
ISBN 978-3-96089-135-2 (epub)

Inhalt:

Detective Cashel „Cash“ Godfrey ist groß, tätowiert und angsteinflößend. Daher bleiben die meisten Leute lieber auf Abstand.

Nicht allerdings Leonides Day, der sich sofort für den Neuling von der Polizei Akademie interessiert. Leo ist charmant, sarkastisch und der einzige Mann, der Cash zum Lachen bringen kann.

Zusammen werden sie die erfolgreichsten Detectives Atlantas im Kampf gegen die Drogenkriminalität. Sie verstehen sich ohne Worte. Doch eines haben sie nicht auf dem Plan gehabt – dass sich Leo in Cash verliebt …

Prolog
Er ist etwas Besonderes

„Ich erwarte von meinen Leuten, dass sie gewissenhaft, engagiert, konzentriert und zusammen als eine Einheit arbeiten. Und vor allem erwarte ich von ihnen, dass sie sich nicht umlegen lassen.“

Detective Cashel Godfrey ächzte leise und verdrehte die Augen über die doch so naheliegende Aufzählung seines Chefs der Tugenden eines Polizisten. Er war sich ziemlich sicher, dass alle Polizisten, die gerade ihren Abschluss an der Akademie errungen hatten, nicht vorhatten, in der nächsten Zeit zu sterben. Fünfzehn neue Anwärter quetschten sich mit ihm in das kleine Besprechungszimmer, und jeder Einzelne wartete begierig darauf zu erfahren, mit wem und vor allem, wann er endlich auf Streife gehen dürfe. Der stets unterschwellige glühende Heldenkomplex leuchtete jetzt strahlend hell aus ihren Augen.

Godfrey ließ seinen Blick unauffällig über die frisch rasierten Gesichter schweifen. Er erkannte keinen von ihnen wieder. Die meisten – blutige Anfänger wie aus dem Bilderbuch – trugen sportlich zurückgegelte Haare, hatten einen großen, tätowierten Bizeps und die unvermeidliche Ray Ban Sonnenbrille in den dicken Nacken geschoben. Er versuchte, nicht zu auffällig in ihre Augen zu schauen – er wollte nur sehen, ob er mit einem von ihnen, einem möglichen zukünftigen Partner, eine Verbindung herstellen konnte. So war er ganz und gar nicht auf den durchdringenden Blick der hellbraunen Augen vorbereitet, die ihn offen anschauten, ohne zu blinzeln.

Godfrey nahm sofort die geschmeidige, starke Präsenz des Mannes wahr. Obwohl er saß, wusste Godfrey, dass der Mann nicht größer als 1,78 m sein konnte. Sein Haar war dunkelblond, ungestylt und länger, als er es von einem Polizeianwärter erwarten würde. Sein cooler Dreitagebart war auf dem besten Weg zu einem Fünftagebart. Godfrey griff sich unbewusst an seinen ordentlich getrimmten Kinnbart und sah, wie der Mann amüsiert mit dem Mundwinkel zuckte, während sein Blick unverwandt auf ihm ruhte.

Er hatte die Arme über der Brust gekreuzt, so dass sein kurzärmliges, blaues Uniformshirt aus Polyester einen Blick auf das Tattoo aus Schädel und gekreuzten Knochen erlaubte, das seinen linken Bizeps zierte. Godfrey musste die Augen leicht zusammenkneifen, um die schlichten Buchstaben auf dem kleinen Namenschild direkt über der linken Brusttasche zu entziffern: DAY. Als er seinen Blick zurück zum Gesicht des Mannes wandern ließ, sah er, dass Days intelligente Augen ihn ebenso eindringlich musterten.

Der Captain klatschte ein Mal in die Hände und unterbrach damit ihre gegenseitige Musterung.

„In Ordnung, Leute, ihr werdet die meiste Zeit des Tages mit Verwaltungskram verbringen, eure Ausweise bekommen und eure Logindaten für die Datenbank, außerdem werden ein paar Uniformierte Touren durch die Wache anbieten: Verhörzimmer, Aktenkammer, Sporthalle, Umkleiden, blah, blah …“ Er brach ab. Der Captain sah jeden Einzelnen im Raum eindringlich an. „Wenn der heutige Tag zu Ende ist, erwarte ich, dass jeder von euch nach Hause geht, besteigt eure Frauen und küsst eure Kinder, denn von morgen an scheiße ich auf Arbeitsstunden … ihr

werdet so lange hier sein, bis ich es euch erlaube, nach Hause zu gehen. Eure Anfängerärsche gehören mir, bis ihr mir das Gegenteil beweist. Kapiert? Noch Fragen?“ Seine Stimme dröhnte durch den kleinen Raum.
Godfrey sah, wie Day zwei Finger hob. „Was gibt’s, Officer Day?“ Der Captain drehte sich schnell um, richtete seine dunklen Augen auf den Mann und sein spöttisches Lächeln.
„Was mache ich, wenn ich keine Ehefrau zum Besteigen habe, Sir?“, witzelte Day, den Mund zusammengekniffen, um seine Erheiterung zu verbergen.
„Dann besteigen Sie Ihren Freund, Day, ist mir scheißegal, solange Sie nur Ihren kleinen Arsch morgen früh pünktlich wieder hier reintragen, Sie Klugscheißer!“ Der Captain klaubte seinen Papierkram vom Podium zusammen und verließ den Raum.
„Jawohl, Sir“, flüsterte Day, nachdem der Captain die Tür laut knallend hinter sich geschlossen hatte.
Die Männer begannen, ihre Sachen zusammenzusuchen und machten sich bereit, den Raum zu verlassen. Godfrey zögerte, er beobachtete, wie Officer Day sein Handy herauszog und mit einem dünnen Stift den kleinen Bildschirm bearbeitete.
„Wenigstens haben wir die Schwuchtel rechtzeitig erkannt, jetzt wissen wir, vor wem wir unsere Eier in der Umkleide schützen müssen.“
Schallendes Gelächter erklang durch den Raum.
Day hob langsam den Kopf und sein Gesicht nahm einen anderen – wie Godfrey annahm – gereizten Ausdruck an. Er wandte sich dem Möchtegern-21-Jump-Street-Bullen zu, der gerade seine kleine Ansprache unterbrochen hatte, um zu sehen, ob er bei Day die richtigen Knöpfe gedrückt

hatte, während er seinen Ruf als homophobes Arschloch endgültig zementierte.

Godfrey bewegte sich langsam um den Tisch herum und näherte sich dem Polizisten von hinten. Augenblicklich fixierte Day Godfreys Augen über die Schulter des Arschlochs hinweg.

Dann sah er auf das Namensschild des Mannes. „Ich glaube, dein kleiner Bleistiftschwanz ist sicher vor mir, Ronowski … du bist sowieso nicht mein Typ. Ich habe da eine ziemlich strenge Keine-Scheißkerle-Regel. Jetzt verzieh dich."

„Ach so – du bist eine *wählerische* Schwuchtel. Ich dachte, ihr Typen vögelt mit jedem Schwanz, der euch über den Weg läuft." Arschlochcop grinste spöttisch.

„Dich würde ich noch nicht mal ficken, wenn aus deinem Schwanz flüssiges Gold spritzen würde." Day grinste, als ein paar andere Polizisten lachten. Ronowski trat ein paar Schritte näher auf Day zu und plötzlich veränderte sich die Atmosphäre und es wurde ernst, mehrere Polizisten zog es in den Raum zurück und näher heran. „Pass verdammt nochmal auf, dass du mir aus dem Weg gehst, Arschlecker."

Godfrey bewegte sich durch die Reihen weiter vorwarts, er sah, wie Day sein Handy zurück in die Tasche schob, schnaubte und mit dem Daumen über die Seite seiner Nase strich; ein eindeutiges Zeichen dafür, dass er sich darauf vorbereitete, das Arschloch K.o. zu schlagen.

„Ich sagte, verzieh dich", knurrte Day, seine zornigen haselnussbraunen Augen nahmen die Farbe von flüssigem Bernstein an, während er die Distanz zwischen sich und dem Fiesling verringerte.

Godfrey war jetzt direkt hinter dem Arschloch, das sich komplett ahnungslos wie in einem Sandwich in einer Position zwischen Zorn und Ekel befand. Godfrey war sogar mehr als angeekelt. Er konnte einfach nicht glauben, dass es immer noch Leute mit einer solchen Hinterwäldlermentalität gab. Aufgewachsen in Clayhatchee, Alabama, hatte er sein ganzes Leben lang mit Vorurteilen und Bigotterie zu tun gehabt. Und gerade jetzt, als er geglaubt hatte, das hinter sich gelassen zu haben, trat es wieder aus den Untiefen hervor.

Das Arschloch wirbelte herum und rannte direkt gegen Godfreys breite Brust. Er stieß sich den Kopf, als wäre er gegen eine Mauer gerannt. Seine Augen schweiften nach oben, bis sie auf Godfreys intensiv leuchtende grüne Augen stießen.

„Wer bist du? Sein Freund? Willst du, dass ich euch allein lasse?", höhnte Ronowski und wollte sich an ihm vorbeidrängen.

Godfrey bewegte sich blitzschnell und griff dem Mann an die Kehle, ohne ihm auch nur die klitzekleinste Chance einer Reaktion zu lassen. Seine Knie knickten ein und seine Augen quollen hervor, als er zappelnd versuchte, Godfreys langen Unterarm zu fassen. Godfrey zog ihn näher an sich heran und knurrte wütend: „Nein, ich bin nicht sein Freund. Aber wenn du nicht sofort deine verdammte Klappe hältst, werde ich *dich* zu *seiner* Hure machen."

„Das kommt darauf an … ob er wohl schluckt?", fragte Day beiläufig.

„Was zur Hölle ist hier los?!" Als Godfrey Captain Murphys laute Stimme hörte, ließ er den dünnen Hals in seiner Hand los, aber nicht ohne das Arschloch noch einmal eindringlich anzustarren, falls er es wagen sollte, auch nur ein Wort zu verlieren.

„Wir lernen uns nur kennen, Cap“, antwortete Day. „Officer Ronowski hat meinem Partner gerade nur die richtige Technik gezeigt, mit der man einem Verdächtigen die Scheiße aus dem Leib prügelt.“ Day grinste. „Stimmt's nicht, Officer Ronowski?“ Day versetzte dem immer noch keuchenden Ronowski einen harten Schlag auf den Rücken, während Godfrey ihm einen todesverachtenden Blick zuwarf.

„Ja, wir albern nur rum, Sir“, brachte Ronowski gerade so heraus und rieb dabei seinen roten Hals.

„Hören Sie mit dem Scheiß auf und bewegen Sie Ihre Ärsche zur Verwaltung, sofort!“, bellte der Captain, dann drehte er sich um und murmelte etwas von ‚langsam angehen lassen‘, während er in seinem Büro verschwand.

Godfrey und Day sahen sich ein paar Augenblicke lang an, bis Godfrey schließlich eine Augenbraue hob. „Partner, was?“

„Yep“, sagte Day nachdrücklich.

Godfrey zuckte die Schultern. „Ist okay für mich.“

Die anderen Officer machten ihnen bereitwillig Platz, als Godfrey für sich und seinen neuen Partner einen Weg bahnte.

Kapitel 1

Vier Jahre später

Ja! Wir sind die Coolsten.

„Hier spricht die Polizei von Atlanta! Stehenbleiben! Lass mich v e r d a m m t nochmal nicht so hinter dir herjagen!“, schrie Day und versuchte, noch an Geschwindigkeit zuzulegen. Er warf seine Lederjacke ab und wich dem Auto auf der Kreuzung mit Leichtigkeit aus, während er seine Waffe unbeirrt weiter auf den Verdächtigen gerichtet hielt. Der Mann hatte noch einen Vorsprung von ungefähr zehn Metern.

„Stop!“, schrie er nochmal.

Der Verdächtige wandte den Kopf, um zu sehen, wie groß der Abstand zwischen ihnen war. Diese Verzögerung nutzte Day, um direkt zu dem Mann aufzuschließen und ihn mit einem gezielten Tritt auf den Boden zu werfen. Beide rollten über den Boden. Day kämpfte, um die Oberhand zu gewinnen und rammte dem Mann dann so hart er konnte sein Knie in die Nieren. Das darauffolgende satte Geräusch und der laute Aufschrei des Mannes waren seine Belohnung. Day sah sich kurz um, bevor er ihm auch noch sein anderes Knie in die Nieren stieß.

„Und das ist dafür, dass ich dir hinterherrennen musste, Arschloch! Ich hab gerade noch einen Burrito mit Bohnen gegessen … Du willst bestimmt nicht wissen, was gerade in meinem verdammten Magen los ist.“ Er zog die Handschellen aus seiner hinteren Hosentasche. Als er aufsah, erblickte er Godfrey, der ihn von der Fahrerseite seines Trucks angrinste.

„Wolltest du ihn gerade vögeln oder verhaften, Day?“, feixte er.
„Verpiss dich, God“, ächzte Day und zog den Verdächtigen vom Boden hoch. „Warum bin immer ich es, der hinter den Typen herrennen muss?“ Er schnaubte und stieß den Mann nicht gerade sanft in den Streifenwagen, der gerade ebenfalls neben ihnen angehalten hatte.
„Meine Verdächtigen haben immer viel zu viel Angst, um vor mir davon zulaufen“, sagte Godfrey mit einem lässigen Schulterzucken.
„Ich kann es kaum erwarten, zur Wache zurückzufahren. Ich werde James so richtig in den Arsch treten. Es waren doppelt so viele Leute in dieser Drogenhölle wie angekündigt.“ Day nahm seine Lederjacke von dem uniformierten Officer entgegen, die dieser für ihn aufgehoben hatte, und sprang auf den breiten Beifahrersitz des Ford F350.
„Ja, bin deiner Meinung. Wir brauchen definitiv einen neuen Spitzel“, entgegnete Godfrey, während er das Auto zunächst vorsichtig in den fließenden Verkehr einfädelte, um dann mit Vollgas den Boulevard weiter hinabzufahren.
„Also heißt es guter Bulle, böser Bulle?“ Godfrey lächelte Day an.
„Wir sind beide böse Bullen, God.“ Day grinste zurück.
„Das stimmt, aber du bist überzeugender als guter Bulle.“ God strich sich über seinen Kinnbart. „Hey, weißt du was? Der Captain wird uns einen Anschiss verpassen, weil wir keine Verstärkung angefordert haben.“
„Und das ist wessen Fehler? Ich hab dir gesagt, ruf an, God … aber nein …du musstest einen auf knallhart machen und die Tür eintreten, bevor wir überhaupt einen Plan hatten“, argumentierte Day.

Er versuchte seine Beine zu strecken und zischte, als ihm der Schmerz in die Knie schoss. „God, ich schwöre dir: Du jagst den Nächsten, meine Knie bringen mich noch um.“
„Wenn du damit aufhören würdest, dich ständig für irgendjemanden in finsteren Seitengassen auf genau diese Knie zu werfen, würden sie dir bei der Arbeit auch nicht mehr so wehtun!“, antwortete God leichthin, nahm den Zahnstocher aus seinem Mund und schnipste ihn aus dem Fenster.
„Oh, wow, sehr witzig, du hast heute anscheinend einen Clown gefrühstückt.“ Day grummelte und zog eine seiner 9-mm Waffen aus dem Holster. Er prüfte die Sicherung, bevor er sie wieder zurück an ihren Platz steckte und seine Lederjacke anzog. Er hielt sich am Haltegriff des großen Autos fest, als God eine scharfe Rechtskurve fuhr und auf den Parkplatz der Wache einbog.
Die Fahrzeuge der Staffel mit den vier neuen Festgenommenen fuhren gerade in die unterirdische Parkstation ein. Auch der Van mit den Beweismitteln parkte rückwärts ein, um die knapp 23 kg Marihuana, die sie gerade bei ihrem Einsatz gesichert hatten, besser ausladen zu können.
Day sprang auf den Bürgersteig und zuckte wegen seiner schmerzenden Knie zusammen.
„Auf keinen Fall haben diese Vollidioten so viel Stoff allein in die Stadt bringen können, God. Wir rücken dem großen Boss immer näher … Ich kann es spüren.“
„Lass es jemand anders spüren, Prinzessin. So lang wir nur das Zeug von der Straße haben, bin ich zufrieden“, antwortete God und hielt seinen Schlüssel auf den Truck, um den Alarm zu aktivieren.
Godfrey – oder wie Day und die meisten der Einheit ihn nannten, God –schloss sich seinem Partner an und schlen-

derte vollkommen unbekümmert durch den Vorraum. Aber Day wusste, dass sie es verbockt hatten. Sie hätten Verstärkung anfordern müssen, als sie die Wohnung gestürmt hatten, um die Typen festzunehmen, aber ihr Spitzel hatte sie wegen der Anzahl der dort „arbeitenden" Drogendealer belogen. Obwohl es God und ihm gelungen war, vier von ihnen in Gewahrsam zu nehmen, waren drei entkommen … und es hatte ein kleines Feuergefecht gegeben.

Gods enges T-Shirt schmiegte sich an seinen Körper, seine goldene Polizeimarke, die an einer Silberkette um seinen Hals hing, klimperte leise und melodisch. Die dunklen Jeans saßen eng, aber bequem. In seinen Pistolenhalftern trug er seine Desert Eagle auf der einen und die 9-mm Handfeuerwaffe auf der anderen Seite.

Obwohl der lange schwarze Ledermantel, den er trug, ihm bis zu den Oberschenkeln reichte, konnte jeder die großen Schusswaffen und das gezackte Messer mit der 15 cm Klinge und dem Perlmuttgriff, das er gesichert unter seinem linken Arm trug, sehen.

Day war ungefähr 13 Zentimeter kleiner als er, aber sie ergänzten einander auf perfekte Art und Weise. Außerdem war Day schnell, geistreich, klug, begabt und sehr gefährlich. Er hatte die Akademie als einer der Besten seiner Klasse abgeschlossen und schon einige Auszeichnungen für seine Schießkünste erhalten. Er hatte nur vier Jahre gebraucht, um zum Detective befördert zu werden. Nachdem God und er einige der größten Drogendeals der Stadt überwacht und auffliegen lassen hatten, wurden sie vom Tactical Narcotics Team abgeworben.

God und Day waren auf der Straße bekannt, sie wurden respektiert und sogar verehrt. Wenn sie die Türen der Drogenbosse eintraten, wussten die, dass ihre Zeit abgelaufen war.
Auch wusste jeder, dass Day schwul war – und fertig. Seit diesem ersten Tag im Konferenzraum, als God Ronowski ohne Zögern fast erwürgt hatte, hatte niemand mehr gegenüber Day eine Bemerkung darüber gemacht, denn niemand wollte den Zorn von God auf sich ziehen.
„Wir haben schon gehört, dass ihr zwei das Kartell drüben an der 33. Straße gesprengt habt." Detective Seasel schlenderte auf God zu, der mit hochgelegten Beinen an seinem Schreibtisch saß. Day hockte auf der Tischkante, sah zu ihm hinunter und beide stimmten sich, ohne ein Wort zu wechseln, miteinander ab, so wie sie es immer taten.
„Das stimmt, Süße, eine weitere gerechte Verhaftung, die auf unser Konto geht", prahlte Day. Er ließ den Blick von Seasel zu Ronowski wandern, aus dessen durchdringenden blauen Augen Blitze schossen. „Hast du ein Problem damit, Ronowski? Sieht so aus, als müsstest du dringend was loswerden."
„Mit dir muss ich kein einziges verdammtes Wort wechseln, Day. Los, komm Vikki, lass uns hier verschwinden, wir müssen zur Planungsvorbereitung. Es gibt hier bei uns noch einige, die an Teamwork glauben, im Gegensatz zu euch zwei Versagern."
„Ts, ts, ts." Day schüttelte traurig den Kopf und zog zischend die Luft durch seine Zähne ein. „Macht dich verrückt, dass wir dich nicht auch dazu eingeladen haben, was, Ronowski?" Ronowski biss die Zähne zusammen. „Scheißegal. Bei dieser Truppe geht es darum, als ein Team

zusammenzuarbeiten. Aber jedes Mal, wenn ihr zwei Trottel voreilig loszieht, muss jemand von uns hinter euch die Scheiße wieder aufräumen." Er schäumte vor Wut.

God schüttelte den Kopf, während er den zornigen Austausch der beiden beobachtete. Offensichtlich hatten Day und Ronowski aber auch gar nichts füreinander übrig. Ronowskis Partnerin, Vikki Seasel, war dagegen ziemlich cool.

Sie war eine hübsche Frau mit einem noch heißeren Körper, hatte volle Lippen und langes hellbraunes Haar, das sie meist in einem Pferdeschwanz eng im Nacken zusammengebunden trug. Ihre warmen braunen Augen waren wunderschön, und obwohl sie knallhart war, wusste sie diese Augen einzusetzen, wenn es darum ging, einen Verdächtigen während eines Verhörs aus dem Konzept zu bringen. Ihre Hüften und ihre schmale Taille waren wohl proportioniert. Day konnte auf Gods lustvolles Starren, wann immer sie erschien, gut verzichten.

„In Ordnung, Ro, lass uns gehen. Wir sehen uns später noch." Sie warf God einen extralangen Blick zu, bevor sie sich umdrehte und ihrem Partner durch das Großraumbüro folgte.

Day wartete, bis die beiden fast am Ausgang des Raumes angelangt waren, dann stand er auf und rief: „Also Ronowski – heute Abend zur gleichen Zeit bei mir, okay? Diesmal hab ich die extra großen Kondome gekauft, damit wir nicht wieder dieses kleine Problem haben." Er schrie so laut, dass es auch wirklich jeder hören konnte.

Ronowski fuhr herum, sein Gesicht war hellrot vor Zorn. Day befürchtete, dem Mann würde eine Arterie im Hals

platzen. „Fick dich, Day!“, schrie er mit an der Seite geballten Fäusten zurück.
„So können wir’s heute auch machen, wenn du willst. Ist total in Ordnung, dann gönn ich deinem kleinen Arsch heute Nacht eine Pause.“ Day tat etwas verwirrt, bevor er noch hinzufügte: „Ach so, dann brauchen wir die extra großen Kondome heute noch gar nicht, oder?“
Im ganzen Raum schwirrten Stimmen und viele der mittlerweile laut lachenden Officer hatten ihre Aufmerksamkeit dem mittlerweile fahlen Ronowski zugewandt. Sogar God fiel es schwer, ein Lächeln zu verbergen. Ronowski sah aus, als wolle er am liebsten quer durch den Raum zurückstürmen, jedenfalls bis God langsam aufstand.
„In Ordnung, Schluss damit! Macht weiter mit der verdammten Arbeit!“, bellte plötzlich der Captain aus seiner offenen Tür in das große Büro. Er richtete seinen scharfen Blick auf sie und schüttelte den Kopf.
God sah Day an. „Du kannst einfach nicht genug kriegen, oder?“
„Genau das hat Ronowski letzte Nacht auch gesagt.“ Day zwinkerte.
„Du Hurensohn“, knurrte Ronowski, während Vikki ihn unter dem Gelächter der anderen über Days letzte Stichelei aus dem Büro zog.
„Ich sagte, Schluss damit!“ Der Captain blickte sich um, ob es noch jemand wagte, zu lachen. „Day, God, beide sofort in mein Büro!“
Die beiden bekamen die Standpauke ihres Lebens und der Captain drohte ihnen sogar mit einer Herabstufung ihres Dienstgrades, falls sie noch einmal etwas so Wahnsinniges tun würden.

Day ergriff seinen Mantel und verließ das Büro des Captains 15 Minuten später. „Tausend Dank, God, das habe ich gerade sehr genossen." Er rempelte kräftig gegen den Arm seines Partners, allerdings ohne nennenswerten Effekt. „Nur weil der Captain der beste Freund meines Dads war, bedeutet das noch nicht, dass er uns alles durchgehen lässt."

„Schon gut, Königin Sissi, sei bloß nicht so dramatisch", neckte ihn God.

Es störte Day nicht, wenn God ihn so aufzog. Er wusste, dieser große Kerl war verrückt nach ihm und würde jeden töten, der ihn ernsthaft beleidigen würde. „Ich mag es einfach nicht, wenn ich so den Arsch versohlt bekomme, Mann." Day ließ sich in seinen Schreibtischstuhl plumpsen und stieß einen tiefen Seufzer aus.

God lehnte am Schreibtisch und starrte ihn an. „Und ich dachte, gerade das magst du gerne. Mhm, wie hast du es noch genannt?" God schnipste mit den Fingern. „Ah genau … Salat schleudern!"

„Fick dich." Day lachte.

„Nicht mal an deinem besten Tag, Schätzchen." God zwinkerte, faltete seinen langen Körper irgendwie zusammen und setzte sich zurück in seinen eigenen Stuhl direkt gegenüber.

Day schnappte sich seine Lieblingskaffeetasse und sagte God, er würde gleich zurück sein.

„Ja, ja … Ich weiß. Du bist verdammt nochmal abhängig, Kumpel. Was würdest du tun, wenn es irgendwann einmal eine Rationierung von Kaffeebohnen in den Vereinigten Staaten geben würde?" God schüttelte mitleidig den Kopf.

„Was glaubst du wohl, was ich tun würde? Ich würde natürlich in ein Land ohne Engpass ziehen, du Vollpfosten. Ich schwör's dir, God: Für jemanden, der so schlau ist wie du, kannst du wirklich verdammt dämliche Fragen stellen."
Day wich der Büroklammer aus, die God nach ihm warf, und machte sich auf in Richtung Küche. Er drückte den Schnellstartknopf seiner 300-Dollar-Kaffeemaschine. Es war die beste, die es momentan auf dem Markt gab. Es gab außerdem einen kleinen Drehständer, in dem eine Vielzahl von Geschmacksrichtungen aufbewahrt wurde.
In der Küche gab es noch andere, große Kaffeemaschinen, aber Day hatte lieber jede einzelne Tasse frisch aufgebrüht. God hatte Recht, er war kaffeesüchtig. Er trank zehn bis zwölf Tassen am Tag. Und obwohl er über Schlaflosigkeit klagte, weigerte er sich, seinen Kaffeekonsum zu reduzieren oder zu gottverdammtem koffeinfreien Kaffee zu wechseln.
Day summte vor sich hin, während er in Augenschein nahm, welche Geschmacksrichtung noch vorrätig war, und sah, dass jemand „Vanilla Biscotti" mitgebracht hatte. Ja, genau diese hatte er noch besorgen wollen … Jeder wusste, dass die raffinierte Maschine ihm gehörte. Die anderen Officer durften sie ebenfalls gern mitbenutzen – solange sie sie sauber hielten und etwas zum Vorrat beitrugen.
„Oh, hallo Hübscher." Die tiefe, volle Stimme kroch förmlich Days Wirbelsäule hinunter. *Na toll … Großartig … von allen Polizeiwachen-Küchen der Welt musste er ausgerechnet in meine marschieren.* Day drehte sich langsam um, seine Tasse mit dem dampfenden Kaffee hielt er sich direkt unter die Nase; das ausgeprägte Aroma hatte eine beruhigende Wirkung auf ihn.

„Detective Johnson, es ist mir ein Vergnü… wie schön, dich …“, stotterte Day sarkastisch. „Mm, lass mich lieber einfach Hi sagen!“

„Autsch. Du verletzt meine Gefühle, wenn du solche Sachen sagst.“ Der große Detective rieb mit seiner Hand über seine breite Brust, als hätte er tatsächlich Schmerzen. „Du bist viel zu schön, um dich so zu verstellen.“

Wer sagt, dass ich mich verstelle? Day beobachtete Johnson, der sich immer mehr in seinen persönlichen Raum drängte und seine schiere Größe benutzte, um ihm die Luft zum Atmen zu nehmen. Es gelang ihm aber nur, den Duft des Kaffees mit seinem Parfum zu überdecken. Day weigerte sich, nach oben in die Augen des Detectives zu schauen.

Dieser Mann war ein arrogantes Arschloch und hatte sich Days Respekt mitnichten verdient. Nur weil er ebenfalls offen schwul war, dachte er offensichtlich, sie beiden würden ein großartiges Paar abgeben. Aber Detective Johnson war ein verwöhntes, reiches Kind. Sein Vater war der Polizei Commissioner und er scheute sich nicht, das in die Waagschale zu werfen, was Day und God verabscheuten.

Nie im Leben würde Day ein Date mit ihm in Erwägung ziehen, egal wie attraktiv der Mistkerl war.

„Wo hast du dich versteckt, Day? Ich habe die Nummer angerufen, die du mir gegeben hast, aber die war von einem Pornovideogeschäft. Das fand ich überhaupt nicht lustig. Das war unhöflich und kindisch, findest du nicht? Wenn du nicht möchtest, dass ich deine Nummer bekomme, dann sag's mir doch einfach.“

Hab ich getan, Schwuchtel, aber irgendjemand hier kann ein Nein als Antwort nicht akzeptieren. Day machte sich nicht die Mühe,

laut zu antworten. Er nippte lieber vorsichtig an seinem heißen Kaffee und weigerte sich, sich von dem Mann sein Kaffee-Zengefühl ruinieren zu lassen.
Detective Johnson war bei Weitem kein hässlicher Mann. Tatsächlich sah er sogar ziemlich gut aus. Aber er war auch ein Wichtigtuer und nicht Days Typ. Der Mann dachte tatsächlich, er könne haben, was immer er wolle, und das nur, weil er einen Treuhandfonds besaß.
„Du hast mir diese Nummer gegeben und gesagt, du hättest nichts dagegen, wenn ich dich anriefe.“ Er stützte einen Arm an dem Schrank direkt über Days Kopf ab. Sein nach Zimt riechender Atem waberte von oben herunter …
und direkt in meinen verdammten Kaffee.
„Ich weiß, dass ich gesagt habe, du kannst mich anrufen. Dafür gibt es zwei Erklärungen. Nun, entweder habe ich gelogen … oder ich habe mich gerade vertan mit der Anzahl der Erklärungen.“ Day feixte und nahm noch einen Schluck Kaffee.
„Deine freche Zunge wird dich nochmal in Schwierigkeiten bringen.“ Detective Johnson spitzte die Lippen und näherte sich ihm. Der Typ verstand auch wirklich keinen noch so großen Hinweis. Er hatte Day in die Ecke gedrängt, so dass nur noch eine sprichwörtliche Haaresbreite an Platz zwischen ihnen war.
Day hätte mit Leichtigkeit entkommen können, aber er nahm den selbstgefälligen Detective gern auf den Arm. Detective Johnson war ein Ballistikexperte, der von Revier zu Revier wechselte und bei den Fällen mithalf, bei denen er gebraucht wurde. Offensichtlich hatte der Captain ihn zur Mithilfe gerufen, um die Waffen zu untersuchen, die bei der letzten Durchsuchung gefunden worden waren.

„Tja, hm, ich muss zurück in die Tretmühle. Möchte nicht, dass du Daddy sagst, ich sei müßig.“ Day setzte seine Tasse vorsichtig auf den Tresen, drehte und duckte sich unter dem Arm des Detectives durch, bevor dieser auch nur zweimal blinzeln konnte. Er schnappte den Becher und hielt auf die andere Seite des Raums zu.

„Also wir zwei, Abendessen an diesem Wochenende?“, fragte Detective Johnson seinen Rücken. Day schnaubte und griff nach einem Muffin für God. „Ist das ein Nein, Day?“

„Das ist sogar ein verdammtes Nein.“ Day öffnete die Tür und verließ den Raum. Noch beim Weggehen konnte er die Verwünschungen von Johnson hören.

Er bahnte sich seinen Weg zurück ins Büro, und als er nur noch ein paar Schritte von ihrem Schreibtisch entfernt war, warf er God den Blaubeermuffin zu. Der blickte ihn ein paar Sekunden lang an und beide kommunizierten wortlos, auf ihre Art.

„Gern geschehen“, sagte Day und ließ sich in seinen Stuhl fallen. Er nahm noch einen großen Schluck und holte dann tief Luft. Er ließ seinen Nacken auf beiden Seiten knacken und warf seinem Partner einen langen Blick aus seinen braunen Augen zu. „Bist du bereit für den richtigen Schweinkram, God?“, fragte er ihn absolut ernst.

„So bereit, wie man nur sein kann. Gib’s mir, Baby“, antwortete God mit einem frustrierten Schnaufen.

Day begann, eine Vielzahl von Formularen herunterzuladen und auszudrucken, um sie ergänzen zu können. God stöhnte angesichts der Flut an Papier, die der kleine Drucker auf ihrem Schreibtisch ausspuckte.

„Uäh, dämlicher Papierkram … Scheiße! Ich hasse es!“ God schrie fast.

Kapitel 2
Mal siehst du mich, mal nicht

Nach zwei Stunden Papierkram waren beide ziemlich erschöpft, Days Lider fühlten sich an, als bestünden sie aus Schmirgelpapier. Er hörte, wie God sich räusperte, dann ein paar Mal hustete.

„Ich halte gleich mal eben bei dem kleinen Laden an der Ecke an und hole mir schnell ein paar Hustenbonbons“, sagte God heiser.

„Gut, denn ich brauche Kaffee“, stöhnte Day, als er sich in Gods bequemem Truck zurücklehnte.

„Klar“, brachte God hustend heraus.

„Geht es dir gut, Kumpel? Du hustest schon so seit mindestens einer Woche.“ Day hielt seine Augen geschlossen, während er sprach.

„Mir geht's gut. Ich glaube, es ist nur eine Allergie“, antwortete God mit einem Schulterzucken.

Day hatte diese Antwort schon erwartet. God war stur wie ein Maulesel, besonders, wenn es um seine Gesundheit oder gar – Gott verhüte – um einen drohenden Arztbesuch ging. Er konnte sich nicht daran erinnern, dass sein Partner schon jemals einen Check-up hatte durchführen lassen. Nicht einmal, als letztes Jahr ein Täter in seinen Bizeps gestochen hatte. Day hatte ihn zu überzeugen versucht, dass es genäht werden müsse, aber God hatte darauf bestanden, dass es nur eine Fleischwunde sei – die gezackte Narbe leuchtete immer noch weithin erkennbar.

God fuhr ruckelnd in die Parklücke und trat hart auf die Bremsen, kurz bevor die vordere Stoßstange die Backsteinmauer berührte.

„Jesus, versuchst du uns umzubringen?", grollte Day. „Du musst nicht immer so fahren, als würdest du dich für den Grand Prix bewerben!"

„Hör auf zu zicken, Miss Daisy. Wenn dir meine Fahrweise nicht passt, kannst du gern mit deinem Motorradhobel zur Arbeit fahren!", antwortete God gereizt.

„Wie auch immer. Lass uns einfach schnell machen." Day marschierte hinter Gods kräftiger Gestalt in den kleinen Laden.

Schon bevor die kleine Ladenglocke aufgehört hatte zu bimmeln, fragte Day den Ladenbesitzer: „Haben Sie eine Kanne frischen Kaffee?"

„Ja, habe ich gerade vor fünf Minuten aufgesetzt", antwortete dieser mit einem starken asiatischen Akzent.

„Guter Mann." Day machte sich auf in den hinteren Teil des Ladens. God wandte sich in Richtung der Kühlregale mit den Medikamenten.

Day summte vor sich hin und goss das dampfende Gebräu in die größte Tasse, die das kleine Geschäft zu bieten hatte. Dazu schüttete er ungefähr fünfzehn kleine Behälter Kaffeesahne. Er mochte seinen Kaffee nun mal mit viel Sahne und Zucker, und es war ihm auch überhaupt nicht peinlich, diese wahre Tonne an kleinen Portionen zu öffnen und in seine Tasse zu schütten, bis sein Getränk genau richtig war. Als er die goldbraune Flüssigkeit durchrührte und gerade einen Probeschluck nehmen wollte, hörte er die Türglocke wieder läuten. Fünf Sekunden später vernahm er eine männliche Stimme: „Keine Bewegung, alter Mann! Mach die Schublade leer, sofort!" Dann fiel etwas krachend zu Boden. „Mach keine Dummheiten. Ich will dich nicht verletzen. Gib mir einfach das Geld!", rief der Kerl.

Day konnte nicht über die Regalreihen hinwegsehen, aber der Stimme nach zu urteilen, musste der Räuber höchstens Ende Zwanzig sein. Er spähte in die Reihe, in der God sich befand, und sah, dass dieser gerade in aller Seelenruhe die Beschriftung auf einer Flasche Hustensaft durchlas, während er sich ein Bonbon in den Mund steckte. *Oh, komm schon … wirklich, God?'*

Day näherte sich vorsichtig seinem Partner, darum bemüht, kein Geräusch zu machen. „Hast du gefunden, wonach du gesucht hast?", flüsterte er ihm zu.

„Yep." God drehte sich zu ihm um, um ihn anzusehen.

„Hast du nicht gehört, dass der Laden gerade überfallen wird?"

„Yep."

„Willst du das nicht stoppen?"

„Yep."

„Mal siehst du mich, mal nicht?"

„Yep." Day zwinkerte ihm zu.

God packte den Hustensaft und die Bonbons in seine Manteltasche und schlenderte zur Eingangstür des Ladens. Day ging zurück, um zu der Regalreihe zu gelangen, die sich am nächsten zur Tür befand.

Er hörte den jungen Mann wieder rufen: „Öffne den Safe! Beeil dich. Versuch nicht, mich hinzuhalten!" *Oh nein. Auch noch ein verdammter Amateur.*

God bog um die Ecke seiner Regalreihe und sah eine kleine Gestalt vor der Ladentheke stehen, die zitternd mit einer 22er Handwaffe auf den zu Tode erschrockenen Ladenbesitzer zeigte. Der Junge konnte nicht viel älter als 18 Jahre alt sein. Er trug eine tief ins Gesicht gezogene, rot-blaue Baseballkappe der Braves; sein schwarzer Pullover war bis zum Kinn geschlossen und die Kapuze über die Kappe gezogen. Die Jeans, die er trug, waren verschossen und saßen extrem eng. God ertappte sich bei der Frage, ob seine Eier deswegen wohl stinksauer wären …?

God trat leise näher in Richtung Tresen und war nur noch ein paar Schritte von dem Jungen entfernt, als der plötzlich herumwirbelte und jetzt mit der Waffe auf ihn zielte. Dieses Kind bewegte den Kopf zitternd auf und ab und versuchte ihn zu erkennen. Gods kantiges Gesicht, seine Körpermaße und die schiere Größe ließen ihm fast die Augen aus dem Kopf treten.

„Hey! Keine Bewegung! Hände hoch!"

„Nein", sagte God und verschränkte die Arme über der Brust.

„W-was?", stammelte der Junge.

Der Schmerz und die Unsicherheit in seinen Augen kamen God nur zu bekannt vor.

Der Junge warf ihm einen flehenden Blick zu. „Hören Sie, Mann, nehmen Sie einfach die Hände hoch, okay? Ich möchte Sie nicht umbringen."

„Gut, denn ich möchte nicht sterben", antwortete God mit versteinertem Gesicht.

„Aber ich habe die Pistole. Also nehmen Sie jetzt Ihre verdammten Hände hoch!" Das junge, picklige Gesicht sah aus wie eine ärgerliche Maske, nur seine zitternden Hände verrieten seine Furcht.

„Hey, was bekommen Sie für die Tasse Kaffee?", schrie Day mit entschieden zu lauter Stimme. „Oh Scheiße, mein Fehler. Ich habe dich mit der Pistole von da hinten nicht gesehen."

Der Teenager wirbelte zu Day herum. „Yeah, also nimm die Hände hoch!“, blaffte er.
„Nicht du …“ Day zeigte über die Schultern des Jungen: „Er!“
Als der Dieb sich umwandte, starrte er direkt in den Lauf von Gods ziemlicher gewaltiger Desert Eagle und sah plötzlich so aus, als würde er sich gleich vor Angst in die Hose machen. *Mal siehst du mich, mal nicht. Klappt jedes Mal.*
„Meins ist größer als deins“, sagte God beiläufig.
„Wortwörtlich“, sagte Day mit einem breiten Grinsen. God verdrehte die Augen und konzentrierte sich wieder auf das Kind.
„Lass langsam die Waffe fallen und tritt sie zu mir rüber, dann nimm die Hände hinter den Kopf.“
„Ganz ruhig, Mann.“ Der Junge legte langsam seine kleine Waffe auf den Boden. „Bitte, erschießen Sie mich nicht!“
„Werd’ dich schon nicht erschießen, Junge!“, sagte er ruhig, zog die silberne Kette unter seinem Shirt hervor und enthüllte das goldene Polizeiabzeichen.
Der Teenager schubste seine Waffe vor Gods Füße und kniete nieder, um seine Wange auf den dreckigen Boden zu legen. Dabei hatte er ihm gar nicht befohlen, sich hinzulegen. Dieses Kind war offensichtlich kein abgebrühter Krimineller. Er wandte seinen Blick von seinem Verdächtigen und sah, dass Day mittlerweile in einem Fitnessmagazin aus dem Zeitschriftenregal blätterte. God verdrehte abermals die Augen.
„Day, komm rüber und bezahl deinen Scheiß. Ich muss mich um den weltdümmsten Kriminellen – High School Ausführung – kümmern. Und du krieg deinen Hintern hoch und komm mit mir, Kleiner.“

God zog den Jungen am Kragen hoch, nahm die kleine Waffe und steckte sie in seinen Gürtel hinten am Rücken. Er führte ihn zu dem Platz, an dem er geparkt hatte, und drückte den Burschen an die Seite seines Trucks, und das nicht gerade vorsichtig. Dann zog er ihm ein abgetragenes Klettportemonnaie aus der Gesäßtasche. *Ein verdammtes Klettportemonnaie mit Twilight-Bis(s) zum Morgengrauen-Motiv … sollte das eine Verarsche sein?* Er drehte den Jungen herum, so dass er ihn ansah und presste ihn gegen die Ladefläche des Trucks.

„Officer, bitte, es tut mir l…"

„Detective", bellte God und schnitt ihm das Wort ab. „Was zur Hölle tust du hier bloß – einen Tante-Emma-Laden überfallen? Wie alt bist du, verdammt noch mal?" Er riss den Ausweis heraus und überflog ihn. Curtis Lamont Jackson, er lebte vier Blocks entfernt und war gerade siebzehn.

„Ich, ich bin siebzehn, Sir", stammelte der Junge. Schweiß lief ihm über das Gesicht und seine Arme zitterten, während er sie hoch erhoben mit verschränkten Fingern hinter dem Kopf hielt.

„Nimm um Gottes willen die verdammten Hände runter", schnauzte God und musterte den Teenager von oben bis unten. „Du bist ein gottverdammtes Baby, meinst aber, du könntest hier draußen bei den großen Jungs mitspielen." Er trat zurück von dem bibbernden Kind und sah Angst in seinen hellblauen Augen schimmern, vielleicht war es auch Traurigkeit. Er konnte es nicht genau sagen.

„Ich, ich bin kein Baby mehr, Sir."

„Pfft, oh bitte. Ich kann den Babypuder an dir von hier aus riechen." God schnaubte.

Day kam mit einer kleinen braunen Tasche in der Hand um die Ecke und lehnte sich lässig gegen die Motorhaube. „Hey Kumpel, ist das das Team Edward auf seiner Brieftasche?“ Er prustete los.
„Halt die Klappe, Leo. Hast du die Aussage von dem Ladenbesitzer?“
„Yep.“ Day hielt ein Stück Papier hoch.
„Sir, es tut mir wirklich leid. Bitte, ich schwöre Ihnen, ich hätte niemanden erschossen“, wimmerte er.
„Ich weiß. Denn du hast keine Patronen in der Waffe“, antwortete God trocken.
Der Junge sah ihn geschockt an.
„Ich wusste es nicht, erst, als ich sie aufgehoben habe … sie ist zu leicht. Ich hätte dich erschießen können.“
„Sir, bitte … meine Mutter ist sehr krank. Sie muss jede Nacht an eine Blutwäschemaschine angeschlossen werden, manchmal sogar öfter am Tag, sonst würde es ihr total schlecht gehen. Sie hat akutes Nierenversagen. Und sie haben uns letzte Nacht den Strom abgestellt.“ Curtis schaute zu Boden. „Die Maschine funktioniert elektrisch.“
God wusste, dass der Junge die Wahrheit sagte. Niemand – besonders kein Mensch in diesem Alter – konnte sich so eine Lüge ausdenken und dabei so todunglücklich aussehen wie er.
„Und ein Überfall sollte dein Problem lösen?“, fragte Day.
„Es tut mir so leid. Ich wusste nicht mehr, was ich tun soll. Mein ganzes Gehalt ist für die Miete draufgegangen, und ich habe keine Verlängerung mehr für den Strom bekommen. Ich habe versucht, eine andere Lösung zu finden … aber es gibt keine. Ich darf nicht ins Gefängnis,

meine Mom braucht mich. Ich bin alles, was sie hat.“ Eine einzelne Träne rann seine rote Wange hinab.
„Steig in den Truck“, ordnete God an.
Curtis starrte ihn verzweifelt an. „Bitte, ich flehe Sie an. Ich kann nicht ins Gefängnis. Meine Mom wird sterben. Ich habe einen guten Job. Wenn ich dort morgen früh nicht auftauche, werde ich gefeuert.“ Die Tränen flossen jetzt ungehindert über sein Gesicht, und Gods Herz verkrampfte sich.
Er wusste, wie es war, wenn man als junger Mann die Verantwortung für seine Mutter übernahm. Es war nicht fair, aber so war das Leben.
„Steig ein.“ Day drehte ihn um.
God warf Curtis praktisch auf den Rücksitz und ging um das Auto herum zur Fahrerseite. Day kletterte auf seiner Seite hinein, wandte den Kopf und sah God an. Beide blickten sich an, sie tauschten sich wortlos aus, so, als würden sie laut miteinander reden.
God wusste, was Day dachte. Das tat er meistens.
Beide sahen nach hinten zu diesem Kind. Curtis hatte seine Knie an die Brust gezogen und schaukelte vor und zurück.
„Ich schwöre, ich hätte nie jemanden verletzt, auch wenn ich Munition gehabt hätte. Ich hätte nie auf ihn geschossen, und ich hätte ihm das Geld zurückgezahlt. Hier!“
God sah, dass der Junge ein zerknülltes Blatt Papier aus seiner Tasche zog, auf dem stand: *Ich schulde Ihnen …* Curtis wischte sich noch mehr Tränen fort. „Ich wollte es nur borgen. Mitte des Monats habe ich meistens genug Geld, um alle Schulden zurückzuzahlen, ich kriege immer einen Bonus auf der Arbeit, weil ich am meisten verkaufe. Bitte, lassen Sie mich nicht meinen Job verlieren. Nirgends wird

jemand anders einem Teenager einen anständigen Job geben. Ich kann bestimmt eine Lösung finden, wenn Sie mich gehen lassen."

God und Day schüttelten bei diesen Worten die Köpfe.

„Ich kann gemeinnützige Arbeit machen, oder freiwillig bei der Obdachlosenhilfe arbeiten. Ich werde zurückgehen und mich bei dem Ladenbesitzer entschuldigen und ihm bei jeder Art Arbeit im Laden helfen. Bei einfachen Reparaturarbeiten kenne ich mich ziemlich gut aus."

Danke, lieber Gott. Für den Bruchteil einer Sekunde hatte God geglaubt, der Junge wolle etwas anderes anbieten.

Curtis' blaue Augen flirrten bittend von einem zum anderen. Day streckte die Hand aus und bat God um die Brieftasche des Jungen, während er sein Telefon aus der Manteltasche zog. God wusste, was er vorhatte. Denn er kannte diesen einfühlsamen Mann – seinen Partner – genau.

Day wählte die Nummer der Auskunft. „Ich brauche die Nummer vom Stromkonzern."

Er ist verdammt nochmal einfach großherzig, dachte God.

God fuhr Curtis nach Hause und bog in die schmale Einfahrt. Es war ein kleines Haus mit einer braunen Fassade und blauen Fensterläden. Obwohl es keine Blumen oder gar ein Beet gab, sah der Vorgarten ordentlich und gepflegt aus. God wusste sofort, dass Curtis sich wirklich um sein Zuhause kümmerte. Er machte sich nicht die Mühe nach einem Vater zu fragen, denn wenn es einen geben würde, würde der seinen Sohn bestimmt nicht Geschäfte überfallen lassen, um die Stromrechnung bezahlen zu können.

Nachdem Day dem Stromlieferanten die Adresse des Jungen genannt und Rechnung bezahlt hatte, , die sich auf einhundertfünf Dollar belief, ließ er bei dem Unternehmen außerdem seine Telefonnummer hinterlegen. Er wollte informiert werden, falls nochmal der Strom abgestellt werden sollte.

Curtis dankte ihnen so oft, dass God ihm am liebsten gesagt hätte, er solle den Mund halten.

„Der Strom sollte in einer Stunde wieder da sein." Day zog seine Visitenkarte aus der Brieftasche heraus und kritzelte seine Handynummer auf die Rückseite. „Ruf mich an, wenn du irgendein anderes Problem hast."

Curtis nickte zustimmend. Seine Tränen hatten Streifen auf den roten Wangen hinterlassen.

Day packte den Jungen am Kragen, zog ihn in den Truck und nah an sich heran. „Nichts Kriminelles mehr. Verstanden?"

Curtis sah beschämt aus. Er antwortete eifrig: „Ja Sir, ja, Sir. Ich schwöre es. Oh mein Gott. Ich danke Ihnen so s…"

„Wenn du noch einmal danke sagst, knall ich dir eins auf die Lippe." Day schnitt dem Jungen das Wort ab.

„Oh, entschuldigen Sie." Er wurde rot. „Mann, solche Cops wie Sie hab ich noch nie kennengelernt."

„Und das wirst du auch nicht mehr", rumpelte God mit seiner tiefen Stimme. Ein Hustenanfall unterbrach ihn.

„Wissen Sie was, Detective Godfrey, Sie sollten diesen Husten mal von einem Arzt checken lassen. Der hört sich gar nicht gut an. Ich recherchiere da ziemlich viel medizinische Sachen und kenn mich ziemlich gut aus – "

„Curtis, steig aus. Geh rein und kümmere dich um deine Mom", unterbrach ihn God.

Day schnaubte. „Das ist sinnlos, Kleiner." Curtis lächelte und kletterte aus dem Truck.
„Curtis."
„Ja, Detective Day?"
„Bleib von diesem kleinen Laden weg. Der Eigentümer denkt, wir hätten dich verhaftet und in den Knast gebracht. Er braucht nicht zu erfahren, dass das nicht stimmt."
„Ja, Sir."
God und Day sahen noch zu, wie der junge Mann seine Einfahrt hochlief und ins Haus ging, bevor sie davonfuhren.
Keiner der beiden kommentierte, was Day getan hatte. God wusste, dass sein Partner ein Herz für Kinder hatte … und besonders für die, in denen er einen guten Charakter erkannte. Und Curtis war definitiv ein feiner Kerl, das Schicksal hatte es einfach nicht gut mit ihm gemeint. Er kannte das Gefühl.
God warf ein neues Hustenbonbon ein und fuhr die paar Meilen bis zu Days Zuhause. Er bog in die gepflasterte Einfahrt ein und parkte seinen Truck.
„Lust noch hier zu bleiben? Wir könnten heute Abend das Spiel zusammen schauen." Fragend drehte sich Day zu God um, bevor er aus dem großen Truck glitt. Sein Blick fiel auf die unzähligen Blätter, die der Wind auf seinen Rasen geweht hatte. Im Stillen überlegte er, wie hoch seine Chancen wären, dass der Große sie für ihn zusammenkehrte, während er ihr Abendessen grillte.
„Nee, ich muss zu Hause bei meiner Mom vorbeisehen, und schauen, ob ich was für sie erledigen kann, während sie und Gen arbeiten", antwortete God. Er streckte seinen langen Körper in dem geräumigen Auto aus. Sein Leder-

mantel lag hingeworfen auf dem Rücksitz des Trucks und sein Bizeps spannte sich an, während er mit steinhartem Griff das Lenkrad umfasste.

Day wurde aufmerksam auf diese unbewusste Bewegung. Etwas stimmte nicht.

„Warum gehst du hin, wenn sie nicht da ist? Willst du sie nicht –"

„Das geht dich nichts an, Leo. Lass mich einfach meine Sachen erledigen. Vielleicht habe ich später noch Zeit, vorbeizukommen. In Ordnung?", schnitt God ihm das Wort ab.

„Klar." Day sah verunsichert auf den Boden.

„Hör auf so zu schauen."

„Wie?"

„Als hätte ich gerade versucht, dich ohne Gleitmittel zu ficken. Du weißt, welchen Blick ich meine. Ich sagte, ich werd' s versuchen, okay?" Gods Mundwinkel zuckten, und das ließ Day aufgeben, wie immer.

„Hau schon ab."

Er sah zu, wie God das große Vehikel mit Leichtigkeit zurück auf die Straße manövrierte und schnell wie der Teufel davon fuhr.

Seit vier Jahren kennen wir uns schon, Partner … Was zur Hölle verschweigst du mir? dachte Day, während er langsam in seine Wohnung ging.

Drinnen nahm er sofort seine Holster und Waffen ab. Er entsicherte seine Pistolen und schob eine unter eines der Sofakissen, die andere steckte er in seine hintere Hosentasche. Dann ging er in seine blitzsaubere Küche und nahm zwei T-Bone Steaks aus dem Kühlschrank, nur für den Fall, dass God doch noch zurückkam.

Kapitel 3
Familientreffen

God saß im Auto an der Straßenecke in der Nähe des kleinen Einfamilienhauses. Er wollte sichergehen, dass keiner zu Hause war. Mithilfe einer alten Flamme war es ihm gelungen, die Hypothek für das Haus unter einem Pseudonym aufzunehmen, so dass weder seine Mutter noch sein Bruder wussten, wem sie das Haus verdankten. Sie dachten, ein Freund des verstorbenen Vaters sei die freundliche Hand, die ihnen seinetwegen half und für sie sorgte. God kümmerte sich darum, dass es ihnen nicht nur an nichts mangelte – sie bekamen auch alles, was sie wollten.

Da er die Hypothek für seine Mutter und alle Nebenkosten bezahlte, blieb von seinem Gehalt nicht mehr viel für ihn selbst übrig. Er hatte sowieso keine extravaganten Wünsche. Alles, was er brauchte, waren seine PlayStation 3, sein 65-Zoll-TV und – sein Truck. Sein Einzimmer-Appartement war ein übles Drecksloch in einer noch übleren Gegend. Aber ein eventueller One-Night-Stand, der schreiend aus seiner Wohnung fliehen würde, gehörte zu Gods geringsten Sorgen.

Er zog das Wegwerfhandy unter seinem Sitz hervor und überflog nochmal den Text.

Mr. Eudall, Sie sagten mir, ich könne diese Nummer antexten, wenn wir irgendein Problem haben. Das tue ich hiermit. Meine Mom und ich haben versucht, die Spüle in der Küche zu reparieren, es aber nicht geschafft. Der Klempner verlangt 500 $ für die Reparatur und so viel Geld hat meine Mom gerade nicht, weil sie auf einen Computer für mich spart. Können Sie uns bitte helfen?

God hatte seiner Mom einen Brief geschrieben, als sie in das neue Haus gezogen waren. Er hatte dafür gesorgt, dass sie nach Atlanta, Georgia umzogen, um sie besser im Auge behalten zu können. Er hatte ihnen den ausgedachten Namen Mr. Eudall genannt und diese Nummer hinterlassen, falls es irgendein Problem geben sollte.

Alles, was sie wussten, war, dass Dinge repariert wurden, wenn sie darum baten – immer dann, wenn sie gerade nicht zu Hause waren. Alle Rechnungen wurden pünktlich bezahlt und jeden Monat traf eine große Lebensmittellieferung für sie ein. Seine Mom hatte einen kleinen Aushilfsjob in einem Altenheim, sie war behindert. Sein Vater hatte dafür gesorgt, dass es ihr nie mehr möglich sein würde, eine größere Strecke zu laufen oder für einen längeren Zeitraum zu stehen. God erschauerte bei der Erinnerung an den Unfall … damals hatte er einen Pakt mit dem Teufel geschlossen, der ihn sein Zuhause gekostet hatte.

Er wünschte sich verzweifelt, dass er noch einmal ihre Stimme hören, ihr köstliches Essen probieren oder ihre Wärme in einer tröstenden Umarmung fühlen könnte; oder auch mit seinem kleinen Bruder eine Runde Football zu spielen. Gen war jetzt auf der Highschool. Wahrscheinlich hatte er tausend Fragen zu Mädchen und anderes Zeug, die God ihm nie würde beantworten können. Er würde auch kein Bier an seinem 21. Geburtstag mit ihm trinken.

Obwohl sie wahrscheinlich seine Stimme am Telefon als Mr. Eudall nicht erkennen würde, wollte er das Risiko nicht eingehen. Er erklärte in dem Brief, dass er – Mr. Eudall – in einem anderen Staat lebte, aber immer erreichbar sein würde.

God seufzte innerlich, seine Brust zog sich schmerzhaft zusammen. Er würde seiner Mom so gern sagen, dass er derjenige war, der dies alles für sie tat. Weiß Gott, er vermisste sie wie verrückt, aber vor vielen Jahren hatte er sie um jeden Preis schützen müssen … und dies hatte ihn unglücklicherweise ihre Liebe gekostet. Auf keinen Fall dürften sie je erfahren, dass er es war … dass ER Mr. Eudall war, der ausgedachte Freund seines Vaters.

Als God aus dem Militärdienst entlassen wurde, hatte er den Fehler begangen, in seinem alten Zuhause, dem kleinen Appartement in Clayhatchee, in dem er einst mit seiner Mutter und seinem Bruder gehaust hatte, aufzukreuzen. Dies in der Hoffnung, die Vergangenheit Vergangenheit sein zu lassen.

Zu sagen, dies sei nicht gut gelaufen, wäre die Untertreibung des Jahrhunderts. Seine Mom hatte ihn verflucht und ihn angeschrien, er solle niemals wiederkommen, dass er für sie gestorben sei. Sein Bruder, damals elf Jahre alt, hatte ihn mit irgendwelchen Sachen beworfen. Er war fortgelaufen, so schnell er nur konnte, und nie mehr zurückgekommen. Das war sechs Jahre her. Nun konnte er sie nur noch aus der Ferne lieben, und es machte ihn krank zu wissen, dass diese seine Liebe nie erwidert werden würde.

God schüttelte mühevoll diese Gedanken ab. Mr. Eudall hatte einen Job zu erledigen. Nachdem er das Haus mindestens zwanzig Minuten lang beobachtet hatte, war er sicher, dass sein Bruder Genesis beim Football und seine Mom bei ihrer freiwilligen Arbeit im Heim war. God ließ seinen Truck an der dunklen Ecke zurück. Er zog seinen Werkzeugkasten von der Rückbank des Autos und trottete die paar Blocks zum Haus.

Dort ging er zum Hintereingang, nahm sich den Schlüssel, der wie immer unter dem dritten Stein auf dem Weg zur Tür lag, schloss sich auf und betrat die dunkle Küche. Sofort hatte er einen dicken Kloß im Hals. Er musste sich auf dem Tresen abstützen und tief einatmen. Es war der wunderbare Geruch von etwas frisch gebackenem, der immer noch köstlich in dem kleinen Raum hing. Er würde diesen Geruch nie vergessen, solange er lebte: das selbstgemachte Zimt-und-Rosinenbrot seiner Mom, das sie immer für ihn gebacken hatte, wenn es ihm schlecht ging. God fragte sich, ob sie es heute für seinen Bruder Genesis gemacht hatte.

Er schüttelte den Gedanken ab und richtete das Licht seines Handys auf den Herd und da sah er es, einen schmalen Laib, in Plastik eingewickelt. Ein paar Stücke waren schon verspeist.

Er war sich sicher, dass Genesis wahrscheinlich alles allein aufessen konnte, denn er kam in Größe und Gewicht offensichtlich ganz nach ihm. Er ging zum Herd, nahm die Kuchenplatte hoch und hielt sie sich unter die Nase.

Oh Mann, was würde ich für ein Stück davon geben …

God stellte die Platte vorsichtig zurück auf den Herd. Nein, das würde er nicht wagen. Kein Handwerker würde sich einfach ein Stück frisch gebackenes Brot und ein großes Glas gesüßten Tee nehmen und es sich gemütlich machen.

Er schaltete das kleine Licht über der Spüle an und setzte den Werkzeugkasten zu seinen Füßen ab. Es gab einen Job zu erledigen. Danach würde er schnell hier verduften, bevor einer nach Haus kam. Er kannte die Tagesabläufe der beiden mittlerweile ziemlich gut. Er schätzte, die Reparatur der Spüle würde ungefähr eine Stunde dauern, was mehr als genug Zeit für ihn war, bevor sie – wie immer zu zweit – nach Hause kämen. Genesis holte seine Mom auf dem Heimweg vom Footballtraining ab und sie würden gegen 19:30 Uhr wieder hier sein. Diesem Muster folgten sie jeden Donnerstag seit Monaten.

Nur sehr selten kam er selbst hierher, denn meistens beauftragte er jemanden mit den Reparaturen. Jedoch konnte er sich im Moment nicht leisten, einen Klempner für den Ersatz des Abflusses und die Reparatur des Küchenabfallzerkleinerers zu bezahlen. Gerade erst hatte er die Hypothekenrate, seine Miete und die Rate für seinen Truck bezahlt, aber er würde verdammt sein, wenn er seine Mom noch zwei weitere Wochen mit einer kaputten Spüle allein ließe.

God zog seine Lampe und den Schraubenschlüssel heraus und machte sich schnell an die Arbeit. Einmal musste er kurz ein YouTube-Video zu Rate ziehen, aber schließlich gelang es ihm, alles in der Zeit zu erledigen, die er dafür veranschlagt hatte. Er klappte seinen Werkzeugkasten zu, nahm ein kleines Handtuch aus der Tasche und polierte die Spüle. Gerade als er seinen Werkzeugkasten in die Hand nehmen wollte, hörte er, dass sich die Haustür öffnete und prompt die tiefe Stimme seines Bruders erklang.

„Fuck, fuck, fuck!“, flüsterte God ängstlich und sah zur Hintertür, schätzte ab, ob er sie quer durch die Küche erreichen konnte, ohne gesehen zu werden … Die Chance ging gegen null. Er blickte schnell auf seine Armbanduhr. Es war gerade erst 17:30 Uhr.

Verdammt! Was machten sie schon hier?

„Mom, bist du sicher, dass es dir gut geht? Du siehst erschöpft aus.“

„Ich brauche nur ein kleines Päuschen, mein Schatz. Danke, dass du mich so früh abgeholt hast."
„Kein Problem. Geh schon mal rauf und ruh dich aus. Ich bringe dir eine Tasse Tee."
God verhielt sich totenstill und war wahrscheinlich ebenso leichenblass geworden. Er wusste, dass er gleich seinem Bruder gegenüberstehen würde. Er wünschte sich ein freudiges Wiedersehen, aber er war nicht so naiv, es zu erwarten. Schweigend beobachtete er Genesis dabei, wie er seine Tasche mit den Büchern und seine Footballsachen in die Wäschekammer warf, sich umdrehte und dann vor Schreck aus dem Stand fast 1,50 m hoch in die Luft sprang, als er Gods massige Gestalt an die Spüle gelehnt sah.
Mit der aufkommenden Erkenntnis, wen er vor sich hatte, veränderte sich sein Gesichtsausdruck und wurde überaus finster. Er ballte seine Fäuste und presste sie an die Hüften.
„Was zur Hölle machst du hier in meinem Haus?", herrschte er God an.
Der blickte in grüne Augen, die ein Spiegelbild der seinen waren. Ein Erbe ihrer Mutter. Im Alter von gerade mal 17 Jahren hatte sein Bruder eine Größe von fast 1,90 m. Sein schwarz-weißes Muskelshirt der Muddelton High School präsentierte eine kräftige Brust und einen gut ausgebildeten Bizeps. God ertappte sich bei dem jähen Gedanken, dass er lieber nicht in eine Prügelei mit ihm geraten wollte … denn das würde bestimmt nicht schön für ihn ausgehen. Er stand einfach nur da und starrte still seinen Bruder an; und sehnte sich gleichzeitig verzweifelt danach, ihn zu umarmen, so sehr, dass seine Arme brannten.
„Bis du etwa hier eingebrochen, du Arschloch?"
God zuckte zusammen, als er seinen Bruder so reden hörte.

„Liebling, wen schreist du denn da so an?" Er hörte die Stimme seiner Mutter, bevor er sie um die Ecke kommen sah. Bei seinem Anblick schnappte sie erschrocken nach Luft.

Sie trug noch ihre Freiwilligenuniform, bedruckt mit einem pink-weißen Paisleymuster. Ihre Haare hatten ein paar graue Strähnen bekommen, die sich aus dem strammen Knoten gelöst hatten und sich jetzt wild um ihr sorgenvolles Gesicht kräuselten. Herrgott, er vermisste sie so sehr! Für den Bruchteil einer Sekunde vergaß er, dass er zur Persona non grata erklärt worden war und machte zwei Schritte in Richtung seiner kleinen Mom, bevor sein Bruder schützend vor sie sprang.

„Cashel, bist du das?", sagte sie, und es war kaum mehr als ein Flüstern.

Sie hört sich nicht mehr ärgerlich an … vielleicht hat sie mir vergeben.

„Ja, Mom, ich bin es", antwortete er mit seinem langgezogenen, tiefen Bass, die Stimme erfüllt von unausgesprochenen Gefühlen und Hoffnung.

„Sie ist nicht deine verdammte Mutter!", herrschte Genesis ihn an.

„Was?" God keuchte ob dieser Absurdität. „Sie wird immer meine Mutter sein!"

Seine Mutter kam vorsichtig hinter ihrem jüngsten Sohn her und hinkte langsam zu God herüber. Vielleicht würde sie ihn umarmen und im selben Atemzug ausschimpfen, weil er so lang fort gewesen war, und ihm dann ein riesiges Stück Rosinenbrot anbieten. Vielleicht würde sie ihn fest drücken und ihm sagen, dass sie verstand, warum er das hatte tun müssen, was er vor so vielen Jahren getan hatte,

und dass es in Ordnung sei, er könne jetzt heimkommen … sie vermisse ihren großen Jungen so sehr.
Er hatte diese Gedanken noch nicht zu Ende geträumt, als seine Mutter ihre Hand so weit zurücknahm, wie sie nur konnte, und ihm unvermittelt mit aller Kraft ins Gesicht schlug, so dass sich seine Haare aus dem Haarband lösten und ihm auf die brennende Wange fielen.
Genesis war mit drei großen Schritten sofort an ihrer Seite und zog sie schützend an sich. God hielt seinen Kopf gesenkt und strich sein Haar hinter die Ohren, seine Augen brannten von ungeweinten Tränen.
„Wie kannst du es wagen, hierher zu kommen? Wie hast du unsere Adresse herausbekommen? Du Mistkerl!", schrie sie ihn an. „Du hast meinen Mann getötet! Verschwinde! Verschwinde sofort! Wage es nicht, jemals wieder herzukommen, oder ich werde die Polizei rufen!"
Sie humpelte fort, aber God hatte noch ihre Tränen, ihren Schmerz und auch den Ekel auf dem sonst so engelsgleichen Gesicht gesehen. Und er sah, wie sie verzweifelt versuchte, sich so schnell wie möglich von ihm fortzubewegen.
„Es tut mir leid, Mom", flüsterte er der mühsam fliehenden kleinen Gestalt hinterher.
„Ich sagte, sie ist nicht deine Mutter." Genesis schubste ihn so kräftig, dass er über seinen Werkzeugkasten stolperte, der immer noch auf dem Boden zu seinen Füßen stand, und fast ungebremst zu Boden schlug. Schmerz schoss heiß durch seine Schulter und ließ ihn zusammenzucken. Als er aufsah, erkannte er den Stolz in dem Gesicht seines Bruders darüber, dass er die Oberhand hatte.

„Wenn du jemals wieder hier einbrichst, werde ich dich töten.“ Sein Bruder stand über ihm.
„Gen, kann ich bitte nur für eine Minute mit dir reden?“, bat God ruhig und arbeitete sich vorsichtig auf die Beine.
„Nein, verdammt! Du hast meinen Vater umgebracht, nur weil dich irgendein Bandenführer damit beauftragt hat, und nur wegen irgendeines beschissenen Formfehlers musstest du nicht mal für einen einzigen Tag in den Knast.“ Genesis’ Augen waren von einem Hass erfüllt, den God bis jetzt nur von den hartgesottensten Kriminellen kannte.
„Du verstehst das nicht, Gen … wenn ich nur kurz mit dir reden könnte …“
God versuchte, wieder zu Kräften zu kommen. Er sah, wie Genesis seine Faust hob, machte sich aber gar nicht erst die Mühe, auszuweichen. Ergeben ließ er seinen Bruder auf die gleiche schmerzende Stelle schlagen, die seine Mom zuvor getroffen hatte. Er bewegte seinen Kopf lieber nicht, sondern nur probeweise seinen Unterkiefer ein bisschen. „Du hast einen ziemlich guten Schlag, kleiner Bruder.“
„Du Arschloch!“, knurrte Genesis. „Nenn mich nicht so. Ich bin nicht dein Bruder. Jetzt verschwinde aus meinem verdammten Haus und komm nicht wieder, wenn dir dein Leben lieb ist. Sonst werde ich vielleicht auch mit einem Totschlag aus Notwehr davonkommen.“ Sein Bruder kam näher, die Stimme ein eiskaltes, grimmiges Knurren. „Lebst du jetzt etwa hier in Atlanta?“
„Nein, ich bin immer noch in Alabama“, log er.
„Gut. Es würde mir echt auf den Magen schlagen, wenn ich mit dir in einer Stadt leben müsste.“
Gerade als God glaubte, dass er sich kaum mieser fühlen konnte, spuckte sein Bruder ihm ins Gesicht. Dann drehte

Gen ihm abschließend den Rücken zu und öffnete die Hintertür. God benutzte den Saum seines Shirts, um sich die Spucke aus dem Gesicht zu wischen, hob seine Werkzeugbox auf und steuerte die Tür an.

Er übertrat die Schwelle, hielt kurz inne und überlegte, ob er noch einen Versuch starten sollte – da schubste sein Bruder ihn kräftig hinaus und schlug die Tür mit aller Wucht zu, so dass die Grundfesten des Hauses erbebten.

God kniff die Augen zusammen, als der Schmerz über ihn hereinbrach und ihn bis ins Herz komplett ausfüllte. Herrgott, war es das wert? *Ja, verdammt nochmal. Und wenn dieses Stück Scheiße aus der Hölle zurückkehren würde, würde ich ihn direkt wieder zurückschicken.*

Kapitel 4
Was zur Hölle ist passiert?

Er wusste hinterher nicht mehr genau, wie lange er durch die Gegend gefahren war, um sein rasend schlagendes Herz zu beruhigen, und bevor es ihn in eine Bar zog, die ungefähr eine Stunde von seinem Apartment entfernt lag. *Scheiß drauf, wenn ich zu besoffen bin, penn ich einfach in meinem Truck. Ich brauch jetzt unbedingt was zu trinken.*

God schob seine 9-mm Waffe unter seinen Sitz. Er legte sich seine Dienstmarke an, stopfte sie unter sein T-Shirt und steckte die Handschellen in seine hintere Hosentasche. Dann schob er sein großes Langmesser in seinen Stiefel. Er schloss sein Auto ab, ging mit großen Schritten über den Parkplatz und betrat die überfüllte Spelunke.

Die rechteckige Bar erstreckte sich bis zur Hintertür. God nahm seine nähere Umgebung in Augenschein und damit alle Hindernisse, die zwischen ihm und dem Tresen liegen könnten. Sein Blick schweifte kurz über die anwesenden Stammkunden, bevor er sich für eine kleine Nische entschied, die ihm einen Überblick über das ganze Lokal und freie Sicht auf die Eingangstür gewährte. Vier bis fünf Pärchen drehten sich auf der kleinen Tanzfläche zu dem Soft Rock, der aus der Jukebox klang. Es gab ein paar Jungs im Collegealter, die die drei Billardtische an der hinteren Rückwand besetzt hielten.

Er blickte nach links und sah eine mollige Kellnerin auf ihn zukommen. Sie hatte üppige Brüste und sehr breite Hüften, die durch ihre engen schwarzen Jeans zur Schau gestellt wurden. God hatte noch nie nachvollziehen können, warum Frauen mit einem beachtlichen Bauchumfang Bustiers trugen. Er war fest davon überzeugt, dass es im Gegenteil sehr viel sexier war, Kleidung zu tragen, die nicht nur dem Alter, sondern auch dem Körpertyp angemessen war. Offensichtlich genoss die Kellnerin die schwere Südstaatenküche, die in Atlanta in einer Vielzahl von Restaurants angeboten wurde, oft und gern. Ihr von zu viel Maisbrot geformter Körper näherte sich ihm tänzelnd. Ihr breites Grinsen war überaus eindeutig.

„Hey, du großer, Hübscher. Bist du ganz all– “

„Einen Whisky und ein Corona“, bestellte er schnell und schnitt damit ihren Flirtversuch ab. Er atmete tief ein und strich sich mit der Hand durch seine widerspenstigen Locken.

Sie balancierte das Tablett auf ihrer üppigen Hüfte und legte eine Hand auf den Tisch vor ihm. „Du redest wie ein Mann, der weiß was er will – wenn er es will“, schnurrte sie. „Gibt es sonst noch irgendetwas, was ich dir geben kann?“

„Ja, Ruhe“, sagte er seufzend.

Anscheinend hatte Maisbrot diese Botschaft verstanden, denn sie zog ohne ein weiteres Wort von dannen. Als sie nach einer Weile mit den Getränken zurückkam, donnerte sie die Gläser und eine Schale mit Brezeln vor ihn auf den Tisch, ohne ihn zu fragen, ob er noch etwas anderes wolle. Das war ihm gerade recht.

God nahm einen tiefen Schluck von seinem Bier und knallte das Glas dann zurück auf den Tisch. Er hielt seinen Kopf gesenkt und stocherte mit den Fingern in den Kerben der Tischoberfläche, die andere unzählige Gäste vor ihm hier hinterlassen hatten. Der reine und ungezügelte Hass, den er in den Augen seines Bruders gesehen hatte, hatte sich ihm in den Kopf gebrannt. Die schrillen Schreie seiner

Mutter hallten ihm noch in den Ohren: „Du hast meinen Ehemann getötet."

Nein. Ich habe nicht deinen Mann getötet …Ich habe ein Tier umgebracht.

Er kippte den Whiskey hinunter und wimmerte, als der in seinem Hals ein Feuer entzündete. Ein dumpfer Schmerz ballte sich in seiner Kehle zusammen und breitete sich in seinem Körper aus. Zu seinem Erstaunen fand er fast Gefallen daran und kostete das Gefühl aus.

Nein, ich hab nicht deinen Mann umgebracht … ich habe ein Tier getötet.

Er hob zwei Finger, um Maisbrot ein Zeichen zu geben. Er gab ihr keine Gelegenheit zu fragen. „Ja, nochmal das Gleiche … und lass den Nachschub nicht abreißen. Wenn es so aussieht, als läge ich gleich auf dem Trockenen, bring mir nochmal zwei."

***

Day aß den letzten Bissen seines Steaks und stopfte sich die letzten selbstgemachten Pommes in den Mund. „Du hast ein verdammt gutes Essen verpasst, Kumpel", sagte er laut und schnappte sich sein Bier, bevor er sich auf seiner Couch zurücklehnte und es sich für einen erfüllenden Baseball Donnerstagabend bequem machte.

Er war gerade kurz eingenickt und schreckte auf, als sein Handy auf dem Tisch vibrierte. Er nahm es und las:

„Grad auf allen vieren?"

Er schnaubte: „Arsch", und tippte eine Antwort.

„Bist wohl angepisst, weil ich es nicht für DICH tue."

Day wartete, was God wohl als Nächstes schreiben würde.

„Bin grad ziemlich blau. Würd es dich vielleicht tun lassen, wenn du mich genug drum bittest.“

Er schrieb sofort zurück: *„Selbst wenn dein Schwanz mit Puderzucker umhüllt wäre und deine Wichse wie Himbeermarmelade schmecken würde, könntest du lange darauf warten.“*

Er wartete mindestens fünf Minuten auf eine Antwort, aber anscheinend hatte sein Partner aufgegeben.

Also stellte er die Lautstärke seines Fernsehers höher – da er eben geschlafen hatte, hatte er nicht mitbekommen, wer in der Show, die nach dem Spiel lief, gewonnen hatte.

Plötzlich vibrierte sein Handy, er entzifferte:

„Typisch … niemand wird einen nutzlosen Arsch wie mich wollen“.

Er setzte sich ruckartig auf und las den Text nochmal, murmelte: „Was zum Teufel …“ und wählte dann Gods Nummer. Als nur die Mailbox ansprang, fluchte er und bellte ins Telefon: „God, wo bist du, verdammt? Ruf mich sofort zurück!“

Er kannte seinen Partner. So redete God einfach nicht. Wenn überhaupt, war der Kerl aufreizend arrogant. Er erinnerte ihn jeden Tag daran, wie sehr er – Day – ihn brauchte, und wie wertlos und aufgeschmissen er ohne seine Anleitung wäre.

Day wippte nervös mit den Beinen. Er wollte wissen, wer – und, zum Teufel, vor allem wie jemand – da Gods Kopf übernommen und ihn so verändert hatte. Nochmal wählte er Gods Nummer … er nahm nicht ab. Wieder auf die Mailbox zu sprechen, hatte wohl keinen Sinn. Also textete er: *„WTF? Wo bist du? Antworte mir sofort.“*

Er wartete fünfzehn Minuten, die sich wie Stunden anfühlten.

Fuck. Verdammt seist du, Cash. Verarsch mich lieber nicht.

Unruhig stand er auf und begann, in seinem großen Wohnzimmer auf und ab zu tigern. Dann stoppte er und zerzauste sich mit den Händen seine blonden Haare. So konnte er besser darüber nachdenken, wo God stecken könnte … da hatte er plötzlich einen Geistesblitz, der ihn umhaute: *Unsere Tracking Apps.*

Während eines netten Abends hier bei ihm zu Hause hatten God und er gegenseitig ihre Telefone getauscht und damit herumgespielt. Day zog God wegen der unzähligen Nummern irgendwelcher Tussis auf, die er in seinem Handy gespeichert hatte, und von denen einige tatsächlich mit Sternchen versehen waren.

God dagegen hatte seinen Spaß mit den Nachrichten, die ein paar Milchbubis Day nach ihren Verabredungen geschickt hatten. Eines dieser Schnuckelchen hatte Day doch tatsächlich ein Foto seines weit offen gespreizten Arschlochs geschickt. God zog ihn noch heute damit auf. Und tatsächlich war das Day totpeinlich, denn dieser Typ war eine wirkliche Schlampe gewesen.

Nachdem sie sich so gegenseitig aufgezogen hatten, hatten sie begonnen, sich gegenseitig Apps und Spiele auf ihre Handys zu laden. Dabei entdeckten sie eine App, mit der sich der Standort eines – untreuen – Partners genau zurückverfolgen ließ, und beide fanden es spaßig, auszuprobieren, ob das tatsächlich funktionierte … und das tat es.

Day griff sein Telefon und öffnete die App, er betete darum, dass sein Freund sie nicht mittlerweile von seinem Handy entfernt hatte. Als sie sich ganz geöffnet hatte, tippte er auf Gods Zeichen – das Bild eines Löwen – und

tatsächlich öffnete sich eine Karte der Stadt und ein roter Punkt blinkte auf: Rugley's Bar, Piedmont Road off I-85.
„Ja!!" Er frohlockte kurz, runzelte dann aber die Stirn wegen der Adresse.
Was zur Hölle treibst du in Buckhead?
Dann jedoch fand er, diese Frage solle God ihm am besten selbst beantworten – aber erst nachdem er ihm kräftig eine reingehauen hatte, weil er ihm solche Angst eingejagt hatte.
Er rief ein Taxi, während er die Treppe hinunterlief, dabei zwei Stufen auf einmal nahm und sich in Windeseile T-Shirt und Jeans überzog. Dann wartete er ungeduldig an der Hintertür, seine Marke trug in der hinteren Hosentasche, seine 9mm gemütlich passend eingeklemmt am Rücken und zwei Paar Handschellen in der Tasche seines Ledermantels.
Das Taxi kam, er stieg ein und glitt auf den Rücksitz.
„Buckhead", teilte er dem Fahrer mit. Dann machte er es sich für die fast halbstündige Fahrt gemütlich und behielt die ganze Zeit über den roten Punkt im Auge, der seine Position nicht verändert hatte. Wenn God sich bewegte, würde er es mitkriegen.

Kapitel 5
Mich kannst du nicht täuschen

Schließlich wusste God wirklich nicht mehr, die wievielte Runde er zuletzt bestellt hatte. Was er wusste: Er war total voll und verschwendete keinen Gedanken mehr an seinen Bruder, der ihm vier Stunden zuvor ins Gesicht gespuckt hatte. Nachdem er Day diese dämliche „mir geht es schlecht" Nachricht geschickt hatte, hatte er sein Telefon in die hintere Hosentasche zurückgesteckt. Ein kleiner Aussetzer seines Urteilsvermögens. Er wusste, dass sich Day bei seinem Text die Nackenhaare gesträubt hatten, aber er würde es ihm später erklären … wenn er wieder nüchtern war. Er war gerade von seiner Nische an das andere Ende der Bar gewandert, weil ihm von dort aus eine aufreizende Rothaarige in einer tief ausgeschnittenen Bluse einen Whisky geschickt hatte.

„Möchtest du mit hier raus, Schätzchen?", stöhnte sie in sein Ohr, während sie sich gleichzeitig nervös umschaute und mit einem raschen Blick die Bar überflog.

Er musterte sie genauer und sah lange falsche Wimpern, die scheue braune Augen verbargen. Der dunkle Eyeliner war in den Augenwinkeln verschmiert, als ob sie geweint … oder vielleicht geschwitzt hatte. Das lange Haar war dick und unfrisiert. Die fettigen Strähnen sahen aus, als hätte sie sie tagelang nicht gewaschen, und ihr Atem roch nach Whisky. Ihre Lippen aber waren voll, und er ertappte sich dabei, dass er diesen Mund an einer anderen Stelle seines Körpers fühlen wollte.

„Klar, warum nicht", nuschelte er undeutlich. Gods Bulleninstinkte waren verdammt gut, und obwohl er stark alkoholisiert war, erkannte er sofort, dass sie eine Hure war, die ihn wahrscheinlich abzocken wollte. Aber er hoffte dunkel, dass er seinen Schwanz gelutscht bekam und verschwinden konnte, bevor irgendwelcher Ärger losging. Sie führte ihn in die dunkle Abgeschiedenheit des Hinterhofs und manövrierte ihn gegen eine Mauer. Er sah hinab in ihre Augen und sah das Unheil in diesen großen dunklen Himmelskörpern tanzen.

„Blas mir einen", verlangte er. Er würde nicht warten, bis ihre Jungs hier auftauchten. Sie blickte ihn nervös an. „Tu nicht so, als wäre es das erste Mal." Er grinste und sah dann zu, wie sie langsam an seinem muskulösen Torso hinabglitt, bis sie vor ihm hockte. Langsam zog sie seinen Reißverschluss auf und fummelte ungeschickt seinen halb erigierten Schwanz aus den Jeans.

„Na, geht doch … los, Sexy-Lips, pack diesen großen Kerl da rein …" Er lehnte seinen Kopf gegen die Steine, während sein Schwanz von dem heißen, feuchten Mund verschlungen wurde. Es fiel ihm schwer, nicht die Augen zu schließen, aber er wusste, dass er sich lieber vorsehen sollte. Sie bearbeitete ihn fest und schnell. Das war zwar nicht großartig, aber auch nicht besonders schlecht.

„Lässt du dich so von ihnen benutzen?", presste er stöhnend hervor.

Sie hörte auf und sah ihn an, als wollte sie ihn genauer einordnen, mit einem Blick, der zu sagen schien: ‚Warum sagst du so etwas?'

Aber er legte seine schwere Hand auf ihren Hinterkopf und lenkte sie zurück an die Arbeit. „Wenn es dich nicht stört, von ihnen benutzt zu werden, werde ich mich auch nicht schlecht dabei fühlen, dich zu benutzen."

Sie zog sich mit einem feuchten Ploppen von ihm zurück und stieß einen genervten Atemzug aus. „Wovon redest du, verdammt nochmal?“

Er riss ihren Arm hoch und starrte sie wütend an. „Du weißt genau, wovon ich rede!“

Wie auf Bestellung kamen drei Typen den dunklen Weg herunter auf sie zu. God warf ihr einen abschätzigen Blick zu und schubste sie von sich fort. „Davon spreche ich. Na, wie viele hast du denn heute Abend schon in die Falle laufen lassen?“

„Hau ab, Brenda. Sofort!“, bellte einer der Kerle sie an. Das ließ sie aufspringen, ihre Börse vom Boden aufheben und ohne einen Blick zurück davonhuschen.

God seufzte und zog seinen Reißverschluss hoch. „Ihr Jungs hättet sie wenigstens zu Ende machen lassen können.“

„Los, gib uns deine Brieftasche!“ Das war der Typ, der seinem Date befohlen hatte, zu verschwinden.

„Also bist DU der Anführer … der, den ich zuerst ausschalten muss“, erwiderte God.

„Was?“, fragte der Punk mit einem verstörten Gesichtsausdruck. Seine Haare waren aus der Stirn genommen und unter eine schwarze, enganliegende Mütze gestopft. Ansonsten gab es nichts Auffälliges an seiner Kleidung … auch nicht bei den anderen beiden.

Blitzschnell und hart trat God ihn mit seinen Stahlkappenstiefeln in die Bauchgegend. Mit Leichtigkeit ließ er den Mann zu Boden stürzen, wo er sich zusammenkrümmte. Die anderen beiden hatten seine flinke Bewegung entgeistert verfolgt. Diesen Vorteil nutzte er und umrundete den zweiten Kerl. Er schlug einen rechten Haken, erwischte die

Wange des Mannes und hörte ein lautes Krachen, als der Kieferknochen brach. God knurrte, drehte sich rasch herum, packte den dritten an der Kehle und knallte ihn hart zurück an die Wand. Als dessen Schädel Bekanntschaft mit dem unbarmherzigen Backstein schloss, verdrehte er die Augen.

Unterdessen erkannte God die Gesichter der Männer nicht mehr deutlich, sah alles durch einen rot-orangenen Schleier. Er hörte Stimmen, die ihn als Schlappschwanz verhöhnten und gleichzeitig seine Wut anfeuerten, und sah alte, haarige Hände, die nach ihm griffen. Er verstärkte seinen Griff um die Kehle des dritten Punks und holte mit der Rechten zum Schlag aus, bereit, einen ernsthaften und finalen Schaden auszuteilen.

„Lass ihn los."

God schüttelte bei dem Klang der vertrauten tiefen Stimme verwirrt den Kopf.

„Ich sagte, lass ihn sofort los!"

Er fühlte zwei starke Hände, die sich auf seine Schultern legten und plötzlich aufwallende Hitze, die von seinem Rücken nach vorn zu ihm durchsickerte.

„Setz ihn ab, God. Jetzt sofort, bevor du ihn umbringst. Hör auf meine Stimme." Day stand auf den Zehenspitzen und sprach direkt in sein Ohr. Der warme Atem ließ ihm Schauer über die Wirbelsäule laufen. „Cashel, stopp", flüsterte Day.

God nahm endlich den rechten Arm hinunter und entließ den Mann aus seinem Griff. Er wartete nicht ab, um zu sehen, wie der Körper des Mannes zu Boden glitt, sondern wirbelte herum und sah in das Gesicht seines Freundes. Erleichterung durchflutete ihn, als er in dessen Blick weder

Urteil noch Sorge oder Mitleid las. Alles, was er erblickte, waren Erleichterung und Anteilnahme. Day packte ihn und umschlang ihn fest. Seine Umarmung war kräftig und souverän – genau so, wie God sie jetzt dringend brauchte.

„Los, komm! Wir müssen hier weg." Day ergriff von hinten seinen Arm, brachte sie beide schnell fort aus der dunklen Sackgasse und manövrierte ihn direkt hinein in ein Taxi, das an der Straße wartete.

„Halt … mein Truck!"

„Für dein Auto ist gesorgt." Day hielt ihn vom Aussteigen ab.

„Was meinst du damit?"

„Damit meine ich, dass du mir zweihundert Dollar schuldest. Denn das ist der Betrag, den ich dem Barkeeper gerade eben dafür gegeben habe, dass er uns zu mir nach Hause folgt – mit deinem Truck."

God drehte sich hastig um und sah die riesigen Scheinwerfer seines Trucks durch das Rückfenster des Taxis aufleuchten.

„Du hast einem völlig Fremden mein Auto gegeben … meine verdammten Knarren sind da drin, Leo."

„Darüber hättest du vorher nachdenken sollen, Cash", knurrte Day ohne Zögern zurück.

„Wenn du mir eine Predigt halten willst, kannst du dir das sparen." God ließ sich zurückgleiten und lehnte seinen Kopf an den Sitz, während das Taxi beschleunigte und auf den Highway fuhr.

„Du solltest mich besser kennen, Cash. Ich werde dir keine Predigt halten. Ich werde dir so richtig in den Arsch treten", sagte Day nüchtern und wandte den Blick aus dem Fenster.

Für den Rest der Fahrt schwiegen beide.

Kapitel 6
Dank dir, Tracking App!

Day kletterte aus dem Taxi und bat den Fahrer, kurz zu warten, um ihm dann noch ein paar Scheine zuzustecken.
„Bringen Sie den Mann zurück zur Bar."
Er wies auf den Barkeeper, der gerade mit dem Truck in die Einfahrt bog und das Fahrzeug dann in einem ungünstigen Winkel parkte. Voller Energie sprang der Mann aus der Fahrerkabine.
„Mann, das ist ein supercooler Truck, Kumpel. Wünschte, ich hätte ihn auf der Autobahn richtig ausfahren können. Wie schnell fä …"
„Verzieh dich einfach von meinem Auto", murmelte God und ging zu seinem Truck, um nachzusehen, ob der Kerl irgendeinen Schaden im Inneren angerichtet hatte.
„Hey Mann, ich hab dir gerade einen Gefallen getan und das ist der Dank dafür?" Er warf Day einen beleidigten Blick zu.
„Du brauchst kein Dankeschön, du hast gerade zweihundert Kröten bekommen. Und jetzt hau ab", erläuterte Day und hielt die Tür des Taxis offen. Der eingeschnappte Mann glitt auf den Rücksitz und drehte sich um, um noch etwas zu sagen, aber Day schlug schnell die Tür zu und hämmerte dann zweimal mit der Hand auf das Dach, um dem Fahrer das Startsignal zu geben.
Als das Taxi außer Sicht war, drehte er sich um und schlenderte zu seinem Partner, der gerade seinen Truck auf die Waffen prüfte.
„Lass uns reingehen, God!", sagte er gähnend.

„Ich fahre heim. Mir geht's gut genug, um zu fahren", erwiderte der leise.

„Den Teufel wirst du tun. Du kannst auf meiner Couch schlafen, Mann, es ist fast vier Uhr morgens", sagte Day eilig.

„Mir geht's gut. Glaube, ich kann sowieso nicht schlafen", antwortete God und zog sich schon hoch auf den Fahrersitz.

Day sprang behände in die Tür, damit God sie nicht schließen konnte, und hörte, wie der frustriert die Luft ausstieß.

„Cash, rede mit mir, Mann. Was zur Hölle war los heute Nacht? Deine Nachricht, der ganze Alkohol, du versuchst, einen Mann mit deinen bloßen Händen zu töten … was sollte diese verdammte Raserei?"

„Nichts, Leo. Geh ins Haus. Ich hab nur ein bisschen Dampf abgelassen. Ich bin ein Mann. Das passiert jedem von uns hin und wieder … richtig?" God sah ihm nicht in die Augen, während er sprach, und Day wusste, dass hier etwas ganz und gar nicht richtig war.

„Versuch den Scheiß mit einem anderen Idioten, okay. Ich hab deinen Ärger gesehen, deinen Schmerz, deine Verwirrtheit, und ich hab gesehen, wie sich für dich das Gesicht von diesem Punk in das irgendeines Feindes verwandelt hat … also Schluss damit. Gibt es etwas, was dich bedrückt, Cash? Ich bin dein Partner, Mann, du solltest mittlerweile wissen, dass du mir alles anvertrauen kannst, genau wie du mir vertrauen kannst, dass ich dir deinen Rücken freihalte, wenn wir da draußen auf der Straße sind."

Plötzlich wurde er zurückgestoßen. God sprang blitzartig aus dem Truck und schaffte es gerade noch bis zur Seite des Hauses, wo er den hochprozentigen Trost, den er den ganzen Abend über zu sich genommen hatte, wieder von sich gab.

Day ging hinüber zu seinem Partner, legte ihm seine warme Hand auf den Rücken, und fühlte, wie er sich verkrampfte. God hustete und würgte, bis außer der Magensäure nichts mehr in seinem Magen war. Dann wurde Days Hand gewaltsam abgeschüttelt.

„Wie wär's mit ein bisschen Scheiß-Privatsphäre, Leo?", knurrte God.

„Alles klar." Day hob die Hand. Er drehte sich um und marschierte zum Truck, nahm die Schlüssel aus dem Zündschloss und schob sie in die Tasche. Dann ging er ins Haus und schaltete nur das Licht im Flur an. In der Küche stellte er die Kaffeemaschine an und steckte zwei Scheiben Brot in den Toaster. Als er gerade zwei Löffel mit Kaffeeweißer in Gods Tasse gerührt hatte, hörte er die Vordertür zuschlagen.

„Meine Schlüssel, Day. Oder nimmst du mich in Geiselhaft?", rief God vom Eingang her in die schlichte Küche.

Er pirschte hinein, ging zur Spüle und spülte sich mehrmals den Mund aus, bevor er die angebotene Kaffeetasse und die Untertasse nahm, auf der die leicht gebräunte Scheibe Toast lag. Endlich sah er Day mit diesen verblüffend grünen Augen an und dankte ihm auf seine Weise, wortlos.

Day hielt es für das Beste, seinen Partner vorläufig mit seinen Dämonen allein zu lassen. Offensichtlich war der Kerl momentan nicht gerade scharf auf Gesellschaft. Er ließ also resolut seine Hand auf Gods breite Schulter fallen.

„Ich seh dich dann in ein paar Stunden, Kumpel. Ich werde dir ein paar Laken und ein Kissen auf die Couch legen." Er drehte sich um, um zu gehen.
„Hey, Schwuchtel. Und nicht, dass du dir oben einen runterholst, weil ich hier unten quasi nackt auf deiner Couch liege." God schlüpfte unter die Laken, bevor Day den Raum verließ.
„Wenn ich es tue, dann werde ich rechtzeitig runterrennen und dir die volle Ladung direkt ins Gesicht schießen." Day lachte und nahm zwei Stufen auf einmal nach oben.

***

Er konnte nicht länger als anderthalb Stunden oben gewesen sein. Seine Jazzmusik lief nur mit sehr leiser Lautstärke, um seinen Übernachtungsgast nicht zu stören. In den vier Jahren, in denen der große Kerl jetzt sein Partner war, war er bisher nie bei Day zu Hause geblieben. Sie besuchten sich oft, normalerweise vier bis fünf Mal pro Woche, und trotz Days Hartnäckigkeit stand God jedes Mal auf und fuhr zurück in sein Drecksloch … egal, wie spät es war.
Day las in seinem Magazin und entspannte sich, als God im Wohnzimmer urplötzlich einen herzzerreißenden Schrei ausstieß. Innerhalb einer Sekunde war Day auf den Beinen und stürzte mit seiner 9-mm die Treppe hinunter. Er überflog das ganze Untergeschoss mit einem Blick, aber alles schien an seinem Platz zu sein. God lag schlafend auf dem Rücken. Er trug nur seine Hose, der Knopf war geöffnet und der Reißverschluss geöffnet. Die Hände waren zu

Fäusten geballt und sein Gesicht so verzerrt, dass er beinah nicht mehr zu erkennen war.

Day legte seine Waffe auf den Tisch und lief zur Couch. Er hatte sich schon fast zu seinem Freund hingekniet, als er prompt wieder aufspringen musste, um nicht verletzt zu werden. God schnellte hoch, er schrie und schlug mit wild rudernden Armen um sich: „Hau ab! Ich sagte stop! Genug! Genug!“, tobte er wieder und wieder.

Es überwältigte Day schier, dass man dermaßen laut schreien und trotzdem weiterschlafen konnte. God sah so schmerzerfüllt aus, dass es ihm beinahe das Herz brach.

Normalerweise nutzte Day seinen schnellen Witz und seinen Sarkasmus als Schutzschild, und um alle Menschen auf Armeslänge entfernt zu halten. Das traf aber nicht auf diesen Mann vor ihm zu. Seit der ersten Sekunde hatte er eine Schwäche für Detective Cashel Godfrey.

Ihm wurde klar, dass God nicht von selbst aufwachen würde, er musste diesen Albtraum beenden, bevor der Mann sich selbst verletzte. Gerade wollte er beide Hände auf Gods Schultern legen, um ihn daran zu hindern, wieder hochzuschnellen, als der jammerte: „Dad, er tut mir weh!“ Sein über 1,80 m großer Partner klang wie ein verängstigtes Kind, und dieses Mal war ER es, der die Hände zurückriss, als hätte er sich verbrannt.

Oh nein. Bitte, lass es nicht das sein, wonach es sich anhört … mein Gott.

God begann um sich zu schlagen, als kämpfe er um sein Leben.

Scheiße, wach auf!

„Cash! Cash!“ Day ergriff energisch Gods Oberarme, schüttelte ihn mit ganzer Kraft und hoffte dabei inständig, er würde ihn nicht zu Tode erschrecken. „Cash, wach auf!“
God schoss hoch und versuchte, seine Arme aus dem engen Griff zu befreien.
„Ich bin es, Leo. Beruhige dich, Cash, du hast geträumt.“
Day beobachtete, wie er fieberhaft um sich sah, immer noch nicht vollständig wach. Wieder versuchte God, seine Arme zu befreien und diese Mal ließ Day ihn los. „Ich bin es. Du bist hier bei mir zu Hause.“
God sah ihn an wie ein in die Enge getriebenes Tier. Seine grünen Augen blickten wild und defokussiert, während er versuchte zu begreifen, wo er sich befand.
„Cash, sieh mich an!“, sagte Day eindringlich und das schien God endlich zurück ins Hier und Jetzt zu holen.
„Leo!“, flüsterte er.
„Ja, Cash, ich bin hier.“ Day setzte sich auf den Rand der Couch und streckte seine Hand aus, um damit über Cashs schweißglänzende Stirn zu streichen. Der schloss die Augen, holte zitternd Luft und versuchte, wieder die Kontrolle über seinen hektischen Atem zu gewinnen. Als er seine Augen wieder öffnete, war es, als hätte er Day jetzt erst wirklich erkannt, und sofort schossen ihm die Tränen in die Augen. God streckte seine Arme aus und umklammerte seine Taille, zog ihn dann dicht an seine Brust.
Day atmete scharf ein, legte dann aber seine Arme um den Hals seines Freundes. God zitterte wie Espenlaub und war zugleich klatschnass geschwitzt. Auch Days Augen füllten sich mit Tränen, und er drückte seinen Partner fest. „Cash, Baby, bitte. Sag mir, was nicht stimmt. Ich kann dir nicht

helfen, wenn du mir nichts erzählst." Als God einen Schluchzer unterdrückte, umarmte er ihn noch stärker.
„Er hat sie nicht aufgehalten. Ich habe ihn angefleht, aber er hat sie nicht aufgehalten …" God weinte.
„Wer? Dein Vater?" Day lehnte sich zurück und sah in tränenerfüllte grüne Augen.

Kapitel 7
Eine neue Einsicht

Verdammt! Er hatte schon zuviel gesagt. Day hatte gerade nach seinem Vater gefragt. Keiner wusste davon – und wenn es nach God ginge, würde es auch nie jemand erfahren. Er zog sich aus Days Umarmung zurück. Tränen und Sorge schimmerten in den Augen seines Partners.

God wusste, dass dieser einfühlsame Mann ihm wirklich helfen wollte, aber was geschehen war, war geschehen. Sofern Day keine Zeitmaschine hatte, gab es keine Möglichkeit, ihm zu helfen. Er fühlte, wie ihm die Hitze in die Wangen schoss, als er realisierte, dass Day ihn *Baby* genannt hatte … und vor allem, dass es ihm gefallen hatte. Niemand sorgte sich mehr um ihn. Wenigstens nicht seit den letzten fünfzehn Jahren. Das war eine lange Zeit, um zu einem einsamen Wolf zu werden. Plötzlich musste er hier raus, er bekam keine Luft mehr. Er befreite sich aus Days Griff.

„Ich muss gehen, Day." Er schwang seine Beine seitlich über die Couch.

„W-warte! Nein, auf keinen Fall! Wo gehst du hin?", sagte Day warnend.

„Wohin wohl? Nach Hause!" God fuhr sich über die feuchten Augen.

„Nein, Cash. Ich glaube nicht, dass du jetzt allein zu Hause sein solltest."

„Wer bin ich? Macaulay Culkin?", gluckste God humorlos.

„Ich spiel hier keine Spielchen, also mach du dich verdammt noch mal nicht über mich lustig!", quetschte Day mit zusammengebissenen Zähnen hervor.

„Day, bitte." God seufzte schwer und ließ den Kopf in die Hände fallen, er betete still, dass Day es gut sein lassen würde. *Die Aussichten dafür stehen allerdings verdammt schlecht.*

„Wir sehen uns bei der Arbeit in ein paar Stunden, in Ordnung?" Er trug noch immer seine Stiefel, also streifte er sich nur kurz das T-Shirt über den Kopf und schnappte seine Schlüssel vom anderen Ende des Tisches, bevor Day danach greifen konnte.

Er machte sich nicht die Mühe, die Hose bis nach oben hin zuzuknöpfen. God zog schnell seinen Ledermantel über, fuhr sich mit den Händen einmal quer durch die verschwitzten Locken und ging zur Vordertür, nur um auf dem Weg dahin von Day überholt zu werden, der den Ausgang blockierte.

„Du wirst nicht hier verschwinden, bis du mit mir geredet hast, denn später auf der Arbeit wirst du so tun, als ob nichts gewesen sei und wirst dich in irgendeinen Fall vergraben!", sagte Day nachdrücklich, mit dem Rücken an die Tür gepresst und mit seitlich ausgebreiteten Armen.

God schoss der Gedanke durch den Kopf, dass Day in diesem Moment einfach wundervoll aussah … Und er wollte verflucht sein, wenn diese Erkenntnis ihn nicht schwindeln ließe.

„Ich bin müde, Leo." Seine Stimme war heiser und angespannt, während er noch näher an seinen Partner herantrat und ihre Oberkörper sich fast berührten. Day reckte den Kopf hoch, um ihm in die Augen schauen zu können. In seinen besorgten braunen Augen las God Sturheit und Sorge.

Day war zu ihm gekommen, hatte ihn befreit, sich Sorgen um ihn gemacht und sich um ihn gekümmert, aber was er jetzt in seinen Augen las, hatte verdammt noch mal nicht das geringste damit zu tun, dass sie Kumpel waren. God musste hier verschwinden und all diese neuen Gefühle verarbeiten.

„Leonidis, ich werde jetzt durch diese verfluchte Tür marschieren und ich verspreche, später darüber mit dir zu reden.“ God bewegte sich zentimeterweise noch näher heran, ließ es zu, dass ihre Oberkörper sich berührten. Wenn Day die Lippen gespitzt hätte, hätte er ihn auf das Kinn geküsst, so nahe waren sich ihre Gesichter.

Er sah, dass die unmittelbare Nähe Day die Augen senken ließ, sein warmer, schwerer Atem geisterte über Gods Hals.

„Nun, später ist jetzt. Denn ich werde mich verdammt noch mal nicht bewegen!“, forderte Day ihn heraus.

God beugte langsam die Knie und er glitt an Days Oberköper hinab, bis seine Augen auf der gleichen Höhe waren wie die Augen seines Freundes.

„Was tust du da?“, flüsterte Day.

God hob die Arme und schob sie unter Days Arme, dann verschränkte er sie hinter dessen Rücken, als wollte er ihn nochmal umarmen.

„Cash …“ Day atmete aus und flüsterte seinen Namen, während er ihm die Arme um den Nacken schlang.

God schloss die Augen und genoss den Kontakt für ein paar Sekunden, bevor er Day in einer bärenhaften Umarmung hochhob und ihn umdrehte, so dass er die Tür nicht länger blockierte. Dann setzte er seinen Freund vorsichtig ab und tat etwas, was beide zu Tode erschreckte – er küsste Day sanft auf die Stirn. Dann drehte er sich um und ging.

Kapitel 8
Zeit für Veränderungen

Day saß an seinem Schreibtisch und versuchte, sich nicht über die Tatsache zu ärgern, dass es fast Mittag war und God noch immer nicht auf der Arbeit erschienen war. Er hatte mindestens zehn Mal versucht, ihn anzurufen, ihn jedoch nicht erreicht.

„Na, wo ist denn dein Bodyguard, Day?"

Er verdrehte innerlich die Augen und schwang seinen Stuhl herum, um diesem nicht enden wollenden Kopfschmerz ins Gesicht zu schauen. „Ich weiß nicht, Ronowski, aber ich weiß, wo ICH bin. Ich bin zehn Sekunden davor, dir in den Scheißarsch zu treten. Ich warne dich, jetzt ist nicht der richtige Zeitpunkt." Er starrte ihn zornig an.

„Ich wette, du würdest nur zu gern in meinen Arsch. Erzähl's mir, Day. Schreist du wie ein Mädchen, wenn ein Mann dir seinen harten Schwanz in den Arsch schiebt?" Ronowski sprach gerade laut genug, dass er ihn hören konnte. Er hatte beide Hände auf seine Schreibtischplatte gelegt und lächelte ihn angewidert von oben herab an.

Day verengte die Augen und schüttelte den Kopf. „Du scheinst wirklich sehr großen Wert darauf zu legen, zu erfahren, welche Geräusche ich mache, wenn ich gefickt werde, wenn du extra deine Arbeit unterbrichst und den ganzen Weg von deiner Seite der Wache zu dieser hier herüberkommst. Herrgott, Ronowski … Werd endlich erwachsen! Am besten jetzt. Komm aus deinem Kämmerchen und werd verdammt nochmal erwachsen."

Er sah, dass Ronowski sich wieder aufplusterte, verlor aber abrupt sämtliches Interesse, als er God in seinem typischen engen schwarzen T-Shirt und den dunkelblauen Levis ins Büro schlendern sah. Er trug seinen Ledermantel und schwarze Schuhe, die gewellten Haare hatte er mit einem Gummiband gebändigt – und sein Zweitagebart sah einfach köstlich aus. Day dachte daran, wie sich die rauen Stoppeln vor kaum mehr als neun Stunden an seinem Gesicht angefühlt hatten. Er lehnte sich zurück und beobachtete God ganz unverhohlen, während der langsam seinen Weg durch das Labyrinth der Schreibtische nahm, hier und dort stoppte, um mit anderen Officers zu sprechen. Gods sexy grüne Augen fixierten auch ihn, als er sich in den Stuhl ihm gegenüber setzte. Nach einigen Sekunden unterbrach God den Blickkontakt und zwinkerte fragend in Ronowskis Richtung. Day schaute gedankenverloren hoch zu dem sündhaft gutaussehenden, homophoben Officer und erkannte, dass der immer noch dort stand und ihn anstarrte.

Day sprang aus seinem Stuhl. „Gott, Scheiße Ronowski! Warum machst du nicht einfach ein gottverdammtes Foto von mir, damit du dir später einen drauf runterholen holen kannst?"

Ronowski schnappte nach Luft und seine Pornostarlippen kräuselten sich ärgerlich. „Scheiße, nein! Ich hasse dich."

„Dann verschwinde endlich, verdammt. Warum zum Teufel stehst du hier noch bei mir?" Day kochte.

„Keiner schert sich einen Dreck um dich oder darum, wohin du deinen Schwanz steckst!", feuerte Ronowski zurück.

Day warf die Hände zum Himmel und ließ sich theatralisch in seinen Stuhl hinab fallen. „Du musst mich wohl verarschen, Ronowski, ich schwöre, du bist der verdammt nochmal dümmste schlaue Mensch, den ich kenne. Wie zur Hölle kannst du einen Abschluss in Psychologie haben und im Kopf dermaßen im Arsch sein?"

Day sah zu God hinüber. Er saß in seinen Sessel zurückgelehnt, die Fingerspitzen aneinander, und beobachtete ihn amüsiert mit einem leichten Lächeln.

Diesen Moment wählte Vikki für ihren Auftritt.

„Detective Seasel, können Sie unten in der Aktenabteilung anrufen, Ihr Partner muss einen Blick in die Selbstverleugnungs-Akte werfen!", sagte Day und wandte seinen wütenden Blick zurück zu Ronowski.

„Fick dich, Day."

„Das hättest du wohl gern, du Klemmschwester. Aber die Leute in der Hölle wünschen sich Eiswasser … das soll heißen: Man kann nicht immer das bekommen, was man sich wünscht", versetzte Day scharf.

„Los, komm, Ro. Wir müssen den Anruf nachverfolgen", sagte Vikki und zog Ronowskis Arm von Days Schreibtisch.

„Nenn mich nochmal eine verdammte Klemmschwester, wenn dein Bodyguard nicht in der Nähe ist, du Arschlecker", spie Ronowski.

„Sei dir selbst gegenüber aufrichtig, Ronowski", gab Day trocken zurück.

Der mittlerweile rotgesichtige Officer verschoss weiter wütende Blicke auf ihn. Day verdrehte theatralisch die Augen und wandte seine Aufmerksamkeit Vikki zu, die an Gods Schreibtisch lehnte und keinen Blick an Ronowski und seine Fehde verschwendete. Er beobachtete sie durch zusammengekniffene Augen.

„Schönen Nachmittag noch, Detective Godfrey. Ich mag Ihr Haar, wenn Sie es so zurückgebunden haben – es sieht sexy aus.“ Sie lächelte und fuhr tatsächlich mit ihren dünnen Fingern durch Gods haselnussbraune Haare.

Day ließ God keine Zeit zu antworten. „Haben Sie nicht gerade gesagt, Sie müssten noch etwas nachbereiten, Vikki?“ Sein harscher Tonfall schreckte sie aus ihrer Lust auf.

Sie runzelte die Stirn und sah ihn leicht verwirrt an, bevor sie sich umdrehte und mit Ronowski davon ging.

God schaute Day fragend an. „Möchtest du vielleicht herkommen, dein Bein heben und meinen verdammten Schreibtisch markieren, Leo?“

Day zögerte nicht. „Vielleicht.“

Gods unglaublich grüne, intensive Augen betrachteten ihn ein paar Sekunden lang. Das löste in Day den Gedanken daran aus, wie God aussehen würde, wenn er vor ihm knien, langsam den Kopf heben und ihn von unten anschauen würde …

„Los, wir haben zu arbeiten.“ God schloss seinen Schreibtisch auf und zog ein paar Akten heraus.

„War klar … genau so, wie ich es gesagt habe. Du bummelst hier rein, kommst tierisch spät … wir können nicht reden, sondern müssen arbeiten“, schmollte Day.

„Hör auf zu quengeln, kleines Mädchen. Ich werde später mit dir reden!“ God warf eine Akte nach ihm und sie begannen zu arbeiten.

Vier Stunden später lagen alle Akten ausgebreitet im Konferenzraum, während der Staatsanwalt und zwei Profiler ihnen ein Feedback zu ihrer neuen Theorie gaben. Irgendjemand brachte große Lieferungen Marihuana und Kokain in die Stadt, wahrscheinlich über Wasserwege oder unbewachte Häfen. Sie waren zu dem Schluss gekommen, dass es jemand mit Macht und guten Beziehungen sein musste. Alles was sie nun brauchten, war ein kleiner Riss, um diesen Kreislauf zu sprengen.

God stand mit gespreizten Beinen vor der Tafel, seine muskulösen Arme waren vor der Brust gekreuzt: Er konzentrierte sich auf die Notizen und Diagramme, die sie während der letzten Stunden an die Tafel geworfen hatten.

Day konnte heute keinen klaren Gedanken fassen, geschweige denn, die einzelnen Fäden dieses Falles zusammenzubringen. Von Konzentration konnte keine Rede sein. Vor seinem inneren Auge sah er deutlich den unverstellten, emotionalen Mann, der sich heute Morgen auf seiner Couch an ihn geklammert hatte. Innerhalb dieser wenigen Stunden hatte sich zwischen ihnen etwas verändert.

Nachdem ihm God die SMS mit dem Text „Keiner will mich“ geschickt hatte, war ihm bewusst geworden, dass ER diesen Mann wollte. Diesen taffen, knallharten und großspurigen Hurensohn, der vor vier Jahren ohne Grund für ihn eingetreten war. Day wollte diesen Mann … und er wollte ihn sehr.

Was ihm nicht in den Kopf ging, war die Art und Weise, wie God ihn gehalten und geküsst hatte. Er wusste, dass God hetero war – oder vermutete es jedenfalls –, obwohl es schien, als beschränkte er seine Eroberungen auf One-Night-Stands und schnelle Aufrisse.

In der gesamten Zeit, in der sie sich kannten, hatte er kein einziges Mal eine Angebetete erwähnt oder ihn gar mit jemandem bekannt gemacht. Day fragte sich, ob God seiner Mutter, für die er sich so verbog, jemals eine Frau vorgestellt hatte.

Seine Überlegungen wurden jäh unterbrochen, als Detective Johnson in den Konferenzraum spazierte und stolz verkündete: „Detective Day, du wirst mich lieben, du Hübscher."

„Oh ja, du hast mir endlich das Date mit Channing Tatum arrangiert!", witzelte Day.

Er hörte, dass God ärgerlich schnaubte. Er schien sich aber nicht die Mühe machen zu wollen, sich umzudrehen und sie anzusehen.

„Wie auch immer … dies ist sogar noch besser", antwortete Johnson. Er knallte einen durchsichtigen Beweismittelbeutel auf den Tisch, dessen Inhalt ein lautes Scheppern auf dem Holztisch verursachte. Johnson zeigte darauf.

„Dies, mein Freund, ist die Waffe, mit der der vierzehnjährige Drogenschmuggler und Kleindealer Enrique Lopez erschossen wurde. Die ballistische Untersuchung hat eine eindeutige Übereinstimmung ergeben. Sogar die Anzahl der Kugeln, die wir am Tatort gefunden haben, stimmt mit den fehlenden Kugeln in der Trommel überein."

Day wedelte mit der Hand mit einer Art Komm-zum-Punkt-Geste. „Bis jetzt fühle ich noch keine Liebe, Johnson."

Johnson schlenderte langsam zu ihm herüber, in einer Art und Weise, die er offensichtlich für sehr sexy hielt, und sah auf ihn hinunter mit seinen dunkelbraunen Augen. Day unterdrückte das Bedürfnis, seinen Blick nach unten auf den Boden zu richten.

„Verdammt, du riechst so gut", sagte Johnson aus heiterem Himmel. Seine Augen waren dunkel vor Lust, er hatte das Beweisstück und alle anderen im Raum komplett vergessen.

God wirbelte herum und bellte: „Wem gehört die verdammte Pistole, du Vollpfosten?"

Johnson sprang bei dem harten Ton ein Stück zurück. „Sie gehört Lamar Jenkins, dem Typen, den ihr letzte Woche verhaftet habt, der, der sich immer noch weigert, über den Drahtzieher auszupacken. Die Spurensicherung hat diese Pistole mit mehreren anderen unter seinem Bett gefunden. Ich glaube, die Aussicht auf lebenslange Haftstrafe wird ihn sein Schweigegelübde nochmal überdenken lassen."

Day blickte überrascht zu God und sah sein hinterhältiges Grinsen. Sie kommunizierten mit ihren Blicken, beide dachten: *Endlich, das ist er, der Riss, auf den wir gewartet haben.*

God nickte einmal kurz, und Day setzte sich von seiner Ecke des Tisches aus in Bewegung Richtung Tür; beide wussten genau, wo sie hinwollten: hinüber zum Knast.

„Hey, warte Leo!" Johnson grabschte nach dem Beweismittelbeutel und lief hinüber zur Tür, er stoppte vor Day. Er lehnte sich an den Türrahmen und stützte seinen Arm gegen die Wand neben Days Kopf. Day hasste es, wenn Männer ihre Größe dazu benutzten, sich über ihn zu stellen. Es ging ihm auf die Nerven … *bei allen Männern, mit Ausnahme von God.* Er weigerte sich, nach oben in Johnsons Gesicht zu schauen.

„Hast du Freitag schon was vor? Mein Dad hat mir Tickets für das Spiel der Braves besorgt", gab Johnson an.

„Schön für Daddy, aber ich bin kein Baseball Fan!", log Day und wich seitlich aus, um durch die Tür zu treten, wurde aber wieder von dem großen Mann blockiert.

Hinter ihnen ließ God ein leises Knurren hören, aber er entschloss sich, es zu ignorieren.
„Das ist total in Ordnung, Leo." Johnson stand verdammt nah und ragte über ihm auf, aber er würde verdammt sein, wenn er jetzt einen Schritt zurückginge.
„Einfach ein bisschen reden wäre auch schön. Möchtest du heute Abend vielleicht auf ein Glas Wein zu mir kommen?"
„Nicht mal, wenn Jesus selbst es eingießen würde", antwortete Day schnell. Er hörte, wie God schallend lachte, und dieses Geräusch ließ auch ihn lächeln. God lachte nur selten – zur Hölle, der Mann lächelte kaum – aber irgendwie brachte Day ihn trotzdem immer wieder dazu.
„Worüber lachst du, verdammt nochmal?" Johnson entfernte sich von Day.
„Über dich, Papas Junge." Gods Lächeln verschwand so schnell, wie es erschienen war, und er war wieder der typische, einschüchternde God.
„Fick dich! Ich weiß, dass Day nur vor dir angeben will." Johnson drehte sich um und sah Day an. „Ich werde dich mit Sicherheit nochmal allein erwischen."
„Und ich werde mit Sicherheit meine Vergewaltigungs-Warnpfeife dabei haben!", gab Day zurück.
Johnson warf God einen frustrierten Blick zu. „Mit dir bin ich auch noch nicht fertig." Mit dieser Drohung verließ er den Raum.
„Ordnungsgemäß notiert!", murmelte God mit einem gleichgültigen Schulterzucken. Day knallte die Tür hinter ihm zu, nun waren nur noch sie beide in dem Raum. Day machte das Licht aus.
„Sorgst du für die richtige Stimmung, Leo?" God grinste ihn an.

„Ich will mit dir reden, jetzt."
„Du kannst aber nicht immer alles bekommen, was du willst, Leonidis", wies God ihn zurück.
„Ich will DICH!", sagte Day ohne das geringste Zögern. Im Raum war es totenstill.
Nach ein paar endlos langen Sekunden sagte God schlicht: „Nein, tust du nicht."
„Und ob ich das tue. Ist das nicht offensichtlich?" Day kam ein bisschen näher.
„Du hast verdammt nochmal keine Ahnung, was du willst. In den letzten vier Jahren habe ich mitgekriegt, wie du von Bett zu Bett gehopst bist und dich durch halb Atlanta gebumst hast. Und nur weil ich einmal einen sentimentalen Abend habe, willst du mich aus heiterem Himmel? Fick dich", sagte God grob.
Day spürte, wie bei dem Klang von Gods Stimme Hitze in den Körper schoss. Er bewegte sich noch näher zu God hinüber, der auf der anderen Seite des Tisches stand.
„Oh, das tut mir leid. Ich wusste nicht, dass ich mich eigentlich für die Hochzeitsnacht hätte aufheben sollen, und erst recht nicht, dass du noch eine gottverdammte Jungfrau bist. Was meinst du, mit wie vielen Frauen ich dich schon in deinem Pussy-Magneten-Truck hab ficken sehen?" Day senkte die Stimme, als er direkt vor God stand: „Sag mir einfach, dass du letzte Nacht nicht das gleiche gefühlt hast wie ich." Er schloss die kleine Lücke, die noch zwischen ihnen war – Gods Größe kümmerte ihn überhaupt nicht – und sah auf in elektrisierend grüne Augen. „Sag mir, dass du mich nicht auch willst, und ich lasse dich sofort in Ruhe."

God sah auf ihn hinab und Day konnte Unsicherheit in jedem Zentimeter seines zerfurchten, schönen Gesichtes sehen.
„Scheiße … das ist kompliziert, Leo.“ Gods Atem strich wie ein Hauch über seine Stirn.
„Dann erklär es mir, Cashel“, flüsterte Day und hob langsam seine Hände, bis sie auf Gods Taille ruhten.
„Warum denkst du, dass ich schwul oder bi bin?“, vermied God eine direkte Antwort.
„Willst du das wirklich wissen? Vielleicht ist es das hier, das mich das glauben lässt!“ Er tastete verwegen nach unten und drückte Gods steinharte Erektion.
„Fuck“, zischte er, packte Days Schultern und schob ihn schnell zurück, bis sein Rücken hart gegen die Wand schlug.
„Fuck, genau“, stöhnte Day laut. Er hielt God weiter fest, während der ihn hoch gegen die Wand drückte und wild küsste. Es war kein feiner oder sanfter Kuss. Sein Partner küsste ihn mit einer Heftigkeit, die er seit einer ewigen Zeiten nicht mehr gefühlt hatte. Es war erotisch, sinnlich und verrucht, und Day genoss jede einzelne Sekunde. Seine Füße hingen in der Luft, während Gods massiger Körper sich schwer gegen ihn drückte, ihn gleichzeitig unbeweglich machte und die Kontrolle behielt.
„Ist es das, was du willst, du geiles Stück?“, knurrte God in sein Ohr, dann beugte er sich ein bisschen vor und biss ihn in die Halsbeuge.
„Oh ja, ich will dich! Gottverdammt“, zischte Day in die unkelheit.
„Beweise es.“ God ließ ihn los und Day fiel zurück auf den Boden. Sofort fühlte er den Verlust, vermisste die Hitze

von Gods Körper und musste dem Drang widerstehen, nach dem Mann zu greifen. Er fasste seinen harten Schwanz an.
„Im Ernst. Reicht das nicht als Beweis?“, sagte er, während er sich verführerisch seinen Schwanz drückte und sich über die Lippen leckte, die jetzt voll und prall von ihrem Kuss waren.
„Ich gebe einen Scheiß auf deinen Ständer. Du bekommst schon einen Harten, wenn du einen Kaffee trinkst, Leo.“ God griff nach seinem Mantel und wandte sich zur Tür. „Wenn du es willst, musst du es dir verdienen.“
Day lief ihm nach. „Mussten alle Huren, die du gefickt hast, es sich verdienen?“ Er schäumte vor Wut. Gods „Komm-und-hol's-dir-Spielchen“ gefiel ihm gar nicht.
God wirbelte herum, packte Day um den Hals und zog ihn an seinen steinharten Brustkorb. Day schlug dumpf auf diese solide Mauer aus Muskeln und die Luft entwich aus seinen Lungen. Er legte seine Hände auf Gods riesige Unterarme, die sich bei seiner Berührung anspannten. God beugte den Kopf und ein paar Strähnen seines Haares lösten sich aus seinem Zopf. Sie strichen seitlich an seinem Gesicht vorbei.
God sah so wunderbar aus und roch so köstlich – nach Männlichkeit und Aftershave. Day wusste, der feste Griff in seinem Nacken sollte ihn nicht verletzen, er sollte ihm zeigen, wer die Regie führte. Gods pure Stärke und Kraft ließen ihn beinahe hier im Konferenzraum kommen.
„Oh, also möchtest du meine Hure sein?“ Gods Mund befand sich oberhalb seines Ohrs. Grob rieb er sein Becken an Days Bauch, während die andere Hand fest seine Haare am Hinterkopf griff. „Warum hast du das nicht gleich

gesagt? Du möchtest, dass ich dich mit dem Gesicht nach unten und deinem Arsch oben in meinem Truck nehme? Dann können wir das jetzt sofort tun.“

God löste seinen Griff in Days Haar, und seine große Hand, die vorher um seinen Hals gelegen hatte, begann, ihn sanft zu liebkosen. Er strich Days Haar zurück, dann lehnte er sich an ihn und schnupperte gründlich an ihm, bevor er sein Gesicht an Days Gesicht rieb. Day konnte ein leises Wimmern nicht unterdrücken. God strich mit zwei Fingern über seinen Hals und streichelte sein Schlüsselbein zärtlich. Sein Atem ging gleichmäßig und ruhig, und überraschenderweise entspannte dies Day ebenfalls.

God küsste Days Schläfe und flüsterte verführerisch: „Oder möchtest du, dass ich für dich eine deiner Jazzplatten auflege, deinen sexy Body auf dein Bett lege und dich langsam von Kopf bis Fuß ablecke?“ Er fuhr mit seinem Daumen über Days geöffnete Lippen. „Ich würde diese weichen Lippen stundenlang küssen, und dann dürftest du sie um meinen Schwanz schließen.“

God ließ das absolut verführerischste Knurren hören, das Day je vernommen hatte, während er langsam – oh so langsam – Days leckenden Schwanz massierte, der unangenehm eng in seiner Hose gefangen war.

„Dann würde ich mich auf dich legen und meinen Schwanz so tief in dir vergraben, dass du es noch tagelang spüren würdest“, sagte er sanft und sexy. Day fühlte, dass God der Atem stockte und wusste, dass er die Vorstellung ebenso sehr wie er selbst genoss.

„Ich würde dich langsam und tief nehmen, Leo, bis du meinen Namen schreist und kommst.“ Er ließ Days Schwanz los. „Also sag mir – auf welche Art willst du es?“

Day brauchte mehrere Anläufe, bevor er endlich antworten konnte. „Ja, Cashel. Ich will dich in meinem Bett."

„Dann beweise es." God gab ihm einen zärtlichen, nachklingenden Kuss auf die Stirn, dann trat er von ihm zurück und verließ den Konferenzraum.

Kapitel 9
Guter Cop, sehr böser und ängstlicher Cop

Als God den Raum verließ, war er froh, dass Day ihm nicht direkt auf den Fersen war. Die Beschreibung der Art und Weise, wie er mit Day schlafen wollte, ließ seinen Schwanz fast explodieren und ihn quasi in den Umkleideraum rennen – er hoffte nur, dass er leer sein würde.

Er brach durch die schwere Tür und trat schnell hinter die belegten Schließfächer, überflog mit einem Blick die Gänge. Dann drückte er die Glastüren auf und öffnete mit der Schulter die Tür der letzten Kabine, knallte die Metalltür zu und lehnte sich mit dem Rücken dagegen. Mit zurückgelegtem Kopf und fest geschlossenen Augen öffnete er seine Jeans und zog mit zitternden Händen den Reißverschluss auf. Entschlossen griff er in seine Unterhose und zerrte seinen Schwanz heraus an die kühle Luft. Er versuchte, nicht zu laut zu stöhnen, versagte aber grandios.

Schnell spuckte er in die Hand, griff nach seinem Schwanz und pumpte mit seiner Faust schnell auf und ab. Das musste der härteste Ständer sein, den er je gehabt hatte. Keine Frau und kein Mann hatten ihn je so erregt, dass er den unglaublichen Drang verspürt hatte, sich augenblicklich selbst zu befriedigen. Days Geruch haftete immer noch an seinem Körper, und der Duft seines weichen Haars lag ihm immer noch in der Nase.

„Fuck, Leo …“ God stöhnte so leise, wie er konnte. Sein Körper zuckte heftig, als er den Orgasmus heranrasen spürte. Er grub seine andere Hand in seine Hose, um seine

Eier zu befreien, befingerte sie kurz und zog dann an seinem prallen Sack. Das gab ihm den Rest.
„Ohhh, fuuuck."
Mit einem festen Griff um die rot angelaufene Schwanzspitze drückte er ein paarmal fest zu, und ließ seinen Samen in die Toilette spritzen. God kniff die Augen noch fester zusammen und biss sich auf die Unterlippe, um das Stöhnen zu dämpfen, das sich von seinen Lippen lösen wollte. Die intensive Vorstellung, wie Day unter ihm lag und seine ganze Ladung tief in sich aufnahm, ließ ihn seine Beine spreizen. Seine Knie knickten beinahe ein.
„Oh, verdammt."
Noch mehr kam aus seinem Schlitz geschossen und ließ ihn zurück gegen die Kabine taumeln. *Heilige Scheiße.*
God ließ seinen Kopf in den Nacken fallen und schlug nochmal an die Kabinentür, er versuchte mühsam, wieder zu Atem zu kommen. Wenn schon allein der bloße Gedanke an Day und ihn zusammen solche Gefühlsstürme in ihm auslösen konnte, wie würde es dann erst sein, wenn er wirklich mit diesem umwerfenden Mann schlafen würde? God hatte schon oft die Vorstellung von seinem Partner und ihm zusammen gehabt, hatte aber entschieden, diesen Gedanken nicht nachzugeben. Ebenso hatte er mehrmals Day dabei ertappt, wie der ihn mit Verlangen in den schönen Augen angesehen hatte. Er sah sich selbst nicht als schwul, hetero oder bi an – wen kümmerte der Scheiß? God würde immer das tun, was er wollte und mit wem er es wollte. Punkt. So einfach war das, denn sein Leben war kompliziert genug; auch ohne ein verdammte Schublade für seine sexuelle Ausrichtung.

Er zog die Toilette ab, stellte sicher, dass sich nichts auf der Brille befand und verließ die Kabine. Im Vorraum wusch er sich die Hände und spritzte sich Wasser ins Gesicht. Nachdem er sich noch die Haare zurückgebunden hatte, machte er sich auf die Suche nach seinem Partner, von dem er glaubte, dass er am Truck auf ihn warten würde.

Als er nach draußen durch die Tür trat, zog er seinen Ledermantel an, und sah, dass Day tatsächlich lässig an die Beifahrertür gelehnt, auf ihn wartete. Nur zu gern hätte er ihm das leicht herablassende Grinsen vom Gesicht gewischt.

„Was gibt es denn da zu grinsen?“ God runzelte die Stirn und schloss den Truck auf.

Days Blick glitt keck hinab auf seine Leistengegend und er leckte über seine immer noch roten Lippen. „Du hast da einen kleinen Fleck vergessen“, sagte er und sprang in den Truck.

God ging um die lange Ladefläche des Trucks herum und sah hinunter auf seine Jeans. Er wollte verdammt sein, aber da war tatsächlich ein kleiner, noch nicht ganz trockener Punkt. *Verdammt.* Er stieg in den Truck und startete den mächtigen Motor.

„Eine verdammte Schande, das alles in der Toilette runterzuspülen. Ich hätte eine viel bessere Idee dafür gehabt“, sagte Day ungezwungen, während er beiläufig die Nachrichten auf seinem Smartphone überflog; ganz so, als würden sie täglich darüber reden, miteinander zu schlafen.

„Halt die Klappe!“, antwortete God und fuhr mit quietschenden Reifen vom Parkplatz, Richtung Gefängnis.

***

Innerlich ballte Day die Hand zur Faust. Er wusste, dass der sonst so coole God sich einen runtergeholt hatte, nachdem er ihn zuvor im Konferenzraum so mit seinem Dirty Talk gequält hatte. Day stellte sich vor, wie God seine eigene Hand in irgendeiner Kabine gefickt hatte, seinen Namen stöhnte und ächzte, bis er kam, und sofort wurde sein Schwanz wieder hart. Leider kam ER nicht in den Genuss einer dringend benötigten Erleichterung. Er blickte aus dem Fenster und drückte verstohlen seinen schmerzenden Penis.

„Alles in Ordnung bei dir dort drüben?“ Gods tiefer, schleppender Südstaatenton prallte von den Innenwänden der großen Innenkabine ab und schoss direkt in Days Eier.

„Nein, warum? Bietest du mir deine Hilfe an?“ Day sah God in die Augen.

„Nope“, sagte God leichthin, nahm den kleinen Zahnstocher aus seinem Mund und warf ihn aus dem Fenster.

„Komm, wir müssen jetzt diesen Typ aufs Korn nehmen.“ God machte einen Schlenker und bog in einen offiziellen Parkplatz ein. „Entweder nennt er uns jetzt endlich einen Namen, oder er wird für noch viel mehr Jahre verschwinden, als er gedacht hat.“ God stieg aus dem Truck, kam herum und stellte sich zu ihm.

„Ist der Staatsanwalt schon da?“, fragte Day und überprüfte kurz seine Waffen.

„Er brauchte nicht zu kommen. Das Angebot lautet: Name des Drahtziehers gegen zwanzig Jahre, vielleicht eine Strafe auf Bewährung mit fünfzehn Jahren. Das ist verdammt viel besser als lebenslang.“ Während er sprach, strichen Gods Augen Days Körper entlang. Es würde Day Spaß machen,

diesem großen Kerl zu beweisen, dass er ihn wirklich wollte, und er würde ihn auch bekommen.
„Guter Cop, böser Cop." God grinste.
„Cool. Das wird kurz, aber süß … genau wie ich!" Day zwinkerte ihm zu.
„Los jetzt, du Flirty. Bleib konzentriert, wenn du kannst. Und damit meine ich nicht auf meinen Schwanz", ermahnte ihn God.
„Ich kann es nicht versprechen." Day riss die schwere Tür auf, sie gingen schnell durch die Metalldetektoren und zeigten ihre Polizeimarken.
Während sie auf den Häftling und seinen Anwalt warteten, die jeden Moment in den kleinen Befragungsraum kommen würden, sahen sich beide offen und unverstellt in die Augen, als würden sie sich zum ersten Mal sehen.
„Was denkst du gerade?", wollte Day wissen.
God lehnte an der Wand in der Ecke, seine Arme über der breiten Brust gekreuzt und schon ganz in seiner Rolle als böser Cop. Seine Aufgabe gleich würde es sein, im Hintergrund zu bleiben, böse und finster blickend ihren Verdächtigen einzuschüchtern.
„Nichts Besonderes." Er zuckte die Achseln.
„Denkst du nicht vielleicht zufällig an mich?", flirtete Day heiser.
God blickte auf. In seinen Augen lag eine so große Ernsthaftigkeit, dass Day aufhörte, leichthin zu flirten. „Natürlich denke ich an dich, Leo", flüsterte er.
Day musste sich anstrengen, um seinen Atem zu beruhigen und sich wieder zu orientieren, denn nun war das Klirren schwerer Metallschlösser zu hören; ihr Verdächtiger zusammen mit seinem Anwalt und einem Wärter betraten

den kleinen Raum. Seine Hände waren auf dem Rücken mit Handschellen gefesselt. Der Wärter überprüfte sie noch einmal, dann öffnete er die Handschellen und drückte den Mann hinunter auf den kleinen Metallstuhl.

Day verdrängte entschlossen alle Gedanken daran, seinen Partner anzumachen, in die hinterste Ecke seines Kopfes und schlüpfte in seine Rolle als guter und sensibler ich-will-dir-helfen-ich-bin-dein-Freund Cop.

In einem sanften und professionellen Ton fragte er: „Wie geht's dir, Kumpel? Hältst du dich aufrecht hier drinnen?"

„Es ist total abgefuckt hier, Day. Was zur Hölle stellst du dir vor? Du hast mir gesagt, du würdest dich drum kümmern und die würden mich ins Mindestsicherheitsprogramm stecken."

Day schaute den Mann mit seinem – wie er hoffte – verständnisvollsten Gesichtsausdruck an. Lamars lange Dreadlocks waren in einem Pferdeschwanz zurückgebunden. Seine verschlissenen Jeans und das Gefängnisshirt sahen aus, als hätten sie die letzten paar Wäschen nicht mitgemacht, und auch Lamar selbst roch, als würde er die Duschzeiten tunlichst vermeiden.

Day hatte keinen Zweifel daran, dass die meisten der Cliquen und Gangs, die hier ihre Höchststrafen absaßen, Kindermörder nicht besonders freundlich aufnahmen. Gerüchte verbreiteten sich schnell, besonders an diesem Ort.

Hier gab es Serienmörder, Vergewaltiger, Bankräuber, was auch immer … aber sobald jemand eingebuchtet wurde, der einem Kind ein Unheil zugefügt hatte, nahmen selbst die abgebrühtesten Kriminellen daran Anstoß. Das hatte wohl damit zu tun, dass Kinder sich nicht selbst verteidigen

konnten. Kinderschänder und Sittenstrolche hatten es immer am schwersten im Gefängnis.
„Ich arbeite dran, Lamar“, sagte Day beruhigend.
„Du hast dir keine Scheißsonderbehandlung verdient. Du kooperierst nicht, also kooperieren wir auch nicht!“, bellte God aus seiner Ecke des Raumes. Er hatte eine drohende Haltung angenommen und stand gerade und aufrecht, volle 1,95 m groß; die Füße hüftbreit auseinander gestellt, wie ein Drill Sergeant.
Lamar schnellte aus seinem Sitz hoch. „Mit dir hat keiner geredet, God. Jeder weiß, dass du dich einen Scheiß für irgendwas interessierst. Ich hätte vor deinem dicken Arsch wegrennen sollen, als ich noch die Gelegenheit dazu hatte, du herzloser Bastard!“, schrie er God an, der ihn mit eiskalter Miene betrachtete und nicht einmal zusammenzuckte.
„Ich hätte mich unglaublich gefreut, wenn du weggelaufen wärst, Lamar, denn dann hätte ich einen Grund dafür gehabt, dir eine Kugel in die Brust zu schießen. Ich finde es übrigens erstaunlich, dass du zwar derjenige bist, der ein Kind in den Rücken geschossen hat, ich aber herzlos sein soll“, knurrte er zurück.
„Detective Godfrey, es reicht.“ Day schaute ihn schräg an, als sei er wirklich sauer auf God. Dann wandte er sich wieder Lamar zu.
„Hör zu, Lamar, ich arbeite immer noch dran, dich anders unterzubringen, aber lass uns jetzt über die aktuelle Situation reden. Ich bin mir sicher, dass dein Anwalt dich schon darüber informiert hat, dass wir bei dir zu Hause eine Pistole gefunden haben. Wir haben deine Fingerabdrücke und eine ballistische Untersuchung, die bestätigt, dass mit dieser

Waffe der vierzehnjährige Botenjunge Enrique Lopez getötet wurde.“
„Jaah … ich weiß, dass ich gegen die Anklage nicht ankomme“, murmelte Lamar, die Augen zu Boden gerichtet.
„Du kommst nicht dagegen an, Arschgesicht, weil du schuldig bist!“, prustete God verärgert.
Lamar sprang auf, aber sein Anwalt zog ihn zurück auf den Stuhl, bevor er wieder losschreien konnte.
„Sehen Sie, Detectives, wir möchten Ihnen ein Angebot machen. Mein Klient willigt darin ein, Ihnen die Adressen der anderen Jungs mitzuteilen, die entwischt sind, im Gegenzug dafür bekommt er zehn Jahre mit der Möglichkeit auf Haftentlassung nach acht Jahren.“
Day musste sich beherrschen, um nicht aus seiner Rolle auszubrechen, denn er hatte den urplötzlichen Drang, diesen Trottel von einem Anwalt allein für diesen lächerlichen Vorschlag ins Gesicht zu boxen.
Lamar hatte genug Gras im Haus gehabt, um sämtliche Besucher eines Reggae Festivals zu versorgen, außerdem besaß er drei illegale automatische Waffen. Und wenn das immer noch nicht ausreichte für eine Strafe von mindestens zwanzig Jahren mit einer dieser Waffen war ein Kind getötet worden. Aber Day brauchte nichts zu sagen, das tat God für ihn.
Er schnellte vor und knallte seine großen Hände so laut auf den Tisch, dass Lamar und sein Anwalt fast rückwärts aus ihren Stühlen fielen. „Acht Jahre für Drogenbesitz, den Vorsatz der Verbreitung und die Ermordung eines Menschen? Bring dich verdammt nochmal am besten selbst um!“, brüllte God und starrte den Anwalt zornig an.

„Wenn Sie nur unsere Zeit verschwenden wollen, dann verschwinden wir. Los, Day!“ God stand auf und stolzierte zur Tür.
„Warten Sie doch, Detective Godfrey, geben Sie ihnen noch eine Chance.“ Day hob beide Hände, als wollte er alle beruhigen. Das war alles Bestandteil ihres kleinen Theaterstücks. Er sah Lamar an.
„Na los, Lamar. Das kannst du doch besser, Kumpel. Gib mir etwas wirklich Gutes und ich werde sehen, was ich für dich tun kann. Du und ich, wir wissen beide, dass du weißt, wer der große Boss ist. Du warst der größte Dealer auf der Straße, du hast den größten Anteil vertickt. Sag uns, wer er ist, und ich schwöre, ich werde alles dafür tun, dass für dich ein guter Deal dabei herausspringt.“
Day beobachtete, wie Lamar sein Kinn auf die Brust sinken ließ und wie es in ihm arbeitete, also entschied er sich für einen letzten Versuch. „Lamar, möchtest du hier raus, wenn dich draußen noch ein Leben erwartet? Oder möchtest du erst raus, wenn du alt und grau bist und dein Schwanz nicht mehr funktioniert? Nenn uns einfach den Namen und wo wir ihn finden können.“
„Ich möchte Ihr Wort, Detective, dass die Staatsanwaltschaft einen Deal vorschlagen wird, wenn er Ihnen einen Namen nennt“, wandte der Anwalt ein.
„Wir wollen den Namen, einen Ort, und wie die Drogen hierher gebracht werden. Ansonsten bekommst du einen Scheißdreck“, grollte God.
„Detective Godfrey, das sind furchtbar viele Informationen. Welche Absicherungen werden Sie meinem Klienten bieten? Besonders, da seine Sicherheit in Gefahr sein wird“, erwiderte der Anwalt.

Day beobachtete, wie God den pummeligen Verteidiger von Kopf bis Fuß musterte. Dessen Hände waren fett, er hatte seine Wurstfinger ineinander verschränkt und er starrte God mit hellblauen Knopfaugen an. God starrte böse zurück und Day erkannte, dass er jetzt einspringen musste.

„Wir können zwanzig Jahre mit der Möglichkeit auf Haftentlassung nach fünfzehn Jahren anbieten. Das ist ein verdammt guter Deal für einen Mord und Drogenbesitz, Lamar“, sagte Day leise und einfühlsam.

„Zwanzig Jahre, Day … komm schon, Mann!“, schrie Lamar. „Ich kann nicht mal glauben, dass ich zehn Jahre dafür kriegen soll!“

„Na ja, das ist gut, dass du nicht an die zehn Jahre glaubst, denn du wirst mindestens zwanzig kriegen, Arschloch!“ God lachte.

„Fick. Dich. God!“ Lamar zeigte ihm den Mittelfinger.

„Lamar, sieh mich an, Mann“, unterbrach ihn Day. Er sah in Lamars ängstliche Augen, seine Lippen zitterten. Die Realität hatte ihn mit voller Wucht getroffen: Er würde tatsächlich die nächsten zwanzig Jahre seines Lebens verlieren. Day spielte seine Sympathiekarte voll aus.

„Das ist ein guter Deal. Ich möchte, dass es dir eines Tages möglich sein wird, nach Hause zurückzugehen, zu deiner Mom und zu deinem kleinen Bruder. Und wenn du es schaffst, hier drin sauber zu bleiben, kannst du nach fünfzehn Jahren wieder raus. Du hast einen neugeborenen Sohn, Mann, er kann dich immer noch kennenlernen, wenn du rauskommst, dann wird er noch nicht mal in der Highschool sein.“ Eine Träne lief aus Lamars Auge, als Day seinen Sohn erwähnte.

„Du solltest dein Leben mal so betrachten, wie die Geschworenen es tun werden. Du hast ein Kind getötet, Kumpel. Er war nur ein kleiner Laufbursche, aber seine Eltern haben gehofft, dass er sein Leben in den Griff kriegen würde. Und sie wollen Gerechtigkeit. Ich habe den Staatsanwalt wegen des Deals bekniet, aber wir brauchen den Namen des Drahtziehers."

Lamar holte tief Luft. „Sein Name ist Joe Hansen, sie nennen ihn den Sandmann." Er sah auf. „Er ist gefährlich, er hat eine ganze Armee, die sich nicht scheut, für ihn zu töten. Nur ganz wenige Leute kommen an ihn ran. Außerdem hat er mehrere Häuser, aber sein Haupthaus liegt an der Küste."

God kam Lamar näher und starrte ihm in die Augen. „Adresse".

Lamar schnaubte. „Palisades Drive 2021."

„Erzähl uns was über die Lieferungen", sagte God scharf.

„Wir möchten diesen Deal schriftlich", begann der Anwalt.

„Halten Sie verdammt noch mal die Klappe!", bellte God. Er sah wieder auf Lamar. „Erzähl uns was über die Lieferungen. Wer bringt den Stoff wie hierher und wann?"

Lamar packte aus, und Day schrieb jede Einzelheit mit. Endlich würden sie diesen Bastard festnageln! Er hatte immer geahnt, dass es einen Drahtzieher geben musste … den gab es immer. Lamar nannte ihnen Lieferzeiten, Häfen und andere Boten, sogar die Namen der Männer, die in den Häfen bestochen wurden. Sie wussten jetzt sogar, dass die nächste Lieferung in genau einem Monat erwartet wurde, und zwar eine sehr große Sendung. Sie würden eine Task Force aus verschiedenen Abteilungen der Polizei aufstellen müssen, um die Festnahme durchzuziehen.

„Danke, Lamar. Du hast das Richtige getan“, sagte Day und stand auf.

„Hey, Day, warte Mann. Wann komm ich ins Sicherheitsprogramm?“

„Fick dich“, sagte God angeekelt, sein schönes Gesicht war verzerrt zu einer Maske des Hasses.

Day drehte sich betont langsam zu Lamar um. Sie hatten ihre Informationen, der gute Cop hatte jetzt dienstfrei. Er stützte beide Hände auf den Tisch und beugte sich hinab. Erbittert und zornig fauchte er: „Du hast ein verängstigtes Kind, das versucht hat, vor dir davonzulaufen, dreimal in den Rücken geschossen. Du hast seine Leiche in einen gottverdammten Müllcontainer gestopft, als sei er verfickter Abfall. Du hast vor Schulbeginn morgens Koks an High School Kids verkauft. Und du hast Kindern Schusswaffen in die Hand gegeben, damit sie für dich töten können!“ Mittlerweile war er Lamar so nahe gerückt, dass ihre Nasen sich fast berührten. „Ich hoffe, du verbringst die nächsten zwanzig Jahre hier im Knast mit dem Rücken zur Wand, Arschloch!“ Dann drehte er sich um und verließ den Raum durch die große Metalltür, mit God direkt auf den Fersen.

Als sie das Gefängnis verlassen hatten und wieder in Gods Truck saßen, sahen sich beide lange Zeit stumm an. Keiner sagte ein Wort, wieder kommunizierten sie ohne zu sprechen. Day sah in Gods strahlend grüne Augen. Ruhig nahm er die ausdrucksvollen Gesichtszüge dieses Mannes in sich auf: seine römische Nase, den geschwungenen Amorbogen der Lippen, die von genau der richtigen Menge an Bartstoppeln umgeben waren.

Ihm war, als ob God nur auf seinen Mund sah. Beide wussten: Die Scheiße wurde todernst. Sie hatten alle Informationen und würden auf die Jagd nach dem großen Drahtzieher und seiner Armee gehen. Ohne Zweifel war er ein gefährlicher Mann, und am Ende könnte es für einen von ihnen tödlich ausgehen.

„Lust, heute Abend mit mir etwas zu essen?“, fragte Day, die Stimme voller Gefühl.

„Ja!“, antwortete God augenblicklich.

Kapitel 10
Kommst du nicht mit rein?

God wartete auf dem Parkplatz neben Starbucks auf Day, der sich gerade den nächsten Schuss seiner Lieblingsdroge holte. Er entschied sich, einen Blick auf das Telefon von Mr. Eudall zu werfen. Seitdem er den Zusammenstoß mit seiner Familie gehabt hatte, hatte er dies bisher erst einmal getan und hatte eine Nachricht mit einer Danksagung für das Waschbecken erhalten. Er bezweifelte, dass Gen es in seinem Zorn begriffen hatte, dass God einen Werkzeugkasten bei sich hatte, als er ihn rausgeschmissen hatte.

Er zog das kleine Telefon unter dem Sitz hervor und sah, dass er eine neue Nachricht hatte. Kurz schaute er nach Day, der immer noch in der Schlange stand, und öffnete dann die Nachricht. „*Mr. Eudall, vielen Dank nochmal, dass Sie die Spüle repariert haben. Es tut mir leid, dass ich Sie schon wieder anschreiben muss, aber letzte Nacht ist der Heißwassererhitzer explodiert und wir haben kein warmes Wasser. Wenn Sie nicht helfen können, verstehen wir das. Wir werden schon zurechtkommen.*“

God hämmerte auf das Lenkrad ein und holte dann tief Luft.

Scheiße.

„Verdammt, das wird mindestens tausend Kröten kosten.“

Selbst wenn er den Erhitzer selbst kaufte, würde er nicht mehr das Risiko eingehen, selbst dort hinzugehen und ihn zu installieren. God benutzte keine Kreditkarten, also konnte er sie auch nicht belasten. Er war völlig abgebrannt, wollte aber auf keinen Fall ins Minus rutschen. Zu allem Überfluss kündigten sich fürchterliche Kopfschmerzen an. God hatte keine Ahnung, wie er das hier in Ordnung

bringen sollte. Er konnte seine Mom und seinen Bruder schlecht ohne heißes Wasser auskommen lassen, wie sollten sie baden, kochen oder putzen?
Er rieb sich über den Nacken und konnte angespannten Muskelstränge spüren, sie waren steinhart und verknotet. Er räusperte sich ein paar Mal, sein Hals kratzte und tat weh. Er griff in die Konsole des Autos und warf eine Lutschpastille ein. Jetzt lutschte er schon seit Wochen Hustenbonbons und schüttete Hustensaft in sich hinein, und beides hatte bis jetzt nichts an dem schrecklichen Husten geändert, der sich entwickelt hatte. Hoffentlich hatte er sich nichts Ernstes zugezogen, denn auf gar keinen Fall würde er zu einem Arzt gehen. Er stopfte das Telefon zurück unter den Sitz, und als er wieder hochkam, drehte sich alles in seinem Kopf.
Day überquerte den Parkplatz mit einer kleinen braunen Tüte in der Hand und der größten Portion Kaffee, die es hier gab.
„Ich habe dir einen Kaffeekuchen mitgebracht", sagte er und kletterte zurück in den Truck.
Er warf die Tüte in Gods Schoß, nahm einen großen Schluck Kaffee und stöhnte wollüstig wegen des Geschmacks.
„Danke", murmelte God.
Er musste wohl kurz eingenickt sein, denn plötzlich fühlte er Days Hand auf seiner Schulter. „Geht's dir gut, God? Du siehst ein bisschen grün um die Kiemen aus, Babe."
Er schaute in Days besorgte Augen und räusperte sich nochmal. „Mir geht's gut." Dann blinzelte er ein paar Mal, bis sein Blick klar genug war, um fahren zu können.

Seine Gedanken rasten durcheinander, er war zu Tode gestresst, und er wusste, dass Day alles durchschaute. Er bog in Days Einfahrt, ließ den Motor aber laufen.

„Kommst du nicht mit rein?“, fragte Day skeptisch, eine Hand auf der Türklinke.

„Ich bin ein bisschen erschöpft. Ich glaube, ich fahr einfach nach Hause. Wir haben morgen viel zu tun.“ God machte eine unbestimmte Bewegung mit der Hand. „Du weißt schon, die Razzia planen.“

„Du kannst dich auch in meinem Haus ausruhen“, erwiderte Day sanft.

„Ich weiß, aber ich brauche nur ein bisschen Zeit allein. Ich glaube, ich biete gerade sowieso nicht die beste Gesellschaft“, antwortete God. Wieder rieb er über seinen Nacken und sah, dass sein Rückzug Day verletzte.

„He, komm her. Hör auf, so zu schauen.“ Er streckte die Arme aus. Day zögerte kurz, bevor er sich zu ihm lehnte. God küsste ihn leicht auf die Stirn und strich ihm zärtlich über den Nacken. Er neigte seinen Kopf, bis seine Wange Days weiche Haare berührte.

„Ich ruf dich später an. Ich muss nur noch ein paar Sachen erledigen.“

„In Ordnung“, flüsterte Day und kletterte aus dem Truck. Schnell ging er seine Einfahrt hoch, ohne sich noch einmal umzuschauen.

Verdammt. God war sicher, dass Leo glaubte, er habe seine Meinung darüber geändert, dass sie mehr Zeit miteinander verbringen wollten. Aber das Gegenteil war der Fall. Er wollte wirklich sehen, wie Day sich bewährte, aber erst musste er sich um seinen Kram kümmern … und er fühlte sich wirklich scheiße.

Er atmete erschöpft aus und bekam prompt einen Hustenanfall. Schmerz schoss durch seine Brust. Er legte die Hand darauf und versuchte, langsam zu atmen.

Was zur Hölle …?

Wieder rieb er über seinen Nacken und stöhnte wegen der Anspannung.

Es wäre zu schön gewesen, wenn Day mir diese Knoten wegmassiert hätte.

Er setzte rückwärts aus der Einfahrt, in seinem Kopf klopfte es, als würde ihn jemand von innen mit einem Hammer bearbeiten. Auf dem kürzesten Weg fuhr er in die Apotheke, kaufte ein paar Flaschen Hustensaft und fuhr mit 30 Kilometer pro Stunde den Rest des Weges nach Hause.

Kapitel 11
Wo ist God?

Day arbeitete an dem Modell eines 1934er Ford Street Rod und hörte Musik. Vorsichtig nahm er eines der mikroskopisch kleinen Teile mit einer Pinzette auf, brachte ein winzig kleines bisschen Kleber auf und platzierte das Teil sorgfältig auf dem Rahmen des Fahrzeugs. Er versuchte nicht darüber nachzudenken, dass God ihn nicht angerufen hatte. Sie hatten ein Date gehabt. God hatte eingewilligt, mit ihm zu essen … und dann ganz plötzlich seine Meinung geändert. Aber Day konnte sich selbst nichts vormachen, es tat weh. Er hatte sich felsenfest vorgenommen, God zu beweisen, wie sehr er ihn wollte.

Wie wäre jetzt ein bisschen Saxophon von Blind-Eye Willie? Das war Days Lieblingsmusik, wenn er durcheinander war. Vorsichtig nahm er die Vinyl-LP aus der Hülle und legte sie auf den Plattenteller. Auch das beruhigte ihn nicht. Unruhig tigerte er in der Wohnung umher und überlegte, ob er God anrufen sollte. Dann ließ er sich auf sein Bett fallen und warf einen Blick auf seinen Wecker. *Vier Uhr morgens … großartig. Ich muss schlafen.*

Er warf sich auf seinem Bett hin und her und konnte keine Ruhe finden. Gods lustvolle Augen gingen ihm einfach nicht aus dem Kopf. Ja, zwischen ihnen hatte sich etwas Entscheidendes verändert. Day hatte God schon immer einfach umwerfend gefunden, ihn und seine ich-bin-ein-böser-Junge-und-es-ist-mir-scheißegal-Ausstrahlung. Aber God zusammenbrechen zu sehen, direkt vor ihm, zusammen mit all seinen Wünschen und Bedürfnissen, ließ

Day danach verlangen, ihm diese Wünsche zu erfüllen und sich um seine Bedürfnisse zu kümmern.

Er legte seine Hand auf die Brust. Seine Beine bewegten sich auf den seidenen Laken vor und zurück, als er sich vorstellte, er würde God an seinem Bart packen und ihn langsam zu sich heranziehen, bis ihre Münder sich trafen. Day legte vorsichtig seine Hand um seinen harten Schwanz und wölbte schon bei der ersten Berührung seinen Rücken nach oben. *Cashel.* Er seufzte und begann, sich selbst zu befriedigen. Ein großer perlenförmiger Tropfen trat aus der Spitze der Eichel aus, er verteilte die Flüssigkeit, um so leichter den pochenden Schaft massieren zu können.

„Verdammt God … ich brauche dich so sehr“, flüsterte er und spürte allein vom Klang dieses Namens auf seinen Lippen, wie sich schnell ein Orgasmus aufbaute. Er wollte God über sich spüren, wollte, dass sich sein Gewicht auf ihn legte und ihn in die Matratze drückte, während God sich in seinen Arsch stieß.

„Oh … Fuuuck …“, stöhnte er und riss den Kopf zurück, spürte sein Blut im Hals pulsieren.

Er stellte sich vor, wie Gods Mund ihn wild nahm – und der Orgasmus durchraste ihn. Sein Körper zuckte und ein tiefes Stöhnen entrang sich seiner Kehle, während er langsam mit geschlossener Faust den letzten Tropfen aus sich herauspresste.

So heftig war Day schon lange nicht mehr gekommen. Er hatte so weit gespritzt, dass auch etwas auf seinem Hals und dem Kopfkissen gelandet war. *Scheiße, God, du bringst mich noch um.* Nachdem er jedoch alles gesäubert hatte, schlief er sofort ein.

***

Day machte sich einen Kaffee in der Küche der Wache und natürlich wanderten seine Gedanken zu God. Es war fast zehn Uhr und er hatte ihn bis jetzt noch nicht gesehen. Normalerweise holte God ihn um acht ab, so dass er nicht mit dem Motorrad fahren musste. Automatisch bog God dann zu Starbucks ab und für den Rest des Wegs quatschten sie bis zur Arbeit.

Aber bis viertel vor neun war God immer noch nicht aufgetaucht. Nach mehreren erfolglosen Anrufen stieg Day auf sein Motorrad und fuhr zur Wache. Er vermutete, God kümmerte sich wohl immer noch um den Kram, von dem er gestern gesprochen hatte.

Day erledigte alle morgendlichen Routinearbeiten und wusste, sein Partner würde spätestens zur strategischen Besprechung um zehn Uhr hier sein, die sie selbst anberaumt hatten. Auch mehrere Leiter der verschiedenen Abteilungen und das SWAT-Team würden daran teilnehmen, um zu planen, wie sie den großen Drahtzieher am besten verfolgen würden.

Day blickte auf seine Armbanduhr, nur noch fünf Minuten bis zur Besprechung. Er trank seine Tasse aus, machte sich einen neuen Kaffee für das Treffen und ging zur Tür. Dann stoppte er und nahm sich noch einen Blaubeermuffin, bevor er endgültig Richtung Konferenzraum ging. *Ja, ich habs schwer.*

Als er eintrat, fingen mehrere seiner Kollegen an zu klatschen und klopften ihm auf den Rücken. Er witzelte ein bisschen mit einigen Kollegen herum und stellte besorgt fest, dass God immer noch nicht da war.

„Day. Wo ist God?“, fragte Vikki und sah sich um.
Day nahm Platz. „Er wird kommen“, sagte er knapp.
Sie brauchte sich verdammt noch mal nicht ihr Köpfchen zu zerbrechen, wo God war.
„Vielleicht ist ihm schlecht geworden, weil du versucht hast, ihn zu ficken.“ Ronowski zuckte lässig die Schultern.
Day sah ihn zornig an und lehnte sich über den Tisch. Er biss die Zähne so fest zusammen, dass sie schmerzten. „Du ahnst nicht, wie gereizt ich gerade bin, Ronowski. Solltest du also nur einen Funken Selbsterhaltungstrieb haben, wirst du deine verdammte Klappe halten und mich für den Rest des Tages nicht mehr ansprechen.“
Er sah, wie Vikki Ronowski etwas ins Ohr flüsterte. Der ließ sich daraufhin schwer in seinen Sitz fallen und sagte nichts mehr. Day war sich nicht ganz sicher, aber er glaubte eine Spur von Sorge in dem hübschen Gesicht aufblitzen zu sehen, besann sich dann aber schnell eines Besseren.
Der Captain betrat zusammen mit dem Leiter des SWAT Teams und dem Commissioner den Raum.
Wo zum Teufel bleibst du, God?
Der Captain eröffnete das Treffen. Nachdem alle vorgestellt und einige Aufgaben verteilt worden waren, drehte sich der Captain zu ihm um.
„Wo ist Godfrey?“ Der Captain überflog nochmal den Raum, seine scharfen Augen wandten sich wieder Day zu.
„Er geht noch einem Tipp nach, Sir“, log Day.
„Okay. Das muss ein verdammt wichtiger Tipp sein, wenn es sich lohnt, dafür ein obligatorisches strategisches Treffen zu verpassen.“
„Das ist es, Sir.“ Day hielt seine Augen fest auf den Captain gerichtet und schloss die anderen vierzig Augenpaare, die

auf ihn gerichtet waren, aus. Nach ein paar Sekunden nahm der Captain seine Rede wieder auf und Day stieß einen tiefen Seufzer aus. Er hatte gar nicht bemerkt, dass er die Luft angehalten hatte.

„In Ordnung, Leute, ihr habt eure Anweisungen. Wir treffen uns in diesem Raum wieder, um neun Uhr am nächsten Dienstag, für ein Update und die Einsatzbesprechung. Wegtreten!"

Day versuchte zu verschwinden, bevor der Captain ihn schnappte. Kein Glück.

„Was ist das für eine Art Tipp, Day?" Der Captain sah ihn mit einem Hör-auf-mit-dem-Scheiß-Blick an.

„Ich werd's rausfinden, Sir." Day wartete nicht auf die Antwort. Rasch sah er zu, dass er wegkam und bahnte sich seinen Weg durch das Großraumbüro. Er stoppte kurz bei seinem Schreibtisch, um seine Lederjacke und seinen Helm zu greifen, dabei bewegte er sich schnell, um jede weitere Frage zu vermeiden. Die meisten der Officers brauchten jedoch Gods und seinen Beitrag. Dies hatte absoluten Vorrang, God und er waren die Ansprechpartner für etwaige Informationen.

Day ging durch die Hintertür und lief über den Parkplatz. Er sah, dass Ronowski und Vikki auch in ihren Streifenwagen stiegen, und entschied sich, Ronowskis ausgestreckten Mittelfinger zu ignorieren.

Verdammter, verklemmter Bastard. Ich kann den Tag kaum erwarten, bis du mich darum anflehst, meinen Schwanz lutschen zu dürfen, und dann werde ich ihn dir in den Hals rammen.

Day trat den Ständer hoch und ließ den Motor ein paar Mal aufjaulen, bevor er sich auf machte, seinen Partner zu finden.

Kapitel 12
Sturz mit Folgen

Day schob sein Motorrad auf den Bürgersteig, der zu Gods Apartment führte. Er weigerte sich, seine Harley auf der Straße stehen zu lassen. Die Häuser hier hatten keine Parkplätze vor der Tür und manchmal musste man vom Parkplatz zum Haus weit laufen. Er betrachtete eine lange Reihe von Fahrzeugen, die alle zerbrochene Rücklichter, zersplitterte Windschutzscheiben und platte Reifen hatten, und wusste, dass er seine Maschine dort nicht stehen lassen würde. Er prüfte sein Holster und öffnete die Druckknöpfe, die die Waffe sicherten.
Dies war ein beschissenes Viertel mit noch beschisseneren Anwohnern, aber God hatte mit den Dealern der Nachbarschaft ein Arrangement getroffen. Er ließ sie nicht hochgehen, dafür bauten sie keinen Scheiß mit ihm, seinem Apartment oder seinem Truck. Abgesehen davon waren die Dealer alle kleine Fische in einem verdammt großen Teich, und God und Day waren hinter dem großen Fisch her. Ums Verrecken konnte Day nicht begreifen, warum God in diesem Teil der Stadt lebte. Das Gehalt eines Detectives ermöglichte ihnen zwar nicht gerade ein Leben in Saus und Braus, aber sie konnten sich eine anständige Wohnung durchaus leisten.
Day klappte den Ständer herunter und parkte sein Motorrad direkt unter Gods Küchenfenster. Er sah fünf Männer, die wie Schlägertypen aussahen, und ein paar Meter entfernt an dem Haus nebenan standen.
„Hey Jungs, habt ihr God gesehen?“, fragte er.

Ein Mann, dessen Hals komplett von Tattoos bedeckt war, antwortete zuerst. „Nee Mann, er war nicht draußen. 'n paar kleine Kinder haben vor 'ner Stunde bei ihm angeklopft und wollten seinen Truck waschen, aber er hat nicht aufgemacht." Er stockte und musterte Day von oben bis unten. „Aber du kannst reingehen, ist nicht abgeschlossen."

Day hob eine Augenbraue. „Ach, und woher weißt du das?"

Der Typ zog an seinem Joint und blies einen großen Rauchschwaden aus, bevor er antwortete. „Weil nie abgeschlossen ist. Außerdem würde da sowieso niemand reingehen."

Day schnaubte. „Ach ja? Und warum nicht?"

Das Gesicht des Schlägers nahm einen todernsten Ausdruck an. „Weil er God ist."

Der Respekt, den God von diesen Männern verlangte und offensichtlich auch erhielt, ließ sofort Days Schwanz steif werden. Dieser Mann, *sein* Mann war knallhart und eine Kraft, mit der man rechnen musste. God lebte in den Slums von Atlanta, mitten im Dschungel der Vorstadt – und er musste nicht mal seine Tür abschließen.

„Wir wissen, dass du sein Partner bist. Los, geh rein." Der Mann nickte Richtung Tür. „Mach dir keine Sorgen um dein Bike, wird keiner drangehen."

„Danke, Mann." Day nickte kurz und betrat dann Gods kleines Einzimmerappartement.

God war nicht schlampig, die kleine Wohnung war aufgeräumt. Seine Küche war unmittelbar rechts. Day schloss die Haustür. Er ging direkt zu dem kleinen Kaffeekocher und schaltete ihn ein. In der Spüle war kein schmutziges Geschirr, nur eine Schüssel und ein Löffel lagen gespült im

Abtropfgestell in der Ecke. Es roch auch nicht so, als hätte God sich in letzter Zeit etwas zu essen gemacht. Alles war ordentlich und an seinem Platz.
Gods 65 Zoll großer Fernseher nahm über die Hälfte seines Wohnzimmers ein. Da er keinen Esstisch in der kleinen Essecke hatte, hatte God beide Räume kombiniert, um mehr Platz für seinen futonartigen Fernsehsessel zu haben. Auf dem kleinen Teppich vor dem Fernseher stand ein mittelgroßer Gamingsessel, ohne Zweifel saß God darin, wenn er mit seiner Playstation 3 spielte.
Gott, wie kann er bloß diese hirnlosen Spiele spielen?
Day lauschte, ob er God vielleicht schnarchen oder irgendein anderes Geräusch hörte, denn die Schlafzimmertür war geschlossen. *Oh Scheiße. Was, wenn er irgendeine Tussi da drin hat?*
Bei dem Gedanken ging ein schmerzhafter Ruck durch seine Brust. „Zur Hölle, nein", flüsterte er und schüttelte bei diesem lachhaften Gedanken den Kopf.
Day schüttete sich seinen Kaffee ein und nahm ihn mit sich, während er den kurzen, schmalen Flur durchschritt. Vor der Schlafzimmertür angekommen, klopfte er leise an und wartete ungeduldig auf Antwort.
„Hey Faulpelz. Du hast heute Morgen ein sehr wichtiges Meeting verschlafen, und ich habe dich gedeckt, denn ich bin ein sehr guter Partner. Du schuldest mir was!" Er wartete. Dann drückte er sein Ohr an die Tür, hörte aber nichts. Gerade wollte er die Türklinke drehen, da hörte er ein leises Stöhnen, das aus dem geschlossenen Badezimmer kam.
Day stürzte ins Badezimmer, er hielt sich nicht unnötig mit Anklopfen auf. Beim Anblick von Gods riesigem Körper,

der ausgestreckt auf dem Linoleumboden lag, fiel ihm vor Schreck die Kaffeetasse aus der Hand. Gods Haare bedeckten sein Gesicht zu Hälfte, die andere Hälfte, die Day sehen konnte, war so blass, dass sie fast durchscheinend wirkte.

„Jesus Christus, Cash, was zur Hölle …?“ Day stieg über Gods lange Gliedmaßen und strich ihm vorsichtig die Haare aus dem Gesicht. Erschrocken zuckte er zurück, als habe er sich verbrannt … und das hatte er tatsächlich.

„Scheiße, Cashel. Du brennst, Mann.“ God musste über 40 ° Grad Fieber haben. Day sprang auf und zog ein kleines Handtuch aus dem Regal, dann drehte er das kalte Wasser auf und hielt das Handtuch darunter, gleichzeitig zog er sein Handy aus der Hosentasche. Dann ging er wieder in die Hocke und begann, die großen Schweißperlen auf Gods Stirn mit dem Handtuch mit dem kühlen Handtuch abzuwischen.

„Cash, kannst du mich hören? Öffne die Augen!“, schrie er. Er nahm Gods sonst so schönes Gesicht in beide Hände und schlug ihm leicht auf die linke Wange.

„Leo“, flüsterte God kaum hörbar. Seine Augen öffneten sich nur einen Spalt weit. Er bewegte sich kaum, aber sein Gesicht war verzerrt und er hatte offensichtlich Schmerzen.

„Cash, los, wir versuchen, dich hochzukriegen.“ Day versuchte, seinen Arm unter Gods mächtigen Körper zu bekommen, aber der bewegte sich keinen Millimeter. „Hilf mir, Babe.“

„Kann nicht.“ God stöhnte schmerzerfüllt und sein Körper verkrampfte sich unter einem würgenden Hustenanfall. Es hörte sich so an, als versuchte sein Körper verzweifelt, etwas auszuwürgen, aber da war nichts.

„Ich rufe einen Krankenwagen. Du musst ins Krankenhaus, du hast wirklich sehr hohes Fieber.“ Er nahm wieder sein Handy zur Hand und wollte die Nummer wählen, sah dann aber, das God den Kopf vor und zurück bewegte.
„Was? Du sagst nein?“ Day kniete sich zu ihm hinunter.
„Nein, das kannst du nicht“, ächzte God. „Ich habe keine Versicherung. Es würde mich Tausende kosten für dem Notarzt und ich –“
Day hörte schlagartig auf, Gods Stirn zu kühlen. Sein Blick schnellte hoch.
„Was zum Teufel meinst du – du hast keine Versicherung? Du bist ein gottverdammter Police Officer. Das ist obligatorisch! Du musst dich irren“, behauptete er.
God hustete und würgte. Als er sah, dass Day sein Handy nochmal in die Hand nahm, versuchte er krampfhaft, es ihm aus der Hand zu nehmen, schrie dann aber vor Schmerz auf und gab sich geschlagen.
„Day, bitte nicht. Ich kann es mir nicht leisten. Außerdem wird sowieso kein Rettungswagen hier rausfahren. Du musst vergessen haben, wo wir hier sind.“ Er atmete flach.
„God, du bist krank. Du brauchst Hilfe. Schau, entweder kriegen wir die Krankenwagensache geregelt oder ich bezahle die Rechnung selbst.“ Day sah in Gods wässerige Augen.
„Selbst wenn du es schaffst, den –“ Gods Worte wurden erneut von einem krampfhaften Hustenanfall abgeschnitten. Seine Augen waren fest zusammengekniffen, und Day wusste nicht, was er tun konnte, um zu helfen. „Selbst wenn du die Rettungssanitäter hier hin bekommst, werde ich mich weigern, mitzufahren.“

Day wusste, dass God es ernst meinte, aber es war offensichtlich, dass der Mann sehr krank war, und zwar nicht nur erkältet. Day fuhr sich frustriert mit den Händen durch die Haare, als er mit ansehen musste, wie Gods Körper nahezu in Bewegungslosigkeit verfiel. Durch fast geschlossene Augen starrte er Day an. Der kniete sich hin und flüsterte in Gods Ohr: „God, du bist krank. Ich kann dich nicht hochheben und deine Temperatur ist wahrscheinlich hoch genug, um dein Hirn zu schädigen."
„Lass mich einfach hier liegen. Sobald das Fieber weg ist, wird's mir besser gehen", murmelte God.
Day stand auf, befeuchtete das Handtuch nochmal und kühlte wieder Gods Stirn. *Scheiße. Er ist verdammt nochmal viel zu heiß. Scheiße, Scheiße, Scheiße.* Day musste sich schnell etwas überlegen. Es stimmte wahrscheinlich. Auf keinen Fall würde ein Krankenwagen eine Fahrt in dieses Viertel riskieren. Er müsste God wenigstens in sein Bett bekommen. So wie es hier drin roch, hatte God es zwar in das Badezimmer geschafft, um sich zu übergeben, war dann aber nicht mehr zurück in sein Schlafzimmer gekommen.
„Okay, los. Du musst wenigstens ins Bett." Day hakte beide Arme unter Gods Achselhöhlen und versuchte ihn mit aller Kraft hochzuheben – aber vergeblich. God hing wie ein Toter in seinen Armen. Er stöhnte und zischte vor Schmerzen, tat aber nichts, um Day zu helfen oder ihm etwas von seinem Gewicht abzunehmen.
„Fuck!", schrie Day. Schließlich gab er es auf, sich so anzustrengen und legte Gods Oberkörper langsam zurück auf den kalten Badezimmerboden.

Dann stand er wieder auf, trat in den engen Flur und jammerte auf bei dem Schmerz in seinem Rücken. Er zuckte zusammen. Gods Augen schlossen sich. Sein Brustkorb aber hob und senkte sich und zu Days Erleichterung atmete sein Partner gleichmäßig.

Was zur Hölle kann ich tun? Ich allein kann ihn nicht hochheben.

Days Augen weiteten sich – *oh. Seine Nachbarn. Das sind wirklich große Kerle.*

Entschlossen marschierte er durch den Flur, zuckte dann aber zusammen und blieb an der Haustür stehen. Er dachte darüber nach, was der potrauchende Schlägertyp zu ihm gesagt hatte, bevor er ins Haus gegangen war. „Niemand wird da rein gehen … denn er ist God."

„Aber wenn God schwach ist und sich nicht selbst schützen kann, werden sie keine Angst mehr haben", flüsterte Day.

Fuck. Ich kann diesen Freaks nicht merken lassen, wie schwach God gerade ist.

Day fuhr sich immer wieder mit den Händen durch die Haare. *Was nun, was nun …* Wieder sah er auf sein Handy und überlegte, Gods Symptome bei Google in die Suchmaschine einzugeben, als er plötzlich eine viel bessere Idee hatte. *Ja, warum zur Hölle habe ich nicht eher daran gedacht?*

Day tippte die Ziffern ein, die er auswendig kannte, und behielt währenddessen God genau im Auge.

„Guten Tag, Sie sprechen mit der Praxis Waldon, Schmidt und Day, wie kann ich Ihnen helfen?", fragte eine quirlige Rezeptionistin zur Begrüßung.

„Ja, bitte, ich muss sofort mit Dr. Day sprechen, es geht um Leben oder Tod."

„Sir, Sie müssen auflegen und sofort 911 anrufen“, antwortete sie schnell.
„Nein, das mache ich nicht. Bitte holen Sie Dr. Day ans Telefon. Er wird den Anruf entgegennehmen, vertrauen Sie mir. Sagen Sie ihm, dass sein Bruder am Apparat ist.“
„Bleiben Sie bitte dran.“
Day wartete ungeduldig, während eine nervige Frauenstimme in sein Ohr sang, dass sie in die Tiefe sinken würde. Fast den ganzen verdammten Song musste er warten, bis er endlich verbunden wurde.
„Leonidis, was ist los? Bist du verletzt?“ Die entspannte Stimme seines Bruders durchdrang ihn, erreichte seine Seele und sofort fühlte er sich besser.
„Nein Jax, mir geht es gut … aber meinem Partner nicht.“
Day holte tief Luft und erzählte seinem Bruder alles, was God ihm über seine fehlende Versicherung erzählt hatte, schilderte das Problem mit einem Krankenwagen in diesem Viertel und schließlich alle Symptome, die God hatte.
„Hört sich nach Lungenentzündung an, Leo. Versuch, ihn kühl zu halten. Wenn er wirklich so hohes Fieber hat, wie du gesagt hast, musst du unbedingt die Temperatur senken. Hol dir ein paar Eiswürfelbehälter, wickle sie in ein Handtuch und reibe ihn damit ab, hauptsächlich an Brust und Hals. Bist du sicher, dass du ihn nicht in die Badewanne bekommst? Ein Eisbad wäre effektiver.“
„Scheiße, nein. Er wiegt fast 140 kg, Mann. Ich bin schnell, aber nicht stark“, schnaubte Day.
„Okay, okay. Ich bin in einer halben Stunde da. Ich bringe meine beiden Assistenten mit, das sind ziemlich starke Jungs. Wir sollten es schaffen, ihn zu bewegen“, versicherte

Jax ihm und endlich erlaubte Day sich einen kleinen erleichterten Seufzer.

„Leo, ich mache mir Sorgen wegen seiner Temperatur. Bist du sicher, dass du keine Ambulanz dorthin bekommst?“, vergewisserte sich Jax nochmal.

„Nein, das habe ich dir schon gesagt.“ Day war verärgert. „Außerdem hat er gesagt, er würde sowieso nicht mitfahren und ich habe dir auch gesagt, warum. Wegen der Versicherung werde ich ihm so richtig in den Arsch treten, wenn ich sicher bin, dass er verdammt nochmal nicht stirbt.“

„Alles klar. Bin gleich da, Brüderchen.“

„Oh Scheiße, warte. Werdet ihr mit euren weißen Doktorkitteln und den ganzen Medizinkoffern kommen?“ Er hielt inne.

„Ein weißer Kittel ist nicht nötig, aber natürlich muss ich Medikamente mitbringen, Leo. Warum?“

„Nein, das kannst du nicht. Wenn diese Hooligans draußen vor der Tür sehen, dass hier drei Ärzte in Gods Appartment marschieren mit Medizinkoffern, wissen sie, dass er krank ist.“

„Ohne Medikamente kann ich ihn schlecht behandeln, Leonidis. Du bist unvernünftig!“, sagte sein Bruder entnervt. „Seine Nachbarn sollten sich um ihren eigenen Kram kümmern … oder besser ihre Hilfe anbieten.“

Day stieß ein trockenes, humorloses Lachen ob der Ignoranz seines Bruders aus. „Hier ist nicht das verdammte Mayberry, Jax. Hier ist der Dschungel! Hör mal, am besten sagst du deinen Assistenten, sie sollen in dem Laden neben der Praxis ein paar Koffer kaufen und dann alle Medikamente da rein packen. Ich kümmere mich um den Rest.“

Er legte auf, schnappte sich eine leere Kaffeetasse aus dem Küchenschrank und lief zur Vordertür.
Bevor er sie öffnete, atmete er noch einmal ganz tief ein, trat hinaus und schlenderte leichthin zu seinem Motorrad. Dort begann er, die Satteltaschen durchzuwühlen. Er zog ein Magazin über Schusswaffen heraus und ging zurück zu Gods Haustür, als der Anführer der Schlägertypen fragte: „Was ist los mit God? Macht er heute blau?"
Day drehte sich zu ihm um, als hätte er alle Zeit der Welt. Sein Herz jedoch raste wie wild bei dem Gedanken daran, dass God im Haus hinter ihm auf dem Boden lag, seine Gehirnzellen wahrscheinlich gerade wegbrutzelten und er eigentlich dort drin bei ihm sein sollte, um seinen Körper abzukühlen. Aber dies musste zuerst erledigt werden. Er tat so, als tränke er aus der leeren Kaffeetasse und antwortete dann mit einem leichten Schulterzucken.
„Hab vergessen, dass seine Verwandten aus der Stadt heute zu Besuch kommen. Er hat es mir zwar gesagt, aber so eine unwichtige Scheiße kann ich mir einfach nicht merken."
„Oh, cool!", sagte der große Typ und nahm einen tiefen Zug aus seinem Joint.
Day drehte sich um, um ins Haus zu gehen, kam dann aber noch einmal zurück. „Hey Mann, God hat mir gesagt, ich sollte euch fragen, ob ihr alle euch darum kümmern könnt, dass keiner Scheiße baut, wenn seine Leute her kommen. Er telefoniert gerade wegen irgendwelcher Sachen."
„Sag God, dass wir verstanden haben."
„Cool." Day bummelte gelassen zurück ins Appartement. Drinnen raste er zu dem kleinen eingebauten Wäscheschrank, der sich direkt neben der Küche befand und nahm ein sauberes Handtuch heraus. Im Eisfach fand er nur zwei

Eiswürfelbehälter, die aber Gottseidank gefüllt waren. Schnell drückte er die Würfel in das Handtuch und lief zurück ins Badezimmer.
Seine Brust zog sich schmerzhaft zusammen, als er sah, dass God schwer atmend und keuchend auf dem Boden lag. Er war nassgeschwitzt und sein Körper zitterte so heftig, dass es ihn schüttelte. Vor Anstrengung hatte er die Augen fest zusammengekniffen.
„Oh nein …“ Day ließ sich auf die Knie fallen, ohne auf den Schmerz zu achten, der durch sie hindurchschoss, und schob Gods T-Shirt hoch, um besser an seine Brust zu kommen. „Halte durch, Babe, Hilfe kommt.“
God öffnete leicht die Augen, er sah eindeutig besorgt aus. „Keine Angst, ich habe nicht 911 angerufen. Mein Bruder kommt. Versuche, dich zu entspannen.“ Er begann, mit dem großen eisgefüllten Handtuch kreuz und quer über Gods breite Brust zu reiben. God stöhnte, schüttelte und verkrampfte sich und hustete wieder und wieder, während Day alles versuchte, um ihn abzukühlen.
Aber Gods Temperatur wollte nicht sinken, er war immer noch so heiß wie ein Backofen. Day war über die Maßen frustriert. Als God seine Hand ergriff und die Zähne zusammenbiss, weil ihn ein weiterer Hustenanfall erschütterte und die Kontrolle über seinen großen Körper übernahm, schossen Day die Tränen in die Augen.
„Alles wird gut. Mein Bruder wird jede Minute hier sein.“
God blickte ihm in die Augen. Das ansonsten strahlende Grün war nun blutunterlaufen und so stumpf wie vertrocknetes Gras. Aber Day konnte immer noch wortlos mit seinem Partner kommunizieren, und er wusste, was God dachte.

„Ich habe deinen Nachbarn erzählt, dass deine Verwandten zu Besuch kommen und dass sie auf sie aufpassen sollen. Sie denken, dass du dich hier um irgendwelche Sachen kümmern musst.“ Er hielt Gods Hand ganz fest und strich ihm mit der anderen Hand und dem kalten Lappen über die Augenbrauen. Dann beugte er sich vor und küsste ihn auf die Stirn, genauso wie God es zuvor bei ihm getan hatte. Er wollte God spüren lassen, wieviel ihm an ihm lag.

Da ertönte ein leises Klopfen an der Vordertür, bevor sie sich öffnete und sein Bruder laut und deutlich rief: „Wo sind das Bier und die Mädchen?“

Perfekt. Die Männer der Day-Familie waren alle schlagfertig und blitzgescheit. Er hatte es gewusst: sein Bruder würde kapieren, worum es ging. Er sprang auf und lief in den vorderen Raum, direkt in die Arme seines großen Bruders. „Danke, dass du so schnell gekommen bist. Er ist hier hinten.“ Day nahm den kleinen Rollkoffer, den sein Bruder trug, und begrüßte auch die Assistenten seines Bruders und bedankte sich schnell bei ihnen, bevor er den Weg in das kleine Badezimmer zeigte.

„Verdammt, er ist wirklich groß“, sagte einer der beiden Sanitäter, und stieß einen kleinen Pfiff aus.

„Ich habe es euch ja gesagt. Los, Leute. Ich muss ihn in sein Bett legen und die Infusionen legen. Ich sehe schon, dass er total dehydriert ist, also das Wichtigste zuerst“, sagte Jax zu seinen Assistenten.

Sich zu viert in das winzige Badezimmer zu quetschen, um den großen God hochheben zu können, war irrwitzig schwer, aber irgendwie schafften sie es. God schrie mehr als einmal, als sie ihn packten und an ihm zogen – wie auch immer, sie schafften es, ihn in sein Schlafzimmer zu tragen,

ohne ihn fallen zu lassen. Als sie ihn endlich in das King-Size-Bett manövriert hatten, das ungefähr neunzig Prozent des Raumes einnahm, atmeten alle schwer.
Auch Jax keuchte, aber er öffnete sofort seinen Koffer und entnahm alle Medikamente. Seine Assistenten zogen God rasch das verschwitzte T-Shirt und die Jogginghose aus.
Day saß seitlich neben Gods Bett und rieb seine Wangen und die Stirn vorsichtig mit dem kühlenden Handtuch ab.
„Ich bin bei dir, Baby. Gleich geht es dir besser", flüsterte Day. Er sah aus den Augenwinkeln, wie die Zärtlichkeit, mit der er mit seinem langjährigen Partner sprach, den Kopf seines Bruders in die Höhe schnellen ließ, er hielt jedoch seine Augen weiter fest auf Gods Gesicht gerichtet. Dieser stöhnte immer noch und hätte sich wahrscheinlich zusammengekrümmt, wenn er genug Energie dafür gehabt hätte, seine Glieder zu bewegen.
„Cash, kannst du mich hören?", fragte Jax, diesmal mit seiner ernsten Arztstimme. „Cashel, ich muss wissen, ob du auf irgendwelche Medikamente allergisch reagierst."
Es schien so, als wolle God antworten, doch sobald er den Mund öffnete, hustete er heftig und war unfähig, irgendetwas Verständliches zu sagen. Er schüttelte langsam den Kopf.
„Das muss als Antwort reichen", sagte Jax und nahm sich die Medikamente, die er brauchte.
Day saß still daneben und beobachtete seinen Bruder und dessen Assistenten, die schnell und professionell arbeiteten. God bekam eine Infusion gelegt und mehrere Röhrchen Blut abgenommen, während Days Bruder mit dem Stethoskop Gods Lungen abhörte.

„Bring die ins Labor und fordere die Ergebnisse an", sagte Jax zu einem der Assistenten, der schätzungsweise in den Mittdreißigern war. Er war von durchschnittlicher Größe und durchschnittlichem Körperbau, aber er hatte wunderschöne blaue Augen und schien sehr freundlich zu sein.
„Natürlich", sagte er und verließ den Raum. Day hörte, wie er die Vordertür hinter sich schloss.
Aufmerksam beobachtete er Gods Gesicht. Er war jetzt ruhig, seine Augen waren leicht geöffnet und sahen ihn ebenfalls an. Day zwinkerte ihm schnell zu und hätte schwören können, dass er für einen kleinen Moment Liebe in Gods Augen aufblitzen sah.
Sein Bruder begann, verschiedene Medikamente in Gods Infusionszugang zu spritzen. „Was ist das alles, Jax?"
Jax nahm jede Flasche nacheinander hoch und erklärte die einzelnen Medikamente. „Das ist ein Antibiotikum, um Infektionen zu bekämpfen; dies ist intravenöses Lidocain, um den Husten zu unterdrücken; Phenergan ist gegen den Schwindel und die Übelkeit; Morphin gegen die Schmerzen und Ibuprofen, um sein Fieber zu senken." Jax injizierte alle Spritzen und legte dann nochmal sein Stethoskop auf Gods Brust, um ihn abzuhorchen.
Dann erhob er sich und stieß einen tiefen Atemzug aus. „Es wird eine Weile dauern, und ich kenne die genaue Diagnose erst, wenn ich die Resultate aus dem Labor habe, aber ich bin mir ziemlich sicher, dass er eine Lungenentzündung hat, die sich aus einer Bronchitis entwickelt hat."
Jax griff in seinen Beutel und bereitete einen neuen Infusionsbeutel vor. „Offensichtlich hatte God die Bronchitis schon eine ganze Weile, denn daraus konnte sich in aller Ruhe diese scheußliche Lungenentzündung entwickeln. Bei

unserer modernen Medizin erscheint es einem heutzutage unfassbar, aber früher sind die Leute an einer unbehandelten Lungenentzündung gestorben."

„Müsste ich dann nicht auch krank sein oder andere Leute aus dem Büro?", hielt Day dagegen.

„Nicht unbedingt. Wenn ein Erwachsener anfängt, zu husten oder wenn er Halsschmerzen hat, geht er normalerweise zum Arzt und bekommt Medizin, vielleicht ein Antibiotikum, und die Symptome verschwinden. Ich werde dir ein paar Antibiotikaeinheiten nur für den Fall hier lassen, denn ihr beide seid euch offensichtlich …", sein Bruder machte eine Pause und sah ihn an, „… nahe."

„Danke Jax", antwortete Day und ignorierte seine Anspielung. „Also wird er wieder gesund?"

„Ja. Ich zeige dir gleich, wie du ihm alle vier Stunden das Antibiotikum geben kannst. Und alle sechs Stunden das Mittel gegen die Übelkeit und das Mittel, das den Husten unterdrückt. Ich werde ihm eine höhere Dosierung geben und schauen, ob ihm das hilft, schneller gesund zu werden. Wenn ich morgen Früh meine Runde bei meinen anderen Patienten gemacht habe, werde ich nochmal vorbeischauen und ihn untersuchen. In der Zwischenzeit beobachte ihn einfach, und wenn es irgendeine signifikante Veränderung geben sollte, ruf mich an und ich komme sofort."

Day kam auf die andere Seite des Betts und umarmte seinen Bruder. „Danke, Mann. Ich weiß nicht, was ich ohne dich machen würde … wie immer." Day lächelte kleinlaut.

„Du hättest dir schon was ausgedacht. Das tust du immer." Jax schlug ihm auf die Schulter.

Day beobachtete, wie sein Bruder eine Tüte und eine lange Röhre aus dem zweiten Koffer nahm, und die Sachen an den anderen Assistenten übergab, der gerade mühsam darum kämpfte, God vollständig auf den Rücken zu drehen.

„Was macht ihr jetzt?“ Day runzelte die Stirn.

„Er wird ihm einen Katheter legen. Weil God gerade mit Flüssigkeit vollgepumpt wird, wird er oft urinieren müssen. Von den Schmerzmitteln wird er ein bisschen dösig werden und zu schwach sein aufzustehen, um ins Badezimmer zu gehen. Und da du ihn offensichtlich nicht tragen kannst, sehe ich keine andere Möglichkeit“, erklärte Jax ihm.

„Sind die nicht schmerzhaft? Ich möchte nicht, dass er noch mehr leidet, Jaxson. Ich kann für ihn einen Topf oder so etwas halten, den kann er benutzen, solange er noch im Bett liegt.“ Day versuchte, diese Alternative zu begründen.

Bei seinem Vorschlag wandte God den Kopf und sah ihm in die Augen. Die Dankbarkeit und Zuneigung, die sich in seinem schönen, rauen Gesicht spiegelten, raubten ihm den Atem.

„Den Großteil der Nacht wird er ziemlich neben der Spur sein, Leo. So ist es am besten. Joseph ist ein großartiger Krankenpfleger. Cashel wird es nicht einmal merken, wenn er eingeführt wird. Wenn er die ganze Nacht über versucht, wach zu bleiben, um alles einzuhalten, ist das noch viel unangenehmer als der Katheter.“ Jax schnappte seine Gummihandschuhe und schmiss sie in den kleinen Mülleimer neben dem Bett.

„Machen Sie sich keine Sorgen, ich werde ihm nicht wehtun. Und ohne angeben zu wollen: Ich kenn mich mit Penissen aus.“ Die feminine, leicht lispelnde Aussprache des hübschen Mannes zeigte Day, dass dieser die Wahrheit sagte.

„Okay“, sagte Day, leicht geschockt darüber, den jungen Mann jetzt zu guter Letzt sprechen zu hören.
Er sah dem Pfleger zu, wie er dick Gleitmittel auf die lange dünne Röhre auftrug und sie dann in Gods schlaffen Penis einführte. Er überwachte jede Bewegung des Krankenpflegers ganz genau und behielt gleichzeitig Gods Gesicht im Auge, um auf das kleinste Anzeichen von Unwohlsein reagieren zu können.
„Alles erledigt.“ Der Pfleger hängte den Beutel an das Bettgestell. „Wenn Sie mir eine große Schüssel besorgen, sein Duschgel und ein Handtuch, werde ich ihn schön sauber machen und dafür sorgen, dass er sich wohlfühlt.“
Day starrte ihn mit verengten Augen an. *Träum verdammt nochmal weiter, Groß-und-Süß.*
„Leo, hol das Zeug und hör auf damit! Joseph ist hier als ein Angestellter, und er ist hundertprozentig professionell. Jetzt lass ihn seine Arbeit tun!“ Sein Bruder gab ihm einen Schubs mit der Schulter.
Day brachte Joseph alle Sachen und schloss die Tür hinter ihm und seinem Partner. Dann ging er mit seinem Bruder ins Wohnzimmer und holte ihm ein Glas Wasser. Als Gods Pflegekraft für die nächsten Tage hörte er sorgfältig Jax' Anweisungen an und stellte die nötigen Fragen.
„Ich weiß, das klingt nach viel Arbeit und Verantwortung. Aber du bist dazu mehr als fähig und ein verdammt guter Partner obendrein. Ach ja, sagte God nicht vor einiger Zeit, dass er eine Mom und einen Bruder hat, die hier in der Gegend wohnen? Warum rufst du sie nicht an, so dass sie auch herkommen und dir helfen können?“
„Ich würde es lieber selbst machen“, sagte Day ohne Zögern.

Er versuchte, den fragenden Blick seines Bruders zu ignorieren und nippte an seinem Kaffee.
„Bist du in ihn verliebt, Leonidis?"
„Ja." Wieder keine Sekunde des Zögerns, und sogar Day musste innerlich zugeben, dass er über sein Bekenntnis zu Tode erschrocken war.
„Du hast nie erwähnt, dass God schwul ist", erwiderte Jax.
„Ich weiß."
„Leo, was tust du? Verliebst dich in einen Hetero-Mann, und obendrein noch deinen Partner?" Sein Bruder suchte den direkten Augenkontakt zu ihm.
Endlich schaute auch Day in die Augen seines Bruders, sanfte braune Augen, die genauso aussahen wie seine eigenen. Schließlich sagte er: „Er liebt mich auch. Hetero, schwul, bi, gottverdammte Transe … was auch immer er ist. Dieser Mann liebt mich auch. Er hat es nur noch nicht gesagt." Day nahm noch einen Schluck. „… aber er wird es tun." Er war erleichtert, dass sein Bruder das Thema auf sich beruhen ließ.
Er begleitete ihn und Joseph zu ihrem Auto, spielte wieder seine Rolle für die Nachbarn, und ging dann zurück, um sich um seinen Partner zu kümmern … um seinen Mann.

Kapitel 13
Es könnte auch gemütlich werden

Der Pfleger hatte seine Arbeit sehr gut gemacht. God roch großartig. Er hatte ihm die Zähne geputzt und die Haare gebürstet, sogar die Laken hatte der Assistent gewechselt. *Wow*. Day starrte den friedlich schlafenden God an.

Jax hatte ihm erklärt, dass die Schmerzmittel – in Kombination mit dem Mittel gegen Übelkeit – den Patienten wahrscheinlich den Rest des Nachmittags und die ganze Nacht lang durchschlafen lassen würden. Es glitzerten zwar immer noch Schweißtropfen über Gods Augenbrauen, aber es sah nicht so aus, als ob God Schmerzen hatte, und Day war dankbar dafür.

Mittlerweile war es schon fast vier Uhr nachmittags. Day saß im Wohnzimmer auf Gods kleinem schwarz-weißen Futon und nahm sein Handy, um den Captain anzurufen. Nachdem er ihm fälschlicherweise erzählt hatte, dass God den ganzen Morgen wegen einer Lungenentzündung in der Notaufnahme verbracht hatte, fügte er hinzu, dass God nur entlassen werden könne, wenn sich eine Begleitperson um ihn kümmern würde. Er war sich sicher, dass der Captain keine schriftliche Bestätigung darüber haben wollte, und wenn doch, so würde Jax ihm schnell eine schreiben.

„Ja, Sir, natürlich bin ich über mein Handy ständig erreichbar, falls sich irgendwelche Fragen ergeben sollten." Er pausierte und hörte seinem Gesprächspartner zu.

„Ich würde sagen, ein paar Tage höchstens, Sir." Er versprach, sich mehrmals am Tag zu melden und legte dann auf.

Für einige Minuten saß er noch auf der Couch und wippte nervös mit den Beinen. *Ich habe gerade zugegeben, dass ich God liebe. Was habe ich mir dabei nur gedacht? Was ist, wenn er mich nicht zurück liebt … oder es nicht kann? Fuck. Das wäre dann wohl das Ende unserer Partnerschaft.*

Er ging in die Küche und warf einen Blick in den Kühlschrank. Es gab keine besonders große Auswahl, und so begnügte er sich mit einem Truthahnsandwich und ein paar Äpfeln. Nachdem er sein spätes Mittagessen beendet hatte, ging er zurück in das Schlafzimmer und sah God beim Schlafen zu. Dann und wann tupfte er ihm die feuchte Stirn mit dem kühlen Handtuch ab. God fühlte sich zwar immer noch heiß an, aber nicht mehr so besorgniserregend.

Nach ein paar Stunden begann Day, seine Holster abzunehmen, hielt dann aber in der Bewegung inne – Gods Waffen. Er hatte jederzeit zwei davon in seinem Truck. Wenn God mehrere Tage im Bett verbringen musste, sollte er besser die Waffen ins Haus holen.

Er öffnete die Vordertür und sah die gleichen Jungs wie immer auf der Veranda nebenan sitzen. *Muss toll sein, den ganzen Tag auf dem Arsch zu sitzen und Gras zu rauchen.* Day hatte keine Lust auf ein Gespräch, also joggte er schnell zu Gods Truck hinüber und deaktivierte mit dem Funkschlüssel den Alarm. Er entnahm dem Handschuhfach eine 9 mm. Anschließend ging er um das Auto herum zur Fahrerseite und tastete suchend unter dem Sitz. Dann zog er darunter eine Handfeuerwaffe, Kaliber .22 sowie ein billiges Handy hervor. Er steckte die Waffen in seinen Hosenbund und das Telefon in seine Tasche, nickte den Nachbarn leicht zu und ging zurück ins Haus.

Nachdem er die Waffen sicher im Schrank verstaut hatte, legte er das Handy auf den Küchentisch und starrte es mehrere Minuten lang an. Es war nicht das Telefon, das God sonst benutzte, sondern ein günstiges Wegwerfhandy. Day war von Natur aus neugierig, aber sein Instinkt sagte ihm, dass God nicht wollte, dass er von diesem Telefon wusste … was es sehr schwer machte zu widerstehen … also tat er es nicht. Er wusste lieber früher als später, wenn sein voraussichtlicher Liebhaber etwas tat, was ihn verletzen könnte.

Er drückte auf den kleinen An-/Aus-Knopf und rief direkt die Kontakte auf. Es gab nur einen: „Mom, Gen“. Das waren Gods Mom und sein Bruder. *Oh, okay.* Day wusste selbst nicht mehr, warum er gedacht hatte, er würde unzählige Telefonnummern von irgendwelchen Flittchen hier finden.

Er schmunzelte über sich selbst und warf das Telefon entschlossen in eine Küchenschublade. Dann machte er das Licht aus und ging in das Schlafzimmer, um sich um den Mann zu kümmern, den er liebte.

Kapitel 14
Doktorspiele

Day hatte geduscht und sich ein Paar von Gods riesigen Jogginghosen angezogen, die er – so eng es nur ging – zusammengezurrt hatte, damit sie ihm nicht von der Hüfte rutschten. Außerdem trug er jetzt ein schwarzes Tanktop, das er ebenfalls in der kleinen Kommode in der Ecke des Schlafzimmers gefunden hatte.

Auf der Kommode stand ein kleiner Fernseher, Day hatte ihn angeschaltet und den Kochkanal eingestellt. Die Lautstärke hatte er so reguliert, dass er den Ton gerade eben hören konnte, und God nicht gestört wurde.

Still erfüllte er seine abendlichen Pflichten für seinen Patienten. Er wechselte die Infusionen, leerte den Katheterbeutel, spritzte die vorbereiteten Spritzen mit Antibiotikum und Schmerzmitteln in den Port und stellte schließlich noch eine Schüssel mit kaltem Wasser und ein paar saubere Handtücher neben das Bett.

Dann legte er sich auf die andere Seite des Bettes, achtete dabei darauf, God nicht anzurempeln, und stopfte sich ein paar Kissen in den Rücken. Er nippte an seinem Kaffee, den er auf den winzigen Tisch an der Seite platziert hatte und schaltete anschließend die Nachttischlampe an.

Day blätterte durch sein Magazin, bis er den Artikel über moderne Maschinenpistolen gefunden hatte, und war völlig vertieft, als er fühlte, wie God sich auf seiner Seite herumwälzte; vielleicht versuchte er, bequemer zu liegen. Geistesabwesend rieb er über Gods Schulter, während der stöhnte und hin und her zappelte.

„Schsch… alles gut, Cash“, flüsterte er. Das schien seinen Partner zu beruhigen, aber wenige Sekunden später schnellte einer von Gods langen Oberschenkeln empor und warf Day fast aus dem Bett. God stieß einen lauten gequälten Schrei aus.
„Cash, beruhige dich.“
Wieder schrie God. Offensichtlich träumte er.
Fuck. Wieder ein Albtraum.
Als er begann, wild um sich zu schlagen, war Day gezwungen, aus dem Bett springen. Er lief schnell auf die andere Seite des Bettes und brachte den Infusionsständer außerhalb von Gods Reichweite, so dass er ihn nicht umwerfen konnte.
„Nein, Dad, hör auf!“, brüllte God, die Augen fest zusammengekniffen; der Schweiß rann ihm über das Gesicht.
„Cash, wach auf!“, rief Day.
Sein Herz schlug wie wild und seine Hände zitterten, als er Gods Schultern mit festem Griff umfasste. Er schüttelte ihn kräftig, aber das schien alles nur noch schlimmer zu machen. Also kletterte er auf seinen Partner und versuchte ihn mit seinem ganzen Körpergewicht festzuhalten. *Wenn God die Infusion oder den Katheter herauszieht, was mache ich dann?* Er drückte Gods Arme seitlich an den Körper und rief wieder: „Cashel, Cash, hör auf!“
Gods Augen öffneten sich, aber Day wusste, dass er noch nicht wach war. Er erhob sich etwas und streckte dabei seinen Rücken, ließ Gods Arme aber nicht los. Irgendwie konnte er sich zur Seite lehnen und ein Handtuch in das kühle Wasser eintauchen. Vorsichtig tupfte er damit über Gods feuchtes Gesicht.
„Alles ist gut. Es ist nur ein Traum, Cash, wach auf!“

Jetzt konnte er sehen, dass Gods Blick aufklarte. Er wollte sich gerade erheben, so dass nicht mehr sein ganzes Gewicht auf God lastete, als er fühlte, wie God seinen Arm um seinen Rücken legte und ihn an der Bewegung hinderte.
„Bleib“, stöhnte God.
„Ich bin zu schwer. Ich rutsche nur rüber auf die andere Seite.“ Day löste sich behutsam und ließ sich ganz nah an Gods Seite nieder.
God tat einen zittrigen Atemzug und hustete dann sekundenlang schwer. Day wischte seine Brauen, seine Wangen, den Hals und schließlich seine Lippen mit behutsamen kleinen Bewegungen zärtlich ab.
„Alles ist gut. Ich gehe nirgendwo hin.“
Er küsste ihn sanft auf die Schläfe und sah, wie sich der muskulöse Brustkorb seines Partners mit einem erleichterten Ausatmen senkte. God wandte den Kopf und fixierte Days Augen. Er konnte die Dankbarkeit sehen, die diese wunderschönen grünen Iriden ausstrahlten.
„Leo“, begann God halb atemlos, halb keuchend.
„Versuche nicht zu sprechen. Mein Bruder hat versprochen, er wird morgen Früh zurück sein. Er hat gesagt, es wird nicht lange dauern, bis die schlimmsten Symptome weg sind. Du wirst dich noch eine Weile schwach fühlen, aber ich bin hier, um dir zu helfen. Ich werde jetzt aufstehen, und dir noch etwas gegen deinen Husten und die Schmerzen geben. Jax hat gesagt, ich kann sie dir je nach Bedarf geben.“
God sah ihn mit weit geöffneten Augen an. Day erwiderte den Blick und sagte dann: „Ich weiß … gern geschehen.“ Noch einmal strich er ihm mit dem Handtuch über die Stirn, dann küsste er ihn auch dort.

Er drehte sich auf die Seite und stieg aus dem Bett, ging um God herum, um dort die Medizin injizieren zu können. Er drückte die beiden Spritzen hinein und realisierte, dass er nur noch zwei Stück gegen die Schmerzen hatte. *Shit. Ich hoffe, er braucht nicht noch mehr, bevor Jax kommt.*

God blieb mit dem Rücken zu ihm gewandt liegen, und Day nahm die Gelegenheit wahr, um ihm das T-Shirt hochzuschieben und mit dem Handtuch über seinen Rücken zu streichen. Auf die Reaktion seines Körpers beim Anblick dieses starken, muskulösen Rückens war er nicht vorbereitet. Er schnappte nach Luft, als er den riesigen Löwen sah, der auf die obere linke Hälfte des Rückens tätowiert war.

Das Tier brüllte mit weit geöffnetem Maul; die volle, buschige Mähne war so detailliert ausgearbeitet, dass es aussah, als würde sie sich bewegen, wenn Gods Muskeln sich anspannten. Die Tatzen waren groß und die Krallen ausgefahren, als ob das wunderschöne Biest sich gegen einen Angriff wappnete. Ein Löwe beschrieb seinen Partner perfekt: wild, unerschütterlich, beschützend, ein König.

Bis jetzt hatte er nur einen flüchtigen Blick auf dieses exquisite Kunstwerk erhaschen können, da God sich nicht häufig vor ihm – oder anderen – auszog. Wahrscheinlich wollte er nicht, dass zu viele Leute die Narben auf seinem Rücken sahen, die mit der Kunst auf seinem Körper Hand in Hand einhergingen.

Unendlich zärtlich zeichnete er mit den Fingern die Linie um das Maul des Löwen entlang und erzitterte, als God leise stöhnte.

„So wunderschön“, flüsterte Day.

Er fuhr fort, Gods Rücken abzureiben und legte sich dann zurück ins Bett, als er auch schon ein leises Schnarchen hörte. Sicher hatte ihn die Medizin wieder einschlummern lassen, diesmal hoffentlich in eine friedliche Nachtruhe.
Fast die ganze Nacht hindurch bewachte Day seinen Schlaf, aber God rührte sich nur, um dann und wann seine Position zu wechseln und es sich wohl etwas bequemer zu machen. Schließlich musste Day gegen drei Uhr morgens selbst weggedöst sein.
Um sieben Uhr morgens wurde er aufgeschreckt von seinem Handy, das auf dem Nachttisch klingelte. Schnell griff er sich das Telefon, bevor es seinen schnarchenden Partner aufweckte. Er sah, dass es ein Anruf der Wache war, und nahm das Gespräch an. Während er aus dem Schlafzimmer eilte, drückte er sich das Gerät an die Brust und schloss dann die Tür hinter sich.
„Ja, hier Day", brummte er in den Hörer, noch leicht benommen vom Schlaf. Es war Vikki, die ihm direkt den Grund ihres Anrufs mitteilte. Sie suchte die Akten in ihrem aktuellen Fall.
„Sie sind in meinem Schreibtisch, in der untersten abgeschlossenen Schublade. Der Schlüssel klebt unter meiner Tastatur." Er wollte gerade wieder auflegen, als sie sich erkundigte, wie es God gehe.
„Es geht ihm gut", erwiderte er knapp. Als sie auch noch vorschlug, vorbeizukommen und ihm zu helfen, hätte er ihr fast geantwortet, sie solle sich verpissen. Da das wiederum gemein gewesen wäre, beschränkte er sich auf ein kurzes: „Ich schaff das schon, er wird morgen wieder auf den Beinen sein", und beendete das Gespräch. *Du wirst ihn nicht in die Klauen bekommen, Vikki, du Füchsin.*

Day machte sich eine Tasse Kaffee und trank ihn schwarz, in dem Versuch, richtig wach zu werden. Danach goss er sich eine zweite Tasse ein und durchstöberte Gods Schränke. Er wusste, dass sein Patient bald etwas zu essen verlangen würde. Nach einer schnellen Bestandsaufnahme erkannte Day, dass als Nächstes ein Abstecher zum Lebensmittelgeschäft an der Reihe wäre, auch musste Wäsche gewaschen werden. *Wer bleibt hier? Oh, natürlich!*

Day wühlte in der Küchenschublade nach dem Handy, das er in Gods Truck gefunden hatte und schrieb eine Nachricht an Gen, dabei fügte er für alle Fälle die Anschrift hinzu.

Ich bin sicher, es stört ihn nicht, ein paar Minuten hier herumzusitzen, während ich ein paar Besorgungen mache.

Er nahm die einzige Dose mit Suppe, die God in seinem Schrank hatte, schüttete sie in eine Schüssel und stellte sie schnell in die Mikrowelle. Dann goss er einen heißen Tee auf. *Ich muss daran denken, dass ich auch Zitronen und Honig mitbringe.* Schließlich öffnete er noch eine Flasche Wasser und schüttete etwas davon in ein sauberes Glas.

Als er zurück ins Schlafzimmer kam, sah er, dass God die Augen leicht geöffnet hatte. Auf seiner Stirn glitzerten winzige Schweißperlen und der Kragen seines Pyjamas war feucht.

„Hey du", sagte Day leise.

„Hey", krächzte God, seine Stimme hörte sich an, als hätte er fünfzig Jahre lang Kette geraucht. Day setzte die Schüssel und die Getränke ab, um den Schweiß von Gods Gesicht und Hals tupfen zu können.

„Du bist nicht mehr so blass wie gestern", sagte er und strich ihm zärtlich über die Stirn.

God wandte ihm den Kopf zu und seufzte. Wenn Day dies interpretieren müsste, würde er ihn am ehesten als ich-bin-es-leid-mich-scheiße-zu-fühlen-und-auf-andere-angewiesen-zu-sein-Seufzer bezeichnen.
„Wird nicht mehr lange dauern, Babe. Jax hat gesagt, du wirst in ein paar Tagen wieder ganz hergestellt sein. Ich habe dir Suppe mitgebracht. Möchtest du versuchen, sie zu essen – oder vielleicht nur die Brühe? Ich weiß, dass du kurz vorm Verhungern sein musst."
„Ich habe keinen Hunger", knurrte God hustend.
„Versuch, ein bisschen zu essen. Tu es für mich, okay?"
God verdrehte sich in seinem Bett, um sich ihm zuzuwenden. Er knurrte und fluchte, ganz offensichtlich war er es nicht gewöhnt, überwacht zu werden oder gar zum Essen gezwungen zu werden. Endlich gab er sich geschlagen.
„Okay", sagte er.
Day stellte die Suppenschlüssel neben God ins Bett und beobachtete ihn. Er versuchte, sich gerade hinzusetzen, um ohne Kleckern essen zu können und scheiterte jämmerlich. Sobald er den Löffel halbwegs bis zum Mund geführt hatte, begann er zu husten und spuckte ein paar Nudeln und Suppe quer über seine Brust.
„Oh, verdammt", brummelte er.
Day wollte nach dem Löffel greifen, aber Gods Hand zuckte vor der Berührung zurück.
„Cash, komm schon. Sei doch nicht so. Ich bin hier, um dir zu helfen. Du bist nicht der einzige Mann, der jemals krank wurde und jemanden brauchte. Lass mich dieser jemand sein." Day sprach ganz ruhig. Traurige grüne Augen sahen ihn an. Er hätte schwören können, dass God sich still ent-

schuldigte, Day brauchte es auch gar nicht ausgesprochen zu hören. God gab ihm den Löffel.
Day nahm einen Waschlappen und wischte die Suppenreste von Gods Brust, da legte God seine Hand über seine und hielt ihn fest. Day sah in diese umwerfenden grünen Augen und fühlte, wie zwischen ihnen etwas „klick" machte. Hatte er sich für God bewährt? Hatte der erkannt, dass Day ihn nicht nur für einen One-Night-Stand wollte? Er hoffte es sehr, denn er hatte gemerkt, dass sein Partner auch sein bester Freund, und nach seiner Highschool-Liebe der erste Mann war, an dem ihm wirklich etwas lag oder den er sogar liebte.
Day lehnte sich zu ihm hinüber und berührte mit seinen Lippen Gods Ohr. „Wenn es dir besser geht, werde ich dir zeigen, wieviel du mir bedeutest." Er hörte, wie God leise und lustvoll stöhnte. Er lächelte und küsste ihn zart und keusch auf den Mundwinkel. „Jetzt möchte ich, dass du etwas isst." Dazu stopfte er ein paar Kissen hinter God und flößte ihm fast die Hälfte der Suppe ein. Als er ihm gerade half, den lauwarmen Tee zu trinken, klopfte es an der Tür. Er küsste God auf die Stirn und ging zum Eingang, um zu öffnen.
„Hey, kleiner Bruder, wie geht es dem Patienten?" Jax kam mit einer großen Buchtasche über der Schulter herein, dicht gefolgt von seinem Assistenten, der God am Tag zuvor gewaschen hatte.
„Okay, obwohl er noch immer ziemlich schwach ist. Heute Nacht ist er dreimal aufgewacht. Der Husten ist nicht mehr so stark und weniger häufig. Außerdem hat er eine halbe Schüssel Suppe gegessen und Tee getrunken", zählte Day

auf, während sie zurück durch den engen Flur in Gods Schlafzimmer gingen.

„Das ist gut. Dann können wir wahrscheinlich die Flüssigkeitszufuhr absetzen, wenn er jetzt trinkt. Ich habe die Testergebnisse bekommen; es war eine Bronchitis, die eine Grippe oder auch lungenentzündungsähnliche Symptome auslösen kann, wenn sie nicht behandelt wird. Es ist wirklich Glück, dass du zum richtigen Zeitpunkt bei ihm warst. Ich habe noch mehr Antibiotikum mitgebracht, Zeug gegen die Übelkeit und noch stärkere Medizin gegen den Husten. Das Schmerzmittel solltest du ihm nur geben, wenn er danach fragt."

Da God wieder eingeschlafen war, erklärte sein Bruder es ihm. Er trug sein Stethoskop und hörte Gods Brust ab.

„Hört sich ein bisschen besser an. Morgen früh kann ich den Katheter und die Infusionen rausnehmen, danach kann er auch Tabletten schlucken."

„Großartig, danke Jax. Was glaubst du, wann er wieder zur Arbeit gehen kann? Ich bin mir sicher, dass er danach fragen wird."

„Nun, vierundzwanzig Stunden nach der Einnahme von Antibiotikum ist er nicht mehr ansteckend. Übrigens, hast du deine genommen?"

Day schnaubte verärgert. „Ja. Ich hab sie gestern Abend und heute Morgen genommen."

„Wahrscheinlich hast du sie mit Kaffee runtergespült." Jax lachte.

„Das ist unwichtig, solange ich sie genommen habe. Jetzt zurück zu meiner Frage: wann kann er wieder arbeiten?"

Bevor er antwortete, hob Jax Gods Augenlider und leuchtete mit einer kleinen Taschenlampe hinein.

„Schau einfach, was passiert. Wenn er sich gut genug fühlt zu gehen, darf er gehen. Heute ist Mittwoch. Ich würde sagen, er soll sich für den Rest der Woche ausruhen und kann dann am Montag wieder zurück."

„Cool. Ich habe schon seinen Bruder angerufen … oder besser gesagt angetextet, falls er in der Schule sein sollte. Ich habe ihn gefragt, ob er morgen ein Auge auf God haben kann, während ich einkaufe und kurz bei mir zu Hause vorbeischaue."

Day saß an der Seite des Betts, und sah God beim Schlafen zu. Der Pfleger begann, seine Sachen zusammenzusuchen, um God zu waschen, also gingen Jax und Day ins Wohnzimmer.

„Es ist gut, dass du seinen Bruder angerufen hast, so kannst du dich auch ausruhen, Leo." Jax nippte an seinem Wasser.

„Ich brauche keine Pause, ich muss nur etwas zu essen besorgen und die Laken waschen, denn dein Assistent zieht gerade den letzten frischen Bezug auf. Ich habe seine Mom und seinen Bruder noch nicht getroffen, denn God hat mir erzählt, dass sie eher ein angespanntes Verhältnis haben. Er hat mir keine Details erläutert, und ich wollte auf dem Thema nicht weiter herumreiten. Aber ich bin mir sicher, dass es nicht so angespannt ist, dass sein Bruder ihm nicht helfen würde, wenn er wirklich krank ist. Dies wird eine gute Möglichkeit für seinen Bruder sein, um ihm zu zeigen, dass er ihn liebt", führte Day aus und schaltete sich nebenbei durch die Kanäle auf Gods gewaltigem Fernseher.

„Nun, hoffentlich hast du nichts gemacht, das God nicht wollte", erwiderte Jax, wie immer die Stimme der Vernunft.

„Nö. Cash erledigt ständig irgendwelche Sachen für sie. Wahrscheinlich ist die Beziehung gar nicht so schlecht, wie er denkt. Manchmal braucht es so eine Situation wie diese, um einen Streit zu beenden.“

„Und du hast keine Ahnung, warum die Beziehung so belastet ist?“

„Nein, Jax. Wie ich gesagt habe, hat God mich nicht mit den Einzelheiten versorgt.“

„Okay, werd nur nicht kribbelig. Ich möchte nur, dass du vorsichtig bist.“

Day ließ es zu, dass sein Bruder ihn in eine Umarmung zog. Dann wand er sich aus dem Griff.

„Mir geht’s gut, Bruder. Danke für deine Hilfe. Und glaub mir: Ich werde ihm kräftig in den Arsch treten, weil er keine Versicherung hat. Das macht wirklich überhaupt keinen Sinn. Er lebt hier total ärmlich und gibt nie Geld aus. Alles, was er hat, ist sein Truck, und der ist finanziert. Falls er nicht für eine Jacht spart oder sich seine eigene kleine Insel kaufen will, kann ich nicht begreifen, wieso er seine Versicherung gekündigt hat oder wieso zur Hölle das Dezernat das erlauben sollte.“ Er dachte kurz nach. „Es sei denn, er hat ihnen gesagt, dass er privat versichert ist.“ Day hatte den letzten Satz gerade beendet, als der Pfleger aus dem Schlafzimmer kam.

„Er ist jetzt wieder ganz sauber. Heute war er aber nicht so nett wie gestern“, murrte der Mann. Day grinste breit.

„War er knurrig und grießgrämig?“

„Ja.“ Der Pfleger schnalzte mit der Zunge und verdrehte die Augen.

„Ja!! Das bedeutet, dass es ihm schon wieder besser geht.“ Day stieß eine Faust in die Luft.

„Ihr Jungs habt Probleme.“ Jax schüttelte den Kopf. „Okay, du kennst den Ablauf. Ruf mich an, wenn du mich brauchst. Ansonsten ist er auf leichter Diät, bis die Übelkeit ganz verschwunden ist. Gib ihm die Medizin pünktlich und lass ihn so viel ausruhen, wie es geht."

„Verstanden." Day begleitete seinen Bruder bis zur Tür. Dann ging er in die Küche, trank noch eine Tasse Kaffee und untersuchte Gods Gefrierschrank. Er nahm Hühnchen heraus und ein paar Konserven mit Gemüse, um eine Gemüsesuppe zu kochen. Das sollte reichen, bis er einkaufen konnte.

Kapitel 15
Ich hasse diese Hilflosigkeitsscheiße

God starrte auf den Fernseher, ohne wirklich etwas zu sehen. Er war völlig lethargisch. Nicht, weil er krank war, sondern weil er so schwach war, dass er nicht einmal aufstehen konnte, um zu pinkeln oder sich etwas zu essen zu machen. Außerdem steckte ein Schlauch in seinem Schwanz, was extrem unangenehm war, vor allem, als Day ihm mit seinem Versprechen eine halbe Erektion beschert hatte.

God versuchte nicht darüber nachzudenken, wie Days Lippen die Seite seines Gesichtes liebkost hatten oder wie gut er roch. Day war hergekommen. Er hatte nur ein einziges Meeting auf der Arbeit verpasst und schon war sein Partner … sein *Freund* gekommen, um nach ihm zu sehen.

Er hatte stundenlang im Bett gelegen und versucht, alle Kraft zusammenzunehmen, um aufstehen zu können. Dennoch hatte er es kaum bis in Badezimmer geschafft, um sich zu übergeben. Als er auf den Boden gestürzt war, und den ganzen Inhalt seines Magens ausgewürgt hatte (inklusive etwas, was sich wie die Magenwand selbst angefühlt hatte), konnte er einfach nicht wieder aufstehen. Er war noch nie gleichzeitig so froh und zu Tode geängstigt gewesen, wie gestern, als er Leonidis Day erblickt hatte.

Jetzt lag er hier in seinem Bett, fühlte sich etwas besser und gewann langsam seine Stärke zurück. Er konnte hören, wie Day in seiner Küche rumorte und ein absolut wunderbarer Essensgeruch lag in der Luft. Er versuchte, nach Day zu rufen, was aber in einem Hustenanfall endete.

„Fuck", knurrte er. Schon kam Day um die Ecke gesaust.

„Cash, ist alles in Ordnung?“ Das Bett wippte und God sah auf seinen Partner hinunter. Day trug eines seiner APD T-Shirts und seine Jogginghosen, die ihm mindestens vier Nummern zu groß waren, aber er sah verdammt großartig darin aus.
Er begann, sein Gesicht mit einem kühlenden Handtuch abzutupfen. Seine Berührung war zärtlich und liebevoll. Day zwinkerte ihm zu und God musste tief Luft holen, um seinen drohenden Ständer unter Kontrolle zu halten.
„Hast du versucht, mich zu rufen, Babe?“
God ließ seine Hand auf Days festem Oberschenkel ruhen. Day nahm die Hand und küsste leichthin jeden einzelnen Knöchel.
„Möchtest du vielleicht noch ein Glas Tee?“
God schüttelte vehement den Kopf. Verdammt, er hasste es, dass sein Partner sich von Kopf bis Fuß um ihn kümmern musste.
„Hör auf damit. Du würdest das gleiche für mich tun“, sagte Day streng.
Manchmal vergaß God, dass sie quasi die Gedanken des anderen lesen konnten. Es überraschte ihn trotzdem nicht sonderlich, dass Day ihm vom Gesicht ablesen konnte, dass er es nicht mochte, Schwäche vor ihm zu zeigen.
Day bewegte den kühlen Lappen tiefer, um seinen Hals zu streicheln. „Ich mache dir eine Suppe, und ich möchte keine Probleme mit dem Essen haben.“ Er lehnte sich vor und legte seine Stirn an Gods.
„Ich weiß, was du denkst, aber: Du. Bist. Mein. Ich werde mich um dich kümmern, solange, bis es dir hundertprozentig besser geht.“

God spürte, wie Day mit dem Daumen über seine Lippen strich und bemerkte vage, dass er die Luft angehalten hatte.
„Leo …", flüsterte er.
„Schsch, sag nichts, du musst dich ausruhen. Ich gebe dir noch etwas Medizin und wenn du aufwachst, werde ich dich wieder füttern. Und wenn du mich nur einmal anknurrst, werde ich dich im Schlaf belästigen."
God verzog lächelnd den Mund. Es war so lange her, dass sich jemand so um ihn gekümmert hatte. Day hielt ihm auf der Straße den Rücken frei, das hatte er auch nie in Zweifel gezogen. Aber dies war eine andere Art von Fürsorge. Dies war die Art von Fürsorge und Zuwendung, die in eine Beziehung und schließlich in *Liebe* mündete. God versuchte, es sich bequem zu machen. Er betrachtete Day, wie er zwei Spritzen in den Zugang injizierte, als hätte er eine medizinische Ausbildung. Sein Herz explodierte fast, als Day sich herunterbeugte und ihn auf die Stirn küsste, während er die Laken um seine Brust feststeckte.
Natürlich warf er God noch einen sexy Kuss über die Schulter hinweg zu, bevor er aus der Tür ging.
Sexy Bastard. Du gehörst mir auch …

Kapitel 16
Die Fehde

Day ließ die Suppe leicht vor sich hin köcheln, während God weiter schlummerte. Es war fast vier und Day musste zugeben, dass er langsam eine Art Lager- oder Hüttenkoller – oder wie zur Hölle es auch hieß – bekam. Sonst ging er direkt nach Hause, arbeitete in seinem Garten, baute Modellautos oder kochte etwas, sobald er die Wache am Ende des Tages verlassen hatte. Es gab immer etwas zu tun, und er mochte es nicht, faul herumzusitzen. Nachdem er ein bisschen trainiert hatte, hatte er geduscht und sich nochmal ein paar Sachen von God ausgeliehen und angezogen.

Er spähte kurz ins Schlafzimmer; God hatte auf seine Seite des Bettes gewechselt, schlief aber immer noch tief und fest. Nach einer weiteren Tasse Kaffee wanderte Day weiter ins Wohnzimmer. Nachdem er kurz auf der Wache angerufen hatte, entschied er sich, nachzusehen, was so besonders an den Videospielen sein mochte, die God so liebte. *Hmmm … Grand Theft Auto, das hört sich interessant an.*

Er musste mindestens eine Stunde gespielt haben, als er hörte, wie God im Schlafzimmer anfing zu husten.

„Hey, Dornröschen."

Day setzte sich zu God auf das Bett. Er fühlte mit seinem Handrücken die Stirn. Überhaupt kein Fieber mehr und kaum noch Schweiß. *Sehr gut.*

„Du hast fast fünf Stunden lang geschlafen. Ich bin sicher, dass du Hunger hast. Rühr dich nicht – ich habe dir die Suppe warm gehalten. Ich hole dir etwas." Day wartete noch kurz, bis God nickte, bevor er aufstand.

Day stellte Gods Essen und noch etwas warmen Tee auf ein Tablett und wollte gerade wieder zu ihm gehen, als das kleine Handy brummte und den Eingang einer Nachricht verkündete. Er zog das Telefon zu sich heran; der Text war kurz: *Ich werde morgen um drei da sein.*
Day lächelte. Endlich würde er jemanden von Gods Familie kennenlernen. Schon begann er, innerlich eine Liste an Fragen aufzusetzen, die er dem kleinen Bruder stellen würde. Er wollte gerne wissen, ob sein Partner als Heranwachsender eine richtige Göre war, ob er Pickel gehabt hatte, ob er jemals dabei erwischt worden war, wenn er sich nachts aus dem Haus schlich, ob er jemals Hausarrest bekommen hatte … *Ich will alles wissen.* Day brachte God sein Essen.

***

In der letzten Nacht hatte God schon viel besser geschlafen. Nun lehnte er am Kopfende und wartete auf Jax, der ihm den Infusionszugang und den Katheter entfernen würde.
„Du siehst viel besser aus, Babe. Wie fühlst du dich?", fragte Day, längs ausgestreckt am Fußteil des Bettes. Er hatte seinen Kopf bequem auf seiner Hand abgestützt, den Ellenbogen angewinkelt.
God rieb sich mit beiden Händen durch das Gesicht und grollte: „Ich fühle mich auch besser. Aber ich will raus aus diesem Bett, Leo."
„Äh, nein. Sobald mein Bruder kommt, werden wir sehen, was er sagt." Day versuchte, sich angesichts Gods Ärger das Lachen zu verbeißen.

„Wenn du mich nicht bald aus diesem Bett rauslässt, Leo, werde ich dir so richtig wehtun und –“ God konnte den Satz leider nicht zu Ende führen, seine Tirade hatte einen Hustenanfall ausgelöst.
Day sprang auf und griff nach dem Handschuh. Er massierte Gods Brust mit sanft kreisenden Bewegungen, bis der Anfall nach und nach schwächer wurde.
„Fuck.“ Er hustete wieder. „Okay, vielleicht bin ich noch nicht soweit.“
Day sah ihn kopfschüttelnd an. „Leg dich hin und ruh dich noch ein bisschen aus, bis Jax kommt.“
Aber nachdem Jax ihn untersucht hatte, musste er God zu seinem Bedauern mitteilen, dass er noch nicht zur Arbeit gehen konnte. Auch wenn er nicht mehr ansteckend war, so war er doch noch beeinträchtigt durch die Schmerzmittel. Jax blieb nur ungefähr zwanzig Minuten. Er gab God noch ein paar Einheiten der verschreibungspflichtigen Medikamente und versicherte ihm, er könne sich immer bei ihm melden, falls er noch etwas brauchte.
Day brachte seinen Bruder zur Tür und versprach ihm als Dank für seine Hilfe zwei Tickets für das nächste Spiel der Braves. Dann bereitete er die unvermeidliche Tasse Kaffee für sich selbst und eine neue Schale Suppe für God zu. Als er ins Schlafzimmer kam, schlief God so friedlich, dass Day ihn nur sehr ungern weckte. Er stellte die Schale auf dem Nachttisch ab und setzte sich vorsichtig neben seinen Partner. Der Pfleger hatte ihn noch einmal gewaschen und er sah sich selbst wieder ähnlicher. Auch seine Haut hatte fast wieder den gleichen Farbton wie vorher. Sein Bart war zwar ein bisschen gewachsen, aber das sah sehr sexy aus. Er streichelte Gods Wange mit dem Handrücken.

„Babe, wach auf. Hier habe ich dein Frühstück“, sagte er weich.
God öffnete langsam die Augen. „Ich bin müde, Leo.“
„Ich weiß. Aber iss nur ein bisschen für mich, okay? Dann kannst du weiter schlafen.“ Und schon stopfte er ihm ein paar Kissen hinter den Rücken, damit er besser essen konnte.
„Was gibt es denn Neues in dem Fall?“, erkundigte sich God, den Mund voller Nudeln.
„Im Moment werden alle Standorte observiert, sonst passiert nichts Größeres. Mach dir keine Sorgen, es werden noch genug von den Typen für dich übrig bleiben, denen du in den Arsch treten kannst, wenn du wieder zurück bist.“ Day grinste. Das Lachen verging ihm aber, als God einen neuen Hustenanfall bekam und an seine Brust fasste.
„Hier, trink noch etwas Tee.“
Er half seinem Freund mit dem warmen Getränk, aber God erwiderte mit einem leichten Lächeln: „Ich glaube, ich kann meine Tasse und den Löffel jetzt selbst halten, Leo.“
Day errötete und gab ihm die Tasse. God nahm ein paar vorsichtige Schlucke.
„Ich muss aufstehen und ein bisschen herumlaufen.“ Day schüttelte schon den Kopf, aber God ignorierte ihn und schwang langsam und vorsichtig seine Beine aus dem Bett.
Sturkopf.
Day half ihm trotzdem, sich auf die Bettkante zu setzen. God schwankte ein bisschen in seinen Armen.
„Cash, ist das denn wirklich nötig? Du hast gerade Medizin eingenommen. Was ist, wenn du hinfällst?“
„Dann fängst du mich auf!“ God zwinkerte ihm zu.
„Das ist nicht witzig“, tadelte ihn Day.

„War auch nicht witzig gemeint. Aber ich muss wieder zu Kräften kommen und ich muss pinkeln."
„Oh, okay. Das hättest du mir eher sagen sollen. Es hörte sich an, als wolltest du mindestens auf eine Exkursion."
God legte seinen langen Arm um Days Hals. Er war immer noch sehr schwer, obwohl er schon einen Großteil seines Gewichts selbst trug.
„Mein Kopf fühlt sich an, als würde er gleich explodieren", ächzte God.
„Du kannst noch eine Schmerztablette nehmen, wenn du im Badezimmer warst." Day half ihm in das kleine Badezimmer und wollte God die Pyjamahose ausziehen, aber der unterbrach ihn.
„Den Rest kann ich selbst erledigen." Er sah überaus amüsiert aus.
„Oh. Na ja … ich könnte ihn für dich halten, wenn du willst." Zentimeterweise schob er sich näher an God heran und blickte ihn ausgesprochen sexy und lüstern an.
„Raus mit dir, du Nymphomane."
God stützte sich mit einer Hand auf dem Waschbecken ab, mit der anderen schubste er Day aus der Badezimmertür. Day lachte und stand vor der Tür Wache – nur für den Fall, dass er einen dumpfen Aufschlag hörte.
Nach einigen Minuten erkundigte er sich mit unterdrücktem Lachen: „Brauchst du etwas zu lesen?"
„Sei still, Leo!", schnaubte God. Noch mehr Zeit verging. Schließlich hörte Day die Toilettenspülung und das Plätschern des Waschbeckens.
Als God schließlich die Tür öffnete, sah er erschöpft aus, und Day verging das Witzeln. Er legte einfach seinen Arm um die Taille seines Freundes und half ihm zurück ins Bett.

Das dauerte einige Minuten, aber endlich lag God bequem. Day schaltete den Fernseher und das Licht aus. Er ging ins Wohnzimmer und spielte von neuem *Grand Theft Auto*, bis es überraschend laut an der Tür klopfte. *Wer zum Teufel …?* Er zog seine 9mm Waffe unter dem Futonkissen hervor, auf dem er gerade noch gesessen hatte, und ging rasch zur Tür, um durch das Guckloch zu schauen. Leuchtend grüne Augen fixierten die Tür. Day konnte das gesamte Gesicht der draußen stehenden Person sehen und erblickte eine jüngere Version seines Partners. Er steckte die Pistole in seinen Hosenbund und zog das T-Shirt darüber. Schnell öffnete er die Tür und lächelte den kleinen Bruder seines Partners breit an.

„Hey, Mann. Du musst Genesis sein. Komm schon rein." Er trat zur Seite, um Platz zu machen und wartete darauf, dass der andere eintrat. Dessen breite Schultern waren starr und angespannt. Day konnte nicht erkennen, ob dieses große Kind einfach nur nervös war oder etwas anderes dahinter steckte.

„Ich wünschte, ich könnte dir sagen, dass Cash schon viel von dir erzählt hat, aber das hat er nicht. Ich bin Leo, Cashs Partner." Er streckte die Hand aus, aber Genesis musterte ihn nur von oben bis unten mit einem finsteren Gesichtsausdruck und ignorierte die ausgestreckte Hand völlig. Langsam zog Day seine Hand wieder zurück. „Jetzt erkenne ich auch die familiäre Ähnlichkeit", sagte er trocken.

„Wer bist du?", fragte der Junge nun. Er hörte sich sogar so an wie God. Diese ländliche, gedehnte Sprechweise, umhüllt von einem tiefen Bariton.

„Ich bin Leonidis Day. Alle nennen mich Leo. Hat God mich wirklich nie erwähnt?“ Es war eher eine Feststellung als eine Frage. Er konnte es einfach nicht glauben, dass God seiner Familie nie von ihm erzählt hatte. Days gesamte Familie wusste, wer sein Partner war, wem er täglich sein Leben anvertraute, wenn sie draußen auf der Straße waren. God war schon auf unzähligen Familienbarbecues, Geburtstagsfeiern und sogar Hochzeiten zu Gast gewesen. Verdammt, er war sogar zusammen mit Day einer der Sargträger bei der Beerdigung seines Vaters Pete gewesen. Genesis stand immer noch da und sah aus wie vor den Kopf geschlagen. Day begann sich zu fragen, ob der Junge ein bisschen schwer von Begriff war.

„Ich arbeite mit deinem großen Bruder zusammen. Ich bin auch ein Detective.“ Er zeigte mit dem Finger auf seine Brust, zuckte dann aber zurück, als er sah, wie Genesis mit den Zähnen knirschte.

„Hey, hör zu Kumpel, ich weiß, dass du und dein Bruder eure Schwierigkeiten miteinander gehabt habt. Ich meine, welche Brüder haben das nicht? Mein großer Bruder hackt immer noch auf mir rum und ich bin über dreißig Jahre alt. Manchmal muss ich ihn daran erinnern, nach dem Motto: ‚Hör mal, ich bin jetzt ein Mann. Ich habe Haare auf der Brust und auch auf meinen Eiern. Also hör auf, mich wie das rotznasige Kind zu behandeln, das immer an deinem Rockzipfel hing.‘“ Day lachte und klopfte Genesis auf den Rücken in dem vergeblichen Versuch, die Atmosphäre ein bisschen aufzulockern.

„Leo. Das ist dein Name?“

Day nickte stirnrunzelnd.

„Ich weiß nicht, was Cashel dir erzählt hat, aber er ist gottverdammt noch mal nicht mein Bruder." Genesis schäumte. „Lebt er hier? In deiner Nachricht hast du geschrieben, er sei krank. Stirbt er? Denn wenn nicht, werde ich ihn verdammt nochmal umbringen. Er hat mir erzählt, er lebt nicht hier in Atlanta. Stalkt er meine Mom?"

Day stand mit weit geöffnetem Mund in der Tür. Der Junge war außer sich, und Day begriff, dass der Streit mit God weit über normale brüderliche Kabbeleien hinausging.

„Genesis, bitte sprich etwas leiser. Cash schläft und ist immer noch sehr krank. Sieh mal, ich habe dich kontaktiert, weil ich ein paar Besorgungen machen muss und ich gedacht habe, du könntest kurz vorbeischauen und ein Auge auf ihn haben, aber das war offensichtlich keine gute Idee, also kannst du gern wieder gehen und –"

„Zur Hölle, nein. Ich geh verdammt noch mal nirgendwo hin." Genesis starrte ihn zornig an.

Days Nackenhaare stellten sich auf und er befürchtete, er müsse Genesis gewaltsam hinauswerfen. Aber bevor er reagieren konnte, rannte Genesis an ihm vorbei, den engen Flur entlang. Er platzte in das Schlafzimmer und stoppte kurz, als er God erblickte.

„Bitte stör ihn nicht", sagte Day eindringlich. „Was immer auch zwischen euch ist, das kann warten, bis es ihm besser geht."

„Scheiß drauf!", bellte Genesis. „Du Arschloch hast mir gesagt, dass du nicht in Atlanta wohnst!"

Day ergriff Genesis'Arm, aber der befreite sich gewaltsam aus seinem Griff. Day sah, dass God durch die laute Schimpftirade jetzt vollends wach war und seinen Bruder wütend anstarrte. Oder zielte der Blick auf Day?

„Gen, was machst du hier?“, krächzte God. Er versuchte, sich hinzusetzen, scheiterte aber hustend.
„Was ich hier mache? Im Ernst? Was zur Hölle machst DU hier? Du hast gesagt, du lebst nicht hier. Verfolgst du meine Mom?“
Genesis schrie so laut, dass mit Sicherheit die gesamte Nachbarschaft es hören musste. God versuchte weiter aufzustehen; langsam schwang er seine Beine aus dem Bett.
„Cash, bleib im Bett!“ Day schrie noch lauter als Genesis. „Du.“ Er zeigte auf Gods Bruder. „Raus hier!“
„Du hast mich doch angeschrieben, Arschloch!“, brüllte Genesis Day zurück an. „Ich habe gedacht, du wärst Mr. Eudall, aber du hast gesagt, dein Name sei Day. Also möchte ich jetzt wissen, warum du einem Mörder hilfst!“
Gods Augen schnellten zu Day hinüber, und der ungefilterte Zorn, den er dort auflodern sah, jagte ihm eine Gänsehaut über den Rücken.
„DU hast ihn angerufen“, knurrte God. Langsam stand er auf. „Hast du etwa in meinem Truck herumgeschnüffelt und mit dem Telefon meine Familie angerufen … meine Mutter? Dazu hattest du verdammt nochmal kein Recht, Leonidis.“
Bevor Day antworten konnte, keifte Genesis: „Wir sind nicht deine Familie!“
Er stürmte mit dem Kopf voran vorwärts, ganz so wie der defensive Lineman, der den Quarterback des anderen Teams aufs Korn nimmt. Day schrie auf. Zu spät.
Genesis’ Gewicht von über 90 kg prallte in Gods Bauch, stürzte sie beide quer aus dem Bett, und auf der anderen Seite auf den harten Fußboden. God lag unter Genesis. Day sprang über das Bett und griff nach Genesis, bekam

ihn aber nicht sofort zu fassen, so dass God noch einen harten Schlag in den Bauch bekam. Sein Wimmern war herzzerreißend. Es musste unbeschreiblich wehgetan haben. Day hatte größte Schwierigkeiten, Gen von seinem Freund herunterzuziehen, der Bastard war ein einziger fester Muskel, genauso wie sein großer Bruder. Sein gesamtes Gewicht lag auf God und drückte ihn eisern nieder, und er hatte noch nicht genug Kraft, um ihn von sich zu stoßen.

Wieder schrie God auf, als Genesis ihm die Ellbogen in die Rippen stieß. Tatsächlich dachte Day kurz darüber nach, seine Waffe zu ziehen, verwarf den Gedanken dann aber schnell wieder. Er nahm Genesis in den Würgegriff, so dass der anfing zu husten und nach Luft zu schnappen.

„Laß ihn los, Leo!“, schrie God von unten.

Day konnte es nicht fassen, dass God ihn anschrie. Dieser Junge versuchte, ihn umzubringen, warum wollte er, dass Day ihn losließ?

Genesis stieß einen Ellbogen nach hinten und Leo konnte gerade noch ausweichen, bevor der spitze Knochen ihn ins Gesicht traf.

„Runter von Cash!“, brüllte Day. Aber Genesis war wie ein rasender Stier und rührte sich nicht von der Stelle. Jetzt konnte Day auch Gods Gesicht sehen; er litt nicht nur körperliche Schmerzen, er war auch tottraurig. Und er versuchte erst gar nicht, zurückzuschlagen. Inmitten des Chaos, ihrer Schreie und des Kampfes hörte Day mit einem Mal, wie die Haustür aufgestoßen wurde und laute Schritte in Richtung Schlafzimmer kamen. Day stieg schnell von Genesis' Rücken hinunter und zog seine Waffe aus dem

Hosenbund, falls Genesis Verstärkung mitgebracht haben sollte.
Sekunden später standen Gods Nachbarn in der Schlafzimmertür. Day senkte seine Waffe und ließ es zu, dass die großen Typen Genesis von God herunterzogen. Noch während er heruntergezerrt wurde, gelang es Genesis, mit seinen großen Füßen Gods Oberschenkel in der Nähe der Leiste zu treffen. Der Tritt ließ God Tränen in die Augen schießen.
Die Schlägertypen drückten Genesis gegen die Wand. Zwei Männer hielten seine Arme fest, während der Dritte ihm von hinten mit einem fleischigen Arm den Hals umfasste. Alle waren so darauf konzentriert, Genesis anzuknurren und ihn zu verfluchen, dass keiner mitbekam, wie God sich langsam wieder auf die Beine kämpfte – bis er mit einem deutlich vernehmbaren Klicken seine Desert Eagle entsicherte. Das Geräusch ließ alle innehalten und abrupt verstummen.
„Lasst ihn los und schert Euch zum Teufel!“
God hielt die Pistole ruhig im Anschlag, aber er schwankte leicht. Alle waren so geschockt über den wilden Ausdruck in Gods Gesicht, dass sich keiner rührte.
„Ich sagte, nehmt eure gottverdammten Hände weg von meinem Bruder, sofort!“
Gods Stimme grollte wie Donner und sein Blick war hart wie Stahl. Die Typen ließen Genesis los.
„Und nun verschwindet endlich!“ God spuckte die Worte aus wie Gift.
Seine Nachbarn fragten nicht lange nach, was hier vor sich ging. Aber der Blick, den sie God zuwarfen, war mehr als deutlich: *Ab jetzt ist alles möglich.* Day wusste, dass God es

bemerkt hatte. Die Vordertür knallte so laut zu, dass die dünnen Fenster klapperten. Day war so außer Atem, dass er sich auf das Bett fallen lassen musste.
Er registrierte, dass Genesis wieder näher zu God heranrutschte und schnappte: „Denk nicht mal im Traum dran!"
„Du bist den Kampf nicht wert, du Mörder. Du verschwindest hier aus Atlanta, und das meine ich ernst. Wir wollen dich nicht in unserer Nähe haben, und meine Mutter will dich nicht sehen."
Genesis' Miene war hart und zornig. Seine Worte verletzten mehr, als seine Fäuste es je gekonnt hätten. Das konnte Day in Gods Gesicht sehen, er konnte die Trauer in diesen wunderschönen grünen Augen lesen und es brach ihm schier das Herz.
„Wenn du in die Nähe meiner Mutter kommen solltest …"
– Gen trat noch näher heran, bis er God direkt in die Augen sehen konnte – „MEINER Mutter, nicht deiner, Mörder. Wenn du mir zu nahe kommst oder ihr, werde ich eine gerichtliche Verfügung gegen dich erwirken." Er drehte sich um, um zur Tür zu gehen. Dann drehte er sich noch einmal zu God um.
„Du bist für uns gestorben, also bleib einfach weg. Wir wollen dich nie wieder sehen, und wir werden dir nie vergeben, also versuch es erst gar nicht." Mit diesem Satz verließ er die Wohnung.
Day hatte es diesmal so richtig verbockt. Dies war sein Fehler, und das nur, weil er einfach seinen neugierigen Arsch nicht aus den privaten Angelegenheiten anderer Leute halten konnte. Er eilte an Gods Seite.
„Ich werde dir helfen, Bab–" Hinterher wusste Day nicht mehr, wie God nach der Schlägerei genug Kraft gefunden

hatte, ihn so heftig wegzustoßen, dass er gegen die Kommode flog, und dabei die Kommode und alles, was darauf stand, umwarf – einschließlich des Fernsehers. Day rollte über den Boden, die fallende Kommode verfehlte ihn nur um wenige Zentimeter.

„Cash, was soll die Scheiße!“, fluchte Day.

Er lag auf der linken Seite und wimmerte, als ein scharfer Schmerz durch seine Rippengegend schoss, dort, wo er mit der Kommode in Kontakt gekommen war.

„Ich habe doch nur versucht, dir ins Bett zu helfen.“

„Scher dich weg, Leo.“ Gods Gesicht war eine undurchdringliche Maske. Zum ersten Mal in den vier Jahren, in denen sie sich kannten, konnte Day nicht erraten, was zum Teufel in Gods Gedanken vor sich ging. Day stand langsam auf.

„God, ich habe ihn nur angerufen, weil ich etwas –“

„Es ist total egal, warum du es getan hast! Dazu hattest du kein Recht! Du hast nicht die geringste Ahnung, was du angerichtet hast!“, schrie God. „Und jetzt verschwinde!“

„Cashel, bitte. Hör mich doch einfach an!“, flehte Day. Seine Augen baten God inständig, an seine Aufrichtigkeit zu glauben. Er wollte wirklich nicht, dass so etwas passierte.

„Cashel, ich schwöre. Ich wusste nicht, dass zwischen dir und deiner Familie so etwas passiert ist. Du hättest es mir erzählen sollen. Warum hat er dich einen Mörder genannt?“ Egal was passierte, Day konnte den Detective in sich nicht ausschalten.

God kniff die Augen zusammen. Er fiel auf die Knie und griff sich an die Brust, als ihn wieder ein starker Husten übermannte. Tränen liefen ihm über das Gesicht. Day näherte sich ihm vorsichtig, aber Gods Blick schnitt seine Bewegung ab, er warnte ihn davor, näherzukommen. Day musste selbst gegen Tränen ankämpfen.

„Ich will dir doch nur ins Bett helfen."

„Day, wenn du nicht endlich aus meinem Haus verschwindest, werde ich dir zeigen, warum er mich einen Mörder nennt", knirschte God mit zusammengebissenen Zähnen.

Day keuchte unwillkürlich. Er konnte nichts dagegen tun. Genauso wenig, wie er etwas gegen den plötzlichen Schmerz tun konnte, der von seiner Brust ausstrahlte, als ob jemand ihm seinen Brustkorb geöffnet und sein Herz herausgerissen hätte. Er sah God weiter an und kniete nieder, um die Kommode aufzustellen und danach den Fernseher hochzuheben. God beobachtete ihn ebenfalls.

Eine einzelne Träne fiel von seinem Gesicht, aber Day blieb jetzt stumm. Er ging auf die andere Seite des Bettes und nahm einen Stift und ein Stück Papier vom Nachtschränkchen, und ließ God dabei nicht aus den Augen. Der Gesichtsausdruck seines besten Freundes gefiel ihm überhaupt nicht. Er hatte ihn zwar früher schon mal gesehen, aber dieser Blick war noch nie auf ihn gerichtet gewesen.

Day kritzelte ein paar Telefonnummern auf das Blatt. „Hier sind Jax' Praxis und seine Mobilnummer. Bitte ruf ihn an, wenn du verletzt bist." Dann drehte er sich um und ging aus dem Haus.

Kapitel 17
Ich will ihn zurück

Oh nein. Was habe ich getan? God saß am Fußende seines Betts. Er hatte mit seinem Bruder gekämpft, seine Nachbarn herausgefordert und seinen besten Freund hinausgeschmissen, und all das innerhalb weniger Minuten. Day hatte nicht das Recht dazu, seine Sachen zu durchsuchen, besonders nicht sein Handy, das unter seinem Autositz versteckt gewesen war. Er hatte eindeutig herumgeschnüffelt. God konnte nicht mit jemandem zusammen sein, der ihm nicht vertraute. Nun musste er hier verschwinden – und zwar sofort. Langsam ging er in den vorderen Teil seines Appartements. Er spähte durch die Jalousien in seiner Miniküche und sah, dass nicht nur seine Nachbarn draußen standen, sondern noch mindestens zehn weitere Typen. *Fuck.*

Er wusste, dass er seine Nachbarn verärgert hatte und sie nicht länger beste Freunde waren. God musste seinen Kram zusammenpacken und hier raus, bevor die Kacke richtig dampfte. Er ging in sein Schlafzimmer, telefonierte herum und forderte ein paar alte Gefälligkeiten ein. Dann zog er schnell seine Jeans und ein T-Shirt an. Er steckte seine Pistole ins Holster und stellte sicher, dass die Sicherungen gelöst waren, dann packte er den Rest. Seine wichtigsten Habseligkeiten waren innerhalb von vierzig Minuten verstaut.

Er machte alle Lichter aus und zog sein Hab und Gut Richtung Tür. Während er auf Verstärkung wartete, warf er ein paar Schmerztabletten ein, die Jax ihm dagelassen hatte. Er musste sich eingestehen, dass die Schläge seines Bruders

scheußlich schmerzten, aber er wollte verdammt sein, das irgendjemandem gegenüber zuzugeben. Als der Schmerz langsam zu einem Pochen abgeklungen war, schaltete God auch alle elektronischen Geräte ab.
Er blickte nochmal vorsichtig durch die Jalousien und sah, dass die dunkle Straße plötzlich von rot-blau blinkenden Lichtern erhellt war. Er hatte seine Kumpel gebeten, eine richtige Show abzuziehen – und das taten sie tatsächlich. Vier Streifenwagen und ein Wagen vom Sondereinsatzkommando bretterten durch die Straße und bremsten quietschend direkt vor Gods Tür.
Als seine Nachbarn die Polizisten sahen, die aus den Autos sprangen, als wollten sie eine Drogenrazzia durchführen, stoben die Möchtegerngangster verängstigt auseinander wie die Küchenschaben. God konnte sich eines leisen Lachens nicht erwehren, trotz seines Herzschmerzes. Schließlich wäre Day normalerweise in diesen Notfallevakuierungsplan eingeweiht.
God öffnete die Tür und streckte die Hand dem verrückten Leiter des SWAT Teams entgegen.
„Hat hier jemand Verstärkung angefordert?“, fragte der kleine Mann mit einem breiten Grinsen.
„Tut gut dich zu sehen, Joker. Danke, dass du gekommen bist, Mann.“ God trat zur Seite, während Greys Frischlinge sich ins Zeug legten, um Gods Sachen in den SWAT Van zu bekommen.
„Hey, wir hatten sowieso gerade nichts zu tun. Außerdem ist das ein großer Spaß!“ Grey lachte und schüttelte Gods Hand.
„Ich habe dir gesagt, ich schulde dir was. Du hast mir bei dieser Verhaftung drüben in Doverton Hills den Arsch

gerettet. Wenn jemand anders als du darum gebeten hätte, G, wäre ich jetzt nicht hier.“

„Alles klar“, antwortete God mit einem Schulterzucken. Er war erleichtert, dass Officer Grey – den alle nur Joker nannten, weil er so gern Streiche spielte – nicht darauf drängte, zu erfahren, warum God sofort umziehen musste.

„Bewegt euch, ihr Schlappschwänze. Wenn ihr irgendetwas kaputtmacht, wird es von eurem schmalen Gehalt abgezogen!“ Er lachte so laut, dass God zusammenzuckte.

„Sind das deine Neulinge in diesem Jahr?“, fragte God, obwohl er die Antwort schon kannte.

„Yep. Letzte Woche frisch aus dem Ausbildungscamp.“

God blickte in zarte Gesichter. Die dazugehörigen Körper waren dagegen so muskulös, dass es künstlich aussah. Er schüttelte den Kopf.

„Liegt es nur an mir, oder werden sie immer jünger und jünger? Ein paar von diesen Jungs sehen nicht mal volljährig aus!“

Grey stand da wie fest verwurzelt, seine Füße schulterbreit auseinander und die Arme über der Brust gekreuzt. Er trug ein dunkelblaues Atlanta PD SWAT Team T-Shirt, das ihm über dem Brustmuskel fast ein wenig zu eng war, und braune Cargohosen. Seine Stiefel sahen irgendwie militärisch aus, das lag daran, dass er die Zungen über den Hosenbeinen trug.

„Ich weiß, Kumpel. Die Jungs schreiben sich mittlerweile direkt nach der Highschool ein. Deswegen braucht es manchmal ein bisschen mehr, um sie auf Zack zu bringen und sie in gute Soldaten zu verwandeln. Heute habe ich sie schon vor Sonnenaufgang drei Stunden lang laufen lassen.“

Grey grinste verschlagen. God schüttelte den Kopf.

„Du weißt schon, dass wir zur Polizei gehören und nicht zu den Marines."
„Diese Grünschnäbel werden die Bedeutung von harter Arbeit und Ausdauer kennenlernen, und wenn es das Letzte ist, was ich tue, God."
Grey blickte zu den Männern hinüber, die sich mächtig anstrengten, Gods riesigen Fernseher in den Wagen zu laden. „Wenn auch nur der kleinste Kratzer auf diesen Fernseher kommt, werde ich ihn euch erst in den Arsch schieben, und dann von eurer Gehaltsabrechnung abziehen!", bellte er.
Einer der Männer näherte sich ihnen, er sah God an, als würde er innerlich Gift und Galle spucken, bevor er seine dunklen Augen auf den Leiter des SWAT Teams richtete. Zweifellos war er ziemlich angepisst, einen Job erledigen zu müssen, der nicht das Geringste mit der Arbeit eines SWAT Teams zu tun hatte.
„Sir, bei allem gebotenen Respekt, aber was hat der Umzug Ihres Kumpels mit der Ausbildung zu tun? Wir sind noch alle ziemlich fertig wegen des Workouts heute Morgen, Sir."
God bemerkte, dass einige der anderen Männer innehielten, um zu hören, was ihr unerbittlicher Anführer dazu sagen würde. Grey trat näher an den Mann heran, bis beide Nase an Nase waren, und blaffte ihm direkt ins Gesicht: „Du solltest froh darüber sein, diesem Mann hier auf jede nur erdenkliche Weise helfen zu können! Dieser Mann hat mein Leben gerettet! Also ist er nicht mein gottverdammter Kumpel, er ist mein Freund und Kamerad! Also zeig ein bisschen Respekt, denn vielleicht brauchst du God auch irgendwann einmal, um deinen jämmerlichen Arsch zu

retten!“ Der so Gescholtene nickte God einmal kurz zu, drehte sich um und ging.

„Und was das Fertig-und-Überarbeitet-Sein angeht: Das steht ganz oben auf meiner Liste mit Scheißsachen, die mir am Arsch vorbeigehen!“, schrie Grey ihm hinterher.

God versuchte vergeblich, sein Lachen zu unterdrücken, das in einen Hustenanfall überging.

„Dein Captain hat mir erzählt, dass du krank bist, Mann. Was hast du, PMS?“ God zog die Augenbrauen zusammen.

„Was zum Teufel meinst du?“

„Du hast Penis Muskel Schmerz, Mann.“ Grey brach in lautes Lachen über seinen eigenen Witz aus, der eher Sekundarschul-Niveau hatte.

„Wirst du das Witzemachen nicht irgendwann mal leid, Joker?“, erkundigte sich God.

„Nein, niemals. Man braucht viel mehr Muskeln, um die Stirn zu runzeln als um zu lächeln. Ich konserviere einfach die Energie.“

God ging ein letztes Mal durch seine Wohnung. Sie hatten sein Bett eingepackt, die beiden Fernseher, Videospiele, Schränke und Klamotten. Alles andere würde er hier lassen. Er wusste, dass er alles auf einmal mitnehmen musste. Seine Nachbarn würden in dem Moment, wenn er das Haus verließ, hier einbrechen. Wenn er über Nacht bleiben würde, würden sie ebenfalls einbrechen, um ihn zu testen, denn sie hatten gesehen, dass er nicht hundertprozentig fit war.

Mittlerweile hatte sein Husten zwar nachgelassen, aber sein ganzer Körper schmerzte höllisch von Genesis’ Schlägen. God versuchte, nicht an Genesis zu denken, und erst recht

nicht an Day. Er wollte nicht, dass die Frischlinge sahen, wie verletzt er war.
„God!“
God riss den Kopf herum. „Ja. Hast du mich gerufen?“
„Habe ich, ungefähr drei Mal. Mann, du brauchst ein bisschen Ruhe. Du siehst echt scheiße aus. Geh jetzt und ruh dich aus, wo auch immer, und ich stelle deine Sachen erstmal in meiner Garage unter.“
„Danke, Joker. Ich weiß das wirklich zu schätzen.“ God umarmte ihn.
„Bist du sicher, dass du dich nicht bei mir zu Hause einquartieren willst? Ich bin sicher, dass Shelia nichts dagegen hat. Wir haben noch ein Gästeschlafzimmer.“ Grey sah ihn ernst an, um ihm zu zeigen, dass er diesmal nicht spaßte.
„Nein, ich werde erstmal ins Hotel ziehen.“
„Sicher? Morgen Abend gibt’s Sloppy Joes.“ Er lächelte, und God schmunzelte.
„Ich bin sicher. Außerdem möchte ich euch keine Keime ins Haus schleppen.“
„In Ordnung, Mann. Die Einladung bleibt bestehen“, erklärte Grey. Er stieg in den pechschwarzen Streifenwagen und fuhr mit seinem Team davon.
God stieg in seinen Truck und verließ den Dschungel.

Kapitel 18
Ich will ihn auch zurück

Day öffnete die Garage mit der Fernsteuerung und ließ die Harley Sportster auf dem Platz neben seinem SUV ausrollen. Er stieg mit müden Beinen ab und schleppte seinen ebenso müden und schweren Körper durch den Seiteneingang ins Haus.

Nachdem God ihn wie alten Müll aus dem Haus geworfen hatte, war er drei Stunden lang durch die Gegend gefahren. Es verletzte ihn auf eine Art und Weise, die er bis jetzt noch nicht verstand. Er hatte sich zwei Tage lang um Gods tägliche Bedürfnisse gekümmert, genau genommen sein Leben gerettet – und kaum war ihm ein Fehler unterlaufen, wollte God für den Rest seines Lebens nichts mehr mit ihm zu tun haben. In den vier Jahren als Partner hatten sie natürlich ihre Streitigkeiten gehabt, aber nicht so wie heute – und God hatte verdammt nochmal nie im Streit die Hand gegen ihn erhoben.

Day wollte das keinesfalls, aber sein Körper gehorchte nicht seinen Kommandos. Er ging direkt in das Zimmer, in dem er sein Handy während seiner langen Ausfahrt aufgeladen hatte. Er musste nachsehen, ob God ihn angerufen hatte. Er zog seine Lederjacke aus und hängte sie über den Garderobenständer in seinem Schlafzimmer.

Dann ließ er sich auf sein Bett fallen und wartete ungeduldig, bis sein Handy hochgefahren war. *E-Mail. Vielleicht hat er mir eine E-Mail geschrieben.* Day legte das Telefon auf den Nachttisch, ging schnell zu seinem Laptop und fuhr ihn ebenfalls hoch; eine Hand am Mund und unbarmherzig auf seinen Nägeln kauend, tippte er mit dem Fuß einen unregelmäßig Rhythmus. Er loggte sich in seinen E-Mail Account ein und sah, dass er zweiundfünfzig neue E-Mails hatte, aber keine davon hatte God geschrieben.

Verdammt!

Sein Handy brummte. Er konnte es nicht glauben, dass er tatsächlich nervös war! Er scrollte durch seine verpassten Anrufe und Nachrichten – nichts.

„Mistkerl!“ Day warf sein Telefon einmal quer durch den Raum, ließ sich zu Boden fallen und schrie vor Schmerz auf. Der Zusammenstoß mit der Kommode …

Er rutschte zurück, lehnte den Rücken an sein Bett und stützte den Kopf in die Hände. Wieder und wieder ging er den heutigen Tag durch und grübelte, was zur Hölle eigentlich passiert war. Wie der Ärger begann, warum God so zornig geworden war. Wieso hatte God es ihm nicht erzählt? Und die dringendste Frage: Warum hatte Genesis ihn einen Mörder genannt? Er versuchte, die Dinge weiter rational zu betrachten, als plötzlich sein Telefon klingelte.

Verdammt, ich dachte, ich hab es kaputtgemacht.

Day sprang auf und schob sich hinter seine Kommode, um das Telefon zu fassen zu kriegen, bevor der Anrufer auflegte. Er packte es und drehte es herum, um auf das Display schauen zu können. *Fuck.*

„Hey Jax!“, sagte er und versuchte, seine Enttäuschung zu verbergen.

„Leonidis, was zum Teufel ist passiert?“ Jax’ Stimme klang nicht so cool und entspannt wie gewöhnlich.

„Warum? Was ist denn?“, fragte Day beunruhigt.

„Ich bin gerade bei God zu Hause, hier ist fast alles leer geräumt. Die Tür war nicht verschlossen, so wie immer, aber er ist weg, und das meiste von seinem Zeug auch.“

Day fühlte, wie sich ihm der Magen umdrehte. Sein Herz fing an, wie hysterisch zu rasen.

„Jax, gibt es irgendwelche Anzeichen, dass es einen Kampf gegeben haben könnte, oder siehst du vielleicht irgendwo einen Nachricht oder irgendetwas anderes herumliegen, das einen Hinweis darauf geben könnte, wo er hingegangen ist?“

„Du meinst, er ist nicht bei dir?“

„Klar, Jaxson, er sitzt direkt neben mit und trinkt eine verdammte Rum-Cola. Ich wollte dir einfach mal eine total dämliche Frage stellen, auf die ich die Antwort schon kenne!“, schnappte Day.

„Leonidis!“, schrie sein Bruder ebenso aufgebracht. „Sprich nicht in diesem Ton mit mir, und hör verdammt noch mal auf, mit mir zu fluchen! Nein, es sieht nicht so aus, als wäre hier etwas Schlimmes passiert, und nein, hier gibt es keine Nachricht oder etwas in der Art. Jetzt atme mal tief ein und erzähl mir, was los ist.“

„Lange Geschichte, kurz erzählt. Ich habe Cashs Schizo-Bruder mit einem versteckten Telefon angetextet, das ich eigentlich nicht entdecken und besonders nicht benutzen sollte. Hab ich aber. Trommelwirbel! Gods wütender Bruder kommt vorbei, schreit, kratzt und schlägt seine Klauen in ihn, als wollte er ihn töten … und das Arschloch ist gebaut wie ein halbprofessioneller Wrestler, deshalb konnte ich ihn nicht von God runterziehen. Dann brechen noch Gods gewalttätige Nachbarn wie ein Schlägertrupp durch die Tür und die Hölle bricht los. Woraufhin God seine verdammte Kanone zieht und damit seine Nachbarn so richtig verärgert. Zu guter Letzt wirft God mich einmal quer durchs Zimmer und sagt mir dann, ich soll mich verpissen. Und jetzt bin ich zu Hause und du erzählst mir, mein Partner ist schon wieder verschwunden."

„Er hat dich geschlagen und hinausgeworfen, nach allem was du für ihn getan hast?!", schrie Jax.

„Es war wirklich schlimm, Jax. Ich habe God noch nie so am Boden gesehen."

„Es kann nicht so schlimm gewesen sein, dass er dich verletzen musste, Leo."

„Oh doch, es war schlimm. Es war so schlimm wie die ersten zwanzig Minuten von Saving Private Ryan, Jax." Day lief auf und ab, während er seinem Bruder zuhörte, der sich lang und breit darüber ausließ, dass God sich der Verantwortung für seine Taten stellen müsse.

„Jax, verstehe mich nicht falsch. Ich bin total angepisst wegen God. Ich bin angepisst bis zur allerhöchsten Stufe der Angepisstheit. Aber ich muss einfach wissen, dass es ihm gut geht. Sein total verrückter Bruder hat ihn ein paar Mal hart getroffen, und God hat nicht mal versucht, sich zu wehren."

„Weil es sein Bruder ist. Das habe ich verstanden", sagte Jax sanft. „Aber ich kann nicht nach ihm sehen, Leo, denn glaube mir, hier ist nichts, was mir den geringsten Hinweis darauf geben könnte, wo er gerade ist." Jax dachte kurz nach, bevor er fortfuhr. „Ich muss zugeben, dass ich gern wüsste, wie er all die schweren Möbel hier herausgeschafft hat, wenn er wirklich in einer so schlechten Verfassung war, wie du sagst."

„Das war bestimmt nicht schwer. Viele Leute schulden God einen Gefallen – wir beide schließlich auch. Wenn God jemanden um Hilfe bittet, lässt derjenige meistens alles fallen und kommt sofort." Day holte tief Luft. „Das

hätte ich auch getan, wenn er mich angerufen hätte." Seine Stimme klang etwas gepresst durch den Schmerz in seiner Brust, und zweifellos hatte Jax das ebenfalls bemerkt.
„Das Arschloch!", blaffte er.
„Wow, großer Bruder. Pass auf, dass du nicht dein Weltverbesserer-Image wegfluchst. Du weißt genau, dass du nicht der Vulgärsprachentyp bist … überlass das besser uns Heiden." Day lachte humorlos. Er hörte, wie sein Bruder leicht irritiert über seinen Versuch lachte, die Situation ein bisschen aufzulockern.
„In Ordnung. Aber wenn er sich – mehrfach – entschuldigt hat, werde ich ihm gründlich den Kopf waschen", sagte Jax.
Diesmal war es Day, der lächelte. Ohne Zweifel würde sein Bruder genau das tun. „Oh Scheiße!" Day schnipste mit den Fingern. Ihm war gerade etwas Entscheidendes wieder eingefallen. *Warum vergesse ich das immer wieder?*
„Ich weiß genau, wo er ist … oder werde es wenigstens sofort wissen." Day legte ohne ein weiteres Wort auf.
Er rief die „Lokalisiere-deinen-Lover-App" auf. Zum Glück hatte er God nie erzählt, wie er ihn in dieser dunklen Gasse in Buckhead gefunden hatte. Es dauerte ein paar Sekunden, bis die App sich öffnete und er den roten Punkt auf der Karte blinken sah.
Und du nennst dich selbst einen guten Detective, pfft.
Sofort rief er seinen Bruder zurück. „Jax, er ist in der Fairfield Lodge in East Point. Bitte geh hin und sieh nach ihm."
Eigentlich wollte er nicht so pathetisch klingen. God hatte ihn durchs Zimmer geschleudert und dann hinaus geworfen wie Müll, aber Day liebte ihn und würde nie und

nimmer wollen, dass God verletzt oder hilfebedürftig in irgendeinem Hotel lag, zu stolz, um Hilfe zu bitten.

***

God stand am Empfang des leicht dubiosen Fairfield Lodge Hotels. Es war nicht die schlimmste, aber mit Sicherheit auch nicht die beste Absteige. Er zog seinen Ledermantel zurecht, um seine Waffen zu verbergen, denn er wollte die Frau am Empfang nicht erschrecken. Es war fast zehn Uhr abends, und alles, was er momentan besaß, waren seine Einkäufe, sein Koffer und ein Videospiel. Die Hotelangestellte kam aus dem hinteren Bereich des Büros und ging zum Tresen, immer noch ohne einen Blick auf ihn zu werfen.

„Wieviel pro Woche?", fragte God.

Vielleicht war es seine tiefe Stimme oder sein Südstaatentonfall, auf den sie nicht gefasst war. Ihr Kopf fuhr hoch von dem altmodischen Computer, den sie gerade bearbeitet hatte, und sie blickte ihn endlich an, um der rauen Stimme ein Gesicht zu geben. Nachdem sie God genau gemustert hatte, änderte sich ihr lässiges Auftreten auf eine Art, die God eindeutig zu verstehen gab, dass er heute Nacht nicht alleine schlafen müsste, wenn er es nicht wollte.

God musste sich sehr anstrengen, höflich zu der kleinen Dame zu bleiben. Sie war hübsch und würde ihn wahrscheinlich gut unterhalten, aber seine Gedanken waren woanders … bei jemand anderem. Sie schlug ihre großen braunen Augen nieder, die mit ein bisschen zuviel Make-up geschminkt waren. Ihre Lippen waren dunkelrot und sie trug einen klassischen Bob, der ihre geröteten Wangen perfekt einrahmte.

„Das wären 200 Dollar pro Woche“, sagte sie mit einem breiten Lächeln.

Innerlich zuckte God bei dem Preis zusammen. Sein Lohn wurde ihm erst nächste Woche ausgezahlt, und die 372 Dollar, die er auf dem Konto hatte, mussten bis dahin reichen.

Die Empfangsdame fuhr fort: „Wir haben Kabelfernsehen und Wi-Fi, in der ersten Etage gibt es einen Work-Out Raum, auf jeder Etage befinden sich Eis- und Getränkeautomaten und außerdem gibt es an den Wochenenden zwischen sechs und acht Uhr ein kostenloses kontinentales Frühstück.“

„Ich nehme einfach ein King-Size-Bett, wenn Sie eins frei haben“, erwiderte God trocken.

„Kein Problem. Melden Sie noch jemanden mit an? Teilen Sie das Zimmer?“, fragte sie.

„Nein, ich bin allein. Bitte ein Zimmer in der ersten Etage, wenn es geht.“

Er wollte der Frau keine falschen Hoffnungen machen, aber er wollte auch keine extra Gebühr für eine zweite Person bezahlen. Sie versuchte vergeblich, ihre Aufregung zu verbergen; fragte nach seinem Führerschein und hackte dann auf der Tastatur herum.

„Sie bekommen Zimmer Nr. 165 in der ersten Etage, nach hinten raus.“

„Haben Sie auch etwas zur Straße hin?“, fragte God. Er sah gern, wer kam und ging.

„Für Sie habe ich alles." Sie zwinkerte, und er musste sich bezähmen, um nicht die Augen zu verdrehen. Was war aus der Professionalität geworden?

„Okay, wie wäre es dann mit Nr. 114? Es ist direkt hier." Sie zeigte aus dem Fenster. Er machte sich nicht die Mühe, sich umzudrehen. God unterzeichnete direkt die Papiere, die besagten, falls er kein guter Gast sei, müsse er die Konsequenzen tragen und dafür bezahlen; dann wollte er die Schlüsselkarte aus ihrer ausgestreckten Hand nehmen.

Sie zog die Hand zurück und fragte ihn mit – wie sie glaubte - verführerischer Stimme: „Wie wäre es, wenn ich die Laken für Sie aufschlage? Das bieten wir besonderen Gästen an."

„Dann ist es ja gut, dass ich kein besonderer Gast bin", brummte God.

Während er hinausging, hörte er sie murmeln: „Manche Idioten sind so blind, sie können etwas Gutes selbst dann nicht erkennen, wenn sie direkt davorstehen und es anstarren."

God fand das tatsächlich urkomisch, auch wenn die Ironie ihm durchaus nicht entging. Day war die ganze Zeit direkt vor ihm gewesen, und er hatte ihn übersehen. Jetzt hatte er ihn vielleicht für immer aus seinem Leben gestoßen, und zwar wortwörtlich. Er hasste sich selbst dafür, dass er so die Hand gegen Day erhoben hatte. Und noch schlimmer war, dass Day aufgestanden war und trotzdem immer noch versucht hatte, ihm zu helfen.

Er steckte die Karte in den Schlitz. Als das Licht der Schließanlage von rot auf grün wechselte, öffnete er die Tür und betrat den dunklen, klammen Raum. Dann machte er das Licht an und ließ die Tür hinter sich ins Schloss fallen, die sich automatisch verriegelte. Seine Taschen stellte er auf das Fußende des Bettes, dann wühlte er in seiner Manteltasche nach den Schmerztabletten, die Jax ihm dagelassen hatte, und schluckte zwei trocken hinunter. Mechanisch zog er den Mantel aus, nahm sein Holster und seine Waffen ab und legte sie in den kleinen Nachtschrank direkt neben die Bibel.

Vielleicht würden ihm eine heiße Dusche und etwas zu Essen helfen. Aber er glaubte nicht, dass irgendetwas die Bilder aus seinem Kopf vertreiben konnte, die er ständig vor Augen hatte: wie Day über sein Bett geflogen und in die Kommode gekracht war. God kniff die Augen zusammen. *Es tut mir so leid, Liebster.*

In dem Raum war zuviel auf einmal passiert. God hatte nicht richtig sehen können. Genesis prügelte wie verrückt auf ihn ein. Day hatte sein Vertrauen verletzt. Diese Ghetto-Ratten von Nachbarn waren in sein Heim geplatzt und hätten seinen Bruder fast erwürgt. Durch seinen Körper strömten so viele Medikamente, dass er automatisch – ohne nachzudenken – reagiert hatte.

Er sehnte sich danach, Day anzurufen, aber er hatte das Gefühl, dass sich alles erst ein bisschen abkühlen musste. Dann würde er herausfinden, wie er sich wieder mit ihm versöhnen könnte. God öffnete die braune Einkaufstüte und leerte den Inhalt auf den kleinen Esstisch. Unterwegs hatte er kurz angehalten und Orangensaft, ein paar Dosen mit Suppe – sein Hals war noch immer etwas wund – und ein paar Snacks eingekauft. Er öffnete eine Dose, leerte den Inhalt in eine Schüssel und stellte sie in eine Mikrowelle, die klein genug war, um als Kinderspielzeug durchzugehen.

God warf seine Kulturtasche auf das Badezimmerwaschbecken und blickte sich im Spiegel an. Er sah aus wie ein Stück Scheiße, ein *altes* Stück Scheiße. Seine lockigen Haare standen in alle Richtungen ab, sein Bart hatte jede Form verloren und seine Augen waren blutunterlaufen und klein, als hätte er Crack geraucht. Er rieb sich mit den Händen durchs Gesicht und stieß einen erschöpften Atemzug aus.

Bitte lass genug Wasser mit genug Druck aus der Brause kommen.

Er drehte die Wasserhähne in der engen Duschkabine auf und stellte das Wasser so heiß ein, wie er es gerade noch aushalten konnte. Schnell wusch er sich und stand dann ganz ruhig, ließ den Wasserstrahl in seinen Nacken prasseln. So stand er, bis das Wasser kalt wurde. Dann rasierte er sich und ließ nur seinen Kinnbart und ein bisschen unter dem Kinn stehen. Schließlich kämmte er sein Haar sorgfältig, bis es keine Knoten mehr hatte, und ließ es offen trocknen.

Er fühlte sich besser – jedenfalls körperlich. Mit einem kleinen, kratzigen Handtuch um den Bauch holte er sich seine Suppe aus der Mikrowelle und setzte sich an den kleinen Zweipersonen-Tisch. Wenigstens war der Stuhl gepolstert. Sein Bett dagegen sah nicht ganz so einladend aus, versehen mit dem typischen Hoteldeckbett, das immer mitten in der Nacht vom Bett glitt und auf den Boden fiel. God hoffte, dass der Bettbezug regelmäßig gewechselt wurde, aber sein Bauchgefühl sagte ihm, dass das wahrscheinlich nicht so war. *Gottseidank nehme ich immer noch das Antibiotikum. Sonst würde ich mir in diesem Bett wahrscheinlich sofort Herpes einfangen.*

Er schnaubte laut und verschlang seine Suppe in drei großen Schlucken. Er hatte gar nicht gemerkt, wie hungrig er war, bis seine Schüssel leer war und er sofort noch mehr wollte. Also öffnete er noch eine Dose. *Days Suppe war viel besser.*

Am Ende wischte er kurz den Tisch ab und wollte gerade die Laken zurückschlagen und ins Bett kriechen, als es gedämpft an der Tür klopfte. Leise zog er die Schublade des Nachttisches auf und nahm seine 9mm heraus. Dann schob er den Vorhang an der Tür gerade weit genug zur Seite, um hinausspähen zu können und sah die Hotelangestellte vom Empfang davorstehen. *Das hat mir gerade noch gefehlt.*

Er zog die Tür eine Spaltbreit auf. „Ja, was ist denn?"

Sie lächelte das kleine Stück seiner Brust an, das sie durch den Spalt sehen konnte.

„Entschuldigen Sie bitte die Störung, aber am Empfang steht ein Mann, der nach Ihnen gefragt hat, und wir haben die Vorgabe, keine Informationen über unsere Gäste weiterzugeben."

In Gods Magen begannen hundert Schmetterlinge zu flattern. *Das muss Day sein.* Vielleicht war er ihm hierher gefolgt, er war nicht sicher.

„Hat er Ihnen seinen Namen genannt?"

„Ja. Er sagte, er hieße Day", antwortete sie, immer noch mit langem Hals, bemüht, vielleicht doch noch etwas mehr von seinem Körper erspähen zu können.

„Geben Sie ihm meine Zimmernummer, und danke, dass Sie erst nachgefragt haben."

Er schloss die Tür, ohne eine Antwort abzuwarten. Er hatte gerade noch genug Zeit, seine Jeans wieder anzuziehen, als ein lauter Schlag an der Tür ertönte. God runzelte die Stirn. Er öffnete die Tür mit einem Ruck und sah in die zornigen Augen des falschen Day. Er wollte Detective Day anschauen, und nicht Dr. Day.

„Wie hast du mich gefunden, Jax?“, erkundigte er sich zur Begrüßung.

„Hab ich nicht, dein Partner hat dich gefunden. Er scheint seinen Liebsten überall in den Vereinigten Staaten finden zu können“, erwiderte Jax völlig humorlos.

God runzelte sekundenlang die Stirn, bevor ihm klar wurde, was Jax gerade gesagt hatte. *Finde deinen Liebsten.* „Er benutzt tatsächlich diese gottverdammte App auf unseren Handys. Mistkerl.“

„Wenn du nicht mehr so krank wärst und nicht so irrsinnig riesig, würde ich dir deinen Kiefer dafür brechen, wie sehr du meinen Bruder verletzt hast.“ Jax schäumte vor Wut.

God ließ sich aufs Bett plumpsen und zuckte prompt wegen des Schmerzes in seinen Rippen zusammen.

„Jax, ich will mich nicht herausreden. Ich hab’s verbockt und das gebe ich auch zu. Ich werde das in Ordnung bringen, und zwar bald. Leo bedeutet mir alles, und er ist wirklich alles, was ich habe.“

Jax ließ seine große Arzttasche auf den Boden fallen und sah God eindringlich an. „Aber liebst du ihn auch?“ God sagte nichts.

„Du weißt schon, was er für dich empfindet. Ich habe noch nie zuvor gesehen, dass er sich so um jemanden sorgt, wie um dich, als du krank warst. Er war verängstigt und hat sich Sorgen gemacht. Er sorgt sich immer noch. Er hat mich hierhergeschickt und ein Nein nicht akzeptiert. Du magst ihn gern haben, aber wenn du ihn nicht so lieben kannst, wie er es sich wünscht, dann sag es ihm jetzt … bevor er zu tief drin steckt.“

God wusste, dass Jax die Wahrheit sagte. Er war sich sicher, dass Day ihm wichtig war, aber Liebe? Er war noch nie zuvor verliebt gewesen. Und es war unendlich lange her, dass er sich von jemandem geliebt gefühlt hatte. Was Day für ihn in den letzten Tagen alles gemacht hatte – das war es doch, was verliebte Menschen füreinander taten. Aber in diesem Moment brauchte er seine Gefühle noch nicht offenzulegen, denn dies war der falsche Day.

„Ich werde es in Ordnung bringen, Jax. Du weißt, dass ich zu meinem Wort stehe. Das ist alles, was ich habe. Ich werde meine Gefühle dir gegenüber nicht ausplaudern. Aber ich verspreche dir, ich werde ihn nie wieder verletzen“, sagte God ernst.

Jax starrte ihn sekundenlang an und unterzog ihn einer schweigenden Prüfung. God hielt seinem Blick stand, bis Jax streng sagte: „In Ordnung. Für den Moment akzeptiere ich das. Und jetzt leg dich zurück und lass mich mal nachsehen.“

„Mir geht's gut, Jax“, seufzte God.

„Halt die Klappe und lehn dich zurück. Ich werde nicht zu meinem Bruder gehen, ohne ihm einen haargenauen Bericht über deinen Zustand abzuliefern und darüber, dass es dir gut geht.“ Er zog sein Stethoskop hervor.

God fluchte leise und legte sich zurück auf das Bett. Dennoch beantwortete er brav alle Fragen und ließ sich von Jax seine schmerzenden Rippen verbinden. Jax teilte ihm mit, dass die Lungen sich frei anhörten und er auch sonst nichts feststellen könne. Trotzdem ließ er ihm sicherheitshalber noch ein paar Schmerztabletten und Hustenstiller da. Am Wochenende, so Jax, solle er sich ausruhen und am Montag würde er wahrscheinlich fit genug sein, um wieder zur Arbeit gehen zu können.

God hielt dem kleineren Mann die Tür auf. Jax und Leo hatten ungefähr die gleiche Größe, aber Jax hatte sich den Kopf rasiert und sorgfältig getrimmte Koteletten, die bis zu seinen Ohrläppchen reichten. Es setzte God schwer zu, Jax zum Abschied in die Augen zu blicken, denn sie waren ein Spiegelbild von Days wunderschönen warmen, braunen Augen. Jax dagegen schüttelte seine Hand zum Abschied unnötig fest, und God wusste, warum. Er verzog den Mund zu einem leichten Lächeln, schließlich kannte er diesen Beschützerinstinkt für den kleinen Bruder aus eigener Erfahrung. Sobald Jax die Tür hinter sich zugezogen hatte, griff God nach seinem Handy und schrieb eine Nachricht an seinen Partner. Kurz überlegte er, was er schreiben sollte, aber er konnte nur vier Wörter denken. Er tippte: *Es tut mir leid* und drückte auf „senden“. Auf die Antwort musste er nur ein paar Sekunden lang warten.

Leos Nachricht war ebenso kurz: *Du kannst mich mal.*

God lachte leise über die vier Wörter und das ärgerliche Emoji dahinter. Day war der Einzige, der ihn zum Lachen bringen konnte. *Oh je, dafür wirst du mich noch richtig zappeln lassen, nicht wahr, Liebster?*

Er kroch nackt unter die Bettlaken, und zwang sich, die Gedanken abzuschalten. Morgen würde er sich seinen Mann holen.

Kapitel 19
Behalt deine Entschuldigung

Day blickte auf Gods schwachen Entschuldigungstext. Der Text war ihm scheißegal. Er wollte God hier haben, vor sich und auf den Knien, um Vergebung bettelnd.

Nachdem Jax ihm berichtet hatte, dass es God gutging und es ihm anscheinend sehr leidtat, was er getan hatte, konnte Day an nichts anderes mehr denken. Morgen war Samstag. An einem normalen Samstag würden God und er etwas zusammen unternehmen: trainieren, auf den Schießstand gehen oder was auch immer ihnen einfiel. Abends würde er kochen und God würde ihm mit dem Haus helfen, etwas reparieren oder auch renovieren. *Verdammt. Wenn ich so darüber nachdenke, hören wir uns schon sehr häuslich an.*

Day versuchte, sich mit anderen Dingen abzulenken, um sich nicht total verrückt zu machen. Das funktionierte nicht. Er konnte aber auch nicht schlafen. Es war gerade mal Mitternacht, also was zur Hölle konnte er tun, um sich endlich so weit zu beruhigen, dass er schlafen konnte?

„Scheiß drauf. Ich werde nicht weiter hier rumsitzen und warten wie ein liebeskranker Teenager, der versetzt wurde. Andere Mütter haben auch schöne Schwänze." Er hob eine Augenbraue. „Dieses letzte Bild passt vielleicht nicht ganz …"

Er duschte und rasierte sich, so schnell es ging. Dann stylte und zerstrubbelte er seine Haare, zog die abgetragene, enge Jeans und ein Shirt mit Knopfleiste an. Er trug nur ein bisschen Eau de Cologne auf – er hatte Männer, die zu stark parfümiert waren, noch nie gemocht. Schließlich verstaute er sein Handy in der einen hinteren Hosentasche, die

9mm in der anderen, und steckte seine Polizeimarke an die Innenseite seines Mantels. Draußen öffnete er die Garage, setzte sich rittlings auf seine Harley und ließ den Motor ein paar Mal aufheulen. Er genoss die Vibration zwischen seinen Schenkeln, bevor er losfuhr – in die Nacht, auf der Suche nach Zerstreuung und Spaß. Auf der Fernstraße drehte er richtig auf und fuhr mit 150 km/h Richtung Innenstadt. Dort gab es in der Piedmont Straße eine coole Sportbar, die auf Männer mit ganz bestimmten sexuellen Präferenzen ausgerichtet war. Bis jetzt war er hier noch immer flachgelegt worden.

Er parkte sein Bike zwischen all den anderen Rennmaschinen und schlenderte Richtung Eingang. Schon von draußen hörte er lauten Jubel. Schnell schüttelte er dem vertrauten Türsteher die Hand und öffnete die große Holztür. Die Menge tobte und die Party war in vollem Gange. Ein paar Leute tanzten zu dem Soft Rock, der aus den großen Lautsprechern ertönte, die in den Ecken aufgestellt waren. Andere spielten Billard und sahen dabei immer wieder zu den großen Flatscreens, die überall in der Bar aufgehängt waren, und die diverse Sportübertragungen zeigten. Day ignorierte das Treiben.

Duff's hatte nur bis zwei Uhr nachts geöffnet, das bedeutete, dass er nur noch eine Stunde hatte, um sich ein Date für diesen Abend zu sichern. In der gleichen Straße, nur ein wenig weiter, gab es ein Stundenhotel, so dass er noch nicht einmal sein Motorrad bewegen musste, wenn er nicht wollte. Er hockte sich an die Bar. Neben ihm stand ein Mann mit dem Rücken zu ihm. Er hatte einen sehr zierlichen Körperbau mit schmalen Hüften, aber einen drallen Hintern. Als Day sein Bier bestellte, drehte der Mann sich um und sah in seine Richtung. Leo zwinkerte ihm kurz zu und sah, wie sich die Lippen seines Gegenübers zu einem verführerischen Lipgloss-Lächeln hoben. Lipgloss turnte ihn nun wirklich nicht an, aber normalerweise wischte er ihn einfach ab, bevor er einen geblasen bekam, also war das kein großes Hindernis. Der Kerl war trotzdem ganz niedlich. Süße braune Rehaugen, die Haare stachelig mit dunklen Wurzeln und blonden Spitzen.

„Was möchtest du trinken, Süßer?", fragte Day den zierlichen Blondgefärbten

„Einen Hard Banger", antwortete der Mann und leckte sich über die Lippen. Day widerstand dem Impuls, dem Mann ins Gesicht zu lachen, denn das hätte *seine* Chance auf einen Hard Banger vielleicht ruiniert.

Der Cocktail schien ihm zu schmecken.

„Lust auf mehr?", fragte Day, die Anspielung durchaus beabsichtigt.

„Ich hätte nichts dagegen", antwortete er.

Day orderte ein weiteres Getränk für … „Wie heißt du, Hübscher?"

Die braunen Augen schwenkten nach rechts, bevor er reagierte: „Mick. Die meisten nennen mich Mick."

„Sicher, einigen wir uns auf Mick. Ist in Ordnung, wenn du mir deinen richtigen Namen nicht sagen willst."

Leo ließ den Mann nicht aus den Augen und achtete genau auf weitere Zeichen. Als Mick auf seine Frage geantwortet hatte, hatten sich seine Augen nach oben und nach rechts bewegt, und da er Rechtshänder war, hatte Day daraus geschlossen, dass er gelogen hatte. Er schenkte den unbewussten Bewegungen, die die Menschen machten, immer

große Aufmerksamkeit. Deswegen war er so ein guter Detective. Ihm entging nichts – normalerweise.
Mick kicherte wie ein Mädchen, bevor er antwortete: „Es ist nicht so, wie du denkst … ich mag es nur einfach nicht, wenn man mich Michelangelo nennt, also erzähle ich allen, mein Name sei Mick. Aber um ehrlich zu sein, kannst du mich nennen, wie immer du willst. Du kannst mich auch als bereit-hier-abzuhauen bezeichnen …"
Verdammt, ich würde den Leuten wahrscheinlich auch sagen, mein Name sei Mick. Wer zum Teufel nennt sein Kind Michelangelo?
„Ich werde dich vielleicht beim Wort nehmen, Mick, aber würde es dich stören, wenn wir erst noch etwas trinken?"
„Überhaupt nicht." Mick glitt von seinem Stuhl mit der Anmut eines Äffchens und beschlagnahmte Days rechte Seite. „Und du bist?" Mick roch nach Lavendel und Vanille. Das war zwar nicht nach Days Geschmack, aber heute Abend würde er nehmen, was auch immer im Angebot war. Alles, was ihn davon abhielt, an den großen Kerl zu denken, der ihn heute Morgen wie eine Lumpenpuppe durch die Gegend geworfen hatte. *Hör auf, an ihn zu denken.*
Day bestellte drei kleine Wodka und noch ein Bier. Der Barkeeper stellte alles in eine Reihe vor ihm ab und er leerte schnell ein Glas nach dem anderen.
„Hey, langsam Cowboy." Mick lachte.
Day wollte ihm am liebsten sagen, er sollte die Klappe halten. Er wusste nichts von seinem Elend. *Ich bin in meinen besten Freund und Partner verliebt, aber er liebt mich nicht.* Mick sollte sich glücklich schätzen, dass er noch nicht so besoffen war.

„Mein Name ist Leo“, beantwortete er schließlich Micks Frage.
Day schlang den Arm um die winzige Taille und ließ es zu, dass der Mann an seinem Hals schnüffelte. Er konnte hören, wie der andere tief einatmete.
„Gefällt dir mein Geruch, Schätzchen?“ Allmählich spürte er den Alkohol.
Statt zu antworten, schob sich Mick etwas näher heran und Day ließ seine Hand weiter an dem strammen Hintern hinabwandern. Er drückte einmal fest zu, und Mick atmete schneller an seinem Hals.
„Du riechst köstlich. Ich möchte wissen, ob du überall so gut riechst. Wie lange lässt du mich noch warten, du großer Junge?“, flüsterte Mick mit einem leichten Lallen.
Verfickt nochmal. Plötzlich war Day überhaupt nicht mehr in Stimmung. Mit einem Wimpernschlag hatte Mick ihn abgetörnt. Er wollte keinen Lipgloss und keine dummen Anspielungen. Er wollte seinen Alphahengst, er wollte auf das Bett geworfen und hart rangenommen werden. Also ignorierte er das beharrliche Gequengel von Mick und bestellte noch ein Bier. Nach ein paar Schlucken fühlte er sich mehr als beschwipst. Er blickte auf seine Sportuhr. 01:25 Uhr. *Jetzt oder nie.*
Er warf noch einen kurzen Blick auf Mick und zuckte dann unbestimmt mit den Schultern. „Lass uns gehen, Mick.“
Mick klatschte in die Hände und quietschte wie ein Schweinchen. Fast hätte Day es sich noch einmal anders überlegt. Er hoffte, dass das Stöhnen von Mick um einiges maskuliner war und nahm ihn bei der Hand, als sie sich ihren Weg durch die Menge Richtung Tür bahnten. Schnell nickte er dem Türsteher zu, um ihm zu verstehen zu geben,

dass er in einer Stunde zurück sein würde, um sein Motorrad abzuholen. Dies war definitiv nicht sein erster Ritt. Mick und er schwankten ein wenig, und innerlich lachte Day über sich selbst. Er fühlte sich wie ein Idiot.

Wann hatte er sich das letzte Mal betrinken müssen, um mit jemandem ficken zu können? Zur Hölle, er war sich nicht einmal ganz sicher, ob er es wirklich auf die Reihe kriegte, denn sein Schwanz war gerade schlaff wie eine frisch gekochte Nudel. Day bog um die Ecke und lief direkt gegen eine große, massige Brust. Seine Begleitung und er erschreckten sich zu Tode.

Mick griff sich an die Brust: „Jesus!"

„Nein. God", antwortete eine Stimme barsch.

Gänsehaut überzog Days Körper und alle Härchen stellten sich auf. Er brauchte nicht aufzusehen, er wusste genau, zu wem diese Stimme gehörte. Ihm wurde bewusst, dass er immer noch den Arm um Mick gelegt hatte, als der anfing zu kichern.

„Du meine Güte, bist du riesig. Entschuldige, haben dich nicht gesehen, Großer." Er wollte Day weiterziehen, aber der rührte sich nicht vom Fleck.

Endlich sah er auf und blickte in wilde grüne Augen. *Heilige Scheiße.*

God sah so gut aus, dass er ihn am liebsten sofort in die kleine Gasse gezogen und stundenlang gevögelt hätte. Er trug schwarze Jeans und ein dunkelgraues T-Shirt mit V-Ausschnitt. Seine schwarze Lederjacke war offen und Day konnte den Griff seiner Desert Eagle an der Seite sehen … und einfach so … wurde er steinhart.

Mick zog wieder an ihm. „Kommst du, Hübscher?"

„Nein, tut er nicht. Verschwinde." Gods Stimme war rau, seine Körperhaltung drohend.
Mick blickte hin und her zwischen ihnen und fragte Day: „Du kennst den Typen?"
Day war tatsächlich sprachlos. Sein Partner war hier – dabei sollte er doch in einem Hotelzimmer am anderen Ende der Stadt sein.
„Ja, ganz bestimmt tut er das", antwortete God an seiner Stelle.

***

Zuvor hatte God ruhelos im Bett gelegen, unbewusst seine Eier massiert und an seinem Telefon herumgetippt. Er hatte ein paar Spiele gespielt, ein bisschen gesurft und schließlich angefangen, verschiedene Apps zu öffnen. Er scrollte hinunter, bis er auf die Track-your-Lover App stieß und öffnete sie. Lächelnd sah er, dass Day zu Hause war. Er überlegte, ob er ihn anrufen und nochmal versuchen sollte, sich zu entschuldigen. Nach über einer Stunde innerer Diskussion hatte er sich endlich selbst überzeugt, es noch einmal zu probieren, bis er merkte, dass der rote Punkt sich bewegte. *Wohin willst du mitten in der Nacht, zum Teufel?*
Abrupt setzte er sich auf und schaltete die kleine Wandlampe neben seinem Bett an. Als der Punkt – also Day – sich in Richtung Stadtzentrum bewegte, begann God zu knurren. Er wusste ziemlich sicher, wohin Day wollte. Zu seinem Lieblingstreffpunkt, wenn es um schnellen Sex ging. *Du kleines Arschloch.*

„Ich weiß, was du tust, Leo. Du willst mir eine Lektion verpassen“, murmelte er, während er schnell einige Kleidungsstücke aus seinem Koffer zog. In weniger als zehn Minuten war er komplett angezogen und fuhr mit quietschenden Reifen vom Parkplatz des Fairfield Lodge Hotels. Er bretterte die Interstate hinunter und Richtung Innenstadt von Atlanta, als führe er um sein Leben. Dann bog er ab in die Gasse hinter Duff's Bar, aktivierte den Alarm seines Trucks und lief schnell den Weg hinunter. Sobald er an deren Ende angelangt war und um die Ecke biegen wollte, liefen Day und sein Knabe direkt in ihn hinein.

Jetzt sah er Days Flittchen hasserfüllt an und warf seinem Partner finstere Blicke zu. Er nahm den jungen Mann, der sich an Days Arm festhielt, in Augenschein und musste gegen den Drang ankämpfen, dessen Arm wegzureißen. Hochgegelte, gebleichte Haare, ein dämliches Netzshirt, glänzende Lippen, perfekt geformte Augenbrauen – etwas, das God wirklich verabscheute – und ein zierlicher Körperbau. Er entschloss sich, Days seltene Sprachlosigkeit ein paar Sekunden lang zu genießen. Er ließ seine Augen langsam an diesem unglaublich sexy Körper hinabwandern bis zur jetzt überdeutlichen Ausbuchtung direkt unter Days Gürtel. Dann rückte er näher heran, bis sein Kopf sich direkt über Day befand.

„God, was zur Hölle tust du hier?“, brachte Day endlich heraus.

„Ach du dickes Ei! Du bist wirklich God?“, quiekte Mick.

Day massierte seine Nasenwurzel und verdrehte die Augen, unübersehbar peinlich berührt.

„Wirklich!“, knurrte God zähnefletschend und zeigte auf Mick.

„Was. Machst. Du. Hier?“ Day betonte jedes Wort.
„Du bist nicht der Einzige, der seinen Lover verfolgen kann!“, erwiderte God selbstzufrieden und hielt sein Telefon mit der noch geöffneten App hoch. Days Kinnlade fiel nach unten. Ihm dabei zuzusehen, wie er rot anlief, war einfach unbezahlbar. God entschied, dass es an der Zeit war, die dritte und überflüssige Person loszuwerden und Day mit sich zurückzunehmen.
Er schaute Mick mit seinem grimmigsten Lauf-um-dein-Leben-Ausdruck an und fauchte drohend: „Verschwinde. Jetzt!“
„Nein!“, rief Day, bevor sein Date sich auch nur rühren konnte. „Du musst nirgendwo hingehen, Mick.“
God sah Day fest in die Augen und grollte: „Mick, ich sage dir: verschwinde. Er sagt, du sollst bleiben. Was wirst du jetzt tun?“
Mick drehte sich auf dem Absatz um und lief so schnell davon, dass er zu verschwimmen schien.
„Das wäre erledigt“, bemerkte God zufrieden. Day schubste God aus dem Weg und ging wortlos davon.
„Oh nein. Das tust du nicht!“, schnauzte God, packte Day an der Taille und zog ihn in die Dunkelheit der Gasse zurück. Er hob Day hoch und drückte ihn gegen die Backsteinmauer, presste seine Stirn gegen Leos Stirn.
„Denkst du etwa, ich lasse dich einfach davongehen?“
„Yep. Genauso, wie du es heute Morgen getan hast!“, erwiderte Day ohne Zögern. Das versetzte God einen schmerzhaften Stich. Sein Zorn verflüchtigte sich.
„Ich entschuldige mich dafür.“

„Du hast mir eine beschissene Nachricht geschickt, du Feigling. Jetzt geh weg von mir. Ich fahre nach Hause … allein, dank dir“, zischte Day.
„Wolltest du den Typen wirklich vögeln?“, fragte God ungläubig.
„Da hast du verdammt nochmal recht. Das wollte ich“, gab Day zurück.
„Obwohl du in mich verliebt bist?“ *Warum habe ich das gesagt?*
Days Gesichtsausdruck wechselte von Wut zu rasendem Zorn. Bevor God überhaupt verstand, was vor sich ging, hatte Day ihm schon einen doppelten rechten Haken in die empfindlich schmerzenden Rippen versetzt, der ihn laut aufschreien ließ.
„Fuck!“ Der Schlag war so hart, dass er fast die Balance verlor.
„Kann nicht glauben, dass du das gerade gesagt hast, Arschloch!“, schrie Day und näherte sich ihm wieder. „Glaubst du, ich lasse mich von dir hinhalten?“
God hielt sich die Rippen und hob eine Hand, um Day aufzuhalten, aber es war sinnlos. Day klappte nach vorn wie ein Martial Arts Meister und kickte ihm mit einem nach hinten gestreckten Bein effektiv die Beine weg. God ging zu Boden wie ein gefällter Baum – wenn über 115 kg auf den Asphalt krachen, ist das sehr schmerzhaft.
„Je größer man ist, desto schwerer der Aufprall!“, fauchte Day, und kam schon wieder auf ihn zu.
Was zum Teufel …?
God wusste natürlich, dass Day verdammt flink war, er hatte ihn schon oft genug in Aktion gesehen. Gods einzige Verteidigungsmöglichkeit war seine Kraft. Dafür musste er

Day aber erst zu fassen bekommen, was nicht leicht war. Er rollte über den Boden und stand auf, schneller, als Day es erwartet hatte, erwischte Days linken Haken, bevor er ihn traf, und wirbelte ihn herum. Dann zog er ihn an seine Brust und musste leider noch einen kräftigen Ellbogenstoß ins Gesicht einstecken, bis es ihm gelang, auch diesen Arm festzuhalten.

„Genug!“, knurrte er leise in Days Ohr. Days Rücken war fest gegen Gods Brust gepresst, während er beide Hände von Leo eng an sich gedrückt hielt. „Hör auf, gegen mich zu kämpfen.“

„Nein!“, schnappte Day.

„Hör auf, gegen mich zu kämpfen, Leo. Denn ich liebe dich auch“, flüsterte God, die Lippen fest an Days Ohr. „Du kannst nicht mit dem anderen Typen ficken, denn du gehörst mir.“

Er merkte, wie Days Körper nachgab, und nutzte die Gelegenheit, ihn umzudrehen und ihm ins Gesicht zu sehen. Er blickte in sanfte braune Augen und verlor sich in ihnen.

„Ich liebe dich, Liebster. Ich glaube, das habe ich schon von Anfang an getan. Ich war mir nur nicht klar …, bis du aus meiner Wohnung marschiert bist.“ God atmete tief ein und schüttelte den Kopf, er versuchte, das plötzlich aufsteigende Bild aus dem Kopf zu bekommen. „Nachdem ich dir wehgetan habe.“ Day entzog sich ihm nicht, aber God konnte sehen, dass er immer noch verletzt war. Könnte er es nur ungeschehen machen und noch einmal von vorn anfangen. Er hätte es ganz anders gemacht.

„Leo. Bitte vergib mir. Es tut mir unendlich leid, und ich verspreche dir, dass ich nie mehr im Zorn die Hand gegen dich erheben werde.“

Verzweifelt wartete er auf ein Zeichen der Vergebung. Day blickte zu Boden, er stand ganz still da. God ließ Days Arme los und hob langsam Days Kinn, um ihm in die wunderschönen Augen sehen zu können. Leos Augen waren feucht, aber sein Blick war konzentriert.
„Sag etwas, Liebster. Sag mir, dass du mir verzeihen kannst. Sag mir, dass du mich liebst, oder schick mich dahin, wo der Pfeffer wächst, aber bitte sag etwas“, bettelte God, das Schweigen machte ihn wahnsinnig.
Endlich, als er gerade begann, zu glauben, dass er seinen besten Freund wirklich verloren hätte, sagte Day heiser: „Normalerweise mag ich keine Kosenamen, aber es gefällt mir, wenn du mich Liebster nennst.“
Er musste ein paar Mal blinzeln, bis ihm wirklich klar wurde, was Day gerade gesagt hatte. Unvermittelt stieß er einen erleichterten Atemzug aus, hüllte Leo in eine riesige, bärenhafte Umarmung und wirbelte ihn herum, bis er mit dem Rücken zur Wand stand. So hielt er ihn hoch und küsste, nein, überfiel ihn mit einer Dringlichkeit, die ihm selbst unbekannt war. Zuerst war der Kuss heftig, begierig und brennend. Dann veränderte er sich – wurde sanft und zärtlich. Days Lippen waren so weich und voll. God sog Days Unterlippe in seinen Mund und saugte zärtlich daran, entlockte Day ein lustvolles Stöhnen. Gods Schwanz drückte schmerzhaft gegen seinen Reißverschluss. Es war schon eine ganze Weile her, seitdem er zuletzt Sex gehabt hatte, und noch länger, dass er Sex mit einem Mann gehabt hatte. Aber nie zuvor in seinem Leben hatte er *Liebe* gemacht.

Liebe war etwas, von dem er glaubte, dass es sie nur in kitschigen Romanen und Frauenfilmen gab. Er hätte nie gedacht, dass er selbst jemals Liebe empfinden könnte, aber so war es. Er liebte Leonidis Day. Und er meinte es ernst, als er ihm gesagt hatte, dass es wahrscheinlich schon immer so gewesen war. Es hatte schrecklich wehgetan, als Day heute Morgen gegangen war, und der Schmerz war sein Begleiter gewesen – bis jetzt. Jetzt hielt er ihn endlich in den Armen, und er würde ihn nicht mehr loslassen … nie mehr, wenn er es zu entscheiden hätte.

God presste sein Becken an Day, er brauchte die Reibung, jetzt. Day griff sich Gods stoppelige Wangen mit beiden Händen und stieß ihm die Zunge in den Mund, so tief er konnte. God hatte das brennende Gefühl, allein dadurch kommen zu können, wie Leo mit seiner Zunge seinen Mund fickte. Er genoss es so lange er konnte, bis er seinen Kopf wegziehen musste und nach Luft schnappte.

„Mein Gott, Leo …!“

Day stöhnte. „Ich will dich, jetzt. Sofort. Komm mit mir nach Hause.“ Das war ein Befehl, keine Bitte. Day griff nach Gods Schwanz und drückte ihn fest.

„Oh Scheiße …ja“, zischte God.

„Ich will dich … raus aus dieser schmutzigen Gasse und ab in mein Bett, in einer Stunde. Und lass mich verdammt noch mal nicht warten!“, forderte Day und ging fort ohne einen Blick zurück.

Ja, lass es mich büßen, Liebster.

God flog praktisch zu seinem Truck und ignorierte die Schmerzen und das Ziehen in seinem Körper. Er konnte gerade noch hören, wie Day sein Motorrad beschleunigte, bevor er die Tür seines Trucks hinter sich zuschlug.

Kapitel 20
Oh. Mein. God.

Day war aufgeregt, nervös, sogar ängstlich, denn gleich würde Detective Cashel Godfrey ausgestreckt, gänzlich nackt und bereit in seinem Bett liegen. In den letzten vier Jahren hatte er sich das wahrscheinlich Millionen Mal vorgestellt. Er hatte eine leise Ahnung gehabt, dass God zumindest bisexuell sein könnte. Day fielen Sachen auf – und er hatte bemerkt, dass God Männer gelegentlich mit einem mehr als beiläufigen Interesse ansah. Er hatte nur nicht gewusst, ob God etwas mit ihm anfangen wollte. Offensichtlich wollte er, und das schon seit einiger Zeit. Denn er hatte gesagt, dass er ihn liebte … ihn liebte! Day hatte entsetzliche Angst, denn wenn dies nicht funktionierte, was würde das dann für ihre Arbeit als Partner bedeuten?

Mit Sicherheit waren sie beide nie überdramatische, emotionale Zicken gewesen, die – wenn die Beziehung zerbrach – auch die Freundschaft beendeten, aber wie sollte er mit God weiter jeden Tag zusammenarbeiten können, wenn dieser Mann ihm das Herz brach? *Nun ja. Wenn es nicht funktioniert, werden wir uns wie Erwachsene benehmen und nicht im Bösen auseinandergehen.*

Er schnaubte. Wem wollte er eigentlich etwas vormachen? Wie groß waren die Chancen, dass eine Trennung im Guten verlief? Gering bis nicht vorhanden.

Day öffnete die Garage und glitt mit dem Motorrad hinein. Er war mit fast 160 Sachen über die nahezu leere Interstate gebraust. Er machte sich keine Sorgen, angehalten zu werden, denn er bekam nie ein Ticket. Mit Sicherheit war

God direkt hinter ihm, also deaktivierte er schnell die Alarmanlage, schloss die Vordertür auf und schoss die Treppe hoch, um schnell in die Dusche zu springen. Eher würde er sich einen Arm abhacken, als bei seinem ersten Mal mit God nach einem anderen Mann zu riechen.

Eilig zog er sich aus und ließ seine Kleidung achtlos zu Boden fallen. Die Badezimmertür ließ er weit offen stehen und stellte die Dusche an. Schnell spülte er sich den Mund mit Mundwasser aus und spuckte ins Waschbecken. Dann stieg er in die dampfende Dusche und wusch sich hastig, denn jede weitere Sekunde bedeutete eine Sekunde weniger, in der er Gods Hände auf sich spüren konnte. Er hielt seinen Kopf unter die Brause und ließ das Wasser auf seinen Kopf trommeln, als er Gods ruppige Stimme hörte. „Beeil dich." Day lächelte, denn prompt richtete sich sein Schwanz auf. Schnell wusch er den Schaum ab und drehte den Hahn zu. Er trat aus der Kabine und wollte sich ein Handtuch umwickeln.

„Lass es weg", befahl God aus dem jetzt sehr dunklen Schlafzimmer.

Nur noch ein schmaler Lichtschein drang aus dem Flur, und er tauchte God, der an den Türrahmen gelehnt da stand und jede Bewegung Days verfolgte, in ein beinah unheimliches Licht.

Day schämte sich seiner Nacktheit nicht, aber der ungeschliffene, rohe Klang von Gods Stimme ließ ihn erschauern. Er warf sein Handtuch fort und trat langsam auf den Teppich, der auf dem Schlafzimmerboden lag, bis er nur noch ein paar Schritte von God entfernt stehen blieb.

Langsam ließ er seine Hand zu seinem angespannten Schwanz gleiten. Er begann an der Wurzel und strich quälend langsam nach oben, bis er die rote Spitze erreichte, den glitzernden Tropfen, der sich dort gebildet hatte, verstrich, und wieder hinabglitt.

God stolzierte auf ihn zu, zog Days Hand von seinem Schwanz weg und drückte ihn an die Brust. „Meins", flüsterte er an seiner Schläfe.

„Fuck", stöhnte Day.

Sein Schwanz war hart und lief langsam aus. Er musste ihn einfach anfassen, oder Cash musste es tun … und es musste jetzt passieren, bevor er schier verrückt wurde. Er sah auf in Gods Augen und schnappte nach Luft, als er die wilde Lust darin erblickte.

„Cash", flüsterte er.

God hielt seine Hand weiter fest. Mit seiner freien Hand griff er zwischen sie, um sich die Lusttropfen zu stehlen. Day verfolgte die Bewegung mit halbgeschlossenen Augen, während God ihm mit seinem schwieligen Daumen zärtlich über die Eichel strich. Der winzige Schock der Berührung und die Lust, die sie auslöste, ließen Day zischend einatmen.

„Sieh mich an!", verlangte God.

Day hob langsam den Kopf und ließ sich von God die Lippen mit seiner eigenen Flüssigkeit bestreichen. Sein Mund öffnete sich fast ohne sein Zutun, er keuchte vor Erregung. God fixierte seine glänzenden Lippen, dann beugte er sich hinab und nahm Days Mund in Besitz. Aus Gods Innern drang ein tiefes Stöhnen, so verdammt tief, dass es Days Körper in Vibrationen versetzte. Er leckte begierig seinen Mund ab und hörte erst auf, als der letzte

Rest seiner Essenz verschwunden war. Gods Jeans rieb rau gegen sein schmerzempfindliches, feuchtes Fleisch, und er wollte God nackt und sofort.

„Bitte“, flüsterte er. God packte seinen Nacken und biss eine zärtliche Spur bis zum Ohr.

„Leg dich aufs Bett!“, befahl er.

Oh my fucking God.

Day musste sich zurückhalten, um nicht wie ein kleines Kind aufs Bett zu hüpfen und darauf herumzuspringen. Stattdessen ging er langsam zu dem großen King-Size-Bett und schlug das schwarz-silberne weiche Oberbett zurück. Wenn er jemanden mit sich nach Hause nahm oder sich mit jemandem in irgendeinem schäbigen Hotel auf einen schnellen Fick traf, war er stets derjenige, der den aktiven Part übernahm. Aber eigentlich liebte er es, dominiert zu werden. Er war zwar nicht unbedingt passiv oder unterwürfig, aber er sehnte sich nach einem großen, kräftigen Mann, der keine Angst davor hatte, die Kontrolle zu übernehmen und ihn zu dominieren.

Er beobachtete God, der durch sein großes Schlafzimmer schritt. Der Raum nahm fast die gesamte obere Etage ein, nachdem Day eine Wand herausgenommen hatte, um zwei Räume zu verbinden. Auf der einen Seite befand sich eine Sitzecke mit großem Flatscreen, einem doppelten Wildledersofa mit verstellbarer Lehne und seinem Schallplattenspieler. Vor einem der Erkerfenster stand ein kleiner Schreibtisch mit einer Spotlichtlampe. Hier setzte er seine Modellautos zusammen. Wenn sie fertig waren, brachte Day sie nach unten in einen alten chinesischen Schrank in seinem Hobbyraum.

Day lehnte sich zurück. God nahm sein Holster mit der riesigen (und im Übrigen sehr männlichen) Waffe ab. Day hatte eine schon fast erotische Vorliebe für schöne Waffen, und Gods Waffe war definitiv wunderschön. Es war eine Desert Eagle .50 AE mit einem wechselbaren .44 Magnum Lauf, einem schwarzen Micarta Griff, und eine überaus ernstzunehmende Waffe. Day hatte sich schon mehr als einmal einen runtergeholt bei dem Gedanken daran, wie God seine Waffe hielt oder abfeuerte. Nicht jeder Mann konnte so eine Waffe führen. Day machte es nichts aus, wenn ihn das zu einem Spinner mit einem abartigen Fetisch machte … *jedem das Seine.*

Irgendwann musste God die Bandagen um seine Rippen entfernt haben, denn als er jetzt sein T-Shirt auszog, konnte Day seine definierten großen Brustmuskeln in Gänze bewundern. Der lichte Haarfleck in der Mitte seiner Brustmuskeln lief als seidiger, schmaler Streifen den Waschbrettbauch hinunter und verschwand in seinen Jeans. Day machte sich innerlich eine Notiz, diesen Weg zum Glück so bald wie möglich entlang zu lecken. God öffnete langsam seine Jeans und ließ sie die Oberschenkel hinabgleiten, ohne die Augen von Day abzuwenden. *Seit wann ist er so ein verdammter Flirtprofi?*

Ohne Schuhe und Stiefel stand God jetzt vor ihm, nackt wie am Tag seiner Geburt. Beim Anblick des hoch aufgerichteten, mindestens zwanzig Zentimeter langen beschnittenen Schwanzes lief ihm das Wasser im Mund zusammen. Dieses Prachtstück bettelte förmlich darum, abgeleckt, geblasen und gefickt zu werden, und Day war genau der Richtige für diesen Job. So konnte er nicht verhindern, dass ihm ein verärgerter Laut entwich, als God sich noch einmal umdrehte, um zur gegenüberliegenden Seite des Schlafzimmers zu gehen. Das Geräusch ließ ihn innehalten und einen Blick zurückwerfen.

„Na, wir werden wohl ein bisschen ungeduldig, mein Schatz?“, neckte er ihn mit hochgezogener Augenbraue.

Day knurrte, aber er schüttelte den Kopf. Weiß der Himmel, welche Qual sich God für ihn ausdenken würde, wenn er sich nicht benahm. Gods Hintern war genauso muskulös wie der Rest von ihm. *Gib mir Kraft.*

„Gut! Ich mag es nicht, wenn man mich hetzt!“, sagte God lässig und ging weiter zu Days geliebtem Schallplattenspieler.

In Erinnerung an seinen Vater hatte Day die vermutlich größte Jazzsammlung, die je ein Mensch besessen hatte, und zwar auf Vinyl. Viele Platten hatte er auf Auktionen erworben. Ihm fehlte nur noch ein ganz bestimmtes Album, das er noch nicht hatte aufstöbern können. Er beobachtete, wie God durch seine Sammlung blätterte, bevor er eine LP aus dem Regal zog. Genauso vorsichtig, wie Day es tun würde, zog er sie aus der Hülle und legte sie auf den Drehteller. Schon füllte sich das Schlafzimmer mit den Klängen von George Howards *Midnight Moods.* Es war ein Album mit weichem, melodischem und verführerischem Jazz, eindeutig die Art von Musik, zu der man *Liebe* machen konnte. Days Herz verkrampfte sich. God wollte nicht nur einfach mit ihm vögeln. Er wollte Liebe mit ihm machen. Verdammt, es musste hundert Jahre her sein, dass er jemanden geliebt hatte. Zuletzt zu Collegezeiten, wenn er ehrlich zu sich selbst war. Er hatte seine erste große Liebe sehr geliebt, aber nicht körperlich, denn seine

Jugendliebe war hetero gewesen. Aber nun würde er die Gelegenheit dazu bekommen.
Er genoss die Musik, die sanften Soprantöne des Saxophons steigerten seine Hochstimmung. Mit geschlossenen Augen spürte er, wie das Bett unter Gods Gewicht nachgab. God kniete sich über ihn und zog die Bettdecken über sie hoch, so dass sie zur Hälfte bedeckt waren. Days Atem beschleunigte sich, als er in das Gesicht seines besten Freundes blickte. In dieser Position blieben sie und kommunizierten ohne Worte. Es war soweit. Dies war der Moment, an dem ihre Beziehung sich änderte, von Partnern und Freunden zu Liebenden. Waren sie dafür bereit? War dies von nun an wirklich das, was sie wollten? *Ja*, dachten beide gleichzeitig.
„Küss mich, Cashel“, flüsterte Day.
God senkte sich ganz auf ihn herab und verdammt – all diese Muskeln auf dem Körper zu spüren, war einfach himmlisch. Gods Küsse waren so zärtlich und sanft, dass Day nach kurzer Zeit schwindelig vor Entzücken wurde. Nicht einmal in seinen kühnsten Träumen hätte er sich vorstellen können, dass der raubeinige und knallharte Teufelskerl so zart sein könnte. Ihre Lippen berührten sich, strichen vor und zurück, bissen sich spielerisch.
„Öffne dich …“, raunte God.
Day gehorchte, öffnete den Mund und spreizte die Beine, um seinen Liebhaber willkommen zu heißen. Sie küssten sich lange, keiner von beiden wollte es jetzt überstürzen. Wie Teenager kugelten sie über das Bett. God griff nach Days Oberschenkel und schob ihn hoch bis an seine Taille, dann legte er ihn um seinen Rücken und tat das Gleiche

mit dem anderen. God war so groß, dass Day gerade eben seine Knöchel umeinander haken konnte.
Gods stützte seine Ellbogen neben Days Gesicht ab, seine Augen glänzten.
„Oberste Schublade!“, sagte Day heiser.
God ließ seinen harten Schwanz wieder und wieder über seinen Körper gleiten, und Day hatte nur noch das Verlangen, ganz von ihm ausgefüllt zu werden. God griff nach oben, zog die Schublade auf und tastete blind nach Gleitgel und Kondom. Dann stutzte er, richtete sich auf und zog eine fast leere Kondomschachtel heraus. Er knurrte verärgert und wich zurück. Day fiel fast vom Bett, seine Beine waren immer noch um Gods Rücken geschlungen. Schnell hielt er God an den Schultern zurück. Der starrte ihn zornig mit gebleckten Zähnen an, mit einem Mal nur noch ein einziger, angespannter Muskel, straff und drahtig. Day begegnete seinem Blick offen und ohne Angst.
„Du weißt, dass ich keine Jungfrau mehr bin. Wenn du mich willst, gehöre ich dir. Und jetzt hör auf, dich wie ein Idiot zu benehmen und … nimm mich.“
God warf ihn zurück auf die Matratze und griff nach dem Gleitgel, drückte auf die kleine Flasche und schmierte gleich drei Finger mit dem durchsichtigen Gel ein. Day schoss der beängstigende Gedanke durch den Kopf, dass God ihm alle Finger zugleich einführen würde und er verkrampfte sich. God hob Days linken Oberschenkel.
„Das würde ich niemals tun“, antwortete er leise auf Days unausgesprochene Furcht und begann, langsam mit einem Finger den engen Ring zu umkreisen.
„Ich weiß“, flüsterte Day. „Es ist nur schon so lange her, dass ich es so gemacht habe.“

Bei diesem Eingeständnis ließ God seine Zunge erst über Days Lippen gleiten, dann bewegte er sich langsam seinen Körper hinab, leckte und saugte an genau den richtigen Stellen. Er nahm Days linke Brustwarze zwischen die Zähne und zwickte hinein, schnellte mit der Zunge über das schwarze Barbell Piercing und leckte dann den stechenden Schmerz fort. Das tat er ein paar Mal und widmete sich danach der anderen Brustwarze, der er die gleiche schmerzvolle und zärtliche Behandlung zukommen ließ. Days Körper zuckte und verkrampfte sich mit jeder Bewegung.

„Ich liebe diese verdammten Piercings … so verflucht sexy …“, murmelte God an dem hoch aufgerichteten Nippel.

„Mehr!“, bettelte Day. „Ich will noch mehr!“

„Verstanden, Süßer“, murmelte God lautlos gegen Days flachen Bauch.

Seine heiße Zunge schlängelte sich über Höhen und Tiefen von Leos Bauchmuskeln, bis seine Beine vor Verlangen zitterten und sein vernachlässigter Schwanz ärgerlich zuckte. Gods Atem geisterte über ihn hinweg und Day musste gegen den Drang ankämpfen, God einfach an den Haaren zu packen und seinen Mund dahin zu zwingen, wo er ihn haben wollte.

Gerade als Day fast der Geduldsfaden riss, verschlang God seinen Schwanz in voller Länge bis hinab zur Wurzel und Day bäumte sich unwillkürlich auf.

„Oh Gott!“

Gods Mund war heiß und seine Zunge seidig.

„Oh Cash, oh Cash.“

God summte tief und ließ die Zunge den Schaft hinaufgleiten, saugte hier und da und mit genau dem passenden

Druck. Er verweilte bei der Eichel, schnellte mit seiner Zunge über den Rand und erschütterte Days Körper mit jeder Berührung.

Day schüttelte den Kopf. Das war einfach zuviel. Sein Loch zog sich vor Verlangen, endlich ausgefüllt zu werden, zusammen. Endlich fühlte er den Druck von Gods Fingern. Zuerst vorsichtig tastend, dann drängender drückte God Finger in ihn hinein. Seine Hüften schnellten nach oben, sein Schwanz war immer noch in Gods warmem Mund.

„Mehr … bitte mehr, Babe …“

God presste seinen Finger tiefer hinein und saugte gleichzeitig an Days Schwanz, lenkte ihn wohltuend von dem leichten Stechen in seinem Arsch ab. Day wusste, das Stechen würde verschwinden, er war bereit, weiter zu gehen.

„Jetzt, ich will dich jetzt, Cashel!“, drängte er und zog an Gods Schultern. Gods leises Lachen, tief aus der Kehle kommend, ließ seinen Schwanz vibrieren.

„Mhm … bitte!“

„Geduld, Liebster.“

God tauchte tiefer unter die Decke und saugte behutsam an einem von Days Eiern, dann steckte er auch den zweiten Finger in ihn hinein. Diesmal verkrampfte Leo sich, und God zog seine Finger wieder zurück.

„Nein, nein, nein … es ist gut so!“

Day wollte nicht, dass God das Vorspiel noch weiter in die Länge zog, es dauerte ihm ohnehin schon zu lange. *Er tut fast so, als wäre ich noch Jungfrau.*

Er bewegte seinen Arsch ungeduldig nach unten und trieb Gods Finger vollständig in sich hinein.

God stöhnte auf. „Fuck Leo … verdammt noch mal so eng …“
„Will dich …“, stieß Day hervor.
„Du hast mich …“ God verschlang seinen Penis erneut. *Verdammt.*
Auf diese Art wollte Day nicht kommen, er wollte God in sich spüren, und nicht nur drei von Gods Fingern. Von denen einer gerade übrigens wieder und wieder über diese ganz spezielle Stelle rieb, die ihn fluchen und um Erfüllung betteln ließ. „Ich schwöre dir: Ich bin bereit!“, knurrte er zwischen zusammengepressten Zähnen hindurch.
God zog seine Finger aus ihm heraus und robbte hoch, um ihm ins Gesicht zu sehen. „Für jemanden, der den passiven Part übernommen hat, kommandierst du ganz schön viel herum, was?“, erkundigte er sich, den Mund nah an Days keuchenden Lippen.
„Du willst meinen Schwanz, Leo?“
Day nickte wie verrückt, ja!
„Sag es!“ God rieb seinen stoppeligen Bart über Days Wange und presste seine Lippen an sein Ohr. Day fühlte, wie seine heiße Zunge sein empfindsames Ohrläppchen leckte und God dann sündhaft zart daran lutschte. Er rieb seinen harten Schwanz an Gods.
„Fuck, Cash! Ja, ich will deinen Schwanz. Alles. Ganz!“, schrie er fast.
God griff nach dem Kondom, riss mit einem Ruck die Verpackung auf und rollte das dünne Latex über seine Erektion; alles, ohne seine Augen von Day abzuwenden. Day verschlug es den Atem, als er diesen Blick voller Liebe sah. Er konnte nicht glauben, dass das wirklich passierte, so oft hatte er davon fantasiert. Aber in seinen Träumen war

God über ihn hergefallen, hatte ihn gegen die Wand gedrückt und hart von hinten genommen. Nie war es dabei um zärtliche Worte oder Liebkosungen gegangen, so wie jetzt. Aber er musste sich selbst gegenüber zugeben, dass ihm *diese* Art, Liebe zu machen, mindestens ebenso sehr, wenn nicht sogar mehr gefiel.

Er war sich sicher, dass God, wenn er wollte, die Erde zum Beben bringen konnte, aber dies war ihr erstes Mal, also versuchte er, sich zu entspannen und seinen Körper einfach das fühlen zu lassen, was God ihm gab.

God richtete sich auf und brachte seinen Schwanz direkt vor Days pulsierendem Arschloch in Position.

„Leo. Du gehörst mir, und nur mir. Bist du bereit dafür?", fragte God heiser und sah ihm in die Augen. Day zögerte keine Sekunde.

„Ja. Ich werde dir gehören, solange du mich willst." Day strich über Gods Wange, und God ergriff seine Hand und küsste seine Handinnenfläche.

„Ich liebe dich, Cash."

God schloss die Augen und presste mit genug Kraft, um in ihn einzudringen.

„Gott!"

Day riss vor Staunen den Mund auf. Verdammt, Gods Eichel war größer, als er gedacht hatte. God drängte seinen Körper und seine Hüften nach vorn. Day hob seine Beine an, um sich weiter für God zu öffnen und so den brennenden Schmerz abzumildern. *Mist, Mist, Mist. Atme!*

Gods Gesicht war in Leos Halsbeuge vergraben und Leo fühlte, wie er zitterte.

„Jesus, Leo!", zischte er.

„Cash!“, stieß Day hervor, sein Stöhnen wie ein halbes Aufschluchzen.
„Ich bin fast drin, Liebling.“ God drängte sich noch tiefer in ihn hinein. Day griff nach seinen Hüften, um ihn aufzuhalten.
„Autsch. Du bist ganz schön groß!“
God nahm Days Hand von seiner Hüfte fort, löste die rechte Hand, die sich in seiner Seite festgekrallt hatte, packte beide mit einer Hand und drückte sie hoch über Days Kopf in die Kissen.

God war selbst überrascht von seiner Selbstkontrolle – aber er wollte seinem Geliebten auf keinen Fall wehtun. Bis zur Hälfte war sein Schwanz in Day verschwunden, und God bewegte sich mit kleinen, vorsichtigen Stößen vor und zurück, versuchte sacht, ihn noch weiter zu öffnen.
„Komm, Liebster. Du kannst es. Entspanne dich, nimm mich ganz auf …“, flüsterte er.
Er konzentrierte sich auf seine Atmung, um nicht seine ganze Ladung zu verschießen, bevor er ganz drin war. Days Erektion war verschwunden, sein Penis lag schlaff auf seinem Oberschenkel. *Scheiße.* Er hatte es so gut machen wollen …
„Atme, Leo, und versuch, mich rauszudrücken.“
Schweißtropfen erschienen auf Days Stirn und er zitterte, ob vor Schmerzen oder Aufregung – God war nicht sicher. Days Augen waren fest geschlossen und die Augenbrauen zusammengezogen.
„Sieh mich an, Leo.“
Er küsste seine Augenlider. Feuchte Wimpern hoben sich und Day fixierte ihn.

„Ich liebe dich. Zeig mir, wie sehr du mich liebst und lass mich ganz hinein."
Er küsste ihn, öffnete seinen Mund mit der Zunge und stöhnte. Dieser wunderschöne Mund … Day schmeckte so unglaublich gut, er könnte ihn die ganze Nacht hindurch küssen, nur halb in ihn vergraben. Er züngelte und leckte, mit der freien Hand, die Days Handgelenke nicht umklammert hielt, liebkoste und zwirbelte er Days Nippel. Er fühlte, wie Day sich entspannte und sein Körper nachgiebig und anschmiegsam wurde. Das nutzte er aus und schob sich mit einem langen festen Stoß ganz in ihn hinein. Day fiel fast aus dem Bett.
„Cash!"
„Psst … alles ist gut."
God hörte nicht auf, er zog sich ein paar Zentimeter zurück und glitt wieder hinein. Mit kontrollierten und genau bemessenen, langsamen Bewegungen strich er mit jedem Stoß über Days Prostata.
„So ist es gut. Ich gebe dir alles von mir … es gehört dir. Hol es dir …" Er küsste und leckte Days geöffneten Mund. Er spürte, wie Day ihm seine Hüften entgegen hob, und ihn tiefer in sich hineinzog, und wusste, dass sein Liebster den schmalen Grat zwischen Schmerz und unbeschreiblicher Lust überschritten hatte.
Gods Eier hatten sich so zusammengezogen, dass sie fast in ihm verschwunden waren. Er versuchte sich abzulenken und an irgendetwas zu denken, was seinen Orgasmus verzögern würde, aber Days Arsch war so eng wie ein Schraubstock. Es war unmöglich, *nicht* zu fühlen. God zog sich bis zur Spitze zurück und stieß wieder hinein. Ihre Körper berührten sich von Kopf bis Fuß, drückten sich

aneinander. Nur Gods Hüften bewegten sich und ließen seinen Schwanz in dieser himmlischen, engen Höhle hinein- und hinausgleiten.

Day stieß das absolut erotischste Stöhnen aus, das God jemals gehört hatte, und er rammte sich schneller in ihn hinein.

„Ja, fuck … genau so. Ganz genau so!“, trieb Day ihn an und hob seine Hüften noch mehr an, um ihn ganz zu empfangen.

God bäumte sich auf und bohrte sich wieder in Day hinein. Er war kurz davor, zu explodieren, wollte aber gleichzeitig mit Day zusammen kommen.

„Hol dir einen runter für mich, Liebster.“

God ließ Days Hände los, so dass er tun konnte, was er verlangt hatte. Stirn an Stirn blickten sie an sich hinab auf den Punkt ihrer Vereinigung. God pumpte sich in das enge Loch und kam wieder hinaus, sein Schwanz glänzte und pulsierte. Days Hand bewegte sich schnell, er rieb seinen Schwanz zu ganzer Härte. God war kurz davor, zu kommen. *Fuck.*

Er setzte sich zurück auf seine Oberschenkel, umfasste Days Rücken und zog ihn hoch auf seinen Schoß. Instinktiv legte Day seine Beine um ihn, als God sich wieder in ihn schob und er nutzte Days Gewicht, um seinen Schwanz ganz in ihm zu vergraben. Ganz leicht hob er Day nach oben und stieß wieder und wieder zu. Bei jedem Mal traf er Days Prostata.

„Ja, fick mich. Gib’s mir! Alles.“ Day trieb ihn an, seine Hände klammerten sich in seine Schultern, während er sich festhielt.

Day warf den Kopf zurück und entblößte seine Kehle. God fühlte den animalischen Drang, ihn zu beißen und als sein Eigentum zu markieren – also tat er es. Er umklammerte Days Schultern und presste ihn auf seinen Schwanz hinunter. Dann beugte er sich vor und biss in Days Hals, direkt unter seinem Ohr.

Day schrie auf, als sein Sperma zwischen ihnen hochspritzte, heiß und glitschig, und God in seinen eigenen Höhepunkt trieb. Er umklammerte Day und hielt ihn fest, bis er abspritzte. Statt ihn weiter zu beißen, zog er das zarte Fleisch zwischen seine Zähne, saugte so stark er konnte, bis sein Orgasmus verebbte und die Zuckungen von Days Arschloch abklangen.

Langsam beruhigte sich Gods Atem, sein Schwanz steckte immer noch in Day. Er fühlte, wie Leo den Schweiß in seinem Nacken ableckte und die Beine von seinem Rücken löste. God ließ seine Hände Days Rücken hinabgleiten, fasste unter seine Arschbacken und hob ihn hoch. Sein Schwanz glitt aus Day hinaus.

Zischend sog Day die Luft ein.

Vorsichtig legte God ihn zurück auf die feuchten Laken. Er fühlte sich erschöpft. God entfernte das Kondom und warf es in den Abfalleimer neben dem Bett, dann ließ er sich neben Day auf das Bett fallen.

„Alles in Ordnung, Schatz?“, erkundigte er sich und rückte näher an Day heran.

„Heilige Scheiße. Du hast nicht die geringste Ahnung, wie ich mich gerade fühle“, erwiderte Day halb stöhnend, halb lachend.

„Ist das gut oder schlecht?“, fragte God und rieb über Days weiche Brust.

Day zwinkerte ihm zu. „Es ist wirklich gut. Ich bin nur stinksauer, dass wir das nicht schon seit vier Jahren tun." Er lächelte.

„Vor vier Jahren waren wir dafür noch nicht bereit", antwortete God.

„Vielleicht hast du Recht. Bist du denn jetzt bereit, Cash?", fragte Day leise, plötzlich ernst geworden.

God strich zärtlich mit seinem Daumen über Days Unterlippe. „Wenn du mich damit fragst, ob ich dir wehtun werde oder dich sitzen lasse, ist die Antwort nein. Du kennst mich, Leo. Du bist der Einzige, der diesen Mann hier vor dir wirklich kennt, wie er ist."

„Ist das so? Kenne ich dich wirklich?", flüsterte Day in die Dunkelheit.

„Du wirst absolut alles von mir wissen. Aber du wirst bis morgen früh warten müssen."

God lächelte, und hellte die ernste Stimmung damit auf. Day schnaubte, rollte sich aus dem Bett und stöhnte dann wie ein alter Mann. God musste an sich halten, um nicht über Days breitbeinigen Gang ins Badezimmer zu lachen. Er hörte, wie Day sich wusch, und während er wartete, dachte er: *Er hat das Recht dazu, alles zu erfahren.*

Als Day zurück ins Bett stieg, kletterte er auf God und legte seinen Kopf auf dessen Brust.

God lachte leise. „Uff. Willst du so einschlafen, Liebster?"

„Und ob. Seit Jahren träume ich schon davon, so zu schlafen", erwiderte Day zufrieden und machte es sich bequem. God küsste seine Stirn und legte seine Arme um ihn, versuchte, seine Gedanken abzustellen. *Bitte lass mich keinen Albtraum haben. Nicht heute Nacht. Bitte lass diese Nacht einfach perfekt sein.*

Kapitel 21
Die Wahrheit kommt ans Licht

Day wachte früh morgens um sieben Uhr auf. Er lag immer noch bequem auf Gods riesiger Brust. So musste es sein, ganz oben auf einem Berg zu schlafen … oder besser auf einem Vulkan. Verdammt! God strahlte Hitze aus wie ein gut befeuerter Ofen. Day schwitzte. Er glitt hinunter und machte es sich an Gods Seite bequem. God sah friedlich aus. Hoffentlich lag es an ihm, dass er heute Nacht keinen Albtraum gehabt hatte.

Er beobachtete God noch ein paar Minuten, bis die Bewunderung für dessen prachtvollen Körper in intensive Lust und Verlangen umschlug. Sein Schwanz wurde hart und verlangte nach Aufmerksamkeit. Day glitt unter die Laken und beugte sich über Gods halb erigierten Schwanz. Voller Vorfreude befeuchtete er seine Lippen und ließ ihn in seinen Mund gleiten. *Endlich.*

Er stieß einen kleinen zufriedenen Laut aus und ließ seine Zunge um die köstliche Spitze kreisen, bevor er wieder hinab zur Schwanzwurzel glitt. Er hatte keinen Würgereflex und liebte es mindestens ebenso sehr zu blasen wie zu vögeln.

Eine große Hand legte sich auf seine Wange und er saugte stärker. God stöhnte auf und spreizte die Beine, so dass er sich dazwischen legen konnte.

„Guten Morgen, Liebling“, keuchte God, und seine heisere früher-Morgen-Stimme schien direkt in Days Eier zu schießen und dort ein wunderbares Prickeln auszulösen. Day antwortete ihm mit einer Liebkosung seiner Hoden und leckte langsam und genussvoll die dicke Ader, die auf

der Unterseite von Gods Schwanz verlief. Dann stülpte er seinen Mund wieder über die gesamte Länge. God hob seine Hüften an und schob ihm seinen prallen Schwanz tiefer in den Rachen.
Er machte ein paar Schluckbewegungen und God legte ihm seine Hand auf den Hinterkopf. Er krallte sich in seinen Haaren fest und stieß ein paar Mal in seinen Mund.
Day vergrub sein Gesicht tief in Gods leicht kratzendem Schamhaar. *Oh ja … fick mich in den Mund …*
„Leo, scheiße … ich komme …“, stöhnte God in diesem Augenblick. „Ooooh … Jetzt!“
Day öffnete den Mund weit und kostete jeden Tropfen des köstlichen, warmen Safts, den God ihm gab. Er trank und schluckte, bis nichts mehr übrig war. Dann ließ er Gods Schwanz aus seinen Lippen gleiten und küsste ihn zärtlich auf die Eichel, bevor er mit einem selbstzufriedenen Grinsen aus den Decken wieder auftauchte.
„Ja, dieser Morgen ist ein guter Morgen.“
God atmete schwer. Day leckte über seine Nippel und züngelte sich entlang der wunderschönen Tattoos auf seinem großen Bizeps empor. Das im asiatischen Stil gestochene Kunstwerk wob sich in einem komplizierten, meisterhaften Muster um Gods Seite herum und zog sich bis auf seinen Rücken. Leo liebte auch den von Flammen umrahmten Totenkopf mit den gekreuzten Knochen, der Gods linken Brustmuskel komplett einnahm.
„Ich glaube, ich werde mir auch noch ein Tattoo stechen lassen.“ Day hatte zwar bereits ebenfalls auf seinem linken Brustmuskel eine Tätowierung – das Kreuz von Canterbury – und ein paar Armbänder auf jedem Arm, jedoch nichts

Größeres. Nichts, was der umwerfenden Kunst nahekam, mit der Gods Körper verziert war.
„Hunger?", fragte er.
„Mhm … nein, wenn das bedeuten würde, dass ich vor die Tür müsste und ja, wenn das bedeutet, dass du dich darum kümmerst", erwiderte God.
„Es bedeutet, dass ich dir etwas mache, du fauler Hund." Day biss in Gods Brust und hörte zufrieden, wie der große Mann grunzte.
„Das hört sich noch besser an." Ihre Augen trafen sich. Wieder diese wunderschönen, grünen Augen, die ihn minutenlang anblickten, bis God sich abwandte und tief ein- und ausatmete. Day hob und senkte sich zugleich mit der Bewegung.
„Wenn du bereit bist, zu reden, höre ich dir immer gern zu", flüsterte Day und küsste God direkt über seinem Herzen.
„Ja, ich glaube, ich bin bereit. Können wir nach dem Frühstück sprechen?"
„In Ordnung … Hast du denn heute noch etwas vor?"
„Nein. Ich möchte nur ins Hotel, um mich umzuziehen", antwortete God.
Day fragte sich, ob er God anbieten sollte, hier bei ihm einzuziehen, bis er eine andere Bleibe gefunden hatte. Er wollte God nicht in die Flucht schlagen – schließlich hatten sie sich beide ihre Liebe gerade erst eingestanden, und das bedeutete schließlich nicht, dass sie dafür bereit waren, ihre Aussteuer zu bestellen. Er fühlte, wie God sein Kinn anhob, um ihm in die Augen zu blicken.
„Na los, frag schon", prustete God leise lachend.

Day verdrehte die Augen. Manchmal vergaß er, wie einfühlsam und scharfsinnig sie beide miteinander waren.
„Fein“, grummelte er, „Also, möchtest du hier bei mir bleiben? Ich werde auch nicht versuchen, dich mit einer Fußfessel oder etwas in der Art anzuketten; ich dachte nur, ökonomisch gesehen würde es Sinn machen, weißt du, nicht noch mehr Geld zum Fenster rauszuschmeißen, wenn ich hier so viel Platz habe. Außerdem wäre es vorteilhaft, wenn du mich nicht noch vor der Arbeit abholen müsstest. Wir können uns auch die Hausarbeit teilen, denn ich hasse es einfach, die Blätter draußen zusammenzuharken, und dir scheint es nichts auszumachen. Auch habe ich gedacht –“
„Leo, halt einfach die Klappe.“ God starrte ihn mit weit geöffneten Augen an.
Day erkannte, dass er wohl etwas zu ausführlich gefragt hatte. Es musste an seinen Nerven liegen. Dabei hatte er God einfach nur fragen wollen, ob er bei ihm einziehen wollte. Der Mann war sein Partner, aber er war auch verdammt vorsichtig und zurückhaltend.
„Ich könnte solange hier bleiben, bis ich mein neues Zuhause gefunden habe.“ God küsste ihn auf die Stirn und schubste ihn zur Seite, um seine langen Beine aus dem Bett zu schwingen und sich auf die Bettkante zu setzen. Day kämpfte darum, sich seine Aufregung nicht anmerken zu lassen. Jetzt war mit Sicherheit nicht der geeignetste Zeitpunkt, um vor seinem superernsten Partner einen Freudentanz aufzuführen.
God fuhr sich mit den Händen durch die Haare. *Zur Hölle* … Day gefiel sogar, wie die Laken zwischen seinen nackten Schenkeln sich aufwarfen und so gerade eben seinen wei-

chen Schwanz verbargen, der immer noch von seiner Spucke glänzte. Day kletterte ebenfalls aus dem Bett und stellte sich direkt vor ihn. God legte seine Hände um Days nackten Leib und küsste eine Spur aus glattem Haar zwischen Nabel und Leiste.

„Geh und mach Frühstück, ich werde duschen", befahl er und gab ihm einen Klaps auf den Hintern. Day unterdrückte einen Aufschrei, denn sein Arsch war noch immer empfindlich wund. Er griff sich ein Paar Sweathosen aus dem Schrank, schlüpfte hinein und wandte sich nach unten in Richtung Küche.

Gerade hatte er sich die Zutaten für Eier á la Benedict aus dem Kühlschrank genommen – er wusste, wie gern God sie aß – als sein Telefon klingelte. Er sah, dass es einer seiner Kollegen vom Revier war und seufzte still. *Das wars mit meinem freien Nachmittag.* Nach dem dritten Klingeln nahm er ab.

„Hier Day."

Still hörte er zu, während einer der Detectives, der die Überwachung übernommen hatte, ihn über mögliche Pannen informierte, die sie bei der Planung der Razzia zu beachten hätten. Außerdem teilte er ihm mit, dass für den Nachmittag um vierzehn Uhr eine obligatorische Teambesprechung auf der Wache anberaumt worden sei. Dann legte er auf, ohne Day die Möglichkeit zu einer Antwort zu geben. Es war gerade erst acht. Es war noch genug Zeit für ein Gespräch mit God und um seine Sachen hierher zu holen.

Als er die Hollandaisesoße aufschlug, um sie über die perfekt pochierten Eier zu gießen, legte God von hinten seine starken Arme um ihn. Er würde nie begreifen, wie sich ein

Mann von über 1,90 m Größe so verdammt gut anschleichen konnte.

„Mhm … das riecht gut“, sagte God und leckte über Days zwei Tage alte Bartstoppeln.

„So wie du“, entgegnete Day. Er widmete sich weiter seiner Aufgabe und versuchte, den hartnäckigen Ständer, der sich gegen seinen Hintern presste, zu ignorieren.

Day häufte einen großzügigen Berg Kartoffeln auf beide Teller. God ließ ihn los und setzte sich an den Frühstückstisch.

„Ein Ex-Freund hat dir beigebracht, so zu kochen, stimmt's?“, fragte God beiläufig und warf einen Blick in die Zeitung, die Day von der Türschwelle mit hereingebracht hatte. Day verdrehte die Augen.

„Warum fragst du das jedes verdammte Mal, wenn ich was koche?“

„Tu ich nicht!“, brummte God missbilligend.

„Doch, tust du!“, behauptete Day. „Dann fragst du: ‚ähm … wie war noch mal sein Name?‘ und ich sage zum millionsten Mal: ‚Sein Name war Prescott Vaughan‘. Und dann sagst du: ‚Ach ja, der wundertätige Koch.‘ Und ich schüttle dann jedes Mal einfach den Kopf.“

Day konnte nicht anders. Er musste einfach lachen, als er sah, wie God sein hinreißendes Lächeln hinter der Zeitung verbarg.

„Er ist ein Wundertäter. War er nicht ein großartiger Koch, der plötzlich erblindete, aber trotzdem irgendwie auf magische Weise ein beeindruckendes, kulinarisches Imperium erschuf? Ich hab' s vergessen.“ God spähte über den Rand der Zeitung.

„Es war kein Wunder, Klugscheißer. Er ist einfach talentiert.“ Day sah zu God hinüber, der so tat, als würde er gar nicht mehr zuhören.
„Weißt du, worin er noch magisch ist? Diese beiden unglaublichen, sexy Freunde von ihm … sie sind in einer Dreierbeziehung.“
Er sah, wie God wieder zu ihm herüberlinste und mit den Achseln zuckte.
„Wohoo. Einmal ließen sie mich sogar mitmachen. Puh! DAS war verdammt sexy.“ Day versteckte sein Lachen, indem er im Kühlschrank nach dem Ketchup suchte.
Bevor er sich versah, wurde er von kräftigen Armen hochgehoben, herumgewirbelt und gegen den Kühlschrank geknallt. Gods Augen glühten. Er drückte Day allein mit seiner Masse fest gegen das elektrische Gerät und presste einen Oberschenkel gegen seinen Schwanz.
„Du hast mit drei Männern gleichzeitig gefickt?“, knurrte er und biss in Days Kinn.
Schmerz schoss durch ihn hindurch und er stieß einen erschrockenen Laut aus, auf den aber ein Stöhnen folgte. Gods reibender Oberschenkel ließ ihn hart werden.
„Du fandest sie heiß, was?“ God drängte härter, packte Days empfindliche Eier und drückte zu.
„Autsch! Du Scheißkerl!“, zischte Day. „Nein Cash, so ein Mist! Ich habe nie mit ihnen gevögelt. Verdammt, ich hab noch nicht mal mit Prescott gefickt. Jesus … Jetzt stell mich wieder hin!“, schrie er.
God trat zurück und Day fiel – nicht sehr sanft – zurück auf karierten Linoleumboden. God lächelte ihn geziert an und setzte sich wieder hin. Dann nahm er die Zeitung auf, als sei nichts geschehen. *Blöder Mistkerl.*

Day konnte es nicht fassen, wie sehr God ihn in den Wahnsinn trieb. Diese verdammten Muskeln und seine Stärke machten ihn irrsinnig an. Day ließ den Teller vor ihm auf den Tisch fallen und verdrehte nochmal die Augen, bevor er ihnen beiden frischen Kaffee eingoss. Gods Tasse hatte eine normale Größe, während seine eher einer Suppentasse entsprach. Als alle Zutaten auf dem Tisch neben ihren überquellenden Tellern standen, begannen beide zu essen, als hätte sie tagelang gefastet.

„Ich habe eine Frage, Leo."

„Schieß los!"

„Du hast alles stehen und liegen lassen, und bist vor ein paar Monaten zu Precott Vaughan gefahren, als du der Meinung warst, er hörte sich deprimiert an."

„Ja, und?", fragte Day, den Mund voller Kartoffeln.

„Na ja, und, hast du da mit ihm gevögelt?", fragte God und starrte ihm direkt in die Augen.

Day schluckte sein Essen hinunter, nahm einen großen Schluck Kaffee und putzte sich den Mund mit seiner Serviette ab, bevor er antwortete: „Habe ich gerade nicht gesagt, ich habe nie mit ihm gevögelt? Nie bedeutet: nie."

God nickte, als hätte er verstanden.

Day räumte ihre blitzblanken Teller ab und stellte sie in die Spüle. Als er den Wasserhahn anstellte, hörte er God heiser sagen: „Ich habe meinen Stiefvater umgebracht, Leo."

Kapitel 22
Und nun – kannst du mit der Wahrheit umgehen?

God beobachtete Day genau und wartete auf seine Antwort auf sein Geständnis. Day war ein Meister darin, seine wahren Gefühle zu verstecken, das war es, was ihn zu einem hervorragenden Ermittler machte. Er ließ sich seine erste Reaktion nie anmerken. Aber das wollte God nicht. Er wollte die Wahrheit. Er musste wissen, wie dieser Mann, sein Mann zu ihm stehen würde, wenn er ihm alles erzählte.
„Ich brauche jetzt den echten Leo. Nicht den disziplinierten Detective", bekundete er.
Leo drehte den Wasserhahn zu und trocknete seine Hände ab, ohne ein Wort zu sagen. Er goss ihnen noch zwei Tassen Kaffee ein, trug sie mit einer Hand und ergriff Gods Hand mit der anderen. God ließ sich von ihm auf seine wunderschöne Terrasse hinter dem Haus führen, die einen tollen Ausblick über einen künstlich angelegten See bot. Die verglaste Veranda war nur mäßig möbliert, aber mit einem Fernseher und einem Minikühlschrank ausgestattet. Days Haus war definitiv der Traum eines jeden Junggesellen. God setzte sich, während Day die Heizung anstellte, um die Kühle in dem Raum zu vertreiben.
Day setzte sich so nah neben God, dass ihre Knie sich berührten, und sah ihm ernst in die Augen. „Was hat er dir angetan?"
God war sich nicht sicher, ob er seine Gefühle unter Kontrolle halten konnte. Wenn er es nicht schon gewusst hätte, dass er Day liebte, wäre es ihm todsicher spätestens jetzt klar geworden. Day hatte nicht gefragt, warum er es getan hatte. Er war sich schon sicher, dass es einen guten Grund

dafür geben musste, obwohl viele God für aggressiv hielten. Day wusste, was für ein Mann er wirklich war … er war fürsorglich, warmherzig und fähig, zu lieben. Wenn er jemandem das Leben genommen hatte, dann deswegen, weil er sein Leben oder das Lebens eines geliebten Menschen verteidigt hatte. God räusperte sich und atmete ein paar Mal tief ein, bevor er sein Geheimnis seinem besten Freund enthüllte. Niemand kannte seine wahre Geschichte, niemand bis auf ihn und den Bezirksstaatsanwalt von Clayhatchee, Alabama.

„Als ich noch klein war, hatten meine Mom und ich nicht viel Geld. Sie war alleinerziehend, denn mein Erzeuger, mit dem sie ungefähr einen Monat lang zusammen gewesen war, hatte sie verlassen, als er erfahren hatte, dass er sie geschwängert hatte. Sie hat trotzdem ihr Bestes gegeben. Sie hat stundenweise im Lebensmittelgeschäft bei uns um die Ecke gearbeitet. Das Geld reichte kaum für die Miete, geschweige denn für genügend Essen oder Kleidung.

Ich war zehn Jahre alt, als meine Mom gefeuert wurde, weil sie versucht hatte, irgendeine Nudelsoße für mein Abendessen zu stehlen. Ihr Arbeitgeber rief die Polizei und … Nun ja. Der Cop, der dann zum Laden kam, war ein Mann namens Jack Whittmen.“ God raufte sich seine Haare. „Eins führte zum anderen, nachdem er sie nach Hause gebracht hatte, statt sie ins Gefängnis zu stecken. Und ehe ich mich versah – hatte ich einen neuen Vater.“ God schnaubte. Dann seufzte er und sah Day an, der gerade einen Schluck Kaffee nahm. Dessen Augen waren auf den Boden gerichtet, aber God wusste, dass er jedes kleinste Detail seiner Geschichte aufmerksam verfolgte.

„Es lief eigentlich alles ganz gut. Wir zogen in sein kleines Haus in Clayhatchee, und dort war es besser als in unserer alten Wohnung. Es war mehr als offensichtlich, dass er mich nicht mochte, aber meine Mom hat mich immer mit genug Liebe überschüttet, also war alles in Ordnung." God zuckte mit den Achseln. „Nachdem meine Mom mit Gen schwanger wurde, schien er sich darüber zu freuen, und ich versuchte, mich unsichtbar zu machen, wenn er zu Hause war. Ich hing mit meinen Freunden ab, machte mein Fußballding und arbeitete, um meiner Mom ein bisschen Geld geben zu können. Aber eines Tages brach die Hölle los, ich war fast achtzehn und er und ich stritten darüber, dass ich immer noch zu Hause wohnte. Meine Mom ging dazwischen, als er anfing, mich herumzuschubsen, also schubste er *sie* weg, und sie stolperte und fiel hin, dabei brach sie sich die Hüfte." Bei der Erinnerung daran fletschte er seine Zähne.

„Während sie sich im Krankenhaus erholte, spitzte sich die Lage zu, von schlimm zu kaum erträglich. Egal was ich tat, er machte mich fertig. Gen war sieben und ich siebzehn. Ich war verrückt nach meinem kleinen Bruder und bin es immer noch, weißt du. Er war immer bei mir, wenn meine Mom nicht zu Hause war. Ich hab ihn nie bei meinem Dad gelassen." God hob die Hände und setzte unsichtbare Gänsefüßchen bei dem Wort Dad. „Ich habe ihm nicht vertraut, wenn es um Gen ging, besonders nicht, wenn er ein paar Bier zuviel hatte. Wie auch immer, es waren nur noch ein paar Monate, bis ich achtzehn wurde. Er wollte, dass ich ausziehe. Glaub mir, ich wollte abhauen, aber ich musste sie vor ihm beschützen. Schon damals war ich groß, und er kämpfte gern gegen mich … nannte es unseren eigenen Fight Club, aber in Wirklichkeit ließ er nur seinen Frust an mir aus und benutzte mich als seinen eigenen Boxsack. Er fing an, mich zu schlagen, wenn keiner zu Hause war, und erzählte meiner Mom, dass ich ein Nichtsnutz sei, der sich in der Schule prügelt oder anderen Scheiß, dass ich in einer Gang sei. Mir erzählte er, er würde es an meiner Mom auslassen, wenn ich jemals die Wahrheit über meine Verletzungen erzählen würde. Ich wusste nicht, ob er es ernst meinte oder nicht, aber ich wollte nichts riskieren. Er hatte sie schon mal geschubst und verletzt, das hatte ich selbst gesehen. Eines Tages war ich in meinem Zimmer und schlief nach dem Fußballtraining, als er nach dem Angeln mit zwei seiner Kumpel reinkam.“ God sah, dass Day angespannt war, aber er sprach weiter.

„Also ließ er seine Kumpel auf mich los. Es wurde schwieriger, die Verletzungen zu erklären, und meine Mom wollte unbedingt von mir wissen, was passiert war. Ich wollte es ihr erzählen, aber ich war mir nicht sicher, ob sie ihn wirklich verlassen und er sich in einen noch größeren Psycho verwandeln würde, oder ob er uns folgen und sie für meinen Verrat bestrafen würde. Also habe ich meiner Mom erzählt, ich sei in einer Gang.“

God holte zitternd Luft. „Sie hasste es. Sie und ich haben uns immer weiter voneinander entfernt. Als ich versucht habe, aufzuhören und nicht mehr weiter zu kämpfen, sagte er, dann würde er sich an Gen halten, und das wollte ich auf gar keinen Fall riskieren. Vielleicht hätte er sein eigenes Kind nicht dafür missbraucht, aber ich wollte das Schicksal nicht herausfordern. Damals war er ständig blau, und seine Kumpel bei der Polizei deckten ihn, so dass er nie in Schwierigkeiten kam.

Irgendwann brachte er ein paar Freunde mit in mein Zimmer, die mehr wollten, als zu kämpfen. Sie hielten mich fest, während zwei von ihnen mich vergewaltigt haben. Mein Dad war nicht mit im Zimmer. Er ging davon aus, dass sie stärker waren als ich. Nachdem sie fertig mit mir waren, sagten sie ihm, ich sei ein Homo, und ich hätte mich ihnen quasi aufgedrängt."

Days Kopf schnellte hoch.

„Ja, ich weiß schon, das macht physisch keinen Sinn, aber er tat so, als würde er es glauben, wahrscheinlich um sein Gewissen zu beruhigen. Er ließ mich ein bisschen in Ruhe, aber es dauerte nicht lange, und wir kämpften weiter." God nahm einen großen Schluck Kaffee, um seinen trockenen Mund zu befeuchten. Er konnte nicht fassen, wie gut es tat, darüber zu sprechen, aber die Erinnerungen wurden davon trotzdem nicht leichter zu ertragen.

„Ich glaube, an dem Tag, als er die Typen wieder mitbrachte, die mich vergewaltigt hatten, habe ich wohl ein bisschen den Verstand verloren. Wieder und wieder habe ich nach ihm geschrien, während sie mit mir zugange waren. Blutig und halbtot haben sie mich liegen lassen. Nach ein paar Stunden konnte ich endlich aufstehen. Ich wollte mich säubern, und da war er, in der Küche, immer noch in seiner Uniform, und aß verdammt noch mal einen kleinen Snack, als ob gar nichts passiert wäre. Er fing sofort wieder an. Nannte mich eine kleine Schwuchtel und sagte, dass ich sofort aus seinem Haus verschwinden sollte. Er versuchte, einen Kampf anzuzetteln, aber ich konnte mich kaum selbst verteidigen. Er hat mir die Scheiße aus dem Leib geprügelt und dann seine Dienstwaffe gezogen." Wieder ein zittriger Atemzug.

„Leo, ich bin nicht sicher, ob er mich wirklich erschossen hätte. Aber nachdem er die ganze andere Scheiße zugelassen hat, habe ich um mein Leben gekämpft, für meine Mom, für Gen. Ich dachte, wenn ich sterbe, wird niemand mehr da sein, der ihn davon abhalten kann, sie zu verletzen. Wir rangelten herum mit der Pistole zwischen uns und fielen dann zu Boden. Die Pistole ging los, und ich wusste, dass ich tot bin. Für lange Zeit lagen wir beide still auf dem Boden, bis ich endlich gemerkt habe, dass meine Schmerzen nicht von einer Schussverletzung kamen. Ich schob ihn von mir runter und merkte, dass er tot war, verblutet wegen der Schusswunde in seinem Bauch. Ich schaffte es endlich aufzustehen und hob die Waffe auf. Und in diesem Moment, genau wie in einem dämlichen Film, geht die Tür auf und meine Mom und Gen kommen herein, während ich über ihm stehe mit der Waffe in der Hand.

Meine Mom fing an zu schreien und mein Bruder weinte. Ich versuchte, ihr alles zu erklären, aber sie hatte Angst vor mir, und schrie, ich solle fort von ihr bleiben. Ich ließ die Waffe fallen und rannte davon. In der Nacht habe ich im Park geschlafen, ich hatte solche Schmerzen, dass ich mir den Tod gewünscht habe. Dann habe ich mich gestellt. Die Polizisten waren nicht gerade freundlich zu mir, schließlich hatte ich einen von ihnen getötet, aber einer der Officer hat mir geglaubt. Er holte den Bezirksstaatsanwalt und sie brachten mich ins Krankenhaus.

Sie fanden genügend Beweise für die langjährigen Misshandlungen und mehrfache Vergewaltigung. Sie haben mich nicht angeklagt, ich wurde auch nie verurteilt, und es wurde als Totschlag aus Notwehr eingestuft. Alle medizini-

schen Unterlagen und rechtlichen Dokumente wurden zu meinem Schutz versiegelt.
Aber als ich aus dem Krankenhaus kam, hatte ich keine Familie mehr. Meine Mom ließ mich ein paar Sachen zusammensuchen, aber sie sagte, sie wolle mich nie wiedersehen, und dass meine Gang ja jetzt meine Familie sein könnte. Sie ließ mich auch nicht mehr in Gens Nähe. Ich ging in ein Obdachlosenheim, und ein paar Nonnen halfen mir, Fuß zu fassen und die Schule abzuschließen."
Endlich konnte God Day ansehen. Er weinte nicht, aber seine Augen glänzten verdächtig. God fühlte, dass auch seine Augen brannten. „Ich habe die Schule beendet und hab eine Runde beim Militär gedreht, bis ich dann auf die Polizeischule gegangen bin. Da habe ich dann angefangen, mich aus der Ferne um sie und Gen zu kümmern. Sie wissen nicht, dass ich ihnen das Haus besorgt habe und für sie alles bezahle, was sie sonst noch brauchen."
Augenblicklich erfasste Day, was das bedeutete. „Deswegen hast du kein Geld. Weil du alles an sie weitergibst", stellte er fest.
God nickte. „Aber das könnte sich jetzt ändern. Ich war in der vorletzten Woche bei ihnen, um die Spüle zu reparieren. Sie kamen zu früh wieder und sahen mich plötzlich in der Küche, nach all der Zeit. Sagen wir mal, Gen war an dem Tag, an dem du ihn kennengelernt hast, viel freundlicher, als an dem Tag, an dem er mich in ihrem Haus erwischt hat."
„Dein Haus", berichtigte Day.
„Nein, Leonidis. Es ist ihr Haus. Ich werde mich um sie kümmern, bis ich nicht mehr kann." God sah ihn ernst an, er hatte keine Lust, darüber zu streiten.

„Scheiße, Babe. Warum hast du mir das nicht schon längst erzählt?“ Day war aufgestanden und lief auf und ab. Seine Gedanken rasten.

„Das ist nicht unbedingt etwas, über das man plaudern will, während man Burger isst und Poolbillard spielt, Leo.“ God seufzte tief, als hätte seine Beichte ihm alle Energie entzogen, und schloss die Augen. Als er sie wieder öffnete, kniete Leo vor ihm.

„Es bedeutet mir sehr viel, dass du mir das anvertraut hast, und ich möchte, dass du weißt, dass das nicht das Geringste zwischen uns ändert. Aber es macht mich einfach total fertig, dass es dir lieber ist, von deiner Mom gehasst zu werden, als ihr die ganze Wahrheit zu erzählen.“ Leo streichelte seine Oberschenkel mit seinen schönen, starken Händen.

God umfasste das schöne Gesicht vor ihm mit seiner großen Hand und legte seine Stirn vorsichtig gegen Days.

„Danke, Liebling, aber das ist okay für mich. Es soll einfach so sein. Aber jetzt habe ich ja dich, stimmt's?“ Es klang eher wie die Feststellung einer Tatsache, und nicht wie eine Frage.

„Ja. Du hast mich. Solange du mich willst.“

God zog seinen Geliebten an sich. Er küsste Day voller Leidenschaft und Liebe. Sie rieben sich aneinander und kosteten sich, bis God sich etwas zurückzog.

„Ich kenne dich besser, als du glaubst, Leonidis, und ich erlaube dir auf gar keinen Fall, die Sache in Ordnung zu bringen. Ich glaube, du könntest Recht haben. Ich glaube, dass es vielleicht Zeit ist, ihnen die Wahrheit zu sagen, aber wenn, dann in meinem eigenen Tempo, okay?“ God leckte über Days geöffnete Lippen.

„Okay“, flüsterte Day.
God drückte Leo an sich und strich über seine ausgeprägten Rückenmuskeln.
„Außerdem möchte ich dir dafür danken, dass du dich so gut um mich gekümmert hast, als ich krank war. Ich mag zwar neben der Spur gewesen sein, aber trotzdem habe ich noch ziemlich viel davon mitgekriegt. Und das wird wohl der Zeitpunkt gewesen sein, an dem ich es endlich kapiert habe, dass du derjenige, der Einzige, bist, der für mich da ist, und das nicht nur in den letzten vier Jahren. Ich liebe dich, Leo.“
Leo erwiderte seinen Kuss und God zog ihn auf seinen Schoß, so dass er sich mit seinen muskulösen, gespreizten Beinen rittlings auf ihn setzte. Genug der Geständnisse … God fühlte sich nackt und schutzlos, und er brauchte jetzt die Nähe seines Mannes.
God griff nach Days Hintern, fühlte weiches Fleisch über harten Muskeln. Er drückte ihn auf seinen anschwellenden Schwanz und sog Days Zunge in seinen Mund.
„Ich brauche dich so sehr, Liebling“, stieß er schwer atmend hervor.
„Nimm dir, was du brauchst“, antwortete Day ihm mit einem harten Stoß seiner Hüften. God grub seine Hände in Days Sweathose und knetete lustvoll sein Fleisch, ehe er leicht über die enge Rosette strich. Day zuckte zusammen.
„Bist du wund?“ God rieb seine Nase an Days Hals.
„Nicht sehr … will dich in mir …“ Day ließ seine Zunge über Gods Hals wandern.
„Oh, du riechst so unglaublich gut.“ God zog seine Hand aus Days Hose und legte seine Finger an Days geschwollene Lippen.

„Mund auf." Er schob seine Finger in Days Mund und beobachtete genüsslich, wie Day die beiden Finger einsaugte und mit seiner seidigen Zunge um sie herumwirbelte. Lusttropfen sickerten in seine Hose, seine Hüften pumpten unbewusst. Er zog seine Finger aus Days Mund heraus und umfasste seinen Arsch. Vorsichtig tippte er ein paar Mal gegen das pulsierende Loch, bevor er einen feuchten Finger hineinschob. Für den Bruchteil einer Sekunde versteifte Leo sich, doch dann entspannte er sich und flüsterte: „Mach weiter!"

Ohne viel Federlesens weitete er Days Öffnung. Und der krümmte sich unter der Liebkosung der drei Finger wie ein Wurm am Haken, wimmerte und stöhnte leise Gods Namen.

„Kondom!", presste God schließlich atemlos hervor. Day beugte sich vor und zog Gummis und Gleitgel aus der Schublade des Kaffeetisches. Ungläubig starrte God ihn an, dann schüttelte er leicht den Kopf und nahm ein Kondom und das Gel. „Da sprechen wir noch mal drüber." Hatte Day wirklich ÜBERALL in seinem Haus Kondome gebunkert?

Day versuchte vergeblich, sein Grinsen zu verbergen.

God rollte das Kondom über seinen vor Geilheit schmerzenden Schwanz und verteilte eine großzügige Menge Gleitgel darauf. Währenddessen drehte Day sich um und wandte God den Rücken zu. Damit ermöglichte er God seinen Schwanz direkt vor seinem Loch zu positionieren und Day glitt langsam auf ihn hinab. So hatte God einen perfekten Blick auf seinen Penis, der vollständig in Day verschwand. Vor Wonne presste er die Zähne aufeinander.

„Herrgott, Leo …"

Leos Rückenmuskeln spannten sich an, als er sich ganz auf Gods Schoß setzte. God hörte, wie tief er einatmete, als er sich zurücklehnte, um God auf den Mund zu küssen. God packte Leos Hüften und bewegte ihn auf seinem Schwanz auf und ab. Days Hinterkopf lag auf seiner Schulter und God vergrub sein Gesicht in Leos weichem blondem Haar.
„Du fühlst dich so verdammt gut an", murmelte er und ließ dann Day das Tempo vorgeben. Er bewegte seine Hüften vor und zurück, behielt Gods Schwanz vollständig in sich. God spreizte die Beine weiter auseinander, packte Days Kinn und drehte seinen Kopf zu sich, küsste ihn wieder. Sie konnten ihre Münder nicht voneinander lösen. Es war feucht und sehr erotisch. Day begann, sich schneller zu bewegen, er keuchte mit jeder kreisenden Bewegung seiner oh so talentierten Hüften.
„Mhm … Verflucht, ja … Reite meinen Schwanz!"
Leo hob seine Arme und verschränkte sie hinter Gods Kopf. God streichelte seine Brust und zwirbelte die glänzenden schwarzen Barbell Piercings in den hoch aufgerichteten Nippeln und entriss Leo damit ein noch lustvolleres Stöhnen.
Dann begann God fester in diese heiße, enge Umklammerung zu stoßen. Day war so eng, dass er den Orgasmus nicht mehr lange würde zurückhalten können.
„So … perfekt", stieß Leo keuchend hervor. „Genau da, Cash, genau da … Gib es mir … Fass mich an!"
God streichelte Leos hoch aufgerichteten Penis im Takt seiner Stöße. Es war, als würde er eine in Samt gehüllte Stahlrute berühren. Day schnappte sich Gods Hand, leckte die schwielige Handinnenfläche ab und dirigierte sie zurück an seinen Schwanz. *Heilige Scheiße* … war das geil.

God wichste Day ein paar Mal mit seiner feuchten Hand, dann erstarrte Day auf ihm und warf den Kopf in den Nacken. „Oh Gott, ich komme!“.
Im gleichen Moment spürte God, wie ihm sein Sperma heiß die Hand hinablief. Days Arsch krampfte sich zuckend um seinen Penis zusammen und zog ihn in sich hinein. Mit halbgeschlossenen Augen fühlte God seinen Orgasmus an die Oberfläche rasen, so schnell, dass er völlig benommen war.
„Besorg es mir, Süßer“, keuchte er.
Day stellte beide Füße flach auf die Couch, drückte sich hoch und ließ Gods Schwanz fast ganz aus sich hinausgleiten, um sich dann wieder auf ihn fallen zu lassen.
„Oh Gott!“, schrie God und warf seinen Kopf nach hinten. Day bewegte sich weiter, bis God selbst nicht mehr wusste, was er in Ekstase halb bewusstlos vor sich hin stammelte. Wahrscheinlich versprach er Day gerade eine Niere, wenn er nur ganz genau so weitermachte! Er versuchte noch, sich zurückzuhalten, aber das war unmöglich. Er packte Days Hüfte und rammte ihn auf sich hinab. In heißen Stößen pumpte er sein Sperma in das Kondom und wünschte sich dabei verschwommen, dass die dünne Latexhaut nicht als Hindernis zwischen ihnen wäre und er sich direkt in ihn ergießen könnte. „Leo, verflucht. So geil …“
Er lehnte seine verschwitzte Stirn an Days Schulter und versuchte, wieder zu Atem zu kommen. So blieben sie ein paar Minuten lang, bis Leo sich als Erster bewegte und sich neben ihn setzte. God wandte sich ihm zu und sie küssten sich. Zärtlich sog er Days weiche Unterlippe ein. „Liebe dich“, murmelte er.
„Mhm … ich liebe dich auch.“ Day lächelte.

„Was ist so komisch?“, fragte God und zog das Kondom ab, verknotete es und warf es in den Papierkorb. Er zog Day wieder an sich und vergrub seine Nase in dessen weichem Haar.
„Die anderen denken, dass du ein harter, böser, tougher Teufelskerl bist, der niemanden an sich heranlässt. Und ich habe dich hier bei mir, an mich gekuschelt, und du flüsterst mir zärtliche Sachen ins Ohr“, neckte ihn Day.
„Oh, ja …“, brummte God heiser. „Weißt du, es ist mir scheißegal, was die anderen denken.“ Er küsste ihn noch einmal. „Nur was du denkst, ist mir wichtig.“
Day küsste ihn zurück und begann, über seinen sich wieder aufrichtenden Schwanz zu streichen. God heizte ihn noch weiter an, bedeckte mit seiner Hand Days Hand und streichelte ihn so ebenfalls. Dann sagte er bedauern: „Du solltest besser aufhören. Wir müssen noch ein paar Dinge erledigen.“ Er leckte Days Schulter ab und probierte seinen Schweiß.
„Ich weiß. Ach ja, und wir müssen zu einem Meeting“, stellte Day sachlich fest.
God hörte auf, ihn zu streicheln. „Nett, dass du mir das jetzt sagst. Um wieviel Uhr ist das Treffen? Du solltest besser nicht mit mir vögeln, wenn wir dafür ein Meeting verpassen.“ Er kniff ihn in den Hintern. Day jaulte auf und sprang von der Couch.
„Nein, natürlich nicht. Auch wenn es das wert wäre, würde ich das nicht tun. Das Meeting ist erst um zwei. Also haben wir noch genug Zeit, um deinen Kram zu holen und hierher zu bringen“, erwiderte Day und zog seine Sweathosen wieder an.

„In Ordnung, dann lass uns duschen und los." God lächelte ihn an.

„Ich liebe dieses Lächeln. Das ist nur für mich reserviert." Day legte seine Hand auf Gods breite Brust.

„Du bist der Einzige, der sich darum bemüht hat, dass ich lächle. Und nun hör auf, noch einmal etwas anzufangen, das wir jetzt sowieso nicht mehr beenden können." God ergriff Days Hände und küsste sie, dann drehte er ihn um und schob ihn zurück die Treppe hinauf.

Kapitel 23
Er gehört mir – Hände weg!

Am Ende gab es für Leo schließlich doch noch einen Blowjob in der Dusche, weil sein Ständer einfach nicht verschwinden wollte. Leo konnte sich einfach nicht satt sehen an diesem großen Mann. Das Wasser floss in kleinen Wellen über seine Muskeln und betonte jede Wölbung und jedes Tal. Day wusste, dass es ihn schwer erwischt hatte, er war verrückt nach God.
Während God sie beide unbekümmert ins Hotel fuhr, dachte er über ihre Arbeit nach. Aber was zur Hölle sollte jetzt noch schiefgehen?
Als sie auf den fast leeren Parkplatz des Hotels abbogen, musterte Day die umliegenden Häuser. Sie befanden sich nicht gerade in den Slums von Atlanta, aber es war auch mit Sicherheit keine besonders noble Gegend.
God stieg aus und Day folgte ihm zu einem Zimmer in der ersten Etage. Als God die Tür öffnete, versuchte Day, seinen Gesichtsausdruck zu kontrollieren. Das Hotelzimmer war muffig und nur mit dem Allernotwendigsten ausgestattet. Der Gedanke, in dem King-Size Bett in der Mitte des Raumes zu schlafen, ließ ihn innerlich schaudern. Auf dem Nachttisch gab es ein Telefon und ein Telefonbuch – aus dem Jahr 2005. Die Laken auf einer Seite des Bettes waren zurückgezogen und Day stellte sich vor, wie God ihn mit der Tracking App verfolgt hatte und dann aus dem Bett gesprungen war, um ihn zu suchen. An dem kleinen Tisch standen zwei unbequeme Stühle. Der Fernseher war zwar ein etwas älteres Modell, hatte aber einen Kabelanschluss, immerhin ein kleines Plus.

„Guck nicht so, Prinzessin“, ermahnte ihn God. „Ich brauchte nur ein Bett zum Übernachten … nur vorübergehend.“ Vielleicht war Day doch nicht so gut darin, seine Gefühle zu verbergen.
„Du hättest zuerst zu mir kommen sollen. Bevor wir zusammengekommen sind in der letzten Nacht, waren wir doch immerhin Partner“, sagte Day leise und setzte sich an den Tisch, während God seinen Kulturbeutel packte. Day bemerkte die leere Suppendose.
„Wie geht es deinem Hals?“
„Nett, dass du fragst – nachdem du mit deiner Zunge die ganze letzte Nacht und heute Morgen in ihm drin warst.“ God lächelte schief und Day zeigte ihm seinen Mittelfinger. „Es geht ihm gut, Babe. Danke nochmal, dass du Jax gestern hierher geschickt hast.“ God sah ein bisschen verlegen aus, während er seine Kleidung wechselte.
Day wollte gar nicht darüber sprechen, er wollte am liebsten nie wieder über den Streit nachdenken, den sie gehabt hatten.
„Was denkst du – was ist gibt es wohl Neues im Fall?“
„Ehrlich gesagt, könnte es alles Mögliche sein. Wir reden schließlich über den Drahtzieher. Er könnte davon Wind bekommen haben, dass es langsam zu heiß für ihn wird und er könnte abgetaucht sein. Er könnte auch die Verschiffungszeiten geändert haben, um die Küstenwache abzuschütteln. Alles ist möglich, was unsere Pläne über den Haufen wirft“, sagte God und nahm seine Waffen auf. Day sah zu, wie God das Magazin seiner Desert Eagle auswarf, es überprüfte und mit Leichtigkeit wieder zurücksteckte. Dann spannte er probeweise den Hahn, sicherte seine Waffe und ließ sie ins Holster gleiten. Day versuchte,

seinen wachsenden Ständer unter Kontrolle bringen. Er drückte seinen Handteller in den Schritt und rutschte auf seinem Sitz hin und her.

„Hast du da drüben ein Problem, Süßer?“ God zwinkerte ihm aufreizend zu.

„Warum?“ Leo stand auf und zeigte ihm die Beule in seinem Schritt. „Kannst du mein Problem lösen?“

God ging langsam auf ihn zu, mit diesem langbeinigen, lässigen Gang, der so typisch für ihn war, und lächelte auf ihn herab.

Seine langen Haare hatte er mit einem dünnen Band zurückgebunden. Frisch rasiert und mit seinem engen schwarzen T-Shirt und den dunklen Jeans sah er einfach umwerfend aus. Seine schwarze Desert Eagle war groß und geladen und Day wollte God auf die Matratze werfen – Scheiß auf die Bettwanzen! – und ihn um den Verstand vögeln.

Day kam ihm entgegen, bis sie Brust an Brust standen. God strich mit der Rückseite seiner Hand über seine Wange und lehnte sich vor, um Day auf die Stirn zu küssen. Ein paar Sekunden lang blickten sie sich schweigend an, bis God endlich sprach. „Wir müssen los.“ Er streichelte kurz über Days harten Schwanz, dann leckte er ihm über die Lippen. „Später“, versprach er.

***

God öffnete die Autotür und warf seinen großen Koffer auf den Rücksitz. Day stieg als Erster ein und fragte: „Wo ist denn der Rest von deinem ganzen Zeug?“

God lächelte. „Joker und seine Jungs haben mir geholfen. Sie haben den SWAT Van vollgepackt und dann alles in seiner Garage untergestellt. Ich hatte nur fünf Taschen."

„Also war er derjenige, den du angerufen hast, um dir zu helfen, was?" Day knallte mit Wucht die Autotür zu.

„Hey." God fasste Days Kinn und drehte ihn zu sich. „Ich schwöre, bei allem was mir heilig ist: Für ein paar Stunden ging's mir wirklich elend. Und das weißt du auch." Day schnaubte.

„Aber am Ende hab ich deinen Arsch schließlich aufgespürt, oder nicht?", stellte God fest.

„Ja, hast du." Day lachte auf beim Gedanken daran, wie God seinem Lustknaben Angst eingejagt hatte. Er lachte so sehr, dass auch God in sein Lachen einstimmte.

***

Gespannt kamen sie auf dem Revier an, bereit, endlich zu hören, was – zum Kuckuck – es Neues in ihrem Fall gäbe. God ließ sich in seinen Stuhl fallen und Day setzte sich auf die Kante von Gods Schreibtisch. Sofort näherte sich ihnen einer der Lieutenants des zweiten Reviers.

„Detective Godfrey, ich habe gehört, Sie waren krank? Geht es Ihnen besser, Mann?"

„Ja, mir geht's gut", antwortete God.

„Das ist gut. Wir brauchen jeden hundertprozentig fit und voll einsatzbereit." Der hochgewachsene Mann musterte beide, als wolle er sie einer Prüfung unterziehen. Day runzelte die Stirn und stand auf.

„Ich hole mal Kaffee." Er überließ es God, die überflüssigen Fragen zu beantworten.

Als Day mit Schwung die Küche betrat, bremste er so abrupt, dass er beinahe ausrutschte. *Scheiße, nicht gerade jetzt.*
„Oh, hallo Day. Ich hatte gehofft, dich heute zu sehen." Detective Johnson rührte ausdauernd in seinem Kaffee.
„Wie geht's?", erwiderte Day spröde und wollte seine Kaffeemaschine anschalten. Detective Johnson schnellte vor.
„Könnte nicht besser sein – jetzt, wo ich dich vor mir sehe."
Day musste praktisch um den hochgewachsenen Detective herumgreifen, um die Maschine anschalten zu können.
„Kumpel, könntest du mir ein bisschen Platz machen?"
„Nein. Ich mag es, so nah bei dir zu sein." Detective Johnson fuhr langsam mit einem Finger Days Brust hinab.
„Und ich mag es verdammt nochmal überhaupt nicht!" Beide sprangen vor Schreck in die Höhe, als sie Gods barsche Stimme hörten.
God ging zu Day und packte ihn am Nacken. Er wirbelte ihn mit so viel Schwung herum, dass er die kleinen Zuckerpäckchen, die er schon in der Hand gehabt hatte, zu Boden fallen ließ. God küsste ihn wild und leidenschaftlich, und ihm blieb nichts anderes übrig, als sich einfach nur an Gods großem Bizeps festzuhalten. Als God seine Besitzrechte ausreichend geltend gemacht hatte, ließ er ihn los und Day fiel praktisch auf den Boden zurück.
„Verdammt, Cash!", flüsterte Day völlig außer Atem. Als er seine fünf Sinne wieder beisammen hatte, sah er, dass Johnson und God über seinen Kopf hinweg eine Art Duell mit starren Blicken ausfochten.
Johnson gab als Erster nach und blickte hinunter auf Day.
„Du vögelst jetzt mit God?", fragte er ungläubig.

„Okay … so wie du es sagst, hört es sich irgendwie falsch an, deswegen werde ich dazu keinen Kommentar abgeben." Day zog sich von den beiden Riesen zurück und hievte sich auf einen der Tische im Pausenraum.

„Ich glaube, ich beobachte das hier lieber von der Seitenlinie aus."

„Das hast du verdammt noch mal richtig erkannt, er ist mit mir zusammen. Du musst dir jemand anders suchen, den du jetzt täglich belästigen kannst, Johnson", schnaubte God. „Oder läufst du jetzt schnell zu Daddy und erzählst ihm alles?"

Johnson trat näher an God heran, und Day beobachtete mit großem Interesse Gods Nichtreaktion auf den finsteren Blick des anderen Detective.

„Ich wusste ja gar nicht, dass du in meinem Team spielst, God."

„Johnson, selbst wenn du mit deinem Team um den Weltmeistertitel spielen würdest, wäre ich nicht in deiner Mannschaft. Ich bin mit Day zusammen, und mehr nicht." God überkreuzte die Arme.

„Nun ja. Ein Mann wie Day erwartet Hingabe und Mühe, jemanden, der bereit ist, einen Vollzeitjob zu erfüllen. Du dagegen bist ja eher ein Typ ohne gesellschaftlichen Umgang, oder, God? Ich meine, bist du wirklich fähig genug für diesen Job, um ihn zu halten?" Johnson feixte und nahm einen Schluck von seinem Kaffee.

God trat noch näher heran und flüsterte spöttisch: „Ich weiß alles über diesen *Job*, Johnson, denn ich habe letzte Nacht wie der Teufel dafür gearbeitet. Aber weißt du, was der Unterschied zwischen dir und mir und unseren Jobs ist? Normalerweise bin ich derjenige, der seinen Job kündigt, du dagegen wirst gefeuert. Aber ernsthaft. Du kannst aufhören, dich bei Day zu bewerben, denn der Job ist verflucht noch mal vergeben."

God schnappte sich den Muffin, den Day ihm zuwarf und schlenderte aus der Tür. Day versuchte erst gar nicht, sein Grinsen zu verbergen und trank in aller Ruhe seinen Kaffee aus.

Kapitel 24
Der Schwulste von allen

Die Besprechung dauerte fast vier Stunden. Ein verdeckter Ermittler hatte die Information weitergegeben, dass die nächste Lieferung auf morgen Abend vorgezogen worden war, und nicht wie ursprünglich geplant, in drei Wochen stattfinden würde. Sie hatten keine Wahl: Morgen würde die Durchsuchungsaktion stattfinden. Jeder hatte seine Anweisungen. God und Day würden vor Ort sein und alle Verdächtigen zusammentreiben, und ihre wichtigste Zielperson war der große unbekannte Drahtzieher.

Sie standen noch vor dem Konferenzraum und sprachen mit den Dienststellenleitern. Day fiel es schwer, sich zu konzentrieren, wenn God ihn so ansah wie jetzt. Natürlich schwang auch immer etwas Sexuelles in seinen Gedanken mit, aber er wusste auch, dass die Verhaftungen morgen sehr gefährlich waren. Was wäre, wenn er God verlieren würde, jetzt, nachdem sie beide gerade offiziell zusammengekommen waren?

Sie schätzten, dass zwischen 40 bis 50 Männer morgen Abend am Hafen sein würden – die Männer, die auf dem Schiff waren, nicht mit eingerechnet. Dies war nicht ihre erste Razzia, bei Weitem nicht. Und normalerweise arbeiteten God und er wie eine gut geölte Maschine zusammen, aber irgendwie fühlte es sich jetzt anders an. *Deswegen wird es nicht gern gesehen, wenn Paare zusammen auf dem gleichen Revier arbeiten. Verflucht. Ich brauche mehr Kaffee.*

Day ließ God mit dem Captain weiter reden und machte sich auf, um seinen Becher aufzufüllen.

***

Als er gerade an seinem frischen Mokkakaffee nippte, kam Johnson auf ihn zu.

„Bist du ernsthaft mit God zusammen? Oder wolltest du mich nur auf den Arm nehmen?“, fragte er anstelle einer Begrüßung.

Day stöhnte und wandte sich um. „Das wäre aber ziemlich viel Aufwand, nur um dich zu verarschen, meinst du nicht, Johnson?“

Johnson hob beide Arme, um zu signalisieren, dass es ihm eigentlich total egal war.

„Hey, wenn es dich glücklich macht, Mann.“ Er wühlte im Kühlschrank und öffnete sich eine Coke.

Als er sich ihm wieder zuwandte, befürchtete Day schon, er wolle ihn davon überzeugen, dass er einen großen Fehler begehe.

„Hast du denn irgendwelche anderen Vorschläge für mich?“, fragte Johnson, ohne ihm in die Augen zu schauen.

„W-was?“, stotterte Day, aus dem Konzept gebracht. „Fragst du mich gerade, mit wem du bumsen sollst?“

„Gott, Day … nein.“ Johnson winkte ab. „Weißt du was … vergiss es einfach.“

Plötzlich tat Johnson Day ein bisschen leid. Vielleicht war der Kerl nur einsam, oder er brauchte einfach mal wieder richtig guten, schweißtreibenden Sex.

Als God mit einem dünnen Ordner in der Hand hereingeschlendert kam, war Day tief in Gedanken versunken. Er stellte seine Tasse ab und zeigte auf den Ordner. „Was ist das?“

„Das ist ndP", erwiderte God und öffnete den Kühlschrank.
„Was?", fragte Day und runzelte die Stirn.
„Das ist **n**-icht **d**-ein **P**-roblem", feixte God.
„Oh, du bist heute besonders lustig, nicht wahr, Schatz?" Day bewarf ihn mit einem Paket Zucker, und God ging zu ihm und küsste ihn auf die Stirn.
Day sah zu Johnson hinüber, der immer noch an seinem Getränk nuckelte. Er wirkte in diesem Moment wie der einsamste Mensch der Welt. Bevor Day etwas Nettes sagen konnte, bummelte ihr anderer *Problemfall* herein.
„Ach du Schande. Was ist denn hier los? Das muss das Clubtreffen der schwulen Officer-Allianz sein."
Entnervt stieß Day den Atem aus. „Und nun, da du auch eingetroffen bist, Ronowski, sind alle Mitglieder vollständig erschienen und wir können endlich anfangen."
Johnson und God prusteten vor Lachen los und auch Day konnte nicht mehr an sich halten. Ronowski schäumte vor Wut.
„Day, hör endlich auf, mich schwul zu nennen! Ich war nie schwul! Ich werde nie schwul sein und ich mag keine Schwulen! Also hör auf, so was zu behaupten, bevor die Leute anfangen, diesen Scheiß zu glauben!"
Day klatschte in die Hände. „Okay, Leute, das war die kurze Zusammenfassung unserer Meetings in den letzten Wochen. Aber heute fangen wir etwas Neues an." Day musterte Ronowski mit einem strengen Blick. „Ronowski, du bist schwul, Mann. Du bist zwar total verklemmt. Aber tatsächlich bist du schwul, ultra schwul. Du bist der verdammte Marvin GAY. Als dein schwuler Heimatplanet explodiert ist, bist du auf die Erde gestürzt."

Day trat weg von God und stellte sich vor Ronowski, der ihn mit offenem Mund anstarrte.
„Komm endlich raus aus deinem geheimen Kämmerchen. Es ist so hell und wunderbar hier draußen. Kumpel, ich habe Brokeback Mountain auch gesehen, glaub den Scheiß nicht. Niemand schert sich darum, mit wem du fickst … und du weißt das selbst … denn du selbst erzählst mir das, seitdem wir uns kennen. Jeden. Verdammten. Tag. Meines. Lebens“, sagte er übertrieben deutlich.
Er trat so nah an Ronowski heran, dass er sein Duschgel riechen konnte.
„Lass dich endlich mal von einem Mann so richtig von hinten rannehmen.“ Er lehnte sich vor, bis er ihm direkt ins Ohr sprechen konnte, und fühlte, wie Ronowski ein heftiger Schauder überlief.
„Und damit meine ich, lass dich so richtig bumsen, so dass du eine Woche lang nicht mehr geradeaus laufen kannst. Und ich garantiere dir, du wirst bei der nächsten Schwulenparade mit marschieren, mit nichts als einem glitzernden Sackhalter an und einer heißen, pinkfarbenen Federboa um den Hals.“
Day trat zurück und sah, wie Ronowski Schweißperlen auf die Stirn traten. Sehr zufrieden mit sich, füllte er seinen Kaffee wieder auf und verließ den Aufenthaltsraum.

***

God harkte die Blätter in Days Vorgarten zusammen, während Day für sie das Abendessen vorbereitete. Beide waren sehr still, ohne Zweifel lastete die Bedeutung der Razzia

morgen schwer auf ihnen. *Was ist, wenn er verletzt … oder getötet wird?*
God konnte kaum atmen, wenn er daran dachte. Der beste Weg, das zu verhindern, war, wenn er Day ständig bei sich behielt. Er stopfte die Blätter in große Säcke und stellte sie am Straßenrand ab.
Bevor er ins Wohnzimmer trat, zog er seine Stiefel aus. Days Zuhause war sehr schön. Er hatte es von seiner Großmutter geerbt und schon einiges in dem zweigeschossigen Haus mit den drei Schlafzimmern renoviert. God ertappte sich bei dem Wunsch, er hätte eine Familie, mit der er so ein Haus teilen könnte. Er sah sich mit Day auf dem großen Ledersofa sitzen, Day an ihn gekuschelt, seine Mom backte ihnen Rosinenbrot, und Genesis hörte oben in seinem Zimmer viel zu laut Musik. Er schüttelte über sich selbst den Kopf und ging in die Küche, zu dem einen Menschen in seinem Leben, der für ihn wirklich und wahrhaftig war. Day liebte ihn, und wenn es nach ihm ging, war das genug. Er wusch seine Hände in der großen Spüle in Days Küche.
Hier gab es massenhaft Küchengeräte, die überall auf dem großzügigen Tresen verteilt waren, alle chromfarben oder schwarz. Hochwertige Kochtöpfe hingen an dem Gestell aus Mahagoni, das über der Kücheninsel in der Mitte der Küche angebracht war. Der Hochglanzboden bestand aus großen schwarz-weißen Fliesen.
God nahm sich eine Flasche Wasser aus dem Edelstahlkühlschrank und umarmte Day von hinten, der gerade in einer roten Soße rührte, die auf dem großen Herd mit den sechs Gasflammen simmerte. God vergrub sein Gesicht in

Days Nacken und flüsterte ihm ins Ohr: „Das riecht wirklich wunderbar, Schatz. Was ist das?“

Days Mundwinkel hoben sich in einem zufrieden Lächeln: „Das ist Hühnchen á la Cacciatore“, antwortete er und schöpfte etwas Soße auf einen kleinen Löffel. Er drehte sich in Gods Armen um und schob ihm die dampfende Soße in den Mund. God probierte und stöhnte vor Wohlbehagen. Es war einfach köstlich.

„Mhm. Das schmeckt wirklich gut.“ Er sah sich um.

„Kann ich hier noch etwas tun?“

„Ja. Hör auf zu stöhnen, bevor ich mich auf dich werfe und dich die Soße von meinem Hintern lecken lasse.“ Day gab God einen schnellen Kuss und wandte sich wieder der Soße zu.

„Du bist eine kleine Schlampe.“ God lachte und sprang schnell fort, bevor Day ihn mit dem verschmierten Löffel schlagen konnte.

Er hockte sich auf einen der drei Barhocker und griff sich ein *Guns & Ammo* Magazin, das inmitten der Tagespost lag. Achtlos blätterte er durch die Zeitung, ohne sie wirklich zu lesen, und fragte schließlich lässig: „Also hast du das Kochen von deinem Freund, dem Chefkoch gelernt … wie war noch mal sein Name?“

Ein Topflappen traf ihn an der Stirn. Er blickte mit gespielter Angst auf.

„Du weißt verdammt gut, wie er heißt, und ich will verdammt sein, wenn ich jedes Mal über Prescott Vaughan reden muss, wenn ich etwas für uns koche.“ Day blitzte ihn an. God zwinkerte ihm zu und ließ ihn weiter kochen.

„Wie wäre es mit einem Film heute Abend?“, fragte er.

„Ja, Babe, das hört sich gut an.“ Day lächelte ihn strahlend an.
Am liebsten hätte God sich dieses wunderschöne Lächeln geschnappt und es irgendwo versteckt, so dass es ihm niemand mehr nehmen konnte. Day liebte ihn, und God konnte nicht verstehen, warum er dem nie Beachtung geschenkt hatte. Wahrscheinlich aus dem gleichen Grund, warum er so lange nicht gemerkt hatte, dass er sich in seinen besten Freund verliebt hatte. Das Sprichwort stimmte: Manchmal muss man jemanden fast verlieren, um zu merken, wie sehr man ihn vermissen würde.
„Geh hoch und wasch dich. Das Essen ist in fünf Minuten fertig“, befahl Day und bereitete einen Salat vor.
„Geht klar, Schatz!“ God kicherte heiser. Gerade aus der Tür heraus, linste er noch einmal um die Ecke. „Ich liebe deine Schürze, Frauchen!“ Er lachte und duckte sich blitzschnell, bevor er von einer fliegenden Möhre am Kopf getroffen wurde.
„Welche Frau, die du kennst, trägt eine NASCAR Schürze?“, rief er Gods flüchtendem Rücken nach. „Außerdem tragen viele Männer Schürzen, vielen Dank auch. Es geht darum, die Klamotten sauber zu halten. Es ist praktisch!“, schrie er ihm nach, obwohl God schon längst oben war.
God lächelte immer noch vergnügt vor sich hin, als er das Gästezimmer betrat, um seinen Koffer zu holen. Er sah im Schrank nach und unter dem perfekt gemachten Bett. Er zog sogar die Schubladen des antiken Schranks auf der anderen Seite des Zimmers auf, aber er konnte seine Sachen nicht finden. Gerade wollte er wieder hinunter-

gehen, um Day zu fragen, da besann er sich und ging durch den langen Flur zu Days Schlafzimmer.
Tatsächlich. Sein Koffer war ordentlich in eine Ecke des Zimmers gestellt worden. Er zog ihn heraus und öffnete ihn, aber er war leer. Er schaute in den ersten Kleiderschrank, der enthielt Days Sachen. Ein zweiter, identischer Kleiderschrank befand sich auf der anderen Seite des Raums. God musste zweimal hinschauen: Seine wenigen Toilettensachen standen ordentlich aufgereiht auf der Kommode. God strich mit seiner Hand über die glatte Oberfläche und fühlte, wie sich sein Herz verkrampfte. Das sah so häuslich und nach Familienleben aus. *Days Kommode und seine Kommode … also ehrlich.*
Er zog sein verschwitztes T-Shirt aus und warf es in den Wäschekorb zu Days Sachen. Dann wusch er sich schnell und ging zurück zu seiner Kommode, um sich ein sauberes Shirt zu nehmen. Seine Kinnlade fiel herunter, als er die Schublade aufzog. Seine Shirts waren fein säuberlich gefaltet und mit System hineingelegt worden. Er schaute in alle fünf Schubladen. Seine Unterwäsche, Socken, Shirts und Pullover: alles ordentlich und getrennt an seinem Platz.
Er ließ sich aufs Bett fallen und dachte nach. Er hatte Witze darüber gemacht, aber es stimmte: Day *domestizierte* ihn tatsächlich. War er bereit dafür? Natürlich liebte er Day, er würde sich für ihn töten lassen. Aber wollte er wirklich Ehepaar mit Day spielen? Er kniff sich mit Daumen und Mittelfinger in den Nasenrücken und versuchte die plötzliche Anspannung hinter seinen Augen zu lindern. God war seit seinem 18. Geburtstag komplett auf sich gestellt gewesen. Er hatte sich noch nie mit jemandem die Woh-

nung geteilt – zu Hölle, noch nie hatte das jemand gewollt. *Fuck.*

Gerade erst in der letzten Nacht hatte Day eine Mini-Version von Justin Bieber vögeln wollen, und jetzt kochte er für ihn und kümmerte sich um seine verdammte Wäsche. God versuchte, das beklemmende Gefühl abzuschütteln.

Das Wort Liebe nahm er nicht leichtfertig in den Mund. Er hatte es so gemeint, als er es in der letzten Nacht gesagt hatte. In seinem ganzen Leben hatte er nur drei Menschen geliebt, und in den letzten vier Jahren hatte nur einer davon diese Liebe erwidert. Sollte er jetzt also wirklich den Schwanz einziehen und davonlaufen, nur weil dies eine neue Erfahrung für ihn war? *Nein, verdammt nochmal. Er hat nur meinen Koffer ausgepackt. Keine große Sache, er war nur gastfreundlich. Und das hier ist verdammt nochmal besser als das miese Hotel.*

„Mein Freund versucht nur, es mir gemütlich zu machen." Er lächelte und sprach das Wort noch einmal laut aus. „Ich habe einen Freund."

„Schaff deinen Hintern hier runter und hör auf, zuviel über irgendwelchen Scheiß nachzudenken. Das Essen wird kalt!", schrie Day vom Fuß der Treppe.

Warum vergaß er bloß immer wieder, wie gut sein Partner ihn kannte? God zog das saubere T-Shirt über, schob die Schublade wieder zu und lief die Treppe hinunter.

Day erwartete ihn und er wirkte verlegen. Eine helle Röte kroch über seinen Nacken und setzte sich bis in seine Wangen fort. God trat von der letzten Stufe hinab und hob Days Kinn an, um in seine wunderschönen braunen Augen sehen zu können.

Day zuckte die Schultern. „Ich dachte einfach, du würdest dich in meinem Schlafzimmer am wohlsten fühlen. Ich habe eine bessere Matratze als die im Gästezimmer, es ist eine orthopädische, weißt du … besser für den Rücken. Außerdem hat das andere Zimmer nur eine Kommode, das sollte aber eigentlich kein Problem sein, weil du sowieso nicht so viele Sachen hast. Aber ich habe die bessere Dusche, mit einer Hochdruckbrause und mein Fernseher ist auch besser. Ich habe sogar den Hustler Pornokanal. Damit will ich nicht sagen, dass ich den schaue, aber wenn du möchtest, dann –“ God legte ihm einen seiner großen Finger auf den Plappermund und brachte ihn zum Schweigen. Er streichelte seine vollen Lippen und beugte sich vor, um ihm ins Ohr zu wispern: „Danke schön.“ Dann küsste er seinen Freund so zärtlich und liebevoll, wie er nur konnte.

Als er endlich seinen Mund wieder freigab, ließ er seine Lippen noch Days Mund berühren, und flüsterte begehrlich: „Ich habe Hunger. Fütter mich, Süßer.“

Kapitel 25
Von Partnern, zu Liebhabern, zu … Oh nein. Zurück zu Partnern

God saß auf der Couch, die Füße bequem auf die Ottomane hochgelegt. Day lag ausgestreckt auf dem Sofa. Sein Kopf lag auf einem Kissen in Gods Schoß. Sie hatten das großartige Abendessen sehr genossen und waren mehr als satt. Der Actionfilm, für den sie sich entschieden hatten, war fast zu Ende. Day wandte den Kopf und sah zu God hoch. Er konnte einen zufriedenen Seufzer nicht zurückhalten, als God seine große Hand auf seine Wange legte. So lange hatte er sich nach dieser Art von Aufmerksamkeit von diesem Mann gesehnt, und nun, da es soweit war, fühlte er sich beschenkt wie ein kleiner Junge am Weihnachtsmorgen. Träge lächelte er seinen Partner an und fragte leise: „Bist du müde, Babe?"

„Jaah … Aber ich weiß, dass du es nicht bist", antwortete God und streichelte wieder seine Wange.

„Du weißt doch, dass ich so früh nicht schlafen kann", schmollte Day.

„Wenn du nicht zwanzig Tassen Kaffee am Tag trinken würdest, dann könntest du vielleicht schlafen. Ich glaube, ich werde deinen Kaffeekonsum auf die Hälfte rationieren und austesten, ob das deine selbstverursachte Schlaflosigkeit kuriert." Er lachte über Days entsetzten Gesichtsausdruck und hob kapitulierend die Hände.

„Okay, vergiss einfach, was ich gesagt habe, um Gottes willen." Sein Blick wurde ernst, seine sonst leuchtend grünen Augen verdunkelten sich und wurden waldgrün, verhangen vor Lust. Er ließ seine Hände an Days nacktem

Oberkörper hinabwandern. „Vielleicht kann ich dich auch auf eine andere Art müde machen."

Unter Gods festem Griff wölbte Day seinen Rücken empor. „Ich bin für jeden Vorschlag zu haben", murmelte er.

God schob die Ottomane mit den Füßen aus dem Weg, so dass er die Füße abstellen konnte. Er beugte sich vor und leckte über Days Lippen, dann ließ er seine Zunge in seinen Mund eintauchen, um ihn zu schmecken. Day stöhnte. God schmeckte bitter nach den zwei Bieren, die er während des Films getrunken hatte. Er war schon längst hart. Verdammt, er war schon von God abhängig, fast wie von seinem geliebten Kaffee.

God saugte an seiner Zunge, als wäre sie sein bestes Stück und wieder bog sich Day ihm entgegen. Sein Schwanz benetzte seine Jeans mit Lusttropfen und er griff eilig hinein, um ihn aus seinem Gefängnis zu befreien. Er sog zischend die Luft ein und streichelte sich selbst ein paar Mal, bis God seine beiden Hände griff, sie über seinem Kopf festhielt und bestimmt auf der Armlehne der Couch ablegte.

Day grunzte unwillig, ihn störte die Beschränkung. „Ich brauche …"

„Ich weiß, was du brauchst. Lass deine Hände da oben", schnitt ihm God das Wort ab.

Seine Finger glitten über Days hoch aufgerichtete Nippel. Er verdrehte das Piercing in der einen, dann in der anderen Brustwarze. Dann küsste er ihn fast gewalttätig und schob seine Hand hinab, über den Bauch bis zu seinem rasierten Schamhaar.

„Es gefällt mir, dass du dich hier rasierst." God kratzte ein bisschen über die kleinen stoppeligen Härchen und knabberte an Days Unterlippe. Wieder ließ er ihm keine Möglichkeit, etwas zu erwidern, denn schon umschloss er seinen Schwanz mit seiner großen Hand. Die Hand war so groß, dass sie seinen Riemen in voller Länge umgreifen konnte. Langsam begann er, ihn zu streicheln. Er strich über die Lusttropfen, die jetzt unaufhörlich aus der Spitze perlten, und verteilte sie, so dass seine Hand leichter über das steinharte Glied gleiten konnte.

„Oh fuck …" Day wusste nicht, ob er weinte oder stöhnte. God versuchte erst gar nicht, es in die Länge zu ziehen, jetzt pumpte er Days Schwanz hart und fest. Wie er bei jedem Strich nach oben die Eichel drückte und dabei die Hand leicht drehte, war einfach perfekt.

„Mach, dass ich komme!" Day fühlte das tiefe Knurren, das sich Gods Kehle entrang und das er in seinen geöffneten Mund ausstieß eher, als er es hörte.

Sein Orgasmus traf ihn unvermittelt wie mit einem Peitschenhieb, und alles, was er noch von sich geben konnte, war für den Bruchteil einer Sekunde ein kleiner, heiserer Aufschrei. Sein Mund war weit geöffnet wie in einem stillen Schrei, und God leckte seine Lippen genüsslich ab, während er Days Schwanz bis zum letzten Tropfen melkte.

Day hatte gar nicht gemerkt, dass er sich wie ein C nach oben gebogen hatte, bis er nach Luft schnappte und nach hinten zurück auf die Sofakissen fiel.

„Heiliger Gott!", keuchte er. Seine Brust hob und senkte sich immer noch schnell. Seine Augenlider flatterten, als God begann, sich sein Sperma von den Fingern zu lecken.

„Scheiße, ich könnte sofort wieder kommen, wenn du so etwas machst.“ Day zog Gods Finger aus dessen Mund und leckte ihm die großen Finger ab. Er lehnte sich nach vorne und nahm Gods Mund in Besitz, und er stöhnte, als er sich selbst schmeckte.

„Jetzt will ich dich schmecken.“

Er liebte Gods Schwanz. Und er war sicher, dass God nur sehr wenige – wenn überhaupt jemals einen – Liebhaber gehabt hatte, die seinen Schwanz in voller Länge von über zwanzig Zentimetern in den Mund hatte nehmen können.

Day würde seine Fähigkeiten unter Beweis stellen, so lange God ihn ließ. Er drehte sich um und warf sein Kissen zu Boden. Schon von außen konnte er sehen, wie Gods harter Schwanz in seiner Jeans zuckte. Geschickt öffnete er den Knopf und zog den Reißverschluss herunter. Day vergrub sein Gesicht in Gods schwarzem Slip und atmete tief seinen berauschenden Duft ein. Dann ließ er God seine Hüften anheben und seine Hose und die Unterhose bis zu den Knien hinabziehen. Day wollte ihm die gleiche Aufmerksamkeit zukommen lassen und ihn ebenfalls schnell erlösen.

Er verschlang dieses Wunder auf einmal, in ganzer Länge, und berührte mit seiner Nase die stacheligen Härchen an Gods Schwanzwurzel. Er spürte, wie God nach seinem Kopf griff und lächelte innerlich. Er wollte, dass dieser Mann seine Selbstkontrolle verlor und sich vergaß, er wollte ihn auf jede nur erdenkliche Art befriedigen, so dass er nie das Bedürfnis nach jemand anderem verspürte, egal ob männlich oder weiblich.

Langsam bewegte er sich wieder nach oben und wandte dabei genau die richtige Mischung aus Saugen und Reiben an. Vorsichtig knabberte er an dem vollen, pilzförmigen Kopf und tauchte dann wieder hinab. Er fühlte, wie Gods mächtige Oberschenkel zitterten, voller Verlangen, in seine weiche Hitze zu stoßen. Wieder zog er sich zurück und leckte Gods pulsierenden Schwanz, als wäre er ein Lutscher mit Kaffeefüllung. Er blickte in Gods Augen, die vor Lust glänzten.

„Fick mich in den Mund, Cash! Du kannst ruhig grob sein, nur keine falsche Zurückhaltung."

Er wartete die Antwort erst gar nicht ab, sondern öffnete seinen Mund und ließ die ganze Länge auf einmal in sich hineingleiten.

„Fuuuck!"

God stieß einen lang gezogenen lustvollen Schrei aus und rutschte auf der Couch etwas tiefer, so dass er seine Beine weiter spreizen konnte. Der Griff an Days Kopf verstärkte sich fast schmerzhaft und God begann, ihm seinen Penis in den Hals zu rammen. Day schloss die Augen, stützte sich mit beiden Händen ab und nahm jeden bestrafenden Stoß in sich auf. Gods Hüften pumpten streng und unnachgiebig auf und ab, während er Days Kopf mit jeder Aufwärtsbewegung hinabdrückte.

„Nimm das, Leo. Jeden. Verdammten. Zentimeter!", knurrte God zwischen den Stößen.

Day kostete jede Sekunde voll aus. Auch sein eigener Schwanz zuckte und schwoll bei Gods Worten wieder an.

Einen Augenblick später veränderten sich Gods Bewegungen und wurden unregelmäßig, und Day wurde mit heißem, salzigem Sperma belohnt, das tief in seine Kehle hineinspritzte. God drückte ihn immer noch hinunter, bis er auch den letzten Tropfen von sich gegeben hatte. Day

konzentrierte sich darauf, durch die Nase zu atmen, bis God ihn losließ. *Das war so dermaßen, so unglaublich geil …*
God entkrampfte seinen Griff und begann, zart über Days Haare zu streicheln. Day ließ Gods Schwanz mit einem leisen Ploppen aus seinem Mund gleiten und spürte, wie der große Kerl erzitterte.
„Verflucht, Liebling, ich hatte keine Ahnung, dass du ihn ganz in den Mund nehmen kannst", brachte God schwer atmend hervor und zog seine Hose wieder hoch. Day zog seine Jeans ebenfalls hoch, ließ den obersten Knopf aber offen.
„Ich hab das eine ganze Weile niemanden tun lassen. Es ist mir schwer gefallen, Menschen zu vertrauen", gab Day zu und wischte sich einen winzigen Rest Flüssigkeit von seinem Mund.
Er sah God sekundenlang in die Augen, bis er sicher war, dass er ihm glaubte. God zog ihn an sich heran und küsste ihn federleicht auf die geschwollenen Lippen, bevor er ihn wieder losließ. Er blickte ihn an und versuchte, ohne Worte mit ihm zu kommunizieren, aber diesmal fand Day es schwer, ihn zu verstehen. Auf jeden Fall war es etwas Wichtiges, das seinen Partner so angespannt schauen ließ. God lehnte seine Stirn gegen Days und atmete zitternd aus, bevor er leise sagte: „Leo, ich will, dass du morgen die ganze Zeit über dicht bei mir bleibst."
Day runzelte verwirrt die Stirn und merkte, wie sich Gods Griff in seinem Nacken verstärkte.
„Ich meine es ernst, Liebster. Du bleibst die ganze Zeit über bei mir."
Endlich hob God den Kopf und blickte ihm in die Augen. Sanft nahm Day die Hand aus seinem Nacken und küsste

die Handinnenfläche, dann erwiderte er: „Ich hatte auch ein paar ziemlich beängstigende Gedanken wegen morgen, Babe. Fühlt sich so an, als würde ich es nicht überleben, wenn dir morgen da draußen etwas passiert. Aber ich bin in mich gegangen, und ich habe entschieden, dass du ein verdammt guter Cop bist und ein noch viel besserer Partner. Wir haben uns immer gegenseitig den Rücken freigehalten, und das schon seit fast fünf Jahren. Und du darfst nicht anfangen zu glauben, dass du mein Bodyguard und nicht länger mein Partner bist, jetzt, wo wir zusammen sind."

Er ließ sich auf die Knie fallen und küsste Gods Hände noch einmal. Gods Stirnrunzeln bedeutete wohl, dass er mit seiner Antwort nicht ganz einverstanden war, also versuchte er es noch einmal anders.

„Du wirst Vertrauen darin haben müssen, dass ich immer noch der gleiche Mann und Cop bin, der ich immer war. Du hast nie mein Können und meine Fähigkeiten in Zweifel gezogen, also solltest du – wenn du möchtest, dass wir als Liebhaber und Partner erfolgreich sind – nicht jetzt damit anfangen. So sehr ich mir auch wünschte, dass du nicht von meiner Seite weichst, genauso wenig werde ich dich auf diese Art entmannen oder beschneiden. Wir sind God und Day, und zusammen haben wir einige der übelsten Wichser in dieser Stadt zu Fall gebracht, denn als Team sind wir unschlagbar."

Day seufzte und rieb sich die Stirn. „Und du kannst mich nicht in ein Weibchen verändern, dass die ganze Zeit an deiner Hand hängt. Denn wenn der Captain davon Wind bekommt, dass wir ein Paar sind und er das Gefühl hat, dass das unsere Arbeit beeinträchtigt, dann wird er entweder dich oder mich aus dem Revier nehmen und in ein anderes versetzen lassen. Und dann würde ich den Job an den Nagel hängen müssen, denn ich vertraue niemand anderem so sehr wie dir. Morgen gehen wir da zusammen raus als God und Day, und wir nehmen dieses Arschloch hoch. Und dann, wenn alles vorbei ist, kommen wir beide zusammen als Liebster und Babe nach Hause, und wir feiern das mit einem richtig schönen, wilden Fick."

Day grinste breit, als er Gods Lächeln sah, und stand auf, um ihn zu umarmen. So hielten sie sich lange fest, keiner der beiden wollte loslassen. Beide wussten, dass morgen die harte Realität auf sie wartete, und vielleicht einer von ihnen nicht wieder mit heimkommen würde.

Kapitel 26
Super Cops

Es war sechs Uhr früh und God saß auf der kleinen Truhe am Fußende von Days Bett, um sich die Schuhe zu zubinden. Wieder und wieder warf er Leo kurze Blicke zu. Innerlich bat er um Schutz für seinen Liebsten. Wie gewohnt, trug er ein schwarzes T-Shirt. Heute ersetzte jedoch eine schwarze Cargohose seine üblichen Jeans. Er nahm seine Silberkette mit der Dienstmarke von seiner Kommode und hängte sie sich um den Hals. Dann zog er sein Pistolenhalfter an und sicherte beide Waffen. Als er sich umwandte, lehnte Day im Türrahmen und wartete auf ihn.

Er trug ebenfalls schwarze Cargohosen und ein schwarzes T-Shirt mit APD-Aufschrift und Stiefel mit Stahlkappen. Sein Abzeichen war an die linke vordere Hosentasche geheftet und er hatte sich für zwei chromfarbene 9-mm Handfeuerwaffen entschieden. Day hatte seinen Bart ordentlich getrimmt und irgendetwas mit seinen Haaren gemacht, so dass sie auf eine kunstvolle Art verstrubbelt waren, so wie Models sie trugen. Er sah köstlich und todbringend zugleich aus.

God steckte seine Brieftasche in die hintere Hosentasche, schnappte seine Schlüssel vom Nachttisch und ließ sie in die Seitentasche seiner Hose fallen. Er machte das Licht aus und ging langsam zu seinem Mann. Er lehnte sich an ihn und beide umarmten sich, immer noch beide nur Liebende. Beide schlossen die Augen, und dieser Moment der Stille war alles, was sie brauchten. Vielleicht betete Day ebenfalls für seine Sicherheit.

Endlich öffnete God seine Augen und Day tat es ihm ein paar Sekunden später nach.
„Ich liebe dich. Pass auf dich auf", flüsterte God.
Day packte ihn fest im Nacken und ein Stromstoß schoss durch ihn hindurch, wie er es nie zuvor gefühlt hatte. Er legte seine Hand ebenfalls in Days Nacken, hoffte, dass Day die gleiche unbestimmte Stärke spüren würde. Und offensichtlich tat er das, denn er atmete scharf ein und biss die Zähne zusammen.
God drückte seine Lippen auf Days Mund in einem brutalen Kuss. Der Kuss war roh, grimmig und voller Versprechen; er versprach, dass sie auf sich aufpassten, sich gegenseitig den Rücken freihielten, und am Abend wieder gemeinsam heimkehren würden. Als es unvermeidlich wurde, wieder zu atmen, entließ God Days Mund. Beide atmeten abgehackt und versuchten mühsam, ihren rasenden Herzschlag zu beruhigen. God wusste, dass sie aufbrechen mussten, aber beide bewegten sich nicht. Er konnte sich nicht rühren, bis Day es auch gesagt hatte. Er blickte in braune Augen und spürte, dass Day plötzlich wusste, was er brauchte, hören musste.
„Ich liebe dich auch, Cashel."
Der große Klumpen in Gods Hals machte es ihm unmöglich, etwas zu erwidern, also nickte er lediglich und drehte sich um, um voranzugehen, die Treppe hinab und aus dem Haus.
Die Fahrt zum Revier verlief in absoluter Stille, aber das war nicht ungewöhnlich. Obwohl sich ihre persönliche Beziehung so fundamental verändert hatte, hatte sich anscheinend nichts daran geändert, wie sie sich verhielten,

wenn sie – so wie jetzt – in den Kampfmodus umschalteten.
Als God in Richtung Wache abbog, sahen sie, dass der Parkplatz übervoll war mit unterschiedlichsten Fahrzeugen, die normalerweise nicht zum täglichen Bild gehörten: SWAT Team, Scharfschützen, Polizisten des Bundesstaats, Küstenwache und zahllose Detectives von umliegenden Revieren füllten das Areal. Dies war eine Gemeinschaftsaktion aller Offiziellen der Stadt Atlanta, um endlich den Virus auszurotten, der das Herz des Staates befallen hatte. Sobald God und Day sich in das Chaos stürzten, wurden sie augenblicklich getrennt, um von administrativen Polizisten verkabelt und mit schusssicheren Westen voll ausgestattet zu werden.
Als God endlich fertig war und sich von dem Gewicht der Ausrüstung regelrecht niedergedrückt fühlte, schob er sich durch das Gedränge der Menschen bis zu seinem Schreibtisch. Er streckte sich und verfolgte Day auf seinem Weg durch die Wache. Der ging Richtung Pausenraum, zweifellos, um sich mit Nachschub seiner liebsten Droge zu versorgen. Kurz dachte God darüber nach, ihm zu folgen, entschied sich aber dann dagegen. *Jetzt und hier ist er nicht mein Liebster.*

***

Day versuchte, sich trotz des gottverfluchten zusätzlichen Gewichts einen Kaffee zu machen und war völlig frustriert. Er wusste, dass das alles seiner Sicherheit diente, aber *scheiß drauf.* Er musste sich beeilen, und schnell den Kaffee hinunterstürzen, um seinen Kopf für die Razzia klar zu bekommen. Es war schon sieben und in einer Viertelstunde würden die Teams aufbrechen. Jeder kannte seine Rolle, es waren keine Treffen oder Absprachen mehr nötig.

Ronowski und Seasel kamen in den Pausenraum. Beide bemerkten sofort den ernsten Ausdruck auf Days Gesicht und entschieden sich, nur schnell einen Kaffee zu holen und dann zu verschwinden. Day schüttelte verwundert den Kopf. Er konnte nur vermuten, was für ein Gesicht er machte, wenn selbst Ronowski es nicht riskieren wollte, sich mit ihm anzulegen.

Schrill und laut drang Sirenengeheul in seine Gedanken, das Signal für sie, die Einsatzwagen zu beladen. Day ging in den Hof und verlangsamte seinen Schritt, als er auf Gods Höhe war. Heimlich rieb er seinen Handrücken an Gods Hand und kreuzte dann die Arme vor der Brust. God sah zu ihm hinab und zwinkerte leicht, bevor er sein Aufmerksamkeit wieder ihrem Captain zuwandte.

Als sie in ihrem Einsatzwagen saßen – zusammen mit Ronowski, Seasel, dem Captain und vier anderen Officers aus ihrem Revier – bekam der Fahrer das Signal zur Abfahrt und sie fuhren los auf der Fernstraße 75 Richtung Süden für die dreieinhalb Stunden Fahrt zu den Häfen von Savannah. Day legte seinen Kopf nach hinten gegen die Kopfstütze und schloss die Augen aus Angst, anderenfalls nicht den Blick von God abwenden zu können. Irgendwie verging die Zeit wie im Flug, so wie es immer ist, wenn man ein Ziel hat, das man eigentlich nicht wirklich erreichen will.

Die Teams gingen auf ihre Positionen. Ihre endgültigen Standorte hatten sich ergeben, nachdem sie die Information erhalten hatten, dass das Frachtschiff seit einer halben

Stunde im Hafen war. Das bedeutete, dass die Ladung noch an Bord war. Das Alpha Team, das das Schiff entern und die Fracht beschlagnahmen sollte, war schon durch das Sicherheitstor gebrochen und bewegte sich schnell Richtung Pier. Die Wachen, die aufgestellt worden waren, um das Tor und das Grundstück zu bewachen, wurden schnell überwältigt und festgenommen.

Day hielt sich am Griff über ihren Köpfen fest, als ihr Fahrer auf das Trockendock des Hafens jagte und ein paar Meter neben einer der fünf Hallen des Hafens hielt … neben der Halle, in der sie den Drahtzieher vermuteten.

Auch die anderen Teams begaben sich auf ihre Positionen. Einige waren für die Verhaftungen zuständig, während andere beispielsweise für die Beweisaufnahme, taktische Unterstützung oder für eine der anderen vielen Aufgaben eingeteilt waren. Die geteilte Hintertür ihres Vans schwang auf, und sie bewegten sich schnell nach draußen. Die Waffen zu Boden gerichtet, umstellten sie das Gebäude innerhalb von Sekunden. Day sah, dass auch die anderen Teams auf Position gingen und die weiteren Hallen ebenfalls umstellt waren.

Während des letzten Meetings war beschlossen worden, dass Sprengstoff benutzt werden sollte, um hinein zu gelangen. Diese Methode erforderte weniger strategische Planung, ein erforderliches Umdenken, denn sie hatten zwei wertvolle Wochen verloren. Die Sprengstoffspezialisten brauchten zwanzig Sekunden, um die kleinen Sprengladungen an den Türen anzubringen und freizugeben. Die tiefe Stimme des SWAT Teamleiters drang durch ihre Kopfhörer mit einem schnellen Countdown und „Los auf drei!“

Day fühlte die Hitze von Gods Körper neben sich, hielt die Augen aber weiter auf die Türen der Hallen gerichtet. Er hörte ein lautes „Drei!“ und einen lauten Knall, als die Türen explodierten. Innerhalb von Sekunden stürmten sie das Gebäude, bevor der Staub sich legte. Stimmen riefen und schrien durcheinander: „Stehenbleiben!“ – „Auf den Boden!“ – „Nicht bewegen!“ – „Hände hoch!“

Die meisten der Hafenarbeiter ließen sich auf den Zementboden fallen, andere verkrochen sich auf der Suche nach Schutz.

Alle Einsatzkräfte hatten die Order, jeden, den sie vor Ort antrafen, als potentiell Verdächtigen zu behandeln, so lange, bis das Gegenteil bewiesen war. Da sie nur wenige Informationen darüber hatten zusammentragen können, war nicht bekannt, wer von den Arbeitern wirklich mit drinsteckte. Es wurde erwartet, dass sie – falls sie tatsächlich nur für den Staat Georgia arbeiteten – sich ergeben würden. Day hielt beide Waffen vor sich gerichtet und bewegte sich mit seiner Einheit weiter in das Gebäude hinein. So weit, so gut. Die bisher Festgenommenen kooperierten. Team Bravo kam ebenfalls in das Gebäude und lud die Männer in die Transporter.

Day spürte ein seltsames Kribbeln im Nacken, das nichts Gutes verhieß. *Ärger im Anmarsch.* Er schätzte, dass gerade ungefähr fünfzehn Männer in aller Stille abgeführt wurden, als noch mehr Officer hereinkamen und das SWAT Team begann, jeden einzelnen Quadratmeter des Gebäudes abzusuchen. Day drehte sich um und gab seiner Gruppe das Signal, sich eine Etage höher zu bewegen, als das nackte Chaos ausbrach.

Gewehrsalven, die aus einer halbautomatischen Waffe stammen mussten, krachten von der südlichen Seite des Hangars aus zu ihnen herüber. Sie duckten sich hinter große Kisten, und versuchten, schnell den Schützen ausfindig zu machen.

Auf seiner Schulter knisterte Days Funkgerät. „Officer angeschossen! Ich wiederhole: Officer angeschossen mit einer tödlichen Wunde am Hals!“

Day fluchte, als er sah, dass sich noch mehr Männer mit automatischen Waffen im Anschlag von der anderen Seite der Halle näherten. Schnell drückte er auf Sprachknopf seines Mikrofons. „Da kommen noch ein paar von der Südseite herein. Beeilt euch!“

Day und God eröffneten das Feuer und schossen in die Richtung der großen, garagenähnlichen Türen auf der anderen Seite. Das musste die Armee des Drahtziehers sein. Day hörte Gewehrsalven auch aus den anderen Gebäuden, die sie umgaben, und immer mehr Meldungen über Funk, die über Verletzte Bericht erstatteten. *Scheiße!*

Day gab per Hand ein Signal an Ronowski, Seasel und zwei andere Officer. Sie sollten sich zur gegenüberliegenden Seite bewegen, um von beiden Seiten schießen zu können. God, der Captain, er selbst und ein anderer Officer gaben ihnen Deckung, als sie zur anderen Seite herüber wechselten. Day fletschte die Zähne, als Kugeln in ihre Richtung flogen. Day und God waren Rücken an Rücken wie immer, und behielten alles im Auge. Da drang Gods unverwechselbare, schroffe Stimme durch das Funkgerät.

„Positive Sichtbestätigung des Hauptverdächtigen. Ich wiederhole, positive Sichtbestätigung Joe Hansen, obere Etage, Hangar vier, bewegt sich nach Norden, trägt einen

schwarzen Anzug und ist begleitet von fünf schwer bewaffneten Männern, nur mit extremer Vorsicht nähern!"
Day drehte sich schnell um und sah, dass sich ihr Drahtzieher im Norden der Halle auf der Treppe abwärts bewegte, umgeben von seinen menschlichen Schutzschilden. Seine Wachen trugen Smith & Wesson Handfeuerwaffen im Anschlag. Day fluchte, als Hansen von ihnen in einen Raum geleitet wurde, der einen Ausgang in einen hinteren Korridor hatte und nur begrenzt einsehbar war. Die anderen Teamleiter platzieren ihre Officer jetzt anders, ließen sie ausschwärmen, und Day tat es ihnen nach. Sie bewegten sich jetzt näher an die Räume im hinteren Bereich der Halle heran. Über ihre Köpfe flogen Kugeln der Scharfschützen, die zielgerichtet drei Männer aus der fünfköpfigen Wache ausschalteten.
Wieder feuerten halbautomatische Waffen auf sie, und Day und God tauchten hinter ein paar Metallfässern ab. Day beobachtete, dass God die Aufschrift auf den Fässern überprüfte, er wollte sicher gehen, dass sie sich nicht hinter irgendetwas Explosivem versteckten. *Ist okay.*
God zeigte ihm seinen erhobenen Daumen. Als eine kurze Feuerpause entstand, nutzten Day und God sie beide sofort und eröffneten gleichzeitig das Feuer, bis sich beide mit geleerten Magazinen wieder ducken mussten. Sofort erhob sich Ronowskis Team und schoss. Ein lauter Schrei erklang, und Day sah, wie Ronowski Seasel in eines der hinteren Zimmer zog.
Er schaltete sein Mikrofon an: „Officer angeschossen! Schusswunde am rechten Arm."
Vikki war getroffen worden. Scharfschützen gaben Ronowski Deckung, der versuchte, sich um seine Partnerin

zu kümmern. Der Leiter des SWAT-Teams brüllte durch sein Megaphon: „Sie sind umstellt! Legen Sie die Waffen nieder und kommen Sie mit erhobenen Händen heraus!"
Day lehnte sich nach hinten gegen Gods Rücken und spähte um ihre Deckung. Er sah zwei Köpfe, die sich schnell am hinteren Ende der Halle entlang bewegten. Offensichtlich versuchten sie, sich möglichst tief zu ducken und so sich außer Sichtweite der Scharfschützen auf dem Dach zu bringen. Er drehte sich um und erkannte, dass sich der hintere Korridor mit dem Raum überschnitt, in dem Ronowski Seasels Wunde versorgte. Immer noch wurde zuviel geschossen, als dass Ronowski Seasel sicher aus dem Hinterausgang hätte bringen können. Er hatte nicht einmal seine Waffe gezogen, sondern hielt sich möglichst niedrig und versuchte, mit beiden Händen Druck auf die Wunde an Vikkis Arm auszuüben, die stark blutete. Day konnte erkennen, dass Vikki sehr blaß war und sich nicht bewegte, offenbar war sie ohnmächtig. Ronowski schüttelte sie und rief ihren Namen. „Ronowski!", schrie er, aber die Schüsse waren zu laut. Die letzten der Hafenarbeiter wurden vor dem Gebäude abgeführt. Einige lagen tot oder schwer verletzt in der Halle.
Nur Hansen und sein letzter Bodyguard kamen Ronowski immer näher, anscheinend planten sie, den Raum als Durchgang nach draußen zu nutzen. Normalerweise hätten sie jetzt eine Blendgranate abgefeuert und ihre Verdächtigen vorübergehend geblendet, aber jetzt waren zwei der ihren in unmittelbarer Nähe. Day blieb nur eine zehntel Sekunde zum Nachdenken. Wenn er sich jetzt nicht bewegte, würden Hansen und sein Helfer auf seine Team-

kollegen schießen, sobald sie in den Raum gelangten. Er entschied sich.
„Gib mir Deckung!“, schrie er und lief los in Richtung des Raums.
„Day!“, hörte er God noch schreien, aber ihm blieb keine Zeit für eine Reaktion oder Erklärung.
Er raste durch die Tür, erschreckte dabei Ronowski, und lief in Hansens Bodyguard hinein, der gerade durch die Hintertür den kleinen Raum betrat. Sofort begannen sie, in der Enge des Raums erbittert miteinander zu ringen. Keiner von ihnen konnte schießen, und auch Hansen kam nicht an ihnen vorbei. Der Bodyguard war mindestens zehn Zentimeter größer und fast zwanzig Kilo schwerer als Day. Der rammte den großen Mann gegen die Wand, griff nach dem Kragen seiner Anzugjacke, riss ihn herum und stieß ihn gegen die gegenüberliegende Wand.
Der Mann wehrte sich und stieß Day einen Ellbogen in die Rippen und Day ließ vor Schmerz seine Waffe fallen. Jetzt hatte er beide Hände frei und prügelte mit beiden Fäusten auf den Mann ein. Mindestens die Hälfte der harten Schläge traf dessen Gesicht. Dann rammte Day ihm mit aller Kraft sein Knie in den Magen. Vage sah er, dass Hansen sich umdrehte und versuchte, in die entgegengesetzte Richtung zu flüchten, aber die Schüsse der Scharfschützen hielten ihn davon ab.
Day musste einen schweren Schlag gegen seine linke Schläfe einstecken, bevor es ihm gelang, den Mann in die Leiste zu treten. Dieser Tritt schickte ihn zu Boden, wo er zusammengekrümmt liegenblieb. Day trat zurück und trat ihm mit seinen Stahlkappenstiefeln so kräftig vor das Kinn, dass der Mann fast zurück in den Korridor rutschte.

Day drehte sich um und brüllte: „Bring sie schnell hier raus!“ Ronowski musste sich beeilen und Vikki hier heraustragen, solange er die Chance dazu hatte. Er hob Vikki hoch und trug sie schnell aus der Seitentür, die nach draußen führte.

Day wirbelte herum und blickte auf seine 9mm Pistole, die er während des Kampfes verloren hatte. Hansen starrte ihn mit bösem Blick an und bedeutete ihm, näher zu kommen. Er winkte ihn mit der Waffe näher heran.

„Halte deine Hände so, dass ich sie sehen kann!“, knurrte er leise mit zusammengebissenen Zähnen.

Laut und deutlich war wieder der SWAT Leiter zu hören: „Joe Hansen, Sie sind umstellt. Kommen Sie mit erhobenen Händen heraus oder wir eröffnen das Feuer auf Sie!“

„Day, melde deine Position, gottverdammt!“ Gods Stimme hörte sich selbst durch das Funkgerät auf Days Schulter angespannt an.

Der Blick, den Hansen Day jetzt zuwarf, sagte ihm überaus deutlich, dass eine Antwort nicht angeraten war.

„Wollen Sie wirklich wegen Mordes an einem Polizisten angeklagt werden?“, sprach Day ihn ruhig an, bemüht, seine Furcht nicht zu zeigen, während er in den Lauf seiner eigenen Waffe starrte.

„Halt die Klappe!“, schnauzte Hansen.

„Das würde die Todesstrafe bedeuten“, fuhr Day unbeirrt fort.

„Ich sagte, halt die Klappe!“, grollte Hansen, griff Day an den Schulterklappen seiner schusssicheren Weste und drückte ihm die Pistole an die Stirn. Day schloss die Augen und atmete tief ein ... *das war's dann wohl.*

Kapitel 27
Hast du jemals dem Teufel gegenübergestanden?

God hatte beobachtet, wie Day zu Ronowski lief und durch die Tür stürmte wie Supermann. Von seiner Position aus konnte er zwar nicht sehen, was in dem Raum vor sich ging, aber er wusste, dass Seasel angeschossen worden war und medizinische Versorgung brauchte. Day hatte eine Zusatzausbildung als Rettungssanitäter, und schließlich war sein Bruder Unfallchirurg. Wahrscheinlich wollte er helfen. Er selbst blieb in Deckung und richtete sein Hauptaugenmerk auf die Kugeln, die immer noch durch die Halle schwirrten. Nach einiger Zeit - wahrscheinlich hatte es nur ein paar Minuten gedauert, aber es kam ihm viel länger vor – war Hansens komplette Armee überwältigt und abgeführt worden. God erhob sich langsam, zusammen mit den anderen Polizisten, blieb aber auf der Hut.

Er schaltete sein Funkgerät ein. „Day, melde deine Position, gottverdammt!", knurrte er, verärgert darüber, dass Day einfach so fort gelaufen war.

God wartete ein paar Sekunden, bekam aber keine Rückmeldung. Entnervt nahm er das Gerät von seiner Schulter und schrie direkt in den Lautsprecher. „Day, komm zurück … Wie lautet deine Position?"

Stirnrunzelnd schaute er auf die jetzt geschlossene Tür, die Day eben im Sturm geöffnet hatte, und drehte sich zu seinem Captain um, um ihn fragen, ob er God gesehen hätte. Da hörte er, wie sich leise diese Tür auf der anderen Seite des Hangars öffnete, und sah im gleichen Augenblick den Ausdruck totalen Entsetzens auf dem Gesicht des Captains, der an God vorbeistarrte. Langsam schloss God die

Augen und drehte sich wie in Zeitlupe um. Er wusste, was er sehen würde. Und öffnete die Augen.

Gegenüber von ihm stand die Liebe seines Lebens mit einer 9mm Waffe gegen die Schläfe gepresst und mit einem sehr wütenden Drogenbaron hinter sich, der vorsichtig um ihn herum spähte.

„Wenn ihr euch nicht sofort zurückzieht, werde ich ihm das Gehirn rauspusten!"

Hansens gedehnter, südlicher Akzent hallte durch das große Gebäude. God fühlte sich wie unter Strom gesetzt. Zorn schoss in heißen Wellen durch seinen Körper. Er fing Days Blick ein ... *Bitte bleib ruhig.* God fühlte, wie jemand ihn von hinten an seiner Weste zog und wich ein paar Schritte zurück nach hinten.

Die Stimme des SWAT Leiters durchschnitt die bestürzte Stille. „Ruhig, Hansen. In Wirklichkeit wollen Sie das doch gar nicht. Legen Sie die Waffe nieder und lassen Sie den Officer los."

„Halten Sie die Klappe!", schrie Hansen. „Ich will ein Auto, vor dem Seiteneingang und fahrbereit. Einer von meinen Jungs soll fahren. Wenn das nicht innerhalb von drei Minuten passiert, töte ich ihn!"

„Hansen, bleiben Sie ruhig! Tun Sie nichts, dass Sie bereuen werden. Sobald Sie schießen, wird einer der vielen Polizisten hier ebenfalls auf Sie feuern!", argumentierte der Leiter. „Also überlegen Sie sich, ob Sie leben oder sterben wollen. Wenn Sie die Waffe auslösen, endet Ihr Leben hier, aber wenn Sie aufgeben, können Sie sich einen Topanwalt leisten und einen großen Auftritt vor Gericht haben."

„Versuchen Sie das erst gar nicht: einen Lügner zu belügen! Ich kenne alle Ihre Tricks. Sie verschwenden gerade die verschissene Lebenszeit dieses Mannes!“, brüllte Hansen.

Verzweifelt beobachtete God, wie er seinen Würgegriff um Days Kehle verstärkte und der versuchte, nach Luft zu schnappen. Seine Ohren und sein Hals waren hellrot angelaufen; und weil ihm langsam die Luft ausging, färbten sich seine Lippen langsam blau. Hansen presste den Lauf noch fester gegen Days Schläfe.

„In zwei Minuten und fünfzehn Sekunden erlöse ich den Staat Georgia von einem Drogenfahnder!“, gellte Hansen.

Der unvorstellbare Gedanke an ein Leben in einer Welt ohne Day ließ beinah Gods Kopf platzen. Er schaute verzweifelt in die glänzenden Augen seines Partners. Day näherte sich einer Ohnmacht, und sah ihm trotzdem unverwandt in seine grünen Augen. *Nein, nein, nein! Er sagt mir Lebewohl …*

God schloss die Augen und stieß ein lautes, herzzerreißendes Knurren aus, das dem SWAT Leiter die Worte abschnitt.

„Godfrey, versuchen Sie, sich zu kontrollieren!“, zischte sein Captain hinter ihm leise und versuchte, ihn festzuhalten.

Mit einem Ruck befreite God sich aus dem Griff und schritt vorwärts, seine wilden Augen bohrten sich in Hansens. Hansen starrte ihn an, als sei er verrückt geworden. Er ahnte ja nicht, dass God in diesem Moment tatsächlich von Sinnen war.

„Godfrey, kommen Sie her und halten Sie sich zurück! Das ist ein Befehl, Detective!“, bellte der Captain.

Gods große Hände hingen seitlich an seinem Körper hinab und verkrampften sich, alles in ihm sehnte sich danach, seine Waffen zu ziehen. Er presste die Zähne so fest zusammen, dass sein Kiefer schmerzte.

„Hast du irgendeine Vorstellung davon, welchen Sturm du hier entfesseln wirst?", grollte God drohend, sein großer Körper zitterte vor Wut.

„In deinen Armen hältst du das einzige Lebewesen, das mir auf dieser Welt etwas bedeutet. Dieser Mann, den du mit deiner Waffe bedrohst, ist mein einziger Lebensinhalt. Du willst den einzigen Mensch töten, dem ich wichtig bin."

Er trat noch zwei Schritte näher an Hansen heran und wurde sich dunkel der Stille bewusst, die ihn umgab. Hansens Finger schwebte zitternd über dem Abzug und er trat zwei große Schritte zurück, Day immer noch eng an seine Brust gepresst. God knurrte noch einmal, und er sah Angst wie einen Schatten über Hansens verschwitztes Gesicht huschen.

„Ich schwöre dir auf alles, was heilig ist: Wenn du diesen Mann tötest, dann werde ich dich bis ans Ende der Welt verfolgen, alles töten und zerstören, das dir etwas bedeutet. Ich werde dir alles nehmen und dich am Leben lassen, dich alles ertragen und erleiden lassen. Ich werde dir das gleiche Unglück zufügen, dass du mir angetan hast."

Hansen schüttelte den Kopf und wich langsam zurück, näher an die Tür hinter ihm. „Bleib zurück!", schrie er noch einmal, aber diesmal fehlte seiner Forderung der Wagemut, den er zuvor gezeigt hatte.

„Du willst diesen Mann töten und hast nicht die geringste Vorstellung davon, was für ein Monster du damit erschaffen wirst. Hast du jemals eine Menschen getroffen ohne Herz ... ohne Gewissen ... ohne Seele ... ohne Ziel?" Gods Stimme war noch um Oktaven tiefer gerutscht als sein ohnehin tiefer Bariton. Er riss blitzschnell seine Desert Eagle aus dem Holster und spannte die Waffe. Hansen stolperte weiter zurück, die Augen vor Angst weit aufgerissen. God spannte instinktiv jeden einzelnen Muskel seines Körpers an und hatte das Gefühl, dass jeden Moment seine Halsschlagader platzen würde. Sein Körper brannte, und er wusste, dass sein Zorn ihn leuchtend rot anlaufen ließ.

„Ich stelle dir eine gottverdammte Frage, Hansen! Keine Seele! Kein Gewissen! Ich habe dich gefragt, ob du schon den Teufel kennengelernt hast!" Gods donnernde Stimme brachte das Glas in den Fenstern der Halle zum Klirren.

„Wenn du den Mann tötest, den ich liebe, solltest du lieber deinen Frieden mit Gott machen, denn wir werden uns in der Hölle wiedertreffen."

Seine Stimme dröhnte. God hob langsam seine Pistole und zielte auf die Stirn dieses Bastards. Er wusste, er würde nicht schießen müssen. Hansen trat einen letzten Schritt zurück, und sobald seine Ferse den Boden berührte, durchdrang ein leises „Plopp" die Stille. Eine Millisekunde später wurde sein Kopf von der Wucht des Schusses zurückgerissen. God hatte ihn so weit zurückgedrängt, dass er für die Scharfschützen sichtbar war. God fing Days Körper auf, bevor er auf den Boden aufschlug. Er fiel auf die Knie, mit seinem Liebsten in den Armen, und hielt ihn fest.

„Atme, Leo!", flehte God und rieb Days Wange.

Er spürte, dass Day ein paar Mal tief einatmete, dann öffnete er seine Augen und blickte zu ihm hoch. God schloss

die Augen und presste seine Stirn gegen Leos, wollte nicht sehen, was Day versuchte, ihm mit seinen Blicken zu sagen.
„Wenn er dich getötet hätte, hätte ich mir eine Kugel in den Kopf geschossen. Es gibt kein Leben für mich ohne dich“, flüsterte er so leise, dass nur Day es hören konnte. Er spürte, wie Day ihn umarmte, ihn festhielt.
„Lassen Sie die Sanitäter zu ihm, Detective Godfrey.“
Auf den Befehl seines Captains erhob sich God langsam und ließ Day vorsichtig zu Boden sinken, dann trat er zurück. Er beobachtete genau, wie sie schnelle Checks durchführten, und Day dann auf die Trage legten. Einer der Sanitäter drehte sich um und kam zu ihm und dem Captain. God trat vor.
„Sein Blutdruck ist ziemlich hoch, der Puls ist unregelmäßig, also bringen wir ihn besser ins Krankenhaus, um ihn zu überwachen. Er wird ins St. Mary’s Krankenhaus gebracht.“
„Ich will mit ihm fahren“, verlangte God.
„Es tut mir leid Sir, aber das ist leider nicht erlaubt“, sagte der dünne Typ entschuldigend, während der andere Sanitäter die Trage mit der kostbaren Fracht schon zum Krankenwagen rollte.
God entblößte seine Zähne und wollte zu einer Erwiderung ansetzen, da fühlte er im gleichen Moment eine Hand auf seiner Schulter.
„Lassen Sie die ihren Job machen, denn Sie haben hier auch noch etwas zu erledigen, Detective. Oder gibt es da ein Problem?“ Der Captain senkte seinen unnachgiebigen Blick auf ihn. God schwieg sekundenlang, dann schüttelte er schnell den Kopf und drehte sich in die entgegengesetzte Richtung, fort von seinem Liebsten.

God ging durch die Halle und war sich der vielen Augen, die ihm folgten, sehr bewusst. Er wollte einfach nur noch seine Arbeit hier erledigen, um dann nach Hause zu können.

Kapitel 28
Eine Wahrheit

God starrte mit leerem Blick auf die Formulare, die vor ihm auf dem Schreibtisch lagen. Wie zum Teufel sollte er die Energie aufbringen, diesen Mist zu erledigen, wenn er nur an Day denken konnte?

Der leere Stuhl auf der anderen Seite des Schreibtisches war auch nicht sehr hilfreich. Fast fühlte er sich wieder wie ein Kind, das von seinem Lehrer drangsaliert wird: „Du darfst erst zum Spielen rausgehen, wenn du alle Aufgaben erledigt hast."

Mehrere der Officer hatten sich bei ihm erkundigt, wie es Day ginge, dabei aber die psychotischen Drohungen, die er gegen Hansen ausgestoßen hatte, nicht angesprochen. *Mist.* Wenn seine Kollegen nicht schon zuvor Angst vor ihm gehabt hatten, hatten sie sie todsicher spätestens jetzt.

Day hatte ihn angerufen, sobald der Arzt den Raum verlassen hatte, und ihm erzählt, dass Jaxson schon bei ihm sei und ihn gleich nach Hause fahren würde. Er hatte ihn gefragt, ob er dann auch Zuhause sein würde, und God würde ihn nicht enttäuschen. Er blendete das Geflüster der anderen und die Blicke in seine Richtung aus und konzentrierte sich darauf, den Papierkram zu erledigen.

Nach intensiver Arbeit hatte er gerade die Akte geschlossen und auf den Schreibtisch der Sekretärin des Captains gelegt, als der Captain ihn in sein Büro rief. *Scheiße. Wenn er mir jetzt sagt, Day und ich müssen uns trennen, werde ich ihm seinen Schreibtisch auf den Kopf werfen.* God ging in das kleine Eckbüro und ließ sich auf den harten Holzstuhl vor den Schreibtisch seines Chefs fallen. Müde fuhr er sich mit beiden Händen durch die Haare und seufzte. „Sir."

„Das war ein ganz schönes Theaterstück, was Sie da heute aufgeführt haben."

Sein Captain saß aufrecht in seinem Stuhl und blickte ihn aufmerksam an.

„Wenn Sie es sagen, Sir", erwiderte Day.

„Nur ... es war nicht wirklich gespielt, oder, Godfrey." Es war eher eine Feststellung als eine Frage, also hielt God es nicht für nötig, darauf zu antworten. Er erwiderte einfach ruhig den Blick des Captains und überließ es ihm, das Gespräch fortzuführen.

„Ich glaube, wenn ich Ihnen jetzt sagen würde, dass ich in meinem Revier Paare nicht zusammen arbeiten lasse, würde ich Ihre Antwort bereits kennen."

Der Captain lehnte sich nach vorn. „Nachdem, was ich heute gesehen habe, würden Sie mir wahrscheinlich sagen, dass ich Sie kreuzweise kann. Day würde Ihnen zweifellos auf dem Fuß folgen, und dann hätte ich die verdammt besten Drogenfahnder in ganz Georgia verloren." Er sah ihn streng an und zeigte mit seinem dicken Finger auf ihn.

„Wenn ich von irgendwelchen Problemen von euch Zweien höre, die über den normalen Ärger hinausgehen, den Ihr zwei Schwachköpfe mir täglich macht – damit meine ich irgendwelche Beziehungsprobleme – dann werde ich euch zwei schneller trennen, als ihr gucken könnt."

God konnte sich ein kleines, durchtriebenes Lächeln nicht verkneifen.

„Und jetzt hauen Sie endlich ab, verdammt noch mal!", schnaubte der Captain und God lachte stillvergnügt in sich hinein. Als er die Hand am Türgriff hatte, drehte er sich noch einmal um und erkundigte sich: „Gibt es etwas Neues von Vikki, Captain?“

Das wettergegerbte Gesicht des Captains entspannte sich. „Sie wird sich wieder ganz erholen. Hat zwar eine Bluttransfusion bekommen und muss zur Physiotherapie, aber ihr Arm wird wieder voll hergestellt.“

God freute sich über die guten Neuigkeiten und wollte sich zum Gehen wenden, als der Captain noch fast beiläufig hinzufügte: „Übrigens. Sie beide haben ab sofort zwei Wochen Urlaub.“

God runzelte die Stirn.

„Day muss mit dem Psychologen sprechen und die vorgeschriebenen sechs Sitzungen absolvieren, und Sie auch.“

Als God den Mund öffnete, um weiter zu diskutieren, wurde er von einer erhobenen Hand und einem unnachgiebigen Blick ausgebremst.

„Hier wird nicht diskutiert. Das ist die normale Prozedur hier in der Abteilung und Sie beide werden keine Extrawurst bekommen.“

God seufzte und wandte sich zur Tür.

„Hey, God!“ Der Captain stand auf, kam hinter seinem Schreibtisch hervor und streckte God die Hand entgegen.

„Verdammt gute Arbeit heute, Sohn.“

God ergriff die Hand und drückte sie fest. Dieser verständnisvolle Mann hätte heute fast ein paar seiner Detectives verloren, aber alle hatten es geschafft ... vielleicht mit ein paar Blessuren, aber sie hatten es überlebt. Sie hatten überlebt, um zusammen an einem anderen Tag weiter zu kämpfen. God verließ das Büro.

Er stoppte an seinem Schreibtisch, um seinen Mantel zu holen, dann ging er duch das Büro und hinaus durch die

Vordertür. Mitten in der Bewegung hielt er inne, als er Ronowski an die Kühlerhaube seines Autos gelehnt stehen sah. Er sah hundemüde aus. God näherte sich ihm und las in seinen strahlend blauen Augen von dem Kampf, der in seinem Inneren tobte. Er entschied sich, als Erster das Wort zu ergreifen.

„Cap hat mir erzählt, dass Vikki durchkommt. Das sind gute Neuigkeiten, Mann. Du hast ihr das Leben gerettet." God klopfte ihm auf den Rücken und ging an ihm vorbei zur Fahrertür. Er musste nach Hause.

„Nein."

God drehte sich bei der einsilbigen Antwort verdutzt um.

„Was?" Endlich blickte Ronowski ihn richtig an.

„Ich habe sie nicht gerettet." Er rang die Hände. „Day war's. Er hat uns beide gerettet. Ich habe ihn die ganze Zeit wie Scheiße behandelt, weil der die Wahrheit über mich kennt, und er hat sich fast töten lassen, um mich zu retten."

God schlug die Tür seines Trucks wieder zu und stellte sich vor den jungen Mann. Innerlich nannte God ihn jung, denn er sah einfach so aus. Sein jungenhaftes, gutes Aussehen und die weiche, gleichmäßig getönte Haut gaben dem Mann ein unschuldiges Aussehen. Er war bildhübsch. Um ganz ehrlich zu sein, war er der Prototyp eines schwulen Pornostars und jeder schwule Mann würde sich glücklich preisen, ihn Nacht für Nacht zu verwöhnen und zu befriedigen, ... wenn Ronowski nur endlich ehrlich sich selbst gegenüber sein würde.

„Day hat nur das getan, was jeder von uns an seiner Stelle getan hätte. Er war der Einzige, der Hansen und seinen Bodyguard sehen konnte, also hat er gehandelt ..." God

hob Ronowskis Kinn an, um ihm in die Augen zusehen, „… so wie du es auch für ihn getan hättest."
Ronowskis Augenlider flatterten nervös, dann starrte er auf Gods Mund. God hielt mit festem Griff sein Kinn fest. Er trat näher an ihn heran und bemerkte, dass Ronowski prompt schneller atmete, seine gebräunten Wangen röteten sich zart.
„Dieses Gefühl, was du gerade hast ... hör auf, dagegen anzukämpfen, Ro. Das wäre für Day das schönste Geschenk", erklärte God rau. Zu seiner Überraschung nickte Ronowski. God nahm seine Hand fort. Da bemerkte er aus den Augenwinkeln Detective Johnson, der gerade das Revier verließ und in Richtung seines BMW steuerte. God rief nach ihm, der große Kerl reckte sich und versuchte, sie auf dem dunklen Parkplatz zu erkennen. Als God ihn zu sich winkte, fragte Ronowski ihn hastig, was er vorhabe.
„Du solltest heute Nacht nicht allein sein." Gods Tonfall ließ keinen Zweifel daran, dass das kein Vorschlag, sondern ein Befehl war.
„Hey, God. Ich habe gehört, dass es Day gut geht und dass er nach Hause kommt. Das ist einfach fantastisch, Mann." Johnson streckte die Hand aus, und God schüttelte sie ein paar Mal kräftig, bevor er wieder losließ.
„Du wirst dir keine Sorgen mehr wegen mir machen müssen, ich werde meine Grenzen nicht mehr überschreiten. Ich verspreche es."
Beide blickten sich an, und Johnson sah erleichtert, dass God die Entschuldigung annehmen konnte. „Ich weiß das zu schätzen, Johnson", erwiderte er.

Johnson stieß die Luft aus. „Tja ... dann werde ich mich mal nach Hause aufmachen und schauen, ob ein Spiel läuft. Wir sehen uns." Er drehte sich um. „Die Braves spielen heute!", rief Ronowski ihm nach. God fiel aus allen Wolken. Johnson drehte sich stehenden Fußes um und zögerte nicht lange: er schlug Ronowski vor, das Spiel gemeinsam bei sich zu Hause anzusehen. Ronowski wurde knallrot, als er zwei Augenpaare auf sich spürte.
„Ähm. Klar. Ich muss nur schnell meinen Kram holen. Ich bin s-sofort zurück", stammelte er und ging schnell zurück zum Revier. Amüsiert beobachtete God, wie Johnson Ronowski auf den Hintern starrte und die Augen nicht von ihm abwenden konnte, bis er im Inneren des Gebäudes verschwunden war. Johnson zog vielsagend die Augenbrauen hoch.
„Und schon haben sich meine Aussichten auf den heutigen Abend extrem verbessert!" God schüttelte den Kopf über seinen Stimmungsumschwung und den jetzt überglücklichen Johnson. Er setzte ein ernstes Gesicht auf.
„Hör zu. Du kennst seine Geschichte. Er fängt gerade erst an, an sich und das, was Day ihm schon seit Jahren sagt, zu glauben, und er hat eine Höllenangst. Wenn du ihn irgendwie verletzt, wird Day DIR wehtun." Johnsons Grinsen verschwand.
„Ich dachte, Day hasst ihn?"
„Day ist komplex, Johnson. Er hat eine große Schwäche für Ronowski. Deswegen fasst er ihn so hart an."
„Ich hab's kapiert", versicherte Johnson. „In Ordnung. Hab nichts dagegen, die Sache langsam angehen zu lassen. Heute Abend fangen wir mit dem Spiel im Fernsehen und vielleicht einem Computerspiel an." Er zuckte die Achseln

und ging langsam zu seinem Auto. „Und nächste Woche vielleicht ein gemeinsames Abendessen und ins Kino!"
„Hört sich gut an, Kumpel." God winkte ihm zu und stieg in seinen Truck. Für heute hatte er genug einsame Herzen verkuppelt. Endlich fuhr er heim, zu seinem Liebsten.

Kapitel 29
Ich darf dich nicht verlieren

„Jaxson, es geht mir wirklich gut! Und ich werde zuhause ja nicht allein sein. God wohnt jetzt bei mir … erinnerst du dich?"

Day versuchte, seinen dickköpfigen großen Bruder zu überzeugen. Jaxson manövrierte sein kleines Auto in Days Einfahrt, und Days Herzschlag beschleunigte sich, als er Gods Truck sah, der schon in der Einfahrt stand.

„Oh! Und seit wann hat God eine medizinische Ausbildung?" Jaxson schmollte. „Du könntest mitten in der Nacht dringend medizinische Versorgung benötigen, und ich werde dann nicht da sein."

Day grinste. „Die einzige Versorgung, die ich in der Nacht benötigen werde, wird nicht deine Anwesenheit erfordern. Aber der richtige Mann für diesen Job wird da sein", sagte er augenzwinkernd.

„Du schmutziger Perversling", sagte Jaxson belustigt. „Aber okay, okay. Dann lass bitte für die nächsten Tage alles etwas langsamer angehen und ruf mich morgen früh an."

„In Ordnung." Day lehnte sich zu seinem Bruder und gab ihm einen feuchten, schlabbrigen Kuss auf die Wange, bis der ihn schaudernd fortschob.

Day lachte laut auf und griff nach seiner Tasche, die er im Krankenhaus bei sich gehabt hatte und die seine persönlichen Sachen enthielt. Er sah seinen Bruder an.

„Danke nochmal, dass du gekommen bist, Jax. Ich ruf dich morgen an. Grüß Lisa von mir und sag ihr, dass ich sie liebe."

„Mach ich." Jax legte den Rückwärtsgang ein.
Day sah zu, wie er die Einfahrt zurücksetzte und winkte ihm noch einmal zu, bevor er den mit Steinplatten belegten Pfad zu seiner Haustür hinaufging. Er hatte seinem Bruder nicht alles erzählt, was während der Razzia passiert war, nur, dass er in eine üble Situation geraten war und dass der Captain einen medizinischen Check-up angeordnet hatte, bevor er nach Hause durfte. Jaxson hatte diese ziemlich vage Antwort nicht gefallen, aber Day war noch nicht dazu bereit, die Einzelheiten mit jemand anderem zu besprechen – nicht, bevor er mit God geredet hatte.
Er schloss auf und bemerkte, dass im Untergeschoss kein Licht brannte. Es störte ihn nicht, also ließ er es ebenfalls aus, ging in die Küche und nahm ein paar Flaschen Wasser aus dem Kühlschrank. Dann schleppte er seinen müden Körper die Treppe hinauf.
Jazzmusik klang aus dem Schlafzimmer, und als er die leisen Töne hörte, glitt trotz seiner Erschöpfung ein Lächeln über sein Gesicht.
Langsam öffnete er die Tür und erspähte einen dunklen Umriss, der vor dem Fenster stand. Auch im Schlafzimmer war keine Lampe eingeschaltet, das einzige Licht im Raum fiel von den Straßenlaternen herein.
God hatte sich noch nicht umgedreht, er blickte aus dem Fenster. Day konnte im Halbdunkel erkennen, dass er einen seiner langen Arme auf das Fensterbrett gestützt hatte. Er trug nur eine Sweathose, die ihm halb von den Hüften gerutscht war, und Day sah seine angespannten Rückenmuskeln. Der wilde Löwe auf Gods Rücken war im blassen Gegenlicht kaum sichtbar. Offensichtlich hatte er

gerade geduscht, denn ein frischer Duft erfüllte den Raum. Day stellte seine Wasserflaschen und die Tasche ab.
„Cashel“, sagte Day leise. Sein Hals war noch wund vom Würgegriff.
God drehte sich langsam um und sah ihn an. Day schnürte es die Kehle zu, als er den schmerzerfüllten Ausdruck und die Tränen in den Augen seines Mannes sah. Schritt für Schritt ging Day auf ihn zu, bis er so nah war, dass sie Brust an Brust standen. God legte seine starken Arme um ihn und drückte ihn fest an sich. Ein gutturaler Laut entrang sich seiner Kehle und ließ Days Herz schmelzen.
God löste sich von ihm und umfasste seinen Hinterkopf, griff eine Handvoll Haare und zog seinen Kopf nach hinten, sodass Day zu ihm aufblickte. Dann beugte er sich vor und strich mit weichen Lippen sanft über Days Mund, seine Berührung war so sinnlich, dass Days Körper zu vibrieren begann. Wie eine Katze rieb God sein Gesicht an Days Wangen, ganz so, als wollte er ihn mit seinem Duft markieren. Er verstärkte seinen Griff und stöhnte. Day spürte, dass God zitterte – ob das noch ein Rest der ausgestandenen Furcht war oder Begehren, vermochte er nicht zu sagen. Also bewegte er sich nicht, sondern ließ seinen Liebsten das tun, wonach es ihn verlangte.
God küsste und streichelte federleicht mit zitternden Händen über Days Gesicht, hob sein Kinn an und küsste ihn noch einmal. Dann zog er ihn in eine bärenhafte, umhüllende Umarmung, die Day erwiderte. Die leise Klaviermusik begleitete sie, und God wiegte sie beide in einem langsamen Tanz vor und zurück. Alle paar Sekunden hielt er inne, um ihn auf die Stirn zu küssen.

Als die Schallplatte abgespielt war und die Nadel sich knisternd gehoben hatte, blickte God auf ihn hinunter und sagte endlich mit einer noch heiseren Stimme als gewöhnlich:„Willst du duschen, Liebster? Ich werde in unserem Bett auf dich warten."
Es fiel Day schwer, sich aus der Umarmung zu lösen, aber schließlich tat er es doch, ging ins Badezimmer und ließ die Tür offen. Schnell zog er sich aus und stellte sich unter den starken Strahl. Dort schrubbte er sich Schweiß, Blut, Dreck, Tränen und auch die Furcht des heutigen Tages vom Körper. Nach der dritten Wäsche fühlte er sich viel besser und schloss endlich die Wasserhähne. Als er in das Schlafzimmer zurückging, lag God schon im Bett, zur Hälfte leicht zugedeckt mit dem weißen Laken. Sein großer Körper nahm die rechte Hälfte des großen Betts komplett ein.
Day nahm seine Wasserflaschen mit zum Bett und stellte sie auf den Nachtschrank. Dann kletterte er auf das große Bett, wo ihn sofort Gods kräftige Hände packten und auf sich zogen.
„Cash ..."
„Psssst. Ich will dich einfach nur festhalten", flüsterte God. Er legte sein Kinn auf Days feuchte Haare und drückte ihn fest an sich, als fürchtete er, dass er ihm mitten in der Nacht verschwinden würde. Mit Gods gleichmäßigen Atemzügen hob und senkte sich Day, und es dauerte nicht lange, bis seine Erschöpfung ihn in tiefen Schlaf fallen ließ.
Wenige Stunden später wurde er unsanft von God wachgeschüttelt, der sich hin und her drehte und knurrte. Dabei quetschte er ihn fast zu Tode. Day konnte sich kaum bewegen und seinen Kopf heben, um einen schnellen Blick

auf den Wecker zu werfen, der neben dem Bett stand. Die hellen grünen Lichter zeigten an, dass es kurz nach drei Uhr morgens war.

God stieß einen lauten, fast schrillen Schrei aus, der Day in dem dunklen Zimmer zusammenzucken ließ. Er kämpfte darum, seine Arme zu befreien, um God wecken zu können.

„Cash, wach auf!“ Day versuchte, God festzuhalten, der in seinen Träumen mit einem Angreifer kämpfte. „Cash! Hör auf! Wache auf!“, schrie Day.

„Nein! Nicht!“, grunzte God und kämpfte, wälzte sich unter Days Gewicht.

Fuck.

God war so viel stärker als Day. Er befürchtete, God könnte ihn im Halbschlaf für jemand anderen halten und ihn angreifen, wenn er nicht bald aufwachte. Day lag auf God und versuchte, nicht getroffen zu werden. Dann entschied er sich, es auf andere Art zu versuchen, er begann, God heftig zu schütteln, und God riß seine Augen auf, geweitet wie die eines scheuenden Pferdes.

Und dann – im Bruchteil einer Sekunde – packte God Days Arme, hielt sie hinter seinem Rücken fest und rollte sie beide herum, so dass Day unten lag. Er nagelte ihn auf der Matratze fest und presste ihn mit seinem ganzen Gewicht nieder. Day erkannte, dass God immer noch nicht wach war, und prompt schoss sein Puls in die Höhe.

„Cash, ich bin' s! Leo! Wach auf, verdammt!“, schrie er God an und bäumte sich auf, um seine Hände zu befreien, die schmerzhaft unter ihm gefangen waren. Er musste seine Deckung aufbauen, denn falls God zum Schlag gegen ihn ansetzen sollte, musste er sich verteidigen.

God blinzelte, endlich schien er seine Umgebung wahrzunehmen. Day sah mit an, wie langsam die Realität in sein Bewusstsein eindrang und God fieberhaft im Zimmer umher schaute.
„Cash, hier ist Leo. Schau mich an. Schau mich an!“, drängte Day.
Wie in Trance sah Cash auf ihn herab und schloss dann verzweifelt die Augen. Er ließ Days Arme los, und es brach Day schier das Herz, denn er wusste, dass God sich furchtbar fühlte. Nicht nur wegen des Alptraums, den er gerade gehabt hatte – sondern auch deswegen, weil er Day fast ernsthaft verletzt hätte. Leo unterdrückte einen Schmerzenschrei, denn seine Arme taten ihm weh. Er legte sie schützend um God und zog ihn an seine Brust.
„Ich bin bei dir, Cash. Alles ist gut, es war nur ein Traum“, flüsterte er sanft und streichelte God so zärtlich er konnte.
Gods Herz klopfte so stark, dass Day es an seinem nackten Oberkörper spüren konnte. Er vergrub seine Finger in Gods langem Haar und massierte seine Kopfhaut. God erwiderte seine Umarmung und drückte ihn zurück.
„Er hat dich erschossen. Ich konnte nicht rechtzeitig zu dir und er hat dich erschossen“, brachte God heraus. Er atmete stoßweise und unregelmäßig.
„Scheiße ...“, zischte Day und hielt God fest an sich gedrückt. „Nein … das stimmt nicht. Es war nur ein Traum … du bist rechtzeitig bei mir gewesen. Ich bin hier bei dir, und du hast mich gerettet. Du wirst mich immer retten.“
Er öffnete die Beine und ließ God dazwischen sinken.
„Verdammt, ich liebe dich so …“, raunte Day.

Er küsste ihn zärtlich und voller Hingabe. God vergrub seine Nase in seiner Halsbeuge und inhalierte seinen Duft. Sie bewegten sich nicht, bis sich ihrer beider Herzschlag wieder normalisiert hatte.
Dann veränderte sich die Atmosphäre zwischen ihnen. Day stöhnte leise, als God begann, sein hartes Becken an ihm zu reiben. Augenblicklich versteifte sich Days Schwanz und ihm wurde schwindelig, als das Blut in die Leiste schoss.
„Mhm …Scheiße, ja … Mach weiter, Cash … Nimm dir von mir, was du brauchst“, sagte er, die Lippen auf Gods Ohr gepresst. Cash musste spüren, dass es ihm gut ging, und dass er hier bei ihm war. Dass God ihn gerettet hatte.

***

God zog an Days Oberschenkeln, bis seine Beine zu beiden Seiten flach auf der Matratze lagen. Der Alptraum von heute morgen hatte ein nachdrückliches Bedürfnis nach Nähe und Macht zugleich hinterlassen.
In seinem Traum war er zwar nicht rechtzeitig zu Days Rettung gekommen und Hansen hatte seinen Liebsten erschossen, und God hatte den Mann mit seinen bloßen Händen entzwei gerissen. Hansens Leute hatten geschrien und ihn wie in einem illegalen, tödlich endenden Käfigkampf angefeuert. Er hatte geknurrt, geschlagen und nach Hansen gegriffen, bis der Mann zu einer blutigen Masse geworden war und seine Gliedmaßen durch Gods Zorn in alle Himmelsrichtungen verstreut auf der Erde lagen.
Dann war er zu sich gekommen. Er hatte über Day gekniet und das hatte ihm große Angst gemacht. Nie und nimmer

wollte er ihn im Schlaf während eines Alptraums verletzen, denn das würde er sich nie verzeihen können.
Aber Day war stark und durchaus in der Lage, sich zu wehren. Obwohl er kleiner als God war – die meisten Männer waren das – war er muskulös und fit. Sein kräftiger Oberkörper hatte klar definierte Brust- und flache Bauchmuskeln. Seine Schultern waren wohl geformt und sein Bizeps hatte dicke Adern, die hervortraten, wenn er die großen Muskeln anspannte. Day würde zurückschlagen, wenn es nötig war, und God wollte verdammt sein, wenn dieser Gedanke ihn nicht trunken vor Geilheit machte.
Auch jetzt lag Day unter ihm, rieb seinen eigenen harten Schwanz an ihm und forderte von ihm, dass er ihn jetzt sofort nahm. God grunzte mit jedem harten Stoß seines Beckens. Day griff seinen angespannten, schmerzenden Schwanz mit enger Faust und rieb ihn grob, und God biss ihn in die Schulter, um einen Aufschrei zu unterdrücken.
„Fick mich endlich, gottverdammt!“, fluchte Day.
Mit einer Hand im Nachtschränkchen suchte er hastig tastend nach dem Gleitgel, während sie sich rieben und wild rum machten wie Teenager. Endlich hatte Day Kondom und Gel herausgezogen. Er warf das Gummi zu God und herrschte ihn an, er solle es überziehen.
Gods Hände zitterten, als er den engen Latex über seinen Penis abrollte. Day gab das Gleitgel auf seine eigene Hand und drückte zwei Finger gewaltsam in seinen Hintern. God beobachtete ihn und sah, wie er die Zähne aufeinander biss und die Augen zusammen kniff, während er sich selbst mit seinen Fingern fickte, um sich so schnell für God bereit zu machen. *Er gehört mir.*

God zog Days Finger aus dem Hintern, griff beide Handgelenke und knallte sie gegen das wattierte Kopfende des Bettes, drückte sie gegen das weiche Leder. Mit einer Hand hielt er Day weiter fest, mit der anderen Hand brachte er seinen Schwanz in Position vor Days engem Anus. Er blickte Day an und las in seinen Augen, dass er verstand, was er jetzt brauchte.
Er presste seine Lippen auf Days Mund und rammte ihm gleichzeitig seinen Schwanz hinein, bis seine Eier gegen Days Arsch klatschten. Beide schrien vor Schmerz und Wonne auf. Days Arsch umklammerte Gods Schwanz wie ein Schraubstock und war so heiß, dass God bis zu den Zehenspitzen in Flammen stand. God wartete nicht, bis Day sich dem Druck angepasst hatte, sondern zog sich bis zur Schwanzspitze aus ihm zurück, um sich wieder und wieder in ihn zu versenken. Dies würde nicht zärtlich oder besonders fein werden – es würde schnell, brutal und unkontrolliert sein. God hielt weiter Days Handgelenke über seinem Kopf fest. Mit der anderen Hand grub er tiefer und zog Days weiche Arschbacken auseinander, um ihn weiter zu öffnen.
God drückte seinen Kopf in Days Halsbeuge und verlor sich in seinen Schreien, während er in seinen Arsch stieß. Day war sein, und nur sein, und jeder, der das in Frage stellte, würde seinen Zorn zu spüren bekommen.
Sein Orgasmus war wie eine Explosion und God brüllte so laut, dass Days direkte Nachbarn – wenn er welche gehabt hätte – bestimmt die Polizei gerufen hätte. Er drückte sich soweit hinein, wie es ging und pumpte sein Sperma in das Gummi, füllte es dabei bis oben hin, und wünschte sich wieder, dass es diese verdammte Barriere nicht geben

würde. Sobald es ging, würde er dafür sorgen, dass sie beide sich testeten. Und dann könnte er sein Sperma so tief in seinem Liebsten verspritzen, dass er es schmecken könnte.
God schnaufte nach Luft, sein Schwanz war immer noch halbsteif und pochte. Er bewegte seine Hüften etwas zurück und ließ seinen Penis aus der seidigen Gefangenschaft gleiten. Da fühlte er, dass sein Bauch nicht nur nass von Schweiß war, sondern auch von Days Sperma.
Diese kleine Drecksau.
Trotz seiner Brutalität war Day gekommen, und der Menge an glitschiger Feuchtigkeit zwischen ihren Körpern nach zu urteilen, sogar ziemlich heftig und verdammt gut. Gods Schwanz ruhte vor Days Loch, und unabsichtlich drückte er gegen die Rosette. Day zischte auf.
Das ließ God seinen Mund erneut auf die zarte Stelle auf Days Hals legen. Er saugte so stark wie er nur konnte, denn er hatte immer noch das Verlangen danach, Day als sein Eigentum zu markieren. Wenn er es gekonnt hätte, hätte er ihm wahrscheinlich auch ein Brandzeichen verpasst. Irgendwo dort, wo es sehr offensichtlich wäre. Vielleicht auf der Stirn: *Gods Eigentum.*

Kapitel 30
Budenkoller

Am nächsten Morgen weckten Day die Sonnenstrahlen auf, die in sein Gesicht schienen. Als er sich umdrehte, tat sein Hintern ihm so dermaßen weh, dass er in seine Faust beißen musste, um einen lauten Schmerzenschrei zu unterdrücken.

Fuck, scheiße, verdammt, zur Hölle!

Der Fluch, der am besten beschrieb, wie Days Arsch sich in diesem Moment fühlte, war noch nicht erfunden worden.

Es wäre besser für dich, wenn du in der letzten Nacht alles seelisch verarbeitet hättest, Cash, denn heute Nacht bekommst du keine Wiederholung.

Es war kurz nach acht Uhr morgens, und Day spürte, dass God nicht mehr neben ihm lag, weil von seiner Seite aus keine Körperwärme zu ihm drang.

Wenn er ehrlich war, musste Day zugeben, dass die ersten paar Sekunden, nachdem God in ihn eingedrungen war, beinah eine Qual gewesen waren. Aber dann hatte sich diese Qual in kraftvollen, guten Sex umgekehrt, der ihn so stark kommen ließ, dass er Sterne gesehen hatte (und er hatte nicht einmal seinen Schwanz angefasst).

Er stützte seinen Ellenbogen auf das Bett, legte sich vorsichtig auf die Seite und nahm sich die Fernbedienung vom Nachtschrank. Der erste Sender brachte eine Reportage über die gestrige Drogenrazzia am Hafen. Schnell schaltete Day weiter … dort lief das Gleiche.

Auf welchem Kanal läuft Food Network? Mist.

Day rief die Senderliste auf und wählte ein Programm, bei dem er sich sicher war, dass es keine Nachrichten über den

getöteten Joe Hansen bringen würde. Er war da gewesen, und hatte es selbst erlebt. Da brauchte er es sich nicht auch noch im Fernsehen anzuschauen.
Er stöhnte über die Reality Kochshow, die gerade lief, ließ den Sender aber trotzdem an. Gerade als er wieder eindöste, kam God mit einem Tablett durch die Tür herein. Er lächelte breit. God trug kein T-Shirt und schien nur aus Muskeln und Tattoos zu bestehen. Day konnte es kaum glauben, dass sein Arschloch sich tatsächlich unwillkürlich zusammenzog.
Das ist meine masochistische Ader.
Eine Zeitung hing halb vom Tablett herunter, und Day konnte ein großes Glas Grapefruitsaft sehen.
„Ich dachte, du könntest vielleicht ein bisschen, ähm, wund sein …Also habe ich dir Frühstück gemacht“, verkündete God stolz.
Als God das Tablett auf das Bett stellte, musste Day schwer an sich halten, um nicht laut loszulachen. Neben der Zeitung und dem Glas Saft gab es eine kleine Tasse Kaffee, der viel zu dunkel für Days Geschmack war, zwei Scheiben verbrannter Toast mit einem Berg ungeschmolzener Butter (ein Hinweis darauf, dass der Toast kalt sein musste), und eine große Schüssel Müsli, in der ein riesengroßer Löffel stak, so groß, dass man mit ihm auch Spaghetti Soße umrühren konnte.
God reichte Day den Kaffee. „Hier. Ich weiß, dass du den zuerst möchtest“, schmunzelte God.
Day zwinkerte ihm zu und nahm den Becher. Er trank einen kleinen Schluck und erschauerte innerlich wegen des bitteren, kalten Gebräus. Tatsächlich schwammen bei näherer Betrachtung da noch ein paar Krümel Kaffeemehl.

Schnell blickte er auf und schenkte seinem Liebhaber ein echtes Lächeln. „Danke Babe. Das ist perfekt."
God sah so zufrieden mit sich aus, dass Day sich schwor, er würde alles auf dem Tablett essen und trinken. Also nahm er sich einen Toast, biss ab und spülte schnell mit Grapefruitsaft nach. God kletterte von der anderen Seite ins Bett, machte es sich hinter ihm bequem und küsste seinen Hals und die Schultern. Schließlich fragte er mit leiser Stimme: „Geht es dir gut? Habe ich dich verletzt?"
Day schluckte einen Mundvoll des halb durchgeweichten Müslis, würgte fast bei der Konsistenz und antwortete ganz gelassen: „Nein, du hast mich überhaupt nicht verletzt. Ich bin zwar ein bisschen schmerzempfindlich, aber das wird bald verschwinden."
„Du lügst." God küsste ihn auf die Wange. „Ich lass dir ein Bad in den Swimmingpool ein, den du da in deinem Badezimmer hast."
„Nur, wenn du mit mir zusammen reingehst."
God küsste ihn noch einmal und ging dann ins Badezimmer.
Day aß sein Müsli schneller, als es einem Menschen eigentlich möglich sein sollte, und schluckte den furchtbaren Kaffee ebenso schnell, um möglichst wenig davon zu schmecken. Innerlich betete er darum, keine Magenverstimmung zu bekommen, und stellte das leere Tablett auf den Boden.
Er stieg aus dem Bett und zuckte bei jedem Schritt in Richtung seines großen Badezimmers zusammen. God hatte die Lampen ausgeschaltet und ein paar Kerzen auf den Rand des großen Whirlpools gestellt. Er saß schon nass in der Wanne und wartete auf ihn. Unwillkürlich leckte Day sich

über die Lippen, als er die Wasserperlen sah, die über Gods Brust rannen.
God lächelte ihn schief an, und das reichte Day als Einladung. Da er sowieso schon nackt war, stieg er direkt in den Pool und machte es sich zwischen Gods festen Oberschenkeln bequem.
„Soll ich die Düsen anschalten?“, fragte God.
„Nein. So ist es gut. “ Day lehnte sich zurück und ließ seinen Kopf nach hinten auf Gods Schulter fallen. Das heiße Wasser linderte seinen Wundschmerz und tat unglaublich wohl.
„Oh je.“ Day spürte Gods wachsende Erektion, die ihn in den Rücken stach.
„Entspann dich, Liebling. Ich versuche ja gar nicht, jetzt irgendetwas anzufangen, aber mein Schwanz hat nunmal seinen eigenen Kopf. Du bist einfach verdammt sexy.“ God küsste und leckte Days Ohr.
Für eine lange Zeit schwiegen beide. Day fühlte sich schläfrig und wäre fast wieder eingeschlafen, bis Gods raue Stimme ihn aus seinem wohligen Dämmerzustand aufschreckte.
„Möchtest du darüber reden?“
Day atmete tief ein und dachte sorgfältig über seine Antwort nach. God massierte seine Schultern mit seinen starken Händen, und fast hätte Day erwidert, dass er nicht reden wollte, er wollte einfach nur weiter massiert werden. Aber es gab etwas wirklich Wichtiges, das ausgesprochen werden musste.
„Cash. Vielen Dank für gestern.“ Er drehte sich in Gods Armen um und sah ihn an. „In meinem ganzen Leben hatte ich noch nie soviel Angst. Als ich mit Hansen in dieser

Halle dir gegenüber stand, habe ich erst gedacht, es wäre okay, wenn ich jetzt sterbe. Denn ich wäre verliebt gestorben, und das Letzte, was ich gesehen hätte, wären deine Augen gewesen. Aber dann hast du es gesagt." Day legte seine Hand auf Gods Herz, fühlte es wie wild schlagen und schloss die Augen. „Du hast gesagt, du würdest keine Seele mehr haben, kein Gewissen, und dass du Rache nehmen würdest. Da habe ich Angst bekommen."

God schlug die Augen nieder.

„Du musst es mir versprechen. Dass – wenn mir jemals etwas passiert – du weitermachen wirst. Nur so könnte ich friedlich sterben. Du liebst mich, und du darfst um mich trauern. Aber dann musst du weitermachen und auch wieder lieben. Du bist in deinem Leben so weit gekommen. Alles, was du durchgemacht hast, hat dich nur noch stärker gemacht. Viele Männer sind schon an geringerem gescheitert, und das hat sie zu furchtbaren Taten getrieben, denn sie konnten nicht mit dem umgehen, was das Leben ihnen zugefügt hat. Aber du hast es überlebt und bist jetzt ein hoch angesehener Polizist." Er griff nach Gods Kinn, hob seinen Kopf an und küsste ihn leidenschaftlich. „Und du bist der Mann, den ich liebe."

Day brauchte die Antwort darauf nicht wörtlich von God zu hören. Seine Erwiderung lag in seinen Augen und seinen Küssen. Und Day wusste, dass er ihm versprach, für ihn weiterzuleben.

God sorgte für ihn, er wusch, massierte, liebkoste und küsste ihn, bis Day sich ganz weich und anschmiegsam wie ein Kätzchen vorkam.

Nichts anderes musste mehr zu diesem Tag in der Halle gesagt werden. Sie waren Partner und hatten jetzt eine

Abmachung geschlossen. God erzählte ihm, dass in der Akte, die er vom Captain am Tag zuvor bekommen hatte, seine Vorsorgevollmacht gewesen sei. Er hatte Day als Bevollmächtigten eingetragen, so dass er die Vollmacht dazu hatte, alle medizinischen Entscheidungen zu treffen, die God im Falle eines Unfalls oder einer Verletzung während der Arbeit betrafen. God vertraute ihm sein Leben an, und umgekehrt Day ihm auch. Das Thema war abgeschlossen.

Nach einem Nickerchen wachten beide nachmittags wieder auf und wussten nichts mit sich anzufangen. Zwei Wochen unfreiwilliger Urlaub lagen vor ihnen. Besonders God gefiel das gar nicht, insbesondere deshalb, weil sich ihr fünfter Jahrestag als Partner näherte. Das war eine große Sache unter Polizisten. Partner innerhalb der Polizei kamen und gingen, aber God und Day waren von Anfang an felsenfest zusammen gewesen. Fünf Jahre mit ein und demselben Partner waren ein großer Meilenstein, der in der ganzen Dienststelle gefeiert wurde.

Day verdrehte die Augen und bat God, sich zu entspannen, als der große Kerl unruhig im Haus hin und her tigerte. God erwiderte, er wolle auf der Arbeit keine Sekunde verlieren. Obwohl sie Hansen erwischt hatten, gab es andere, die seinen Platz einnehmen würden, und der Krieg gegen die Drogen war ein endloser.

***

Als God die Fernbedienung quer durchs Zimmer geworfen und über das Fernsehprogramm geschimpft hatte, das am Nachmittag nur von den dümmstenSchwachköpfen der

Welt erdacht worden sein konnte, reichte es Day. Er schnappte sich God, stieß ihn zu Boden und blies ihm einen im Arbeitszimmer. Danach erhob und streckte sich God.

„Ich mach uns was zu essen!“ verkündete er und steuerte die Küche an.

Days Augen weiteten sich. Er schoss hoch und lief schnell God hinterher. Er raste an ihm vorbei und stellte sich vor ihn.

„Nein! Ich koch uns etwas!“, schrie er.

God hob eine Augenbraue und trat vom Kühlschrank zurück.

Day beruhigte sich und senkte seine Stimme, um lockerer zu klingen. „Ich meine, du hast schließlich schon das Frühstück gemacht, also ist das nur fair.“ Day zuckte lässig mit der Schulter und holte verschiedene Zutaten für Sandwiches aus dem Schrank.

God sah ihn immer noch etwas seltsam an, nickte dann aber, als hätte er verstanden und setzte sich an die Frühstücksbar.

Puh. Ich weiß nicht, ob mein Magen noch eine Mahlzeit von God verdauen könnte.

***

Beim Essen erzählte God von dem Gespräch, dass er am Abend zuvor auf der Wache mit Johnson und Ronowski geführt hatte, und Day fiel fast von seinem Stuhl. Dann stieß er siegessicher die Faust in die Luft, griff nach Gods Gesicht und gab ihm einen lauten, feuchten Kuss auf die Wange. Er war glücklich, dass God durchgegriffen und seine beiden größten Nervensägen zusammengebracht hatte. Johnson war definitiv der Richtige, um es Ronowski so zu besorgen, wie sein störrischer, kleiner Arsch es nötig hatte. Und wenn das erst passiert war, würden Days Arbeitstage viel angenehmer verlaufen.

Zwei Stunden nach dem Essen trieb God Day abermals in den Wahnsinn.

Er war gerade wieder hereingekommen, hatte den ohnehin kurzen Rasen vor dem Haus gemäht und saß jetzt auf dem Fernsehsessel in Days Schlafzimmer. Aggressiv drückte er auf den Knöpfen von Days Fernbedienung herum und schaltete sich durch die Kanäle.

„Los, mach dich schick und wir gehen zu Henry' s!", schlug Day vor.

Henry's war eine großartige Sportsbar, die fantastisches All-you-can-eat Essen, Pool Billard, Darts, Flipper und alles Erdenkliche anbot. Nach der Arbeit gingen sie gern dorthin, genossen die nette Atmosphäre und die gesellige Runde.

„Ich will da nicht hin", grummelte God.

Day blickte von dem Modellauto auf seinem Schreibtisch hoch, und warf seinem schmollendem Geliebten einen strengen Blick zu.

„Ich habe nicht danach gefragt, was du tun willst." Er wies mit seinem Kopf Richtung Badezimmer. „Jetzt beweg deinen Hintern da rein und mach dich fertig."

God starrte ihn ein paar Sekunden lang wortlos an. Dann zog er ein paar Klamotten aus seinem Schrank und warf sie aufs Bett. Er fluchte unterdrückt und stürmte ins Badezimmer und knallte die Tür hinter sich zu.

Day verkniff sich sein Lachen und arbeitete weiter an seinem Auto.

Das werden die zwei verdammt längsten Wochen meines Lebens.

Kapitel 31
Verbrüdern wir uns jetzt alle?

Day und God waren so froh, als die zwei vorgeschriebenen Wochen vorbei waren, dass sie komplett angezogen schon drei Stunden vor Dienstbeginn in Gods Truck saßen. Sie hatten beide ihre Termine mit der Psychologin absolviert und hatten sogar zwei Sitzungen zu zweit gehabt, bis die sie wieder für fit genug hielt, um den Dienst anzutreten.

Day war ein bisschen nervös geworden, als die Ärztin God während einer Sitzung gefragt hatte, wie er jetzt reagieren würde, wenn jemand Day verletzen würde. God hatte seinen Mantel aufgehalten und sein langes Messer aus der Scheide gezogen.

„Ganz einfach. Ich würde demjenigen den Arm abschneiden und ihm damit die Scheiße aus dem Leib prügeln", hatte er geantwortet.

Schnell hatte Day laut gelacht und der beunruhigten Ärztin erklärt, dass sein Partner nur etwas vorspielte.

Nachdem er God mit seinem Ellenbogen hart in den Magen geknufft hatte, hatte God ihm zugestimmt und erklärt, dass er wirklich nur Spaß gemacht hatte. Als die Ärztin sich wieder ihrem Schreibblock zugewandt hatte, hatte God ihm lautlos gesagt: „Tue ich nicht!"

God war fest davon überzeugt, dass sie nur so gerade eben durchgekommen waren. „Halte bei Starbucks", forderte Day, ohne von den Nachrichten auf seinem Smartphone aufzublicken.

„Du trinkst viel zu viel Kaffee, Day. Ich meine von morgens bis –"

Day schnitt ihm das Wort ab. „Und du vögelst zuviel. Ich meine von morgens bis abends. Sage ich dir etwa, du sollst damit aufhören? Nein. Stattdessen unterstütze ich deine Sucht. Kannst du mir nicht die gleiche Aufmerksamkeit erweisen?“

God lachte und bog schwungvoll auf den vollen Parkplatz ab. Er parkte im hinteren Bereich, denn sein Truck war zu groß für die Plätze in der vordersten Reihe. Während Day in den überfüllten Laden ging, zog er Mr. Eudalls Telefon hervor und sah, dass noch immer keine Nachrichten eingegangen waren. Es machte ihn verrückt, ständig darüber nachzugrübeln, wie es seinem Bruder und seiner Mutter ging. Er war so in Gedanken versunken, dass er nicht mitbekam, wie Day das Cafe verließ und zurück in den Truck stieg.

Day starrte auf das Telefon. God stopfte es in das Handschuhfach zurück und fuhr schnell vom Parkplatz herunter. Sein Mund verkniff sich zu einem festen Strich, als er an die letzten beiden Begegnungen mit Genesis zurückdachte. Als sie zehn Minuten später auf den Parkplatz der Wache eingebogen waren und er den Motor ausgeschaltet hatte, drehte er sich zu seinem Mann um.

„Ich glaube, es ist Zeit, dass ich's ihnen erzähle“, sagte er zuversichtlicher, als er sich fühlte.

Day sah ihn an und gab ihm wortlos zu verstehen, dass er ihn voll und ganz unterstützen würde. God packte ihn und zog ihn zu sich heran, um ihn zu küssen. Dann war es Zeit, zusammen als Partner die Arbeit anzutreten.

„Liebe dich, Kaffeemonster.“ God lächelte an Days Lippen.

„Liebe dich auch, Sexmonster.“ Day leckte ihn.

Dann betraten God und Day zusammen die Wache, und ihre ganze Abteilung stand geschlossen auf, um zu klatschen. Sie johlten, schlugen auf die Schreibtische und pfiffen laut. Die beiden bahnten sich ihren Weg durch das Labyrinth der Schreibtische, und ihre Kollegen klopften ihnen auf den Rücken und schüttelten God die Hand. Die Frauen umarmten sie und küssten sie auf die Wange.
Wenn God vorher nervös gewesen war und Angst davor gehabt hatte, unter Beschuss zu geraten, weil er sich geoutet hatte, war diese Angst unbegründet. Keiner im Revier sprach ihn darauf an oder war anders als sonst ihm gegenüber. Wahrscheinlich lag es schlicht daran, dass es in Relation dazu, was täglich auf der Straße passierte, total belanglos war, mit wem God vögelte. Und God war dankbar dafür, dass er mit Leuten zusammen arbeitete, die klug genug waren, das zu erkennen.
Nach einer gefühlten Ewigkeit saßen sie endlich wieder an ihren Schreibtischen, begierig darauf, wieder zu arbeiten. Nachdem der Captain wieder für Ruhe gesorgt hatte, benahmen sich alle so, als seien die beiden nie weg gewesen.

***

Gegen ein Uhr mittags rief der Captain Day und God in sein Büro. Zusammen mit zwei Staatsanwälten erkundigte er sich bei ihnen, ob sie an den Verhören der achtundfünfzig Hafenarbeiter, die im Zuge der Razzia festgenommen wurden und die mit Sicherheit für Hansen gearbeitet hatten, teilnehmen wollten. Der Bürgermeister ermutigte mit Nachdruck alle Strafverfolgungsabteilungen, die Drogendealer weiter hart und mit Hochdruck zu verfolgen. Und obwohl sie mit der Razzia den Kopf einer sehr großen Schlange abgeschlagen hatten, würde es wahrscheinlich nicht mehr lange dauern, bis eine andere deren Platz einnehmen würde. Day und God nahmen das Angebot mit Feuereifer an. Darüber hinaus liebte Day es, seine Verhörtechnik weiter zu vervollkommnen.

Als das kurze Treffen vorbei war, steuerten beide den Pausenraum an, um für Day noch mehr Kaffee zu holen.

War klar.

„Da bin ich nur für zwei Wochen weg – und schau dir jetzt mal dieses Chaos hier an!“, grummelte Day und wischte den Tresen rund um seine Kaffeemaschine sauber.

God stürzte seinen Apfelsaft hinunter und lehnte sich zu Day hinüber, um das nicht existierende Chaos zu begutachten.

„Babe, ich sehe nichts.“ God stützte seinen Arm auf die Schränke und beobachtete Day, der verärgert schnaubte und eine Bestandaufnahme seines Kaffeevorrats machte.

Nach ein paar Minuten war Days Kaffee gerade fertig geworden und God und er sahen sich an, als Ronowski und Johnson zusammen in den Pausenraum kamen. Day drehte sich um und schaute die beiden mit einem geradezu lächerlichen Ausdruck auf dem Gesicht an.

Johnson ging zum Kühlschrank und nahm sich ein Mineralwasser, während Ronowski einfach dastand und nervös herumzappelte. God legte seine Hand auf Days Schulter, um ihm zu bedeuten, dass er den armen Kerl aus seiner Not erlösen solle.

„Wie geht’s Vikki?“, fragte Day freundlich. „Hast du sie besucht?“

Ronowskis Kopf schnellte hoch. Day und God atmeten gleichzeitig und hörbar tief ein. Denn direkt neben Ronowskis Adamsapfel prangte deutlich sichtbar ein riesiger Knutschfleck. Über seinen Kopf hinweg warf ihnen Johnson einen Blick zu: *Bitte zieht ihn nicht auf.*

Ohne Zweifel arbeitete der Bursche noch daran, seine Anziehungskraft auf Männer zu verstehen und zu akzeptieren, von einem entsprechenden Handeln gar nicht zu reden.

„Äh. Ja, ich …ähmm … wir waren gestern da und haben sie besucht. Nächsten Monat fängt sie ihre Physiotherapie an, also geht es ihr gut. Sie wird eine Zeitlang am Schreibtisch Dienst tun müssen und darüber ist sie nicht gerade glücklich." Ronowski lächelte schüchtern. „Sie würde euch beide gern sehen … ihr wisst schon, … um euch zu danken."

Johnson trat von hinten an ihn heran und seine Nähe schien ihn zu entspannen, denn endlich sah er Day in die Augen.

„Ich möchte mich auch bedanken. Ihr beide wart großartig an diesem Tag im Hafen, und das nicht zu knapp. Jeder weiß das, auch ich." Ronowski streckte Day die Hand hin.

Day stellte seinen Kaffee ab, ergriff Ronowskis Hand und zog ihn mit Schwung an seine Brust, so dass alle aufschreckten. Er klopfte ihm ein paar Mal auf den Rücken und ließ ihn dann los. Er grinste breit, als Ronowski sich umdrehte und Johnson verliebt anlächelte.

Da kam der Captain in den Raum und alle vier blickten ihn mit einem fetten Lächeln auf dem Gesicht an.

Der Captain schüttelte den Kopf und nahm sich einen Muffin.

„Um Himmels willen. Was zur Hölle ist das hier – der Champagnerraum?"

„Ja, nur dass es hier keinen Champagner gibt, nur Scham", gab Day trocken zurück und stürzte seinen Kaffee hinunter.

Ronowski lachte laut auf und alle Köpfe drehten sich zu ihm um. Schnell räusperte er sich und versuchte, hinter Johnsons langem Körper zu verschwinden.

Der Captain baute sich vor ihnen auf.

„Was haben Sie und God für den 4. geplant?"

„Da fällt mir nichts ein." Day antwortete als Erster. „Warum, was ist los?"

„Ronowski wird eine Überwachung durchführen, die Seasel und er vor ein paar Wochen geplant haben. Es geht um einen kleinen Methdealer in Buckhead. Da der vierte des Monats schon in der nächsten Woche ist, wird Seasel noch nicht wieder im Außeneinsatz sein. Ich möchte, dass Sie und God zusammen mit ihm die Beobachtung übernehmen."

Day schnipste mit den Fingern, als sei ihm gerade ein Gedanke gekommen. „Oh Scheiße. Sagten Sie am vierten … äh … ich dachte, Sie meinten den vierzigsten", stammelte Day zum Spaß. „Tut mir leid, aber wir sind komplett ausgebucht."

God schlug Day auf den Hinterkopf und sah, dass Ronowski hinter Johnson grinste und Day den Mittelfinger zeigte. „Und kein Vögeln auf dem Rücksitz, Day … das wird eine richtige Observierung!", witzelte Ronowski zurück.

Day konnte nicht anders, er musste ebenfalls lachen. God war erleichtert, dass Day und Ronowski den Waffenstill-

stand ausgerufen hatten … so war die Wache ein viel besserer Arbeitsplatz geworden.
„Der vierte ist abgemacht, Captain.“ God sprach über Days Kopf hinweg.
Day rammte God seinen Ellenbogen in die Eingeweide. „Tu mir einen Gefallen, Ro“, sagte Day ruhig.
„Und der wäre?“ Ronowski linste hinter Johnsons Rücken hervor.
„Johnson wird nicht die ganze Zeit bei dir sein. Erinnere mich daran, dass ich dir später in den Hintern trete.“
Ronowski kam hinter Johnson hervor, sah auf seine Uhr und feixte. „Klar, welche Zeit ist dir recht?“
Auch Day sah auf seine Uhr. „Ähm, mal überlegen. Ist halb sechs in Ordnung?“
„Gerade fällt mir ein, dass ich um halb sechs schon was vorhabe.“
„Um wieviel Uhr kannst du da sein?“
„Ich schaffe es um fünf nach halb sechs.“
„Verdammt, das wird knapp. Vielleicht bin ich ein bisschen unpünktlich, aber warte auf mich. Ich versohle dir den Hintern.“
„Werdet ihr Dumpfbacken wohl aufhören? Der Herr möge uns beistehen … sie haben sich verbündet.“ Der Captain versuchte, sein Lächeln zu verbergen. „God, wie zur Hölle kommen Sie gegen Days Mundwerk an?“
„Ich habe etwas, dass ihm den Mund stopft“, erwiderte God mit seiner tiefen Stimme.
Alle stöhnten und verzogen angeekelt die Gesichter.
„Wir wollen so einen Scheiß nicht hören, God. Igitt.“ Der Captain goss sich einen Kaffee ein.

God blickte Day an und sah, dass er überhaupt nicht aus der Fassung gebracht war. Und wenn er seinen Liebhaber richtig einschätzte – und das tat er meistens – würde God ihm nicht das letzte Wort lassen.
„Das ist nur psychologische Taktik und ein Gedankenspiel, das ich immer mit God spiele. Er glaubt, dass er mir den Mund verschließt … aber wenn er mit meinem Mund fertig ist, fange ich wieder zu sprechen an.“ Day zwinkerte.
„Ich verschwinde. Ich sollte euch drankriegen, für sexuelle Belästigung oder so was.“ Der Captain verließ fluchtartig den Raum.
Auch Ronowski und Johnson schüttelten den Kopf und teilten Day mit, er wisse wirklich, wie er einen Raum schnell leer bekomme.
„Ich muss zurück in die Stadt.“ Johnson beugte sich hinab zu Ronowski und flüsterte ihm etwas ins Ohr, das ihn erröten ließ.
God versuchte, Day mit sich fortzuziehen, aber der rührte sich nicht. Als Johnson sich verabschiedet hatte und verschwunden war, flüsterte Day Ronowski spöttisch ins Ohr: „Ich hab’s dir ja gesagt. Du musstest einfach mal richtig gut durchge–“
„Um Himmels willen, Leo“, stöhnte Ronowski, griff nach seinem Getränke und stürzte aus dem Raum, bevor Day seinen Satz beenden konnte.
God klatschte ihm auf den Po und er jaulte auf. „Du wächst mir über den Kopf.“
„Aber du liebst mich trotzdem.“ Day lächelte verführerisch.
„Da hast du verdammt nochmal Recht. Das tue ich.“

Kapitel 32
Ein unerwarteter Besuch

„Die Überwachung gestern hat großartig geklappt. Der Bastard wird zusammenbrechen. Ronowski sollte den Haftbefehl morgen früh bekommen, und spätestens mittags werden wir die Tür dieses Arschlochs eintreten“, erzählte God Day, den Mund voller köstlicher, von Day gekochter Lasagne.

„Ja! Kann es kaum erwarten!“, gab Day zurück.

„Wirst du mir erzählen, warum Ronowski dich in den Pausenraum gezogen hat, als wir heute wieder da waren?“, fragte God und beobachtete Day dabei ganz genau.

Day schüttelte den Kopf und lächelte maliziös. „Es ging um Sex.“

„Das glaube ich nicht. Auf keinen Fall! Er ist zu dir gekommen, um dich was wegen Sex zu fragen?“, fragte God ungläubig und versuchte erst gar nicht, seine Erschütterung zu verbergen.

„Wen sonst sollte er fragen? Seinen Priester?“, erwiderte Day und fing schnell das Stück Knoblauchbrot auf, das God ihm an den Kopf werfen wollte.

„Möchte ich das genau wissen?“

„So schlimm war es gar nicht. Er wollte wissen, wie er Johnson am besten befriedigen könnte.“ Day lachte, als God sein Gesicht verzog und ein würgendes Geräusch machte.

„Ihre Intimitäten waren bis jetzt wohl – soweit ich das verstanden habe – eher einseitig. Ro war immer noch zu schüchtern, um mir alles zu erzählen, also habe ich mir das meiste zusammengereimt.“

Day wischte sich den Mund mit der Serviette ab, bevor er fortfuhr. „Und da ich nun mal ein Sexperte bin, habe ich dem Jungen ein paar Hinweise gegeben."
„Sexperte, was?" God lächelte.
Day grinste. „Ja-ah. Ich habe nichts dagegen, den kleinen Lümmel unter meine homosexuellen Flügel zu nehmen und ihm das Fliegen beizubringen."
„Du bist verdorben. Und ist Ro nicht genau so alt wie du?", wandte God ein.
Day stieß verärgert die Luft aus. „Unabhängig vom Alter, Cash. Ich habe mehr Erfahrung. Viel mehr. Viel, viel, viel mehr Erfahrung im Bumsen mit Männern, als irgendjemand anders, den ich –"..
„Ich hab' s verdammt noch mal verstanden, Leo." God warf ihm einen finsteren Blick zu.
Day lachte hysterisch. „Ich habe ihm genau erzählt, wie ich dich jede Nacht dazu bringe, meinen Namen zu schreien!" Kichernd sprang er von seinem Stuhl auf und God stürzte ihm hinterher. Day lief zurück in die Küche, sprang hoch und rutschte mit der Hüfte über die Kücheninsel, dann raste er in sein Arbeitszimmer, God war ihm hart auf den Fersen.
„Ich krieg dich, du kleiner Mistkerl. Und wenn ich dich habe, zeige ich dir, wie ich dich zum Schreien bringe!", rief God mit seiner sexy rauen Stimme.
„Oh Scheiße."
Day lachte so sehr, dass er kaum vorwärts kam und God nur ein paar Schritte voraus war. Er wich aus ins Wohnzimmer, sprang über den Couchtisch und steuerte schnell die Stufen nach oben an, als ein starker Arm ihn von hinten umfasste und die Treppe wieder hinunterzog.

God zog an Days Sporthosen und riss sie fast entzwei. Day konnte sich nicht mehr wehren, und God nahm ihn in den Mund und umhüllte seinen Schwanz mit heißer, feuchter Seide.

„Oh Gott", stöhnte Day. God ließ sich noch weiter hinab sinken und leckte gerade Days Eier, als es an der Haustür klingelte. Day ließ seinen Kopf mit einem dumpfen Geräusch nach hinten auf die Treppenstufe fallen, als God seinen Sack entließ und den Griff um seinen Hals lockerte. Day liebte es, wenn God ihn überwältigte, es versetzte ihn geradezu in einen wunderbaren Rausch.

„Erwartest du jemanden?" God stand auf und knöpfte seine Jeans zu.

„Nein, verdammt." Day sah auf seine Uhr. Auf keinen Fall würde Jaxson oder jemand anderes aus seiner Familie einen spontanen Besuch um kurz vor acht Uhr abends machen.

Day versuchte vergeblich, seinen Ständer nach unten zu drücken, während er zur Tür ging und murmelte: „Wenn das nicht Ed McMahon mit einem verdammt großen Scheck in der Hand ist, wird hier gleich jemand ernsthaft verletzt." Er hörte God hinter sich lachen und riss die Tür auf. Dann wurden beide schlagartig ernst, als sie sahen, wer der plötzlich aufgetauchte Besucher war.

***

Schnell trat God hinter Day hervor.

„Genesis. Was machst du hier? Geht es dir gut?", fragte er hastig.

Sein Bruder stand mit einer Schachtel in den Händen vor ihm und starrte ihn an. God erkannte sofort, dass in den Augen seines Bruders kein Hass lag, nur …

Trauer. *Oh nein.* „Ist Mom verletzt?“

Genesis schüttelte den Kopf. Nein. Langsam wurde God ein bisschen nervös. Er fühlte, wie Day ihm schützend seine Hand auf die Schulter legte.

„Das gefällt mir nicht, Cash. Er hat schon mal versucht, dich zu verletzen“, wandte er neben ihm ein.

Bevor God etwas erwidern konnte, machte Genesis endlich den Mund auf.

„Ich will keinen Ärger machen.“

„Woher weißt du, wo ich wohne?“, wollte God wissen.

„Ich bin dir den ganzen Weg von der Arbeit hierher gefolgt“, gab Genesis zu.

„Du bist *was*?“, bellte Day. God legte ihm eine Hand auf die Brust und schob ihn ein Stück zurück.

„Lass mich bitte mit ihm reden. Er hat gesagt, er will keinen Ärger. Warum fährst du nicht ’ne Runde und lässt ihn und mich –“

„Ich lasse dich nicht allein“, gab Day erhitzt zurück.

„Pssst. In Ordnung. Es tut mir leid. Dies ist dein Haus. Ich hätte das nicht vorschlagen –“

„Siehst du? Das gefällt mir schon jetzt nicht. Dies ist auch dein Haus und du weißt das!“, knurrte Day God an.

„Ich kann auch wieder verschwinden. Ich wollte niemandem zu nahe treten.“ Genesis drehte sich um, um zu gehen.

„Nein! Gen, warte!“, rief God. Er seufzte resigniert. „Day, bitte gönn uns ein bisschen Privatsphäre.“ Er blickte ihn flehend an.

„Meinetwegen. Aber ich bin direkt in der Küche!“, antwortete Day, wandte sich zu Genesis und hob seine Stimme. „Nur ein paar Meter entfernt!“
Bei Days harschem Tonfall zuckte Genesis zurück. God seufzte und verdrehte die Augen. Day drehte sich um und entfernte sich so langsam er konnte.
„Genesis, willst du reinkommen oder willst du da draußen auf der Schwelle stehen bleiben?“
„Ähm. Ja-ah, ich komme rein.“
God trat zurück und ließ Genesis eintreten. Er schloss die Tür hinter ihm. Dann führte er seinen Bruder in das Arbeitszimmer, und Gen wählte den Stuhl gegenüber God, der sich auf die große Ottomane niedersetzte.
God musterte Genesis von Kopf bis Fuß. Verdammt, sein Bruder hatte sich in sein Ebenbild verwandelt. Groß, bullenstark, hellgrüne Augen mit langen, hellen Wimpern. Seine Haare waren kurz geschnitten und seine Koteletten liefen in einem Kinnbart zusammen. Er trug ein schlichtes grün-weiß gestreiftes Poloshirt, das über seiner Brust spannte, und verblichene Bluejeans. Seine Chucks waren ebenfalls grün und sahen aus, als sei er schon hunderte von Kilometern darin gelaufen.
„Dein Freund ist ziemlich beängstigend“, sagte Genesis schließlich.
God schnaubte und blickte in Richtung Küche. „Hunde, die bellen, beißen nicht.“ Sein Blick schnellte zurück auf seinen Bruder. „Warte. Woher weißt du, dass er mein Freund ist?“
Genesis sah ihn an, als wolle er sagen: ‚Fragst du mich das ernsthaft?‘, und God schüttelte seinen Kopf.

„Es stört dich nicht?", fragte God leise. Seine raue Stimme klang belegt. Sein kleiner Bruder saß direkt vor ihm und versuchte nicht, ihn zu töten.
Genesis zuckte die Schultern. „Warum sollte es mich stören? Ich bin auch schwul … na ja, eher bisexuell, glaube ich. Eine Zeitlang hatte ich selbst einen Freund, aber jetzt bin ich mit einem Mädchen zusammen. Sie ist Cheerleaderin an meiner Schule und sie ist ziemlich toll."
Gods Mund klappte ihm fast bis auf den Boden auf. *Er ist bisexuell. Wie zur Hölle konnte ich das nicht mitbekommen?* Woher zur Hölle kam das alles und warum zur Hölle führte Genesis mit ihm so ein leichtes Gespräch, als wären sie beste Freunde?
„Genesis, ich muss dir sagen …" God schüttelte den Kopf und begann den Satz noch einmal von vorn. „Ich habe keinen blassen Schimmer, was hier vor sich geht. Warum erzählst du mir das alles?"
„Weil ich es weiß", gab Genesis zurück.
Für eine halbe Ewigkeit saßen sie beide da und starrten sich an. Plötzlich begann sein Bruder zu weinen und zu zittern.
„Langsam. Du weißt was, Gen?" God runzelte komplett verwirrt die Stirn.
„Ich weiß ES, verdammt noch mal, Cashel!", schrie Genesis und sprang aus seinem Sitz auf God zu.
Day kam aus der Küche ins Arbeitszimmer gerannt. God stand schnell auf und streckte seinen Arm aus, um seinen Partner aufzuhalten. Endlich ahnte er, wovon Genesis sprach.
„Genesis", sagte er langsam.
„Der kranke Arsch hat es gefilmt." Genesis bückte sich, hob die Schachtel auf und drückte sie gegen Gods Brust.

„Mom und ich haben alles gesehen. Sie hat die Schachtel oben auf dem Dachboden gefunden. Wir müssen sie beim Umzug einfach mitgenommen und auf den Dachboden gestellt haben, ohne reinzuschauen. Es ist alles drauf!“, rief er. Tränen liefen ihm ungehindert über das Gesicht. „Die Kämpfe, die Schlägereien, die Drohungen.“ Genesis fiel auf die Knie, als litte er Höllenqualen. Er weinte so sehr, dass sein Körper von Schluchzern geschüttelt wurde. „Oh mein Gott, oh mein Gott.“

Cash schob die Schachtel mit den Filmen zu Day und kniete sich dann auf den Boden, um seinen Bruder zu umarmen, und Genesis erwiderte die Umarmung, als hinge sein Leben davon ab.

„Die Vergewaltigungen … wir haben die Vergewaltigungen gesehen, Cash. All diese Männer. Polizeibeamte …“

Jesus. Nein.

„Schschsch … ist schon okay, Gen.“

„Nein, es ist nicht okay.“ Er schluchzte an Gods Brust wie ein Kind. „Du hast zugelassen, dass wir dich weggestoßen haben, du hast uns dich hassen lassen. Warum nur hast du uns nichts davon erzählt, Cashel? Wir hätten eine Familie sein können. Ich habe dich geliebt, Mann. Du hast mir alles bedeutet, viel mehr als jemals mein Dad. Und dann hat Mom urplötzlich gesagt, du seist ein Mörder, und das habe ich dann auch geglaubt. Du hättest es uns sagen müssen. Dafür hasse ich dich.“

„Ich weiß, Gen. Gottverdammt, es tut mir leid. Ich wusste einfach nicht, wie ich Mom erklären sollte, dass der Mann, den sie geliebt hat, ein Irrer war. Ich habe nicht gedacht, dass sie mir glauben würde. Ich hatte auch keinen Beweis. Und außerdem habe ich es getan, weil ich dich schützen wollte.“ Er blickte in Augen, die Spiegelbilder der seinen waren. „Aber glaube mir, wenn ich dir sage, dass ich immer in eurer Nähe geblieben bin. Ich habe euch die ganze Zeit über beobachtet. Und als ich hier hergezogen bin, habe ich euch kurze Zeit später hierher geholt, und ich habe sichergestellt, dass es euch gut ging. Ich hätte Mom und dich niemals ganz verlassen, Gen. Ich habe euch nur aus der Entfernung geliebt.“

God ließ seinen Bruder einen Augenblick los. Er hielt die Hände vors Gesicht und weinte leise. God wusste, wie Genesis sich fühlte. Er hatte so viele Tränen vergossen, dass er glaubte, keine mehr zu haben.

God half ihm auf die Ottomane und tigerte dann im Zimmer auf und ab. Day saß auf dem Sofa und sichtete den Inhalt der Schachtel. Wollte God sie sich ansehen?

Scheiße, nein. Er hatte es überlebt.

Er würde sie einfach verbrennen. Sie hatten keinen Nutzen mehr. Seine Familie hatte den Beweis gesehen und nun könnte das alles ein Ende haben.

God stoppte auf seinem Weg durch den Raum und sah seinen Bruder an. „Wo ist Mom? Wie geht’s ihr?“

Er sah Genesis zusammenzucken, und eine neue Tränenflut ergoss sich über sein Gesicht. Er wusste, dass sein Bruder an die Antwort dachte, die er ihm jedes Mal gegeben hatte, wenn er Genesis nach ihrer Mutter gefragt hatte.

God legte seine Hand auf Genesis’ Schulter. „Hey. Hör auf, dich selbst dafür fertig zu machen, wie du mich behandelt hast. Du wusstest es nicht. Das ist Vergangenheit und soll es auch bleiben.“

„Unserer Mutter geht es genauso schlecht wie mir. Sie hasst sich selbst dafür, dass sie dir vor Jahren keine Möglichkeit gegeben hat, alles zu erklären. Wir haben beide wieder und wieder darüber nachgedacht, ob es irgendwelche Anzeichen gegeben hat. Und wir beide haben Höllenqualen in den letzten vier Tagen durchgemacht."
„Ihr habt das alles vor vier Tagen herausgefunden?", fiel Day geschockt ein.
„Ja, und seitdem habe ich dich gesucht. Es hat mich einige Zeit gekostet, herauszufinden, in welchem Revier du arbeitest. Aber ich habe mich daran erinnert –", Genesis zeigte auf Day„„dass er gesagt hat, er sei dein Partner. Also bin ich ihm gefolgt."
God ging zu ihm und kniete vor ihm nieder. „Ich weiß, dass wir viel Zeit verloren haben, aber wir können die Vergangenheit ruhen lassen und nach vorn schauen. Ich weiß, dass du bald siebzehn wirst." God lächelte Genesis vorsichtig an. „Das werden aufregende Zeiten für dich. Ich möchte gerne für dich da sein, wenn du mich lässt. Es gibt keine Schuldzuweisungen mehr, kein Bedauern und kein was-wäre-wenn. Was passiert ist, ist passiert, und mich interessiert nur noch meine Zukunft. Meine Zukunft mit dem Mann, den ich liebe … und von heute an auch die gemeinsame Zukunft mit meinem Bruder und meiner Mutter. Wie hört sich das für dich an?"
Genesis putzte sich mit seinem Ärmel die Nase und nickte. God zuckte zusammen, als er plötzlich aufsprang und ihn so fest umarmte, wie er nur konnte. Tränen schossen ihm in die Augen, und er erwiderte die Umarmung seines Bruders. Diesen Tag hatte er nicht vorausgesehen, wenigstens nicht in der nächsten Zeit. Nach all dem Wirbel und Herz-

schmerz, den er so lange erduldet hatte, widerfuhr ihm endlich etwas Gutes in seinem Leben.
God und Genesis redeten fast bis Mitternacht. Nicht über die Vergangenheit, nur über die Gegenwart und die Zukunft. Day hatte sie vor ein paar Stunden allein gelassen, aber God wusste, dass er noch nicht schlief. Als Genesis ihre Mutter angerufen hatte, um ihr zu sagen, dass es ihm gut ginge und das Cashel mit ihm redete, konnte God ihre Schluchzer durch das Telefon hören.
Es fiel ihm schwer, seine Gefühle zurückzuhalten. Er sehnte sich danach, seine Mom zu umarmen. Das letzte Mal war fast sieben Jahre her. Aber bald würde er es tun können, denn Genesis hatte ihr erzählt, dass God sie am Wochenende besuchen würde.
Als es für Genesis Zeit war, nach Hause zu fahren, weigerte sich God, ihn mit dem Bus fahren zu lassen. Er rief ihm ein Taxi und wartete am Straßenrand mit ihm. Noch einmal drückte er seinen Bruder fest, dann bezahlte er den Fahrer und setzte Genesis ins Auto.
Er wartete, bis das Taxi um die Ecke gebogen war, dann ging er ins Haus und schloss ab. Als God ins Schlafzimmer ging, lag Day im Bett und schaute fern.
Als er God erblickte, setzte er sich schnell auf. „Geht's dir gut?"
Die Sorge auf seinem Gesicht rührte God. Er beugte sich vor und küsste Day sanft auf die Stirn.
„Ja, Liebling, mir geht's gut. Bin nur müde. Ich werde mich nur schnell waschen, okay?"
Day nickte, und God schloss sich im Badezimmer ein.

Kapitel 33
Der nicht-ganz-so-kleine-Bruder

Es war Freitagabend und God und Day waren unterwegs, um Genesis beim Footballtraining zuzuschauen. Seinen kleinen Bruder endlich aus der Nähe sehen zu können und vielleicht sogar mit dem Trainer von ihm sprechen zu können, war für God sehr aufregend. Er sah zu Day hinüber und lächelte ihn an, als der gerade eine große Tasse Kaffee aus dem Laden an der Ecke hinunterstürzte.

„Ich bin wirklich aufgeregt, Babe. Du solltest ihn spielen sehen, er ist wahnsinnig gut", sagte er stolz.

Day sah zu ihm hinüber und erwiderte das Lächeln. „Ich freue mich wirklich, dass es zwischen euch so gut klappt. Gen und du, ihr beide macht das sehr gut. Ihr telefoniert ja abends mindestens eine Stunde miteinander."

„Wir müssen viel nachholen. Gestern Abend hat er mir erzählt, dass es da einen *Tight End* in seinem Team gibt, der mit ihm geflirtet hat, und er hat mich um Rat gefragt, was er tun soll." Das breite Grinsen auf Gods Gesicht schien einfach nicht verschwinden zu wollen. Sein Bruder fragte ihn um Rat in Beziehungsfragen!

„Verdammt, er ist ein Tight end? Dann gibt' s nur eins zu tun ... Diesen engen Arsch zu bumsen. Hast du ihm das geraten?" Day feixte und nahm noch einen großen Schluck.

„Du bist unverbesserlich, verdammt." God zwickte ihn in die Schulter.

„Und du solltest jetzt deinen Gesichtsausdruck sehen. Heute morgen hatte ich eine kurze Besprechung mit Jenkins und bin mit ihm ein paar Notizen durchgegangen. Er hat

mir erzählt, dass die Hälfte der Abteilung dich kaum noch wieder erkennt." Day schmunzelte.
God runzelte die Stirn. „Was soll das bedeuten?"
„Es bedeutet etwas Gutes, Babe. Jahrelang hast du ständig total unnahbar und wütend ausgesehen. Aber jetzt sagen alle, dass du aussiehst wie -" Day stoppte und lachte laut.
„Wie denn? Spuck's endlich aus!", schrie God.
„Du siehst aus wie ein großer, tätowierter Teddybär." Day krümmte sich vor Lachen.
God lächelte mild. Es störte ihn nicht, wenn er so genannt wurde. Er war nie gemein oder unnahbar gewesen, in seinem Leben hatte er nur nicht viel zu lachen gehabt. Er bog auf den Parkplatz der Schule ab und Day und er gingen zu dem weit entfernten Footballplatz. Als sie den Weg entlang liefen, der das Feld umgab, drehten sich die Cheerleader, die ebenfalls dort übten, nach ihnen um.
„Hoppla, ich glaube, sie sehen dich an", murmelte Cash.
„Warum mich?"
„Weil du heute höllisch sexy aussiehst, deshalb." God scannte lustvoll Days fitten Körper.
„Sie schauen dich an, du Wüstling, oder diese schweinegroßen Waffen, die da aus deinem Mantel heraus ragen!", erwiderte Day vergnügt.
Beide sahen aus, als wollten sie jemanden verhaften. God hatte seine Marke um den Hals gehängt, Day trug sie an der Hüfte.
Er trug seinen Ledermantel in der Hand, sodass die chromfarbenen, 9mm Pistolen, die er im Holster unter den Armen trug, in der Sonne glänzten. Sein enges, schwarze Shirt spannte an seinen festen Oberarmuskeln und schmiegte sich an seine schlanke Taille. Er trug Jeans, die so eng

waren, dass sein schwarzer Nietengürtel eigentlich überflüssig war. Diese Hose konnte nicht rutschen. Da er seine Haare heute nicht gestylt hatte und den ganzen Tag über mit den Händen hindurch gefahren war, waren sie total verstrubbelt und standen widerspenstig in alle Richtungen ab. Das machte ihn noch attraktiver.
God lächelte träumerisch, als Day ihn zum millionsten Mal an diesem Tag dabei erwischte, wie er ihn gedankenversonnen ansah.
„Was?“ Day schmunzelte.
„Wenn wir nach Hause kommen, werde ich dich im Stehen in der Dusche ficken, das ist ‚was‘“, erwiderte God mit tiefer, lustvoller Stimme.
„Scheiße.“ Day stöhnte. „God, hör auf damit. Ich will keinen Ständer haben, wenn ich vor ein paar Highschool Cheerleadern stehe, Kumpel.“
God brach in lautes Lachen aus. „Entschuldige“, sagte er wenig überzeugend.
Die Cheerleader winkten und kicherten, als sie an ihnen vorbei gingen. Die meisten der Spieler hatten sich von ihrem Trainer abgewandt, um sie zu boebachten.
„Hey! Hier wird gleich jemand verhaftet!“, schrie einer der Spieler, und alle fingen an, rumzualbern und zu scherzen.
God sah, dass Gen sich umdrehte und sie erkannte. Seine Augen weiteten sich, und ein riesiges Lächeln erschien auf sein Gesicht. *Daran werde ich mich nie satt sehen können.* Gen nahm seinen Helm ab und joggte zu ihnen.
Da er Ohrenschützer trug, sprach er ziemlich laut. Er rief: „Was macht ihr denn hier?“, und umarmte God und Day einarmig, bevor er zurücktrat.

„Wollten dir beim Training zusehen und dich fragen, ob du heute Abend einen Happen mit uns essen willst“, gab Day zurück.
Genesis strahlte über das ganze Gesicht. „Cool. Klar, Mann. Das Training dauert nur noch eine Stunde. Wir treffen uns gleich draußen, wenn ich geduscht habe.“
„Hey, Gen, alles in Ordnung, Mann?“
Alle drei drehten sich beim Klang der tiefen Stimme hinter ihnen um. Ein großgewachsener Junge, nur ein paar Zentimeter kleiner als Genesis, stand hinter ihnen, einen überaus besorgten Ausdruck auf dem Gesicht. Sein dunkles Haar war zu einem Pferdeschwanz zurückgebunden, und trotz Schweiß und Dreck auf seinem elfenbeinfarbenen Gesicht war nicht zu übersehen, dass er auf eine fast androgyne Art schön war.
„Ja-ah, Terry. Das ist mein großer Bruder!“, rief Genesis ihm zu.
Der Junge legte kurz die Stirn in Falten, aber dann lief er zurück zu dem wilden Haufen.
Als Genesis sich wieder zu ihnen umdrehte, sagte das fast schon süße Lächeln auf seinem Gesicht alles.
„Ist er das?“, fragte God trotzdem.
„Ja, das ist er“, kam die schüchterne Antwort.
Day nickte anerkennend. „Nicht übel, Gen. Er ist ziemlich heiß, ein echtes Schnuckelchen.“
God und Gen stöhnten. „Gott. Du hast wirklich keinen Filter eingebaut, oder Leo?“ Genesis grinste verlegen.
„Nein!“, antworteten God und Day einstimmig.
„Whittmen, beweg deinen Hintern wieder hierher. Ich hab nicht gesagt, dass jetzt Pause und Zeit zum Schwätzen angesagt ist!“, schrie einer der Co-Trainer.

God klatschte ihm auf die Schulterpolster und stupste ihn an. „Du gehst besser, bevor du Strafrunden drehen musst."
„Könnt ihr Jungs nicht mit euren Waffen rumfuchteln und ihnen ein bisschen Angst einjagen?", witzelte Gen.
God lachte zurück und stupste ihn nochmal an. „Los, beweg dich. Und zeig mir, was du kannst."
„Hast Recht." Genesis schnappte sich seinen Helm und lief zurück, um sich wieder seinem Team anzuschließen.
Day und God kletterten ein paar Ränge hinauf, setzten sich auf die kalte Zuschauertribüne und verfolgten den Rest des Trainings. God wusste bereits, dass Genesis phänomenal gut war, aber ihn aus der Nähe zu sehen, war unglaublich. Sie jubelten ihm nicht zu, um ihn nicht in Verlegenheit zu bringen, aber es fiel ihnen schwer, sich zurückzuhalten, wann immer Gen einen Pass spielte. Auch sein Schwarm war ein wahres Tier. Beide spielten perfekt zusammen, als Terry die anderen für ihn blockte, um ihn in die Endzone zu bekommen.
Am Ende des Trainings winkte Genesis ihnen zu und folgte den anderen Spielern in die Umkleidekabinen. Day und God waren fast die Tribüne wieder hinuntergestiegen, als sich ihnen ein Mann mit weißem T-Shirt, Khakishorts und einem Klemmbrett in der Hand näherte.
„Entschuldigen Sie mich, Detectives!"
God und Day drehten sich um. Der ältere Herr streckte ihnen die Hand zur Begrüßung entgegen. Sie erwiderten seinen Händedruck, und God fiel das schwarz-rote „G" Emblem auf seinem Hemd auf.
„Ich bin Joseph Myers, und ich bin Co-Trainer der Bulldogs an der Universität von Georgia. Gehören Sie zur Familie von Genesis Whittmen?"

„Ich bin sein Bruder, Cashel Godfrey, und dies ist mein Partner Leonidis Day."
„Ich freue mich, Sie beide kennenzulernen. Wenn Sie sowieso noch auf Genesis warten, können Sie vielleicht ein paar Minuten Ihrer Zeit für mich erübrigen und wir können von Mann zu Mann über Genesis' Zukunft sprechen."

***

Während sie mit Chicken Wings und Sodawasser bei Henry' s saßen, erklärte Genesis ihnen, dass zu jedem Training Talentscouts kamen, um sie zu beobachten.
„Wenn ihr zum Heimspiel nächste Woche kommt, werdet ihr sie haufenweise sehen."
„Und sie kommen nur wegen dir?", wollte Day wissen.
„Sie kommen immer wieder auf Terry, mich und einen unserer Verteidiger zurück. Terry hat sich schon dazu entschieden, auf die alte Universität seines Vaters zu gehen, also auf die Virginia Tech. Gibbs und ich sind noch unentschieden. Der Trainer schirmt mich ziemlich ab, seitdem ein Scout aus Florida Geld von mir haben wollte im Gegenzug für einen unterschriebenen Vertrag." Genesis wischte sich Soße von seinen Händen und von seinem Kinn. „Ich möchte einfach nur auf eine gute Schule gehen, die ein gutes Ingenieurstudium anbietet, Football ist eher zweitrangig. Außerdem muss ich in der Nähe von Mom bleiben. Ich bin alles, was sie hat." Genesis stockte, als ihm klar wurde, was er gesagt hatte, und er blickte entschuldigend zu God.
Aber God war so stolz auf ihn, dass er das Gefühl hatte, zu platzen. Er lächelte, um Genesis wissen zu lassen, dass er

ihn verstand. Aber die Dinge hatten sich geändert, und es würde einige Zeit brauchen, sich daran zu gewöhnen.
„Bist du nicht erst im vorletzten Jahr?", fragte Day.
God fiel schnell ein:„Nein, er ist im letzten Jahr. Er macht sein Examen schon im Juni, weil er in den letzten drei Jahren in den Ferien in die Sommerschule gegangen ist."
Genesis klappte der Mund auf. Er schüttelte verwundert den Kopf. „Woher weißt du das?", fragte er so leise, dass God ihn kaum hören konnte. Tränen schossen Gen in die Augen.
„Ich habe dir doch gesagt, dass ich nie ganz gegangen bin. Jedes Jahr kaufe ich mir das Jahrbuch deiner Schule. Und ich habe euren Newsletter abonniert – in dem du mindestens einmal im Monat erwähnt wirst. Und dann gibt es natürlich auch noch Facebook."
Genesis schnappte nach Luft. „Du bist einer meiner Freunde auf Facebook?"
God sah etwas unbehaglich drein. „Ja-ah, bin ich. Obwohl ich nie etwas poste. Ich lese nur deine Postings."
Genesis schüttelte überwältigt den Kopf. Er zog sein Handy aus der Tasche und God wusste, dass er Facebook öffnete. Dann schnellte sein Kopf hoch und er hielt sein Smartphone hoch.
„Bist du … bezahlst du auch das hier?", wisperte er.
„Ja, Gen, das tue ich."
Es wurde sehr ruhig. In Genesis' Gesicht spiegelten sich die unterschiedlichsten Gefühle. Trauer, Schmerz, Bedauern und vielleicht sogar Verrat blitzten auf, und God wusste nicht, was er noch sagen könnte. Also überließ er es Day, dic Spannung aufzulösen.

„Okay, Mädels, nun macht euch mal nicht ins Hemd. Hört auf zu schmollen, kriegt eure Ärsche hoch, und dann lasst uns Pool spielen."

God und Genesis prusteten los und entfalteten ihre langen Körper aus der Nische. Genesis fiel etwas hinter God zurück. „Ich kann dich gut leiden, Leo."

„Alle können mich gut leiden." Day zwinkerte.

„Wenn du bereit bist für einen richtigen Mann, dann verlass Cash und komm zu mir." Er lachte wie verrückt, als God ihn sich schnappte und in den Schwitzkasten nahm.

Kapitel 34
Wirklich guter Sex … und der erste Streit

God und Day fielen küssend und fummelnd durch die Tür ins Haus hinein. Day hatte kaum die Tür hinter sich zugetreten, da wurde er auch schon aus seinem Mantel gerissen. Während sie in Gesellschaft von Gen gewesen waren, hatten sie den Austausch von Zärtlichkeiten auf ein Minimum beschränkt, aber God hatte es ernst gemeint, als er zu Day gesagt hatte, er müsse ihn wirklich ficken.

God drückte Day gegen die hölzerne Tür und nahm seinen Mund mit einem rücksichtslosen Kuss gefangen. Day zog God den Mantel von den Schultern und ließ ihn auf den Boden fallen, dann streichelte er den Griff von Gods Desert Eagle und seufzte, als sein Schwanz bei der Berührung der Waffe zuckte. Day liebkoste die Waffe von der langen schwarzen Kammer bis zum Griff.

„So wie du meine Pistole streichelst, könntest du genauso gut meinen Schwanz anfassen", sagte God schroff, zog Days Hand zu seinem voll erigierten Penis und pumpte mit den Hüften.

Day fühlte, wie God an seinem Gürtel herumfummelte. Er zog seinen Mund von Gods fort und stöhnte, als der ihn im Nacken packte, seinem Mund nachjagte und an seiner Unterlippe saugte und hinein biss. Day legte beide Hände auf Gods massive Brust und schubste ihn mit aller Kraft weg. God knurrte, stieß seine Hände zur Seite und donnerte wieder gegen ihn.

Er drehte Day herum, stieß ihn mit Macht gegen die Wand und rieb sein Becken an seinen Hintern. Schnell zog er Day

den Reißverschluss herunter und massierte kräftig seine Eier.
Day widersetzte sich. „Autsch, du Scheißkerl."
„Gibst du freiwillig auf oder muss ich es mir nehmen, Leo?"
Gods whiskyraue Stimme vibrierte durch Days Körper.
Day ächzte unter dem Angriff, er richtete sich nach hinten auf und erwischte Gods harte Bauchmuskeln mit seinem Ellenbogen. Befriedigt hörte er einen lauten Grunzer von God, befreite sich und lief schnell die Stufen hinauf.
Auf dem Treppenabsatz angekommen, hörte er God von unten rufen: „Ich genieße es nur noch mehr, wenn du dich wehrst, Leo!" God würde ihn schnell eingeholt haben, er nahm zwei Stufen auf einmal.
Day zog seine Sachen in Rekordzeit aus und ging in die Dusche, ohne das warme Wasser abzuwarten. Durch die klare Glastür der Duschkabine sah er, wie God das Badezimmer betrat, seine Sachen und seine Unterhose auszog und fallen ließ. Sein geröteter Schwanz sprang ärgerlich hervor.
Day drehte ihm den Rücken zu, begann sich einzuseifen und ignorierte seinen wollüstigen Liebhaber komplett, was God schier verrückt machte.
Die Tür zur Dusche öffnete sich, und God trat hinter ihm ein. Er streckte seinen langen Arm an Days Gesicht vorbei und stellte eine Tube Gleitgel in das Regal der Dusche. Day versuchte, sein Lächeln zu unterdrücken. Gods riesiger Unterarm legte sich um Days Hals und zog ihn an sich, dann leckte God über Days Ohr und er flüsterte: „Du bestehst drauf, es auf die harte Tour zu machen, oder, Liebling?"

Day antwortete nicht. God bestrafte ihn dafür, indem er ihm in den Kiefer biss, und Day zischte auf. God nahm ihm die Seife weg und legte sie weg, dann packte er Days Bizeps von hinten und drückte ihn unsanft gegen die kalten Fliesen und hielt ihn mit seinem Körpergewicht in Position.
„Beine breit!“, grollte God in sein Ohr.
„Fick dich!“, knurrte Day zurück.
„Wie du willst“, erwiderte God gelassen und glitt an Days Körper hinab. Er teilte seine Pobacken mit beiden Händen und bohrte seine Zunge in Days enge Öffnung.
Day kniff die Augen zusammen und fluchte laut. „Scheiße, gottverdammt!“
God drückte seinen großen Körper fest gegen Day. Der hatte die Wahl, entweder die Wand hochzuklettern oder seine Beine weiter zu spreizen.
„Siehst du, so ist es viel besser“, sagte God sanft und leckte langsam und genüsslich über Days Damm bis hoch zum Ansatz der Wirbelsäule. Dabei liebkoste er den engen Muskelring mal zärtlich und entspannt, mal mit schnellen Zungenschlägen. „Mhm, das schmeckt so verdammt gut.“ Gods Zunge leckte und wusch ihn, bis Day nicht mehr gerade gucken konnte.
„Cash ...“ Day flehte herzzereißend.
God antwortete ihm, in dem er ihn weiter mit der Zunge liebte, jetzt entspannte er die Zunge nach jedem dritten oder vierten Mal.
Day bettelte förmlich darum „Fick mich, jetzt!“
God biss so kräftig in Days Pobacke, dass er die Zähne zusammenbeißen musste, um God nicht die Befriedigung eines Aufschreis zu geben. Day spannte seine Pomuskeln

an, um den stärksten Schmerz zu lindern, da schlug God ihn hart auf beide Backen.

„Au, Cash. Komm schon, verdammt." Day streichelte seinen angespannten Schwanz.

God quälte ihn. „Tz, tz, tz. Geduld, mein Schatz."

Day hasste es, wenn God sich so benahm. Sobald er ihn hinhielt, drehte God den Spieß um und ließ ihn um Sex betteln, nachdem er ihn auf Touren gebracht hatte.

God schmierte Gleitgel auf seine Finger und drückte zwei in Days entspannte Öffnung.

„Ja-ah, das ist gut. Besorg's mir richtig", stöhnte Day.

God presste seinen Körper gegen Day, so dass dessen Erektion gegen die kühle, glatte Oberfläche der Duschwand gedrückt wurde. Day fühlte, wie sich Gods Finger zurückzogen, und das Gefühl der Leere ließ Day frustriert aufstöhnen.

„Cash, bitte!", flehte er noch einmal. Er konnte Gods Spiel mit ihm nicht mehr ertragen. Er brauchte seinen Mann jetzt. Musste sich überwältigen lassen. Sein Körper sehnte sich danach, sich der Dominanz zu unterwerfen.

Day spürte, wie God seinen eingeschmierten Schwanz auf und ab an seinem Arsch rieb. Zwischen den Bewegungen stoppte er dann und wann und drückte gegen sein Loch.

„Willst du mich genau jetzt, Leo?", flüsterte er in sein Ohr.

„Ja, genau jetzt, Babe. Sofort."

God presste sich langsam in ihn hinein und drang dann so weit ein, bis seine Eier sich an Days rote Pobacken schmiegten. Das fühlte sich so unfassbar gut an, dass Day vor Dankbarkeit fast in Tränen ausgebrochen wäre. Gods Schwanz war stocksteif, hart und unerbittlich. Day drückte sich Gods flachen Stößen entgegen, und grunzte unwillkürlich jedes Mal, wenn God mit seinen Bewegungen über seine Prostata glitt.

„Oh, scheiße… Fick mich, fick mich in den Arsch", wimmerte er. Er spreizte seine Beine noch weiter auseinander, ließ sein Kinn auf die Brust fallen und stützte sich mit den Händen auf der Wand ab. Der Griff um seine Hüfte verstärkte sich so sehr, dass morgen blaue Flecke zu sehen sein würden, und allein die Vorstellung davon ließ ihn fast kommen. Day versuchte, an etwas anderes zu denken, um den Orgasmus abzuwenden, aber das war unmöglich. Wenn God in ihm war, existierte nichts anderes. Dann gab es nur seinen Geliebten und ihn, zusammen gelangten sie in Sphären, die nur erreicht werden konnten, wenn God ihn nahm.

God stieß ihn weiter schnell und tief. So verdammt wunderbar tief, er grub seinen großen Schwanz tiefer in ihn hinein, als Day es jemals für möglich gehalten hatte. Unabsichtlich hatte Day sich auf seine Zehenspitzen gestellt, um wieder Atem zu schöpfen. „Komm hierher zurück!", bellte God, zog ihn wieder zu sich herunter und pfählte ihn hinab auf seinen Schwanz.

„Oh Gott!" Day schrie auf und spritzte seinen Samen quer über die Wand. Sein Arsch zog sich um Gods Schwanz zusammen, sein eigener Schwanz zuckte, ohne dass er berührt worden war. Seine Eier zogen sich wieder und wieder zusammen, bis sie komplett leer waren. Ohne Rücksicht auf Days gewaltigen Orgasmus fickte God ihn weiter wie ein Kolben von hinten, bis Day schrie, dass er nicht mehr konnte.

„Doch, du kannst. Hier, nimm meinen Schwanz. Nimm. Ihn. Ganz", feuerte God ihn atemlos an. Gods heißer

Atem mischte sich mit dem Dampf aus der Dusche, und Day schwitzte wie verrückt. Er warf den Kopf in den Nacken, kniff seinen Hintern so stark zusammen, wie er konnte und ließ seine Hüften Gods gnadenlosen Stößen entgegen schnellen.

„Du verdammter Mistkerl … dein enger Arsch … an … meinen Schwanz …“, grunzte God, und sein unbarmherziger Rhythmus wurde unregelmäßig, während Day seinen Orgasmus herauf zwang.

God hielt Days Hintern fest an seinen pulsierenden Schwanz gedrückt und füllte ihn mit kräftigen Strahlen seines heißen Spermas, das ihn innerlich fast verbrannte und gleichzeitig als sein Eigentum beanspruchte. Das war – bei weitem – Days liebster Moment … nicht sein Orgasmus, sondern Gods. God hielt ihn so eng an sich gedrückt, wenn er in ihm kam, und das gab Day das Gefühl bedingungsloser Liebe und hundertprozentig besessen zu werden.

Gods riesiger Körper lag auf Days Rücken, langsam kam er wieder zu Atem. „Verflucht. Du bist so verdammt heiß, Leonidis.“ Er leckte Days Hals und glitt vorsichtig aus ihm. Day hielt still und ließ das warme Wasser seinen wunden Hintern spülen. Er fühlte, wie Gods Sperma aus ihm herausfloss, und das jagte ihm trotz der Hitze eine Gänsehaut über den Körper. Sie benutzten keine Kondome mehr, seit dem sie die Testergebnisse vor einer Woche erhalten hatten. Sie hatten keine Zeit verloren, und das neue Gefühl ohne störende Latexbarriere ausgiebig erforscht. Das Gefühl, zum ersten Mal im Leben in einer monogamen Beziehung zu sein, war beruhigend.

Nach ein paar Minuten spürte Day, wie God seinen Körper sanft mit einem dicken, seifigen Schwamm abwusch.
„Halt einfach still!", murmelte er besänftigend an Days Wange, küsste ihn zärtlich, und fuhr fort, ihn zu säubern.
Dann trocknete er sie beide ab und führte Leo an der Hand zu ihrem Bett. Day wünschte sich, dass jeder God so sehen könnte. So stark und muskelbepackt und trotzdem so behutsam. Er zog für ihn sogar die Laken zurück, wartete, bis Day ins Bett gestiegen war und ging dann hinüber auf seine Seite. Day beobachtete ihn aus vor Müdigkeit schweren Augen.
Nachdem God sich zu ihm gelegt hatte, zog er ihn wie immer an sich und legte seine schützenden Arme um ihn. Falls God noch etwas sagte, hörte Day es nicht mehr, denn er war fast augenblicklich eingeschlafen.
Day rührte sich nicht, bis die Sonne am nächsten Morgen auf ihre warmen Körper fiel. God und er lagen in der exakt gleichen Position wie in der Nacht zuvor, aneinander geklammert und die Gesichter einander zugewandt. Gods rechter Arms lag unter Days Körper, die andere Hand lag in seinem Nacken. Days Hände waren fest gegen Gods Brust gedrückt. Dem einfallenden Licht nach zu urteilen, musste es nach sieben sein, vielleicht schon fast acht. Day lächelte glücklich.
„Warum lächelst du, Liebling?" Gods raue Morgenstimme schoss direkt in Days Morgenlatte, die gegen Gods Oberschenkel stieß. God Augen waren noch geschlossen, als er von Day abrückte, sich ausgiebig streckte und sich dann wieder an ihn schmiegte.

„Guten Morgen, Hübscher.“ God streichelte seine Wange. „Ich glaube nicht, dass ich es jemals leid sein werde, so aufzuwachen.“

„Mhm … ich auch nicht“, stimmte Day ihm zu und betastete Gods harten Schwanz. „Soll ich mich dem vor dem Frühstück annehmen?“

God drehte sich um und nahm sein Telefon vom Nachttisch. „Nein, Babe. Ich bin wirklich total kaputt. Scheiße“, murmelte er schläfrig. „Ich könnte noch fünf Stunden schlafen.“

„Geht nicht, Lieber. Du sollst heute zu deiner Mom gehen.“

God stieß einen entnervten Seufzer aus. Daran hatte er jetzt gerade nicht denken wollen. Zu sagen, er sei nervös vor dem Treffen mit seiner Mom war wahrscheinlich die Untertreibung des Jahrhunderts.

„Ohne Scheiß, Sherlock, glaubst du wirklich, mich daran erinnern zu müssen? Was zum Teufel würde ich nur tun, wenn du dich nicht um meinen Terminkalender kümmern würdest, Leo!“, sagte er sarkastisch.

Day erwiderte nichts mehr. Er rollte sich aus dem Bett, ging ins Badezimmer und schloss die Tür hinter sich. Er wusste, dass God gestresst war wegen des Treffens mit seiner Mom, aber sich wie ein Arschloch zu verhalten, machte die Sache auch nicht einfacher. Er erledigte seine Morgenroutine und verließ das Badezimmer. God saß in dem Stuhl in der Ecke des Schlafzimmers, sein Gesicht in den Händen vergraben. Statt versehentlich seinen Partner noch mehr zu belästigen, entschied Day sich, einfach an ihm vorbei zu gehen, sich schnell anzuziehen und den Raum zu verlassen.

Er hatte gerade seine Motorradstiefel zugemacht und seine Kette an den Gürtel gehakt, als God sein Schweigen brach. „Willst du dich den ganzen Tag wie eine Zicke verhalten und mich ignorieren, Leonidis? Wenn ich mit einer dünnhäutigen Tussi zusammen sein wollte, wäre ich nicht hier bei dir“, knurrte God wütend.
Day lockerte seinen Kiefer und zählte bis zehn, versuchte still, sich zu beruhigen. Er versuchte daran zu denken, dass God unter starkem Stress war. Es gab viele Dinge, die Day locker durchgehen ließ, und andere, denen er aggressiv entgegen trat. Eine Zicke genannt zu werden, fiel definitiv unter die extrem aggressive Kategorie.
Er nahm die Schlüssel von der Kommode, drehte sich zu God um und starrte ihn an. „Wenn du mich jemals wieder eine Zicke nennst, werde ich dir zeigen, wie sehr ich Manns genug bin.“ Er ging aus dem Schlafzimmer, die Treppe hinunter und direkt durch die Haustür. Draußen öffnete er seine Garage, nahm seinen Helm aus dem Regal, setzte sich rittlings auf sein Motorrad und jagte den Motor hoch, bevor er auf die Straße schoss.

***

God hörte durch das Schlafzimmerfenster, wie Days Motorrad lautstark ansprang. Day fuhr weg. *Du willst mich wohl verarschen!* „Schätze, das heißt, dass du nicht mitfährst!“, schrie God wütend in die Leere. *Wenn du nicht Zicke genannt werden willst, dann benimm dich auch nicht wie eine.*
Er wusste, dass das, was er zu Day gesagt hatte, vielleicht ein bisschen unhöflich gewesen war. *Na und?* Day sollte etwas Verständnis haben. Das Treffen mit seiner Ma heute

war eine große Sache für ihn, und er war so nervös, dass ihm total schlecht war. God stieß einen lauten, frustrierten Seufzer aus und bereitete sich dann für das Treffen vor.

Wie niedlich. Unser erster verdammter Streit als Paar. Yippieh!

Als God die Treppe hinunterging, sah er, dass noch nicht einmal Kaffee fertig war. Er hatte nicht den leisesten Schimmer, wie er dieses High-Tech Monster bedienen sollte. Also setzte er sich an den Tisch, trank einen Saft und las die Samstagsausgabe der Zeitung. In Gedanken spielte er den Morgen noch einmal durch. Er hatte gesehen, dass der kleine Muskel in Days Kiefer zuckte. Das tat er immer, wenn Day zornig war. Sofort hatte er seine Worte bereut und zurück nehmen wollen, aber so funktionierte das nun einmal nicht.

Day war jetzt bestimmt immer noch sauer. Und er selbst war wütend, weil Day abgehauen war, obwohl er eigentlich mit ihm fahren wollte. Als er aber noch einmal darüber nachdachte, fand er, dass er zu diesem Treffen heute wahrscheinlich sowieso besser allein gehen sollte. Day würde für ihn da sein, wenn er wieder heim kam – er wünschte sich, dass Day mit offenen Armen hier auf ihn wartete.

Verdammt.

God sah auf seine Uhr: kurz vor neun. Er faltete die Zeitung zusammen, stellte sein Geschirr in die Spüle und verließ das Haus.

Kapitel 35
Mom, ich bin zu Hause!

Als God auf die Einfahrt abbog, lief Genesis aus dem Haus und kam ihm entgegen, ehe er ganz aus seinem Truck ausgestiegen war. Schnell erzählte er God, dass er bereits mit ihrer Mom darüber geredet hatte, wie God sich fühlte und was er sich für ihre Zukunft wünschte. Sofort ließ Gods Nervosität nach, so würde seine Mom ihm keine schrecklichen Fragen stellen. Wie hat das alles angefangen, warum hast du mir nichts davon erzählt, und all die anderen Fragen, die er selbst am wenigsten beantworten konnte. Er wusste nicht einmal, was genau sie auf den Videobändern gesehen hatten. Genesis hatte nur gesagt, sie hätten alles gesehen.

Day und er hatten sich die Bänder nicht angeschaut. Sein Freund hatte sie auf seine Anweisung hin verbrannt. Sie waren seine Vergangenheit, und God wollte in die Zukunft schauen.

Als God das kleine Haus betrat, saß seine Mom mit imSchoß gefalteten Händen auf ihrem abgewetzten Sofa, ein zerknülltes Taschentuch deutlich sichtbar in einer Hand. Ihr Haar war zu einem Pferdeschwanz zurückgebunden, und sie trug eine pinkfarbene Bluse und einen passenden Rock. Sie trug nur wenig Make-up, aber das hatte sie bei ihrem engelgleichen Gesicht auch nicht nötig. Sie lächelte ihn liebevoll an und winkte ihn zu sich.

God zog seinen Mantel aus und Genesis war sofort zur Stelle, um ihn entgegen zu nehmen. Verlegen ging er zu ihr und setzte sich unbcholfen auf die kleine Couch. Seine Mom hob ihre Hand und legte sie vorsichtig auf seine

Wange, dann inspizierte sie ihn ganz genau und nahm sein Gesicht in sich auf. Ein leiser Schluchzer entwich ihr. Bedächtig und zärtlich wischte er ihr die Tränen fort und versuchte dabei mit aller Macht seine eigenen zu unterdrücken. Diese paar Sekunden fühlten sich an wie sehr lange Minuten, in denen keiner von ihnen sprach. Nachdem seine Mom froh festgestellt hatte, dass er gut aussah, flüsterte sie: „Willkommen zu Hause, Cashel."

Und dann erzählte God ihr alles: über seine Jobs beim Militär und bei der Polizei. Er brachte sie zum Lachen mit Geschichten über seinen verückten Freund und versprach seiner Mom, Day bald mitzubringen. Sie schlug ihm mit ihrem Topflappen auf den Hinterkopf, als er erzählte, dass er Leo verärgert hatte, kurz bevor er zu ihr gefahren war.

„Es hört sich an, als wäre er ein guter Fang, Cashel. Benimm dich ihm gegenüber nicht wie ein Trottel!", ermahnte sie ihn und servierte ihm dann das Lieblingsessen seiner Kindheit.

Es war kurz nach sechs, und God und Genesis verschlangen den ganzen Laib des frisch gebackenen Zimt-und-Rosinen Brots.

Seine Mom lächelte ihn glücklich an und sagte dann sanft: „Ich habe gehofft, dass es immer noch dein Lieblingsessen ist, Cashel."

God tätschelte die weiche Hand seiner Mom. „Es wird immer mein Leibgericht sein. Du wirst Day das Rezept geben müssen."

„Er kann kochen?" Ihre Augenbrauen schossen in die Höhe.

„Mom, er ist einfach unglaublich!", antwortete Gen, bevor God etwas erwidern konnte. „Als ich letzte Woche bei

ihnen war, hat er uns irgendetwas mit Fleisch und Nudeln zusammengekocht." Genesis schnippte mit den Fingern. „Was war es noch, Cash?"
„Boeuf Stroganoff" God lachte mit vollem Mund.
„Wow. Hat seine Mom ihm das Kochen beigebracht?", wollte sie wissen und schnitt God noch ein großes Stück Brot ab.
„Das wäre schön", stöhnte God.
„Oh oh." Seine Mom lächelte breit.
„Oh oh stimmt genau. Im College war er mit einem Schickimicki-Koch zusammen und der hat ihm viel beigebracht." God verdrehte die Augen und winkte herablassend ab. „Ich kann mich nicht mal an seinen Namen erinnern."
„Natürlich kann er sich an den Namen erinnern. Es ist der, den du so gern hast, Mom. Der aus dem Fernsehen. Du kennst ihn, dieser heiße Typ … Prescott Vaughan, der Wunderkoch."
Genesis grinste ihn verschlagen an. God boxte ihn auf die Schulter, als ihre Mom sich zur Spüle umdrehte.
„Autsch! Scheißkerl!", rief Genesis.
Ihre Mom schnappte nach Luft. „Genny, achte auf deine Wortwahl. Cashel, hör auf, deinen Bruder zu schlagen", schimpfte sie mit beiden, bevor sie sich wieder dem Geschirr zuwandte.
„Wir spielen im Wohnzimmer noch ein bisschen Playstation, bis Cash nach Hause gehen und zu Kreuze kriechen muss, Mom", sagte Genesis und duckte sich unter Gods linkem Haken.
Sie lachte beide an. „Das ist fein. Ich glaube, ich gehe jetzt nach oben ins Bett, ich möchte morgen früh in die Kirche gehen und dem Herrn dafür danken, dass mein großer

Sohn wieder zuhause ist." Sie lehnte sich vor und ließ sich von Genesis die Wange küssen, dann küsste sie ihn zurück. God küsste und drückte seine Mom, dann brachte er sie zum Fuß der Treppe und wünschte ihr Gute Nacht.

Sie spielten drei Stunden lang, Cash schlug seinen Bruder bei zwei von drei Spielen. Beide hatten soviel Spaß, dass God nicht aufhören konnte, zu lachen. Dann rügte er Genesis, er solle still sein, denn ihre Mutter versuchte, zu schlafen. Als es Zeit für ihn wurde, aufzubrechen, fragte God seinen Bruder, ob er sie morgen besuchen wolle, um das Footballmatch im Fernsehen anzuschauen. Sein Bruder sagte eifrig und gern zu. God zog ihn ein bisschen auf, und erklärte, er könne einen Freund mitbringen, wenn er wolle.

„Soll ich dich abholen?", fragte God noch, bevor er den Rückwärtsgang einlegte.

„Wenn Terry sagt, er will auch mitkommen, werde ich mit ihm fahren." Genesis wackelte mit den Augenbrauen.

God lächelte und schüttelte den Kopf. Schnell wurde er ernst.

„Gen, du schützt dich doch, oder? Ich bin mir sicher, dass du keine Jungfrau mehr bist." God sah seinenBruder eindringlich an.

„Nein, ich bin keine Jungfrau mehr. Aber ich tüte ihn immer ein, Cash!", erwiderte Genesis ihm mit einem nervösen Kichern.

„Immer?!", beharrte God streng.

„Immer, Bruder. Ich schwöre es dir, Mann."

„Gut, in Ordnung. Ich möchte dich nicht schnell ins Krankenhaus bringen müssen, wenn dir dein Schwanz abfällt." God lachte und raste aus der Einfahrt.

Im Rückspiegel sah er, wie Genesis sich schieflachte und ihm den Mittelfinger zeigte, bevor er sich umdrehte und ins Haus zurückging.

Kapitel 36
Nenn mich nie wieder Zicke

Day bestrafte sich selbst, indem er zum gefühlt hundertsten Mal in drei Stunden auf sein Handy sah. Als er von zu Hause fortgefahren war, war er zuerst zu Starbucks gefahren, hatte sich dort hingesetzt und die letzte Ausgabe von Guns and Ammo gelesen.Dann hatte er eine Stunde lang überlegt, was er jetzt unternehmen sollte – denn seine vorherigen Pläne waren abrupt über den Haufen geworfen worden.

Schließlich war er erst auf eine Stippvisite zu seiner Mom, und dann zu seinem Lieblingsschießstand gefahren, um dort ein paar Runden zu schießen. Es störte ihn nicht, dass die Fahrtzeit zu Carls Schießstand über eine Stunde betrug, denn Carl ließ Day alles vom M16 bis zu .50 Sturmfeuergewehren abfeuern. Einmal hatte er mit einem Gewehr geschossen, das so viel Kraft hatte, dass es ihm fast die Schulter ausgerenkt hatte … er liebte es einfach. Und es lenkte seine Gedanken von God ab.

Um kurz vor sieben war er wieder zuhause gewesen. Nun war er geschockt zu sehen, dass es mittlerweile nach zehn war und von God weit und breit nichts zu sehen war. Er konnte nur vermuten, dass die Dauer des Besuchs bedeutete, dass alles gut lief. Vor ungefähr einer Stunde war er schwach geworden und hatte die Track-your-lover App gecheckt, nur um sicherzugehen, dass es für God nicht schlecht gelaufen war und er irgendwo zornig vor sich hin brütete.

Day versuchte also, sich darauf zu konzentrieren, einen winzig kleinen Strich auf dem hinteren Kotflügel des Ford

Rod zu malen, der fast fertiggestellt war. Da hörte er Gods Truck in der Einfahrt. Er stellte den Pinsel ins Wasser und erhob sich von seinem Schreibtisch. Als er die Laken des Bettes zurückschlug, kam God die Treppe hinauf. Schnell schaute Day ihn an, als er durch die Tür gestiefelt kam. Gods breites Grinsen von Ohr zu Ohr hieß wohl, dass sein Besuch ziemlich gut verlaufen war.

„Sieht aus, als wäre alles gut", sagte Day beiläufig. „Ich freue mich für dich."

„Es war besser als gut, Liebling. Meine Mom war glücklich, mich zu sehen. Sie hat mir Rosinenbrot gebacken, und ein paar auf den Hinterkopf gegeben, als ich ihr erzählt habe, dass ich dich verärgert habe. Sie möchte dich ganz schnell kennenlernen, Schatz", berichtete God atemlos.

„Ich freue mich darauf", erwiderte Day schlicht und kletterte in sein Bett.

„Och, komm schon, du kannst nicht ernsthaft immer noch sauer auf mich sein!" God schnaubte. Als Day nichts mehr sagte, warf God die Hände hoch. „Okay, in Ordnung, fein. Ich hätte das nicht sagen sollen, was ich gesagt habe. Es tut mir leid, und fertig. Da. Macht dich das jetzt glücklich, oder muss ich noch mal raus und dir ein paar dämliche Blumen und Süßigkeiten oder irgendeinen Scheiß mitbringen? Hör auf, dich so zu benehmen. Ich hatte einen guten Tag, Babe, und ich will dich vögeln." God schraubte seine Stimme tiefer.

„Ich habe Kopfschmerzen und glaube nicht, dass ich Lust auf Sex habe … denn du bist mit einer Zicke zusammen. Gute Nacht, Cashel." Day knipste die Lampe auf seiner Seite des Bettes aus und versetzte sie beide in totale Finsternis. Er zog die Laken hoch, drehte God seinen Rücken zu und zwang sich dazu, einzuschlafen.

***

Kurz vor fünf Uhr morgens wachte Day auf und ärgerte sich, dass er nicht wieder einschlafen konnte. Obwohl er ihm den Rücken zuwandte, erkannte er an seinen Atemzügen, dass God ebenfalls wach war. Endlich wurde Day es leid, so zu liegen, und er stand auf, zog seine Hausschuhe an und ging die Treppe hinab nach unten. Auf der obersten Stufe vor der Haustür lag schon die Zeitung. Er ging damit in die Küche, um sich einen Kaffee zu machen. Die zweite Tasse nahm er mit in sein Arbeitszimmer und schaltete den Kochkanal ein. Plötzlich drängte es ihn, wieder nach oben zu gehen und zurück zu God ins Bett zu gehen.

Das war alles großer Blödsinn. Ein blöder Streit , den sie hatten, und er wollte, dass es vorbei war. Day war sicher, dass die Zukunft für sie noch einige andere Streitereien über wirklich wichtige Dinge bereithielt. Sie sollten ihre Zeit nicht weiter mit so einem Müll verschwenden. *Aber dennoch* … Day rührte sich nicht vom Fleck.

Gegen sieben – Day schälte sich gerade eine Grapefruit – stampfte God in die Küche, gereizt wie ein Stier. Er trug nur seine Pyjamahose, die ihm so tief auf den Hüften saß, dass der Ansatz seines Schamhaars zu sehen war. Gods weiche Locken waren zerzaust. Verdammt, er sah einfach zum Anbeißen aus.

„Leo, komm mit.“ God drehte sich um und ging Richtung Arbeitszimmer, der große, brüllende Löwe auf seinem muskulösen Rücken eine mahnende Erinnerung daran, wer hier das Sagen hatte. Als Day sich nicht rührte, drehte God sich langsam zu ihm und quetschte zwischen zusammengebissenen Zähnen hervor: „Ich schwöre dir, wenn du nicht sofort deinen verdammten Arsch hierher ins Arbeitszimmer bewegst, dann ..."

God starrte ihn wütend an und Day sah, dass die dicke Ader an Gods Hals pulsierte. Also ließ er sein Obst liegen und folgte God in das andere Zimmer. God nahm die Fernbedienung, schaltete den Fernseher ab und setzte sich auf die Ottomane. Stille herrschte im Raum. God winkte Day zu sich.

Leo ging zu ihm und God zeigte schweigend auf seinen Schoß. Day sah ihn mit einem Du-kannst-mich-mal-Ausdruck an, also machte God kurzen Prozess, zog ihn zu sich und zwang ihn auf seinen Schoß.

Er sah Day an und schloss die Arme um ihn. Schließlich sagte er: „Leo, dieser Mist, den wir da angestellt haben, ist jetzt vorbei. Ich hab's verbockt und blödes, unnötiges Zeug erzählt, aber ich werde dir jetzt nicht tagelang den Arsch küssen. Ich habe mich gestern Abend entschuldigt und das meinte ich auch so. Ich entschuldige mich, Liebling. Es tut mir leid. Ich bin immer ziemlich aufgeregt, wenn etwas geschieht, über das ich keine Kontrolle habe, und ich schlage dann blind um mich. Aber ich werde auf jeden Fall versuchen, mich besser im Griff zu haben und dich nicht respektlos zu behandeln. Du gehörst jetzt zu mir und ich weigere mich, noch einmal so eine Nacht durchzumachen wie die letzte. Dein Platz ist in meinen Armen, wenn ich schlafe, kapiert?" God beendete seine kleine Ansprache mit einem Klaps auf Days Hüfte.

Er gab Day nicht die Möglichkeit, ihn zurückzuweisen, sondern packte ihn fest und verschloss seinen Mund mit einem leidenschaftlichen Kuss. Days Schwanz war ein Verräter. Schmerzhaft schoss das Blut in ihn, als Gods Zunge in seinen Mund schnellte. Der Geschmack nach Zahnpasta mit Pfefferminz und eine aufregende, männliche Würze, die Gods eigenes Aroma war, verteilten sich auf seinen Lippen, und Day leckte gierig danach.

„Gut. Und jetzt fick mich und zeig mir, wie sehr du meine Umarmung in der letzten Nacht vermisst hast." Gods langgezogener Bariton ließ ihn aufstehen. Schnell zog er seine Pyjamahose und die Unterhose aus und ließ sie zu Boden fallen. Er zog die Schublade des Couchtisches auf, griff nach der Tube Gleitgel, dann setzte er sich wieder auf Gods Schoß.

Sie züngelten wild miteinander, während Day Gel auf zwei Finger gab, sich damit eincremte und dann kräftig die Finger in sein enges Loch drückte. „Oh Gott." Day atmete schneller in Gods Mund.

„Fühlt sich das gut an?" God fasste um ihn herum, legte seine Hand auf Days und fühlte, wie er es sich selbst machte. „Gott, das ist so verdammt geil." God presste seinen Mittelfinger gegen Days Lippen.

Day saugte an Gods großem Finger und stöhnte noch tiefer, denn er ahnte, was God mit dieser runden Spitze vorhatte. Days Rosette zog sich vor Erwartung zusammen. God zog langsam seinen glitschigen Finger aus Days Mund, mischte seine eigene Spucke dazu und griff an Days Hintern. Day hatte sich schon zwei Finger eingeführt, die ihn lustvoll quälten. Er spürte, wie Gods Finger zusätzlichen Druck ausübte und sich in ihn hineindrückte.

„Oh Scheiße!“ Es brannte, und Day stöhnte auf. God hatte lange, dicke Finger.
Day zog seine Finger heraus und ließ God leichter hineingleiten, und sofort bearbeitete God diese eine Stelle, die Day vor Wonne fast vergehen ließ.
„Fuck. Genau da!“ Er bewegte sich vor und zurück auf Gods Finger.
„Du bist so unglaublich sexy.“ God leckte Days Brust und saugte abwechselnd an seinen gepiercten Nippeln. Er zwirbelte die schwarzen Barbells und ließ die Zunge über die kleinen schwarzen Perlen gleiten, was beide trunken vor Lust werden ließ. God betrachtete die mittlerweile roten kleinen Knöpfe und benutzte seinen Daumen, um sie noch mehr zu stimulieren, während er Day dabei anschaute.
„Jetzt!“, knurrte Day.
God verteilte langsam und genüsslich Gleitgel auf seinem Schwanz, sein Blick ruhte unverändert auf Day.
„Ist es das, was du möchtest, Babe?“ Er streichelte seinen Penis von der Wurzel bis zum gewölbten Kopf, der dunkelrot vor Hitze angelaufen war und sich nach Day zu sehnen schien.
„Du wolltest meinen Schwanz in der letzten Nacht auch, oder, Babe?“ God lächelte ihn verführerisch an und brachte seinen Schwanz vor Days Loch in Position. „Ich will dich die ganze Zeit. Und jetzt hör auf zu quatschen und gib' s mir!“, erwiderte Day ungeduldig, und versuchte, sich selbst auf Gods Schwanz zu pfählen, sein Arsch pulsierte und sehnte sich danach, ausgefüllt zu werden. God hielt mit einer Hand seinen Schwanz am Ansatz fest, und machte sich für ihn bereit. Day senkte sich hinab auf diese ganze

Mächtigkeit, sein schmerzendes Arschloch öffnete sich und verschlang Gods Penis in einer schnellen Bewegung.
Day holte scharf Luft und sank ganz hinab, bis seine Pobacken auf Gods Oberschenkeln lagen.
Aus Gods tiefstem Inneren entrang sich ein Stöhnen, von so tief innen, dass Day spürte, wie sein großer Brustkorb vibrierte.
„Scheiße, Leo ... du bist so verdammt eng." Gods Kinn lag auf seiner Brust und er beobachtete die Verbindung ihrer Körper fasziniert, seine Händen lagen auf dem perfekten „V", das Days Becken bildete.
Day schloss seine Arme um Gods Hals und hielt sich daran fest, während er seine Hüften vor und zurück bewegte und ihre Becken sich aneinander rieben.
„Ach. Du. Heilige. Scheiße. Du bist so tief in mir drin." Day blieb auf Gods Schoß sitzen, nur sein Unterkörper wand sich wie bei einem Stripper, der einen Striptease vorführte, und er wusste, dass das God ganz verrückt machte.
God hatte seinen Kopf willenlos nach hinten auf seine Schultern gelegt. Sein Mund war zu einer angestrengten Grimasse verzerrt, die Augenbrauen in höchster Konzentration zusammengezogen. „Du geiler Bastard." God hatte seine Hände locker auf Days Hüften gelegt, und ließ ihn frei schlängeln und reiben, bis er die Schnelligkeit der Bewegung erhöhte. God legte seine Stirn auf Days Schulter und murmelte sinnlos vor sich hin, er biss und erstickte seine Schreie in Days Halsbeuge. Am liebsten hätte Day aus Freude über seinen Sieg die Faust in die Luft gestoßen.
„Los, sag es. Sag, dass ich dein Mann bin!", verlangte er und ließ dabei seine Hüften in federnden, lasterhaften Bewegungen vor- und zurückschnellen.

„Ohhh, mein Gott." God keuchte, während sein Unterleib durch Days kraftvolle Stöße bewegt wurde.
Day stellte beide Füße auf Füße flach auf die Ottomane, um mehr Hebelwirkung zu haben, und begann, sich hochzuheben und dann wieder auf Gods hoch aufgerichteten Schwanz fallen zu lassen, sein Hintern klatschte auf Gods Oberschenkel… einmal … und wieder … und wieder.
„Scheiße, ja!", schrie God. „Du bist mein Mann, ja … Mein Schwanz gehört dir … fick mich, fick mich!"
Day federte hoch und runter, bis God winselte. Day ließ seine Beine zu Boden sinken und drückte sich bis ganz nach unten auf Gods Becken. Er spürte, wie Gods Schwanz hart wie Beton wurde und sich dann zuckend in ihn ergoss, heiße Spermastöße verbrannten ihn fast von innen.
God hatte den Kopf in Ekstase zurückgeworfen. Day spannte seinen Unterleib an und ließ dann wieder locker.
Ein tiefes, langes Stöhnen war seine Belohnung. „Scheiße, ja … melk meinen Schwanz. Drück ihn richtig aus … Mhm … verdammt", ächzte God und versuchte, Days Hüften dabei fest zu halten.
Day stieß Gods Hände von seinen Hüften. Das entlockte God ein dumpfes, kehliges Lachen. „Du willst mir wohl etwas beweisen, Schatz, hm?", spottete er leise.
Sein Geliebter beugte sich vor, biss ihn in den Hals und saugte ein großes Stück Fleisch ein. Gods starke Hand lag jetzt auf Days Schwanz und er begann, ihn mit schnellen, entschlossenen Bewegungen zu streicheln. Da schlug Day Gods Hand fort. Er stand auf, seine Beine waren immer noch über Gods großem Körper gespreizt. Er bewegte sich

nach vorn und zwang God dazu, sich nach hinten zurückzulehnen. Dann stützte er sich auf seine Ellenbogen auf.
Er sah auf God mit einem besitzerergreifenden Knurren hinunter und begann, seinen Schwanz mit blitzschnellen Bewegungen zu pumpen, seiner Faust an der Spitze eine leichte Drehung gebend. Dabei stöhnte er und ließ mit jeder Bewegung seine Hüften nach vorn schnellen. Gods Augen verengten sich und er beobachtete ihn genau. Day sah in seine grünen Augen und wurde kurz langsamer, um nach unten zu fassen und sich etwas von Gods Sperma zu holen, mit dem er seine Hand befeuchtete. God sog zischend Luft ein und beugte sich vor, um Days Bauch zu lecken.
„Das ist so verdammt geil …", bekannte er.
Day stöhnte und ließ sich hinab sinken, bis er fast auf Gods Schoß saß. Er pumpte wie wild. Blind tastete er nach Gods Hand und legte sie zwischen seine Beine auf seinen hochgezogenen Sack. „Drück meine Eier zusammen!", kommandierte er.
„Oh, du kleine Drecksau!" God beobachtete ihn fasziniert.
God hielt Days Eier mit eisernem Griff fest und zog sie schmerzhaft süß nach unten. Day warf den Kopf zurück und merkte, wie ein Orgasmus am Ende seiner Wirbelsäule anfing zu kribbeln. Sein Schwanz pochte in seiner Hand. Seine Oberschenkel zitterten in intensivem Verlangen, endlich zu kommen. „Zieh an meinen Eiern … oh … fuck! Zieh dran, los! Mehr. Ich komme! Oh Gott!" Days Körper zuckte heftig.
„Kann so etwas eine Zicke tun?", zischte er.
Er griff eine Handvoll von Gods seidigen Locken und zog seinen Kopf nach hinten, so dass sein Hals entblößt war.

Seine Sinne schwanden, er fühlte sich wie ein wildes Tier. Er knurrte in dem unbezähmbaren Drang, seinen Mann zu beißen und mit diesem Biss zu markieren. Als der erste Strahl von dickem, weißem Samen aus seinem Schwanz schoss, beugte Day sich vor und traf Gods Adamsapfel, gefolgt von noch viel mehr Sperma, das seinen Geliebten auf Hals und Wange traf. Day strich langsam seinen Schwanz hinauf bis zu Eichel und wieder hinab, bis er ganz leer war.

„Mhmmm. Ich gehöre dir, Liebling." God lächelte ihn verwegen an.

„Verdammt richtig. Das tust du." Day küsste und leckte Gods Gesicht sauber.

Kapitel 37
Zu schön um wahr zu sein

God und Day waren unterwegs, um Genesis abzuholen. Sie wollten gemeinsam bei ihnen zu Hause das Spiel anschauen. Day hatte seinen eigenen auch Bruder eingeladen, zusammen mit Ronowski und Johnson. Das Spiel fing erst um fünf Uhr an, aber God wollte noch zusammen mit Genesis ein bisschen Ball spielen, vielleicht sogar ein paar Spiele auf der Konsole, bevor die anderen Jungs kamen.
God bog mit einem schwungvollen Schlenker in die Einfahrt ein. Kaum hatte er sich von seinem Fahrersitz erhoben und die Autotür zugeschlagen, kam Genesis schon angerast und hätte ihn fast umgeworfen. Sie rauften miteinander, bis ihre Mom auf der Türschwelle erschien.
„Lass sie doch erst mal reinkommen, Genny, meine Güte." Sie lachte, glücklich über ihre Rangelei.
„Genau, Genny!", zog God seinen Bruder mit seinem Spitznamen auf und wurde dafür mit einem Schlag auf den Hinterkopf belohnt. Er jagte Genesis durch den Vorgarten, bis seine Mom rief, er solle zu ihr kommen und ihr einen Kuss geben.
„Hallo Mom. Du siehst heute besonders hübsch aus." God lächelte, lief zu ihr, hob sie in einer bärenhaften Umarmung hoch und wirbelte sie über die Veranda. Sie schlug ihm kichernd auf die Schultern und drängte ihn, sie abzusetzen.
„Oh mein Gott. Jetzt habe ich zwei von euch großen Ochsen, die mich hochheben und durch die Gegend wirbeln!", sagte sie atemlos und wandte sich zu Day. „Du bist zwar nicht so groß wie die beiden, aber du siehst trotzdem

wie jemand aus, der gerne jemand hochhebt und herumwirbelt."

„Oh, das stimmt wohl, denn meine Mutter hat bis heute einen schiefen Gang. Her mit Ihnen, Schönheit!" Bevor Gods Mutter sich wehren konnte, hatte Day sie schon wie ein kleines Mädchen hochgehoben und mindestens fünf Mal herumgewirbelt, wobei sie schrie, als führe sie auf der Achterbahn. Sanft setzte er sie wieder ab und küsste sie auf die Wange. Sie fasste an ihr Herz und war vollkommen außer Atem.

„Genau, wie ich es gesagt habe. Du bist kleiner, aber du bist genauso stark." Sie lachte herzlich. „Leo, ich freue mich so, dass Cashel dich heute mit hergebracht hat. Er hat so viel Gutes über dich erzählt. Kommt alle herein, ich bin sicher, ihr habt noch ein paar Minuten, bevor ihr fahren müsst." Sie zwinkerte Day zu. „Außerdem habe ich Nudelauflauf mit Käse gemacht. Ich möchte, dass Leo ihn probiert, denn er hat bei dem unvergleichlichen Prescott Vaughan gelernt."

„Oh nein", stöhnte God.

Day lächelte God stolz an und ging hinter seiner Mom ins Haus.

***

Genesis und God saßen an dem kleinen Küchentisch und aßen die letzten Krümel Rosinenbrot, während Day ihrer Mutter erklärte, warum Dosenmilch in pikanten Gerichten ein guter Ersatz für Sahne war. God grummelte ein paar Mal vor sich hin, als Day seiner Mom erzählte, wie es war, mit ihrem Lieblingsfernsehkoch zu kochen.

„Wenn ich noch einmal hören muss, wie wunderbar Prescott Vaughan ist, werde ich mir angespitzte Stöcke in die Ohren rammen!" God zog Day zu sich heran und zwickte in sein Kinn.
„Oh, sei bloß still, du. Er gehört jetzt dir, und du profitierst von den großartigen Rezepten, die Prescott ihm beigebracht hat. Tz, tz, tz."
„Ja-ah, wie auch immer." God verdrehte die Augen und setzte sich wieder hin. Er erblickte den Poststapel und blätterte ihn müßig durch, denn technisch gesehen waren es seine Rechnungen. Die Hypothek und die Nebenkosten wurden automatisch abgebucht, und so interessierte es ihn, ob für seine Familie noch zusätzliche Kosten angefallen waren, von denen er nichts wusste.
„Hey Mom, was ist das?" God hielt eine Broschüre einer Einrichtung für betreutes Wohnen mit einer schriftlichen Zusage hoch.
„Oh, mein Schatz. Genesis und ich wollten darüber noch mit dir sprechen. Das ist gestern gekommen, und ich weiß jetzt, dass ich aufgenommen bin, also kann ich dir alles erzählen." Sie wischte ihre Hände an der pinkfarbenen Schürze ab, die ihren hellgrauen Hosenanzug schützte, den sie immer zur Kirche trug, und setzte sich auf den vierten Küchenstuhl. Sanft nahm sie die Broschüre aus Gods Hand.
„Dieses Jahr ist das letzte Schuljahr für Genny und er wird bald auf das College gehen. Er möchte mich nicht allein lassen." Sie wrang das kleine Geschirrtuch in ihrer Hand. „Und ich möchte nicht allein leben. Und so haben wir diese wirklich nette Einrichtung gefunden."

„Wie ein Altenheim. Was stimmt denn nicht mit diesem Haus hier?", unterbrach sie God und runzelte die Stirn.
Eher würde er sich vierteilen, als seine immer noch relativ junge Mom in einem winzigen Zimmer in einem Altersheim verwelken zu lassen. Day legte seine Hand über Gods, tätschelte ihn und hielt seinen Blick für ein paar Sekunden gefangen. *Nicht so eilig, hör erst zu.*
God drehte seine Hand um und ihre Finger verschränkten sich. God atmete tief ein und sagte dann: „Tut mir leid, Mom. Ich wollte dich nicht unterbrechen. Erzähl weiter."
Seine Mom warf Leo ein dankbares Lächeln zu und fuhr fort. „Dieser Ort ist einfach traumhaft, Cashel. Gen und ich werden dir nie genug dafür danken können, was du für uns in all den Jahren getan hast. Aber ich möchte nicht alleine leben, mein Schatz." Sie öffnete eilig die gefaltete Broschüre und hielt sie hoch, damit alle sie sehen konnten. „Schaut mal. Es sind nicht nur einzelne Zimmer, sondern Wohnungen, die voll möbliert sind. Und es ist ein ganzer Komplex, in dem entweder ältere Leute leben oder Menschen, die eine Behinderung haben und nicht arbeiten können. Nachdem Gen und ich uns alles angeschaut hatten, hat der Leiter gesagt, dass ich für das Heim qualifiziert bin, weil ich Vollinvalide bin – es hat nichts mit dem Alter zu tun." Sie lächelte und tätschelte Gods stoppelige Wange.
„Und ich kann immer noch die Freiwilligenarbeit übernehmen. Sie haben auch einen kleinen Bus, mit dem sie die Bewohner befördern. Und es gibt einen Spieleabend und ein Freizeitcenter, Kino, eine Kirche, eine Cafeteria – alles dort in dem Komplex." Sie strahlte förmlich vor Begeisterung. „Und das Beste ist, es kostet nichts extra. Die Kosten

basieren auf meiner Behindertenrente, und außerdem bekomme ich immer noch Joes Sozialversicherung."
God ließ den Kopf hängen und drückte Days Hand fester.
„Oh, mein Schatz. Du hast so viel getan. Aber jetzt ist es Zeit für dich, dein eigenes Leben zu leben und mit Leo glücklich zu werden. Du musst dich nicht mehr dafür ruinieren, alle unsere Ausgaben und deine eigenen zu tragen."
Sie schüttelte den Kopf, als versuche sie, ihn zu verstehen.
„Ich begreife immer noch nicht, wie du das all die Jahre geschafft hast. Aber du hast mehr getan, als jeder andere Sohn jemals tun würde."
„Mom, wenn sie jetzt einen freien Platz haben, musst du ihn annehmen. Wenn du erst wieder auf der Warteliste stehst, kann dir keiner sagen, wie lange es dauert, wann wieder etwas frei ist. Ich werde einen Schulfreund fragen, ob ich für ein paar Wochen bei ihm einziehen kann, bis nächsten Monat der Sohn von meinem Trainer ins Trainingslager fährt", meldete Genesis sich zu Wort.
„Hoppla, langsam. Ich bin verwirrt. Was meinst du damit, bei einem Freund wohnen?" God hob eine Hand, um seinen Bruder zu bremsen.
„Also, mein Trainer hat gesagt, ich könnte bei ihm einziehen, wenn sein Sohn nächsten Monat ins Trainingslager geht und wenn Mom das Angebot annimmt. Sie kann hier nicht alleine leben. Wir haben schon das ganze Jahr darüber geredet, aber jetzt ist dieses Appartement gerade frei geworden, und ich will nicht, dass es ihr entgeht. Ich habe es mir auch angeschaut, Cash … selbst ich würde da gerne leben. Die Cafeteria bietet drei Mal am Tag Essen an, für Leute die nicht mehr selbst kochen können, und es ist unglaublich gut."

God hörte seinem Bruder zu, sah dabei aber seinen Geliebten an. Er wollte Day etwas fragen, wusste aber nicht, wie er beginnen sollte.

Da ergriff Day das Wort. „Genesis, du bist herzlich eingeladen, bei uns zu wohnen, bis du aufs College gehst – und natürlich, wenn es für deine Mom in Ordnung ist. Ich habe mehr als genug Platz, und ich bin mir sicher, dass Cash so viel Zeit wie möglich mit dir verbringen will, bevor du gehst." God starrte seinen Mann, seinen Partner, seinen Liebsten an … seinen besten Freund. Er hatte gewusst, was God anbieten wollte, aber gefühlt, dass es von ihm kommen musste.

„Ist das dein Ernst, Leo? Das wäre supergeil, Kumpel!" Genesis schüttelte Day vor Begeisterung.

Day drehte sich zu God um, der ihn immer noch überwältigt anstarrte. Er zwinkerte und küsste God auf die Wange.

„Cash und ich würden uns sehr freuen, wenn du bei uns zuhause wohnen würdest. Das Gästezimmer ist riesig, und du könntest es dir einrichten, wie du magst – für die nächsten neun Monate oder wie lange es eben dauert. Das Haus liegt zwar nicht an der Schulbusroute, aber ich habe noch einen alten SUV, mit dem ich nie fahre. Ich kann mit meinem Motorrad fahren oder mit diesem Nicki Lauda hier, also kannst du ihn so lange haben, wenn ich dich der Versicherung gemeldet habe."

God befürchtete, Genesis würde Day aus seinem Stuhl hauen, so kräftig schüttelte er ihm die Hand und drückte ihn fest.

„Genny, denke an God, und bringe diesen netten Mann nicht um." Seine Mom lachte. „Leo, das ist überaus großzügig … bist du sicher?"

„Natürlich. Gen gehört zur Familie“, versicherte Leo und schlug Genesis tastende Hände fort.
„Oh Mann … das wird großartig!“ Genesis grinste.
God war einfach nur glücklich. Er würde noch zehn Monate mit seinem Bruder haben, bevor er im Herbst auf das College wechselte. Nie hätte er sich vorstellen können, einmal so froh zu sein. Er war verliebt, er hatte die Liebe seiner Mutter und seines Bruders wieder gewonnen, und wenn die Gerüchte sich bewahrheiteten, würde er noch in diesem Jahr befördert werden.
„Okay Mom. So lange es das ist, was du wirklich willst.“ God beugte sich vor und küsste seine Mom auf die Wange.
Sie stand auf und stemmte ihre Hände in die schlanken Hüften. „Und jetzt möchte ich, dass Genny auf eine richtig gute Schule geht, sich im Footballprogramm toll schlägt, und dass Leo und du euch euer gemeinsames Leben aufbaut.“ Sie schaute sie streng an. „Und wenn alles in Ordnung ist … möchte ich ein paar Enkelkinder.“ Sie strahlte.
Die drei Männer hüstelten und stöhnten zugleich.
„Okay, okay.“ Verschmitzt lächelnd hob sie ihre Hände, um sie zu beruhigen. „Cash, ich möchte gern, dass du mit mir einen kleinen Spaziergang durch den Komplex machst. Du wirst sehen, dass es großartig ist, und es keinen Grund zur Sorge gibt. Wenn du mir deine Erlaubnis gibst, werde ich meinen Mietvertrag unterschreiben und meine großen, bärenstarken Männer können mir bei meinem Umzug helfen.“ Sie gab jedem einen Kuss auf die Stirn. „Und jetzt ziehe ich mir etwas Gemütlicheres an und strecke mich auf der Couch aus. Endlich kann ich meine Lieblingssender im Fernsehen anschauen, denn Genesis wird ihn ausnahms-

weise nicht den ganzen Tag belagern, um Football zu gucken."
Cash lächelte und brachte sie zum Fuß der Treppe. Er küsste sie auf die Wange. „Ich sehe zu, dass Genesis um zehn wieder zu Hause ist, Mom."
Sie drehte sich auf der dritten Treppenstufe um. „Er kann auch über Nacht bleiben, dann musst du nicht wieder so spät den ganzen Weg zurück fahren. Ich bin durchaus fähig, meine Türen zu verschließen und allein zu Haus zu sein."
„Absolut nicht", antwortete God leichthin und zärtlich, als sie kopfschüttelnd die Treppe hochging. „Nacht, Mama."
„Gute Nacht, mein lieber Junge."
Als sie aufbrachen, war God überzeugt, dass die Seniorensiedlung ein guter Ort zum Leben war, und es war nur zwanzig Minuten von Leos und seinem Haus entfernt. Seine Mom wäre nicht allein, so dass Genesis sich nicht zu sorgen brauchte, und sich auf die Schule konzentrieren könnte. In der nächsten Woche würden sie drei zusammen hingehen, um den Mietvertrag zu unterzeichnen, und dann würde er das Haus verkaufen. God musste sich selbst eingestehen, dass es ein wunderbares Gefühl war, nicht mehr für einen kompletten zusätzlichen Haushalt sorgen zu müssen.

Kapitel 38
Ein Treffen unter Freunden

Genesis und Jaxson sprangen aus ihren Sitzen und schrien wie wahnsinnig, als die Redskins kurz in Führung gingen, dann die Falcons aber einen Touchdown spielten und das Spiel in die Verlängerung ging. Da sie in Atlanta lebten, waren die meisten Fans der Falcons, aber Johnson war ein Redskins Fan und so hatte es viel mehr Spaß gemacht, das Spiel anzuschauen.

Als Ronowski und Johnson zusammen angekommen waren, hatte Day sie in seinem Haus willkommen geheißen. Es gab keine Spannungen mehr zwischen ihnen, und einige Abende mit Pool Billard und gutem Essen im Henry's hatten aus ihnen Freunde werden lassen. Ronowski fühlte sich mittlerweile wohl damit, über fast alles mit Day zu reden, inklusive Sex. Als Day Ronowski geraten hatte, an Johnsons Eiern zu ziehen, während er ihm einen blies, war Ronowski so rot geworden, dass Day befürchtet hatte, er würde jeden Moment explodieren.

Day löffelte gerade noch etwas selbstgemachte Guacamole in eine Schüssel, als er hinter sich Schritte hörte. Er drehte sich in dem Moment um, als Ronowski an seine Seite glitt, seine Finger in den Dipp steckte und in den Mund schob.

„Mhm. Lass' den Finger nochmal in deinen Mund gleiten und dann nochmal rein und raus …", knurrte Day.

„Bist du immer so sexuell?" Ronowski lachte ihn aus.

„Ja", antwortete Day todernst. „Ich meine … hast du meinen Freund gesehen? Ja, Ro. Ich denke an Sex. Die. Ganze. Zeit."

Ronowski hielt seinen Arm fest, als Day den Dipp zurück zu den Jungs bringen wollte. Day starrte ihn sekundenlang an, sagte aber nichts. In den letzten Wochen, als sie Seasels Dienst mit übernommen hatten, hatte er ihn ziemlich gut kennen gelernt. Day stellte die Schüssel auf dem Tresen ab und zog den verlegenen Mann in seine Arme. Langsam hob Ronowski ebenfalls die Arme und legte sie ihm um den Hals. Day lehnte sich zurück gegen die Kücheninsel und zog Ronowski an sich.

„Warum hältst du mich so?", fragte Ronowski, seine Augen auf die Knöpfe von Days Pullover fixiert.

„Weil du möchtest, dass ich es tue", gab Day zurück. „Was denkst du gerade?"

„Ich grabe dich nicht an, Day." Ronowski zog sich etwas zurück.

Day umarmte ihn fester. Dann hob er Ronowskis Kinn an, so dass er ihn anschauen musste. „Erstens … das weiß ich. Zweitens, du weißt, wem ich gehöre, und ich glaube nicht, dass du Todessehnsucht hast. Drittens, ich weiß, dass du Johnson liebst. Also – ich habe einfach angenommen, du könntest eine Umarmung gebrauchen." Day lachte unbekümmert.

Ronowski lächelte schüchtern. „Ich weiß nicht, ob ich's tue. Ich meine, er ist wirklich cool und wir haben viel Spaß zusammen. Er hat immer verrückte Ideen, was wir bei unseren Verabredungen machen … verrücktes Bungeejumping oder Klettern! Er ist wirklich witzig und entspannt, weißt du."

Day verflocht seine Finger hinter Ronowskis Kreuz und rieb seinen Daumen besänftigend über die festen Muskeln, während er zuhörte. „Also, was ist dann das Problem, Babe?“

„Letzte Nacht lagen wir im Bett, und ich war schon halb eingeschlafen, aber nicht ganz. Da habe ich gemerkt, wie er mich auf die Stirn geküsst und geflüstert hat, dass er mich liebt. Ich glaube, er dachte, dass ich schlafe.“ Ronowski kaute nervös auf seiner Unterlippe und fummelte an Days Hemdkragen herum.

„Aber du liebst ihn doch?“, sagte Day fragend und wartete auf die Auskunft des attraktiven Mannes. Ronowski blickte mit seinen hellblauen Augen zur Decke, als würde er dort eine Antwort auf die Frage finden. Dann sah er wieder zu Day hinab. Lange, dunkle Wimpern bewegten sich und warfen kleine Schatten auf sein Gesicht, er schien tief in Gedanken versunken. Seine Lippen waren von Natur aus rosig und geschmeidig weich – perfektes Kopfkino für die Fellatiophantasien eines schwulen Mannes. Ronowski hatte etwas Gel in den Haaren, vorne waren sie kunstvoll zerzaust und unordentlich. *Hölle* – kein Wunder, dass Johnson nach nur einem Monat verliebt war.

„Ich weiß nicht, Leo. Woran merkt man, dass man einen Mann liebt?“ Ronowski seufzte gequält.

„Liebe ist immer das Gleiche, Kleiner.“ Day lächelte. Er hatte Ronowski ‚Kleiner‘ genannt, seitdem der ihm die erste Frage über Sex gestellt hatte. „Es ist egal, ob es ein Mann, eine Frau oder ein Hermaphrodit ist. Liebe ist Liebe, Schatz. Lass es mich mal so erklären: Wenn du ein verrücktes Gefühl im Bauch hast, nur wenn du seine Stimme hörst, dann weißt du es; wenn du es kaum erwarten kannst, ihn wiederzusehen, obwohl ihr euch vor weniger als 24 Stunden verabschiedet habt … dann weißt du es. Wenn du alles in deiner Macht stehende tust, damit er dich nur einmal anlächelt, dann weißt du es. Aber der ultimative Test, wenn du wissen willst, ob du verliebt bist oder nicht, ist sich vorzustellen, dass diese Person dir plötzlich für immer genommen wird. Wenn dir bei diesem Gedanken die Tränen kommen und du sofort zu ihm laufen, ihn in die Arme nehmen und festhalten willst, spätestens dann ist verdammt klar, dass du verliebt bist."

„Heilige Scheiße", flüsterte Ronowski und blinzelte ein paar Mal. „Ich bin verliebt. Gott! Zum ersten Mal in meinem verdammten Leben."

Ein Lächeln stahl sich auf Days Lippen. Er wusste nicht, ob sich auch noch andere Leute für die beiden freuen würden, aber er tat es. Er hatte vier Jahre lang versucht, Ronowski aus seinem Schneckenhaus zu locken. Und jetzt – endlich – hatte er sich in einen Mann verliebt. Day blinzelte und studierte sorgfältig das hübsche Gesicht vor ihm, während Ronowski ihn seinerseits neugierig anstarrte.

„Was?" Day grinste frech. „Hast du gerade festgestellt, dass du mich auch liebst?"

„Du Blödmann." Ronowski lachte auf und zog an seinem Ohr. „Nein, ich bin nicht in dich verliebt, aber ich bin froh, dass du … mein Freund bist", beendete er langsam den Satz und hob fragend eine dunkelblonde Braue.

„Ja-ah, Ro. Ich bin dein Freund." Day küsste ihn keusch auf seine schönen Lippen, und Ronowski spitzte seine Lippen und erwiderte den Kuss.

„Ähmmmm, Bruder – und J. Ihr solltet das vielleicht sehen und her kommen, denn eure Freunde fangen an, hier rumzumachen!", schallte Genesis tiefe Stimme vom Eingang der Küche.

Day schüttelte den Kopf und warf das Nächstbeste, was er greifen konnte, nach Genesis. Der lachte laut, schnappte sich den Dip und rannte an God und Johnson vorbei zurück ins Wohnzimmer.
„Verdammt. Ist das nur für mich so, oder findest du auch, dass die beiden ziemlich heiß zusammen aussehen?“ Johnson nickte in ihre Richtung und nahm sich aus dem Kühlschrank noch ein Bier. „Komm nicht auf komische Ideen, du mit deinem verdrehten, perversen Hirn, Johnson“, mahnte God lachend, aber Day sah genau, wie er Johnson gerissen zu blinzelte. Dann küsste er Day, der immer noch die Arme um Ronowski gelegt hatte, leidenschaftlich.
Day stöhnte und erwiderte den Kuss sekundenlang, bevor er sich etwas zurückzog. Ohne Zweifel drückte sich doch tatsächlich von vorne ein harter Schwanz an ihn, während God seinen Mund überfiel. Und auch das Bild, das sich seinen Augen jetzt bot, war sehr sexy, und das nicht zu knapp.
Ronowskis Körper war immer noch gegen seinen gepresst, sein Becken stieß mit kleinen Bewegungen nach seinem eigenen Rhythmus leicht nach vorn, während sein Kopf zurückgelehnt auf Johnsons Brust ruhte. Johnson küsste und leckte Ronowskis rosafarbenen Lippen und arbeitete sich zu seinem Ohr vor; saugte an dem Ohrläppchen und ließ seine Zunge über den goldenen Ohrring schnellen. Ronowski stöhnte wollüstig und Day konnte nicht verhindern, dass sein Körper darauf reagierte. Er presste seinen Penis fest gegen Ronowskis Schwanz und stieß zurück. Day suchte schnell Gods Blick, konnte aber zu seiner Überraschung keinerlei Anzeichen von Zorn oder Ablehnung

erkennen; völlig überrascht las er in den grünen Augen Geilheit und Erregung.
Ihre Lust wurde jäh unterbrochen, als Jaxson laut buhend ein Spielerinterview kommentierte. Day zog sich zurück und sah über Ronowskis Schulter direkt in Johnsons Augen. Ronowskis halbgeschlossene Lider waren auf Gods Brust fixiert. Keiner sprach. Day hatte das Gefühl, der ganze Raum sei voller erhitzter Blicke, keuchendem Atem und schmerzhaften Erektionen. Johnson brach als Erster mit einer sehr direkten Frage das Schweigen.
„Was meinst du dazu, God?“
Alle drehten sich um und sahen God an. Aus irgendeinem Grund brauchten sie die Zustimmung von ihm – zu was auch immer.
God massierte sanft die Rückseite von Days Nacken und neigte den Kopf, um seinem Liebsten etwas ins Ohr zu flüstern, das nur für ihn ganz allein bestimmt war. Als God sich wieder aufrichtete, blitzte ein breites, verführerisches Lächeln auf Days Gesicht auf. „Habt ihr beiden heute Nacht schon etwas vor?“

Kapitel 39
Los geht' s … Spieleabend.

Day war oben im Badezimmer und machte sich frisch, während Johnson und Ronowski unten im Arbeitszimmer an ihren Drinks nuckelten. God legte seine starken Arme um Day, der sich gerade das Gesicht wusch.

„Hallo, Prachtkerl.“ Gods Stimme klang weich an seinem Ohr.

„Hey.“

„Also werden wir das wirklich mit ihnen durchziehen?“ God leckte Days Hals und beobachtete sie im Spiegel.

„Scheiße, ja!“ Day grinste und rieb sich mit dem Waschlappen über das Gesicht. „Hast du schon jemals mit einem anderen Paar gespielt, während du mit jemandem zusammen warst?“

„Ich hatte schon ein paar Dreier mit Mädels, aber da war ich nicht in einer festen Beziehung. Ich wollte nicht, dass alles zu kompliziert wird.“

„Oh Babe, mach dir darüber keine Gedanken. Johnson ist schwul und wird es vielleicht selbst kennen, denn einige schwule Paare spielen gern mit anderen. Das hat überhaupt nichts mit Betrug zu tun – ich kann sehen, dass sich die kleinen Rädchen in deinem Kopf drehen … Nein, wir beide haben keine offene Beziehung. Ich gehöre zu dir. Ich würde nie ausgehen und mit jemand anderem vögeln oder einfach irgendjemand aufgabeln und mit in unser Bett bringen. Wir sind gern mit Johnson und Ronowski zusammen, sie sind cool, und wir vertrauen ihnen, also ist es einfach so, als hätten wir Freunde mit gewissen Vorzügen.“ Day zwinkerte.

„Deine Denkweise ist bemerkenswert, mein Schatz." God schüttelte den Kopf.
„Hat deinem Bruder der Truck gefallen?" Day tupfte ein bisschen Aftershave unter sein Kinn.
„Verdammt, ja, das hat er. Ich habe ihm gesagt, dass er verantwortungsvoll damit umgehen soll und keinen Scheiß bauen darf, sonst nehmen wir ihn wieder weg", erwiderte God und zog sein Shirt mit dem V-Ausschnitt aus.
Day hatte God vorgeschlagen, Genesis mit dem Truck nach Hause fahren zu lassen, statt ihn heimzubringen und den ganzen Weg wieder zurück zu fahren. Days Explorer war ordentlich und kaum benutzt, und es konnte nicht schaden, wenn Genesis ein verlässliches Transportmittel zur Verfügung hatte. Außerdem war Genesis clever, hatte ein gutes Benehmen und war konzentriert, sodass Day keinen Grund dafür sah, ihm nicht ein paar Räder anzuvertrauen.
„Jaxson ist auch endlich nach Hause gefahren." God verdrehte die Augen. „Ich dachte, er würde gar nicht mehr damit aufhören, Johnson damit aufzuziehen, wie schlecht seine Redskins sind."
„Also sind unsere Gäste da unten allein." Day schlang seine Arme um seinen Mann.
„Ich habe ihnen gesagt, wir rufen sie gleich nach oben. Ich wollte erst kurz mit dir reden, und ich bin mir sicher, dass Johnson bestimmt auch mit Ronowski klären will, was das gleich bedeutet." God schlug die Laken auf dem massiven Bett zurück und warf einen kurzen prüfenden Blick auf die Nachttische, ob dort auch alles bereit lag.
„Ich gehe runter und hole sie, Lieber." Day küsste God auf den Mund. Als er sich umdrehte, griff God nach seinem

Arm und drehte ihn zu sich um. Er sah ihm endlose Sekunden lang in die Augen, keiner von beiden sagte etwas.
„Er wird dich ficken wollen“, sagte God schließlich ernst.
„Babe, wenn du das nicht tun kannst, ist das okay. Ich schicke sie jetzt sofort nach Hause und sage ihnen, dass nichts läuft.“ Day streichelte Gods Wange.
„Es ist so: ich möchte es tun. Ich will nur nicht, dass Johnson sich wieder in dich verliebt. Schließlich war er fast drei Jahre lang hinter dir her“, gab God zu.
„Pfff. Er war wohl kaum in mich verliebt, er war nur geil und hat mich verfolgt, weil ich ihm gelegen kam. Aber ich mache mir jetzt keine Sorgen, weil er in Ro verliebt ist, und Ro liebt ihn auch. Außerdem, wer würde sich nicht in diesen umwerfenden Mann verlieben? Er ist verdammt heiß – wie Channing Tatum; aber auch sexy und süß wie Zac Efron. Das zusammen ist eine verdammt gute Kombination …ein richtiger Bad-Boy-Schnuckel.“
„Verdammt, ich weiß. Ich möchte ihn küssen und diese pink-farbigen Lippen sehen, wenn sie an meinem Schwanz auf- und abgleiten.“ God packte Days Hintern und rieb sich an ihm.
„Oh Gott. Das will ich auch sehen.“ Day grinste.
God wirbelte ihn herum, schubste ihn in Richtung Tür und gab ihm einen Klaps auf den Po. „Los, geh und hol sie!“
Day ging auf den Treppenabsatz und rief: „Bewegt eure Hintern hier hoch!“
Johnson führte Ronowski an der Hand die Treppe hinauf. Als sie oben angekommen war, grinste Day sie breit an und führte sie in das große Schlafzimmer. Sobald sie um die Ecke gebogen waren, hörte Day einen lauten Atemzug

hinter sich – und wusste, ohne Ronowskis Gesicht zu sehen, was der Auslöser war.
God sah aus dem Fenster. Seine langen, muskulösen Arme hatte er auf der Fensterbank abgestützt. Seine Rückenmuskeln traten klar definiert bei jeder Bewegung hervor. Der brüllende Löwe auf seinem Rücken sah aus, als würde warnte er vor unerlaubter Berührung. Die vier großen Reißzähne waren gebleckt, bereit, etwas – oder jemanden – zu zerfetzen. Am eindrucksvollsten jedoch waren die Farben: Die goldbraune Mähne des Tiers war durchzogen von schwarz-goldenen Strähnen. Das Haupt allein nahm die komplette rechte Hälfte von Gods breitem Rücken ein.
„Wunderschön, findet ihr nicht?“ Day trat zur Seite und ließ ihren Besuch eintreten.
„Das habe ich noch nie an ihm gesehen“, flüsterte Ronowski ehrfurchtsvoll.
„Du darfst ihn anfassen, Kleiner.“ Day lächelte stolz.
Ronowski schüttelte den Kopf. „Ähm, nein, ist schon in Ordnung. Ich werde nur gucken.“
„Komm her.“ God drehte sich um und sah sie an. Seine grünen Augen richteten sich auf Ronowski. Es gab noch eine Vielzahl weiterer Tattoos auf Gods Brust und einige Sprichworte, die in Schreibschrift auf seine Brustmuskeln tätowiert waren.
Ronowski sah Johnson an, der seinem Liebhaber leicht zunickte und sein Einverständnis gab. Langsam ging er quer über den üppigen Teppich. Kurz vor God blieb er jedoch ruckartig stehen und platzte etwas zu laut heraus, dass er ins Badezimmer müsse. Er hastete zurück über den Teppich, als würde er verfolgt und knallte die Tür des Badezimmers hinter sich zu. Die drei warteten verblüfft

schweigend und spitzten die Ohren, ob sie den nervösen Ro kotzen hören würden. Nach einem stillen Augenblick wandte sich Johnson in Richtung der geschlossenen Tür.
„Lass mich das machen, Johnson“, sagte Day und marschierte ins Badezimmer, bevor Johnson etwas tun konnte. Er schloss die Tür und schaute Ronowski an, der sich mit zitternden Händen Wasser ins Gesicht klatschte.
„Ro, du musst das nicht tun, Lieber. Es soll dir Spaß machen und nicht einen Herzstillstand auslösen.“ Er rieb Ronowskis Rücken durch das weiche T-Shirt.
Ronowski schüttelte die Wassertropfen ab und drehte sich in Days Armen zu ihm um.
„Es ist bloß … Er ist einfach so verdammt groß. Ich meine, größer als Johnson und definitiv angsteinflößender. Wenn ich dich anfasse – wie kann ich das sicher sein, dass er mir nicht die Scheiße aus dem Leib prügelt?“
Day erwiderte ungläubig seinen Blick. „Das wird nicht passieren.“
Ronowski starrte zurück.
„Ähm … nicht nochmal“, gab Day zu.
Ronowski schlug Day auf die Schulter und beide begannen bei der Erinnerung an das fast fünf Jahre zurückliegende Ereignis hysterisch zu lachen.
„Warum bringt ihr den Spaß nicht mit raus?“, rief Johnson ihnen von draußen zu.
Day packte Ronowski Arm, bevor der die Klinke herunterdrückte.
„Ro, nichts wird passieren, was du nicht willst. Und selbst wenn du nur in einer Ecke sitzen und zuschauen willst, dann ist das auch in Ordnung.“ Langsam zog Day Ronowski näher zu sich heran und rieb seinen erigierten

Schwanz an ihm. Ronowski schloss die Augen und leckte sich fast unbewusst über die Lippen.

„Oder du bewegst dich in das Bett da draußen und vögelst mich, so wie du es dir schon seit vier Jahren wünschst."

Ronowskis Augen wurden so groß wie Untertassen. „Wirklich? Ich könnte es mit dir treiben?"

Day lächelte durchtrieben, führte Ronowskis Hand an seinen Schwanz und drückte sie darauf. „Die Vorstellung gefällt mir sehr."

Ronowski grabschte Days Hand und warf ihn praktisch zur Badezimmertür hinaus. „Verdammt, das ist eine Tracht Prügel von God wert."

Beide stolperten aus der Tür und Day lief in Ronowskis Rücken, als der abrupt stoppte. Bei dem Anblick, der sich ihnen bot, klappte beiden der Mund auf.

„Heilige Scheiße", hauchte Day. „Ich glaub, ich komme."

God und Johnson lagen beide auf dem großen Bett. God hatte Johnson unter sich, sein großer Körper eingezwängt zwischen Johnsons angewinkelten Knien. Eine seiner großen Hände lag auf Johnsons Hals, die andere hatte er in dessen Haaren vergraben und kontrollierte so den Kuss. Day konnte sehen, wie sich die Muskeln in Gods Rücken wellenartig zusammenzogen, während er gegen Johnson stieß.

„Oh verdammt … Scheiß auf dich, God … Das fühlt sich verdammt gut an", stöhnte Johnson mit ein bisschen Bosheit in der Stimme. Er wandte sich von Gods Mund ab und sah die beiden am Bett stehen. „Kommt her!"

God glitt von Johnson herunter, Ronowski stieg hinein und ließ sich auf Johnson nieder. Der drückte ihn an sich.

„Geht es dir gut, Ro? Wenn du das Wort sagst, gehen wir direkt nach Hause und in mein Bett –"
Ronowski brachte Johnson zum Schweigen, in dem er sich vorbeugte und ihn sanft auf die Lippen küsste. „Nein. Ich möchte bleiben. Außerdem hat Day gesagt, dass ich ihn vögeln darf." Ronowski grinste.
„Oh, in der Tat, hat er das?", grummelte God und zog den lächelnden Day auf sich.
Sie küssten ihre Männer, und schnell erfüllte leidenschaftliches Stöhnen den Raum. Day und Ronowski lagen Rücken an Rücken. Day streckte seine Hand nach hinten aus und erspürte Ronowskis runden Po. Er knetete ihn kräftig, während er gleichzeitig mit God weiterknutschte. Bald jedoch drehte Day sich um und tippte Ronowski auf die Schulter, der den Kuss mit Johnson unterbrach und sich ihm zuwandte.
Day und Ronowski lagen so nah beieinander, das Day seinen schnellen Herzschlag durch das T-Shirt spüren konnte. Day griff nach dem Saum des Shirts, zog es Ronowski über den Kopf und warf es zu Boden. Als er sah, dass Ronowskis kecke rosa Nippel mit kleinen goldenen Barbells gepierct waren, lächelte er breit.
„Unglaublich. Seit wann hast du die schon?", fragte er neu gierig und ließ die Zunge über eine der kleinen Kugeln schnellen. Ronowski erschauerte.
Das Lächeln, dass Ronowski ihm schenkte, war absolut umwerfend. „Einen Monat, nachdem ich deine gesehen habe."
Day runzelte die Stirn und versuchte, sich zu erinnern.
„Es war auf der Arbeit. Du kamst gerade aus der Dusche und hattest nur ein Handtuch um die Taille gebunden, und

da habe ich sie gesehen. Das Wasser lief deine Brust hinab, und dann hast du das Handtuch abgenommen und angefangen, dich abzutrocknen. Mein Schwanz wurde steinhart, so hart, dass ich kaum noch atmen konnte. Ich war so sauer auf dich, dass ich am nächsten Morgen deine Kaffeemaschine in den Müll geworfen habe." Ronowski barg sein Gesicht in Days Schulterbeuge.

Day zügelte sein Lachen, aber God und Johnson konnten nicht mehr an sich halten.

„Du warst das also, du kleiner Mistkerl. An dem Tag hätte ich jemanden umbringen können. Keiner wusste, was zum Teufel damit passiert ist." Day biss Ronowski in die Brust, und beide lachten los.

Ronowski hatte den Anstand, verlegen auszusehen. Langsam verebbte ihr Lachen, und Day rieb die kleinen gepiercten Knospen, bis sie sich aufrichteten. Auch Ronowski wurde ernst. „Ich habe mich vom ersten Tag an von dir angezogen gefühlt. Das hat mich so angepisst. Und noch mehr geärgert hat mich, dass du die Wahrheit hinter diesem homophoben Scheiß erkannt hast. Trotzdem wollte ich nie mit dir zusammen sein, du redest zu viel." Ronowski grinste kurz, als Day ihm die Zunge herausstreckte. Dann fuhr er fort: „Aber im letzten Monat bist du zu einem Freund geworden. Aber ich schätze, was ich eigentlich sagen will, ist: ich bin verrückt nach dir, Day … du weißt schon, auf eine du-bist-toll-aber-ich-will-keine-Beziehung-mit-dir-ich-will-dich-nur-vögeln-Art."

Day griff Ronowskis Nacken und zog dessen schöne Lippen an seinen Mund. „Ich bin auch verrückt nach dir!", flüsterte er in Ronowskis Mund und ließ seine Zunge hineingleiten, um ihn zum ersten Mal zu schmecken. Das entlockte Ronowski ein sündiges Stöhnen. Day war höllisch hart. Wahrscheinlich ließ sich sein Schwanz in zwei Teile brechen. Er legte Ros Oberschenkel über seine Hüfte und rieb sich an ihm.

God legte seinen Arm um Days Hüfte und bewegte sich hinter ihm, Johnson tat das Gleiche bei Ronowski.

Day lehnte seinen Kopf nach hinten und ließ seinen Mund von God gierig erobern, während Ronowski einen kleinen Pfad von seiner Brust über den Hals leckte und an seinem Kinn knabberte. Dann beugte er sich vor und ließ seine Zunge zwischen Days und Gods Zunge spielen. Zaghaft umleckte er Days Lippen, bis er Gods Lippen berührte und ihn mit schnellen, ungleichmäßigen Schlägen neckte und so gleichzeitig um Erlaubnis bat.

God stöhnte und Day fühlte, wie Ronowskis Schwanz sich von hart zu steinhart versteifte.

„Oh, das gefällt ihm, Baby", informierte er God.

God zog Ronowski an sich und küsste ihn, bis beide dringend Luft holen mussten.

„Ich will dich auch, God", bekannte Ronowski.

„Komm her!", befahl God.

Day ließ Ronowski verführerisch langsam über sich gleiten. Er legte sich auf God, und Day musste sich eingestehen, dass die beiden ziemlich gut zusammen aussahen. God legte seine langen Arme um Ronowskis Hüften begann, ihm die Unterhose auszuziehen. Day wandte sich von der erotischen Show vor ihm ab, als er fühlte, wie Johnson ihm seine Ausbuchtung an den Hintern drückte.

„Hey, sexy!", flüsterte er in Days Nacken.

Day kletterte auf Johnson und ließ sich auf ihn fallen. Dann beugte er sich vor und flüsterte in sein Ohr: „Und du bist ein ziemlich geiler Scheißkerl, weißt du das?" Day fühlte, wie Johnson an seiner Wange lächelte. „Und weißt du was noch? Ich werde gleich so lange auf diesem Schwanz reiten, bis du kommst und schreiend meinen Namen rufst!" Er griff nach unten und packte eine gute Handvoll von Johnsons Schwanz und Eiern.

„Oh, verdammt!" Johnson stöhnte auf und knetete Days Hintern. Er knöpfte ihm die Jeans auf und begann, sie über den Po zu ziehen.

Day erhob sich, so dass er sich selbst die Hose und Unterhose ausziehen konnte. God und Ronowski küssten und liebkosten sich immer noch und bewegten sich langsam näher auf sie zu. Day setzte sich rittlings auf Johnson, streichelte sich selbst und zog eine richtig versaute Show für ihn ab.

Er zwinkerte Ronowski zu, als er sah, wie der ihr Zusammenspiel unter halbgeschlossenen Augenlidern beobachtete. Day glitt mit fester Faust von der Basis zu Spitze seines Schwanzes, bis ein perlenförmiger Lusttropfen erschien.

„Möchtest du mal probieren?", fragte er, die Augen immer noch auf Ronowski gerichtet. Er rieb seinen Daumen mit der glitschigen Flüssigkeit ein und lehnte sich dann vor, um Ronowskis weiche Lippen damit einzureiben, bis sie hellrot glänzten, als hätte er Lipgloss aufgetragen.

Erregt beobachtete er, wie Ronowskis rosafarbene Zunge aus dem Mund schnellte, um die Lippen abzulecken. „Mehr!", stöhnte Ronowski. „Du schmeckst so gut!"

God packte Ronowskis Nacken und leckte den Rest von Days Essenz von den Lippen, bevor er seinen Kopf mit festem Griff in Richtung von Days Penis dirigierte.

Ronowski öffnete seinen Mund weit und ließ die gewölbte Eichel in seinen Mund gleiten. God küsste Ronowski auf die schönen blonden Haare, während der seinen Kopf rasch auf und ab bewegte und dabei schamlose Schlürfgeräusche zu hören waren.
Johnson verschränkte seine Hände hinter dem Kopf und sah fast genießerisch dabei zu, wie sein Geliebter Day einen blies. Er schien stolz darauf zu sein, denn offensichtlich hatte er es Ronowski beigebracht.
Day widerstand der Versuchung, seinen Kopf in Ekstase in den Nacken zu werfen, denn er wollte keine Sekunde von dem Anblick verpassen, wie Ronowski an seinem Schwanz saugte … Ronowski saugte an seinem verdammten Schwanz! *Oh, wie ich auf diesen Tag gewartet habe.* „Verflucht, Süßer … Dein Mund fühlt sich so verdammt gut an … mhm … so warm."
Ronowski konnte ihn nicht sehr weit in den Mund nehmen, jedesmal, wenn er es versuchte, musste er würgen. Day streichelte sanft seine Wangen, während er ihn unterwies. „Saug nur am Kopf, Süßer!", zischte er, als Ronowski an der Unterseite seines Schaftes leckte. Der wechselte gehorsam und saugte so stark er konnte an der Spitze seines Schwanzes. „Oh ja, genau so!"
Johnson und God fingen an, sich ausgiebig zu küssen. Sie alle sahen so heiß und unbeschreiblich sexy zusammen aus, dass Day sich darauf konzentrieren musste, nicht sogleich zu kommen. Johnson und God waren beide so groß und richtige Alphatiere, und es machte ihn unglaublich an, sie zusammen und mit ihren Mündern um die Oberhand kämpfen zu sehen, bis Johnson sich schließlich unterwarf

und es zuließ, dass God ihn mit seiner Zunge richtiggehend fickte.
Ronowskis Mund löste sich mit einem leisen Ploppen von Day und der lenkte dessen Aufmerksamkeit auf seinen eigenen Mann. Johnson tippte mit seinem Schwanz an Ronowskis geschwollene Lippen. „Möchtest du mir einen blasen, mein Schöner?" Ronowski antwortete ihm, in dem er den unbeschnittenen Schwanz sanft küsste. Day beugte sich vor und machte mit, er leckte Johnsons Eier, während Ronowski an der entblössten Eichel lutschte.Quälend langsam zog Johnson seine Vorhaut hoch, bis sie den Kopf komplett bedeckte. Ronowski schleckte erst daran, dann benutzte er seine Zähne und knabberte sanft an der zarten Haut.
„Fuck, das fühlt sich so gut an. Beiß zu!", wies Johnson seinen Mann an. „Oh, scheiße!" Als Ronowski seinen Wunsch erfüllte, schrie er auf. Ronowski knabberte weiter, dann forschte seine Zunge tiefer, auf der Suche nach dem versteckten kleinen Schlitz.
Days Schwanz leckte wie ein tröpfelnder Wasserhahn. „Verdammt, das ist geil." Day liebte Vorhäute und den Anblick, wenn sie vor und zurück über die Eichel glitten.
Er griff hinüber zum kleinen Nachttisch und griff ein Kondom, riss die Verpackung mit den Zähnen auf und zog es Johnson über, als Ronowski fertig mit ihm war. God bewegte sich hinter Day und spreizte Johnsons Unterschenkel, sein Gewicht lag dabei auf Days Rücken. Er leckte und biss ihn in die Schulter, seine Wirbelsäule und weiter hinab bis zu seinem Hintern. God drückte Days Rücken hinab, bis er auf Johnsons Brust lag, dann umkreiste er mit seiner Zunge Days gerunzelte Öffnung. Er

leckte seine Finger ab und spreizte Days Pobacken weit auseinander.

„Gib mir das Gel, Schatz“, wandte er sich an Day.

God verteilte es großzügig auf seine Finger und Day spürte, wie er kräftig die gespannte Haut rund um sein pulsierendes Loch massierte, und dann seinen Finger bis zu Hälfte einführte.

Day stöhnte an Johnsons Mund. God drehte seinen Finger, während er gleichzeitig dort leckte und saugte. Day lehnte sich zurück und wollte mehr, so dass God noch einen Finger hineinsteckte. Day kniff seinen Arsch zusammen, denn Gods Finger waren so gottverdammt dick. Ronowski beobachtete aufmerksam Days Gesicht, während God ihn bereit machte. Johnson begann an Days Eiern zu ziehen, als God bei seinem dritten Finger angelangt war. Day stöhnte lauter als eine läufige Katze, und Ronowski verschloss ihm den Mund mit einem stürmischen Kuss, wie um die erotischen Laute zu verschlucken.

Ronowskis sexy Lippen saugten und leckten seinen Mund, Johnson zog quälend und schmerzhaft köstlich an seinen Eiern, während God heftig gegen diesen einen Punkt in seinem Inneren drückte. Drei der heißesten Männer, die Day kannte, bestürmten ihn von allen Seiten, und er konnte es einfach nicht mehr aushalten.

„Scheiße, scheiße, scheiße … ich komme, verdammt!“

Johnson zog noch stärker, und Day warf seinen Kopf in den Nacken und stöhnte laut seine Erlösung hinaus. Sperma spritzte auf Johnsons Brust, und etwas landete sogar auf seiner Wange.

Day atmete immer noch abgehackt, als er fühlte, wie Johnsons starke Hände ihn hochhoben und er seinen Penis vor

Days gedehntes Loch in Position brachte. Day ließ sich vorsichtig in einer fließenden Bewegung auf Johnsons Schwanz hinabsinken. Johnson war groß, aber er war nicht besser ausgestattet als God, und da ihn sein Mann so gut vorbereitet hatte, fühlte Day kaum Schmerzen. Er ließ den Kopf auf die Brust sinken und fluchte leise über das wunderbare Gefühl des Ausgefülltseins.

God legte sich an Johnons Seite und sah zu, wie Day einen anderen Mann vögelte. Er rieb seine Hand auf Johnsons breiter Brust, und massierte ihm Days Sperma in die Haut, als sei es eine Bodylotion.

Day federte auf und ab. Johnson stieß ihn hart, sein Griff an Days Hüften war stark. Day vergrub Johnsons Schwanz tief in sich und drückte sich an ihn, dabei wand er sich in kleinen, langsamen Kreisen. Dann setzte sich Johnson mit einem Ruck auf, vergrub sein Gesicht in Days Nacken und ließ sich von Day hart rannehmen.

„Oh-ah, das halte ich nicht lange aus!“ Johnson ächzte und biss Day gerade so stark in den Nacken, dass er aufschrie.

God erhob sich und lehnte sich gegen Johnsons Rücken. Er legte seine Lippen auf sein Ohr, als Johnson schon seinen Höhepunkt heranrasen fühlte.

„Wenn du ihn markierst, werde ich dich töten!“, knurrte er in Johnsons Ohr und biss ihn in die Schulter.

Day spürte, wie Johnson an seinem Hals lächelte. Dann wurde er ganz still – und kam. Ein tiefes Stöhnen entrang sich ihm, sein Schwanz pulsierte und zuckte tief in Day.

Johnson atmete schwer an Days Schulter, leckte und saugte seine feuchte Haut. Dann spürte Day, wie Johnsons Schwanz erschlaffte und aus ihm glitt. Er ergriff Johnsons Gesicht mit beiden Händen, dann küsste er ihn auf den

immer noch keuchenden Mund und sagte leise: „Und jetzt werde ich deinen Mann reiten!"
Johnson fiel wie ein Stein zurück auf die Matratze.
Day zwinkerte God zu und stolzierte zu Ronowski. „Bist du bereit für mich, Kleiner?", erkundigte er sich und legte sich auf ihn, dabei spreizte er die Beine über Ronowskis schmale Taille.
Ronowski streichelte Days Schwanz, der sich langsam wieder aufrichtete und sah ihm dabei in die Augen. Day liebkoste die zarte Wange und konnte nicht widerstehen; er beugte sich vor und küsste diese köstlichen Lippen noch einmal. Sie küssten sich so lange, bis Day wieder ganz hart war, dann zog er sich etwas zurück und grinste.
Leise sagte er zu Ronowski: „Hey, schau dir beiden an!" Er fasste Ronowskis Kopf und drehte ihn herum, damit er ihre Partner anschauen konnte.
God lag auf der Seite und hatte seinen Kopf auf dem Arm abgestützt, während Johnson langsam nach unten kroch. Er leckte um Gods breite Schwanzspitze herum, dann nahm er ihn fast bis zum dunklen Haar an der Basis in den Mund und glitt langsam nach oben, ließ seine Zunge über den Rand der Kappe schnellen. God stöhnte, hielt Johnsons Hinterkopf fest und dirigierte ihn wieder nach unten. Als Johnson ihn so weit er konnte in den Mund nahm, stieß God mit seinen Hüften seinen Schwanz noch tiefer hinein. Johnson würgte und zog sich zurück. Er sah auf und zeigte God seinen Mittelfinger, aber God blinzelte ihm verführerisch zu und zog dann seine Knie an, um Johnson noch mehr Zugang zu gewähren. Johnson berührte sanft das stachelige Haar in Gods Leiste, bevor er seinen Sack sanft in den Mund saugte.

Day und Ronowski wandten sich von der Szene ab und konzentrierten sich wieder aufeinander.
„Darf ich dich noch einmal schmecken?“, flüsterte Ronowski in Days Ohr.
Day arbeitete sich an Ronowskis geschmeidigen Körper hoch und legte seine Knie auf Ronowskis Schultern, so dass der seine Arme nicht mitbenutzen konnte. Days Schwanz lag jetzt bereit vor Ronowskis Lippen. Er atmete scharf ein, als Ronowski seine Mund öffnete und seine Zunge herausstreckte. Day rückte ein bisschen vor und ließ seine Schwanzspitze so gerade eben diese schönen Lippen berühren.
„Du hast den schönsten Mund, den ich je gesehen habe. Deine Lippen sind wie dafür gemacht, Schwänze zu blasen“, sagte Day heiser mit hungriger Stimme. „Mach deinen Mund weit auf, Ro. Ich möchte dich füttern ...“
Ronowski stieß ein leises, flehendes Geräusch aus und öffnete seine vollen Lippen. Day drückte sich hinein, bis seine Eichel im Mund verschwand. Am liebsten hätte er seinen Schwanz ganz tief hineingestoßen, aber das konnte er nicht tun, denn er wusste, dass das zuviel für Ronowski gewesen wäre. Ronowski schloss langsam die Augen, und Day fickte seinen Mund mit flachen Pumpbewegungen. Obwohl Ronowskis Stöhnen seinen Schwanz vibrieren ließ und Day seinen Orgasmus schon in den Eiern kribbeln fühlte, wollte er noch nicht kommen – er wollte Ronowski in sich spüren.
Day zog seinen Schwanz heraus und griff nach einem neuen Kondom. Er beugte sich nach unten über Ronowskis Penis. Er war lang, hatte aber eher einen geringen Umfang. Day lächelte; denn Ronowskis Schwanz hatte

einen dunkleren Ton, als er erwartete hatte, und seine Schamhaare waren kurz rasiert.

Ich glaube, ich werde ihm zeigen, wie es sich anfühlt, wenn sein Schwanz geschluckt wird.

Day kniete nieder und leckte die Lusttropfen vom Kopf, dann legte er seine Hände hinter dem Rücken zusammen. Er entspannte seinen Rachen und verschlang Ronowskis Schwanz bis zur Wurzel.

Ronowski kniff die Augen zusammen und bog seinen Rücken durch. Sein Mund formte ein perfektes „O", während Day um die Eichel herum mehrfach schluckte.

„Mist, Mist! Stopp! Ich will noch nicht kommen!", schrie er.

Day entließ ihn und grinste – ein bisschen boshaft. „Fick meinen Mund – richtig!"

„Tu es. Es wird dir gefallen!", riet God ihm mit einem tiefen Stöhnen, denn Johnson schluckte gerade sein Sperma hinunter.

Day nahm Ronowskis Hände und legte sie auf seinen Hinterkopf. Seine eigenen Hände platzierte er unter Ronowskis Hintern und drückte ihn hoch in seinen Mund, um ihn zum Stoßen zu ermutigen.

Ronowski lernte schnell. Er hielt Days Kopf fordernd fest, stieß seinen Schwanz so tief hinein, wie er konnte und bäumte sich auf, während er Days Kopf wieder und wieder auf sein Becken hinab drückte.

Verdammt. Der Blödmann wird mir noch ein Stück vom Zahn abbrechen.

Day packte Ronowskis Hände und zog sie aus seinen verknoteten Haaren, ließ den Schwanz aus seinem Mund frei und zog ihm schnell ein enges Gummi über. Er brachte

den langen, harten Schwanz vor seinem Loch in Position und sank dann auf ihn hinab.
„Öffne deine Augen!“, befahl er.
Hellblaue Augen blickten ihn an, und Day schaukelte vor und zurück. Er griff nach hinten und streichelte Ronowskis zusammengezogene Eier. Day wusste, dass er jede Minute kommen würde.
„Du magst meinen engen Arsch, stimmt's?“, neckte er Ronowski, kreiste mit den Hüften, und bearbeitete dessen Schwanz, als wäre er eine gut geölte Stripstange.
Es sah aus, als stünde Ronowski kurz vor der Explosion. Daher hatte Day ganz und gar nicht mit der Kraft gerechnet, die der Mann unter ihm plötzlich entwickelte. Aus heiterem Himmel packte er Day, warf ihn um und drehte ihn auf den Bauch, so dass dessen Gesicht in die Matratze gedrückt wurde. Ronowski war schnell: Er griff Days Arme und zog sie hinter seinem Rücken zusammen, als ob er ihn verhaften wollte.
Day bog seinen Rücken durch, als Ronowski seinen Schwanz zurück in ihn hineinknallte und ihn mit einer Heftigkeit fickte, die auch die beiden anderen im Raum fast zu Tode erschreckte. Mit einer Hand hielt Ronowski Days Handgelenke fest, den anderen Unterarm legte er um Days Hals. So bedeckte er ihn von Kopf bis Fuß und bumste ihn, indem er sich nur leicht zurückzog, um dann umso heftiger wieder zu zustoßen.
„Ja-ah, du hast Recht … ich liebe deinen engen Arsch, du geiles Stück!“, knurrte er in Days Ohr.
Day hörte kaum, was God und Johnson sagten. Sie beobachteten, wie Ronowski Day wie eine Puppe herumwarf

und ihn ritt wie ein Cowboy beim Rodeo. Ronowski atmete mit jedem Stoß an Days Wange scharf ein und aus.
„Komm schon, du Schweinehund!“ Days Worte waren kaum zu hören, denn sein Gesicht wurde in ein Kissen gepresst.
Ronowski grub sich noch einmal tief in ihn hinein und hielt dann inne. Er stöhnte Days Namen und endlich spürte Day, wie sein Schwanz pulsierte und er sich zuckend in das Kondom ergoss.
„Verflucht“, ächzte Day. Sein Arsch war wund, aber es fühlte sich trotzdem gut an. Ronowski zog sich langsam aus ihm zurück und ließ sich dann neben ihn fallen. Der kleine Scheißer stützte sich ab und sah auf Day hinab, der sich noch nicht gerührt hatte und gerade mühsam versuchte, seine fünf Sinne zusammen zu nehmen.
Als er sich wieder regen konnte, sah er alle Augen auf sich gerichtet. „Ach, scheiß doch auf euch alle. Okay, ich geb zu, dass ich damit nicht gerechnet hatte.“
„Meinst du?“ Johnson kicherte. „Vielleicht hätte ich dir vorher sagen sollen, dass Ro noch nie oben gelegen hat … aber er war wirklich ganz versessen darauf.“
God feixte, während Day auf dem Weg ins Badezimmer Obszönitäten vor sich hin grummelte. Sollten diese Arschlöcher doch ihren Spaß auf seine Kosten haben. Als er die großen Wasserhähne aufdrehte und die Wanne sich mit dampfendem Wasser füllte, stahl sich trotzdem langsam ein Lächeln auf sein Gesicht. Day ließ die Wanne volllaufen und stieg hinein. Kurz darauf trat God ins Badezimmer, beugte sich zu ihm hinab und küsste ihn zärtlich.
„Geht es dir gut, Schatz?“

Day lächelte zu ihm hoch. Er fühlte sich besser als gut. Ronowski war wegen ihm aus seinem Schneckenhaus gekommen, und er konnte einfach nicht anders, als stolz darauf zu sein. Die Gelassenheit, die er in Ros Augen gesehen hatte, als er in ihn eingedrungen war, war für ihn ein wunderbares Geschenk.

„Ich fühle mich fabelhaft, Babe." Days Augen weiteten sich. „Hast du gesehen, wie wild er mich gevögelt hat? Mein Gott."

„Ja-ah. Ihr zwei habt teuflisch gut ausgesehen. Ich bin fast nur vom Zuschauen gekommen!", erwiderte God. Er ging zur Toilette und erleichterte sich, dann wusch er sich Gesicht und Hände. „Ich bin müde, Babe. Ich geh' ins Bett."

„In Ordnung, ich bleib noch ein bisschen hier drin und entspanne. Sag ihnen, sie sollen über Nacht hier bleiben, okay?"

„Klar, warum nicht?", God zuckte die Schultern.

Und warum auch nicht? Es gibt keinen Grund, dass sie mitten in der Nacht nach Hause fahren. Offensichtlich passen wir alle vier in mein Bett.

Die Wanne war voll, und Day drehte die Hähne zu und legte seinen Kopf nach hinten. Er überlegte gerade, ob er die Düsen einschalten sollte, als Ronowski hereinkam.

„Verdammt, das ist eine große Wanne."

Day öffnete ein Auge. „Los, komm schon rein."

„Da musst du mich nicht zweimal bitten. Meine blöde Wanne ist so klein, dass nicht einmal ein Baby drin baden könnte. Dein Haus ist echt klasse, Mann."

„Meine Großmutter hat es mir hinterlassen. Nach und nach habe ich es renoviert. Ich mag es, Sachen zu bauen und an einem Projekt zu arbeiten“, erzählte Day. Ronowski lächelte und sah ihn freundlich an. „Komm her!“, sagte Day leise, und Ro glitt in den Pool und machte es sich zwischen Days Beinen bequem, lehnte sich zurück und ließ seinen Kopf auf Days Schulter ruhen. Er drehte seinen Kopf und schnupperte an Days Hals.

„Ich möchte, dass wir gute Freunde sind!“ Day rieb mit einem Schwamm sanfte Kreise auf Ronowskis Brust. „Ich wünsche mir, dass du alle Kämpfe und Streitereien, die wir hatten, vergisst, denn ich habe das schon längst getan. Ich habe einfach nur gewartet, bis du zur Besinnung kommst, Süßer. Ich verurteile niemanden für die Kindereien, die er anstellt, während er sich noch selbst verleugnet … die sexuelle Frustration allein reicht aus, um einen in den Wahnsinn zu treiben.“

„Dein Vorschlag gefällt mir sehr“, erwiderte Ronowski entspannt.

Day schaltete den Whirlpool an und ließ den pulsierenden Strahl auf seine wunden Muskeln trommeln. Ronowski wandte seinen Mund zu Day. Day küsste ihn ein paar Mal auf den Mund und leckte ihm dann verführerisch über die Lippen. Ronowski seufzte, als ob das befriedigend genug sei, und sein Körper entspannte sich langsam. Beide lauschten zufrieden den surrenden Geräuschen, die die Düsen machten, und ließen sich von dem Wasser umspülen.

Johnson öffnete die Tür des Badezimmers und sah Day und Ronowski mit geschlosssenen Augen in der Wanne liegen.

„Okay, ihr beiden Süßen. Zeit fürs Bett!“

***

Als sie zurück ins Schlafzimmer kamen, hatte God seine linke Hälfte des Betts eingenommen. Leises Schnarchen war zu hören. Day rückte ganz nah an God und drückte seinen Rücken an dessen Brust. Instinktiv und im Tiefschlaf legte God seine Arme um ihn.

Day hielt sein Laken für Ronowski hoch und wartete, bis er darunter geglitten war und sich neben ihn gelegt hatte. Johnson wiederum legte sich hinter Ronowski und umarmte ihn, so wie God es bei Day tat. Day und Ronowski hatten die Gesichter einander zugewandt. Sie verschränkten die Hände ineinander und legten sie einander auf die Brust.

Days letzte Gedanken waren einfach friedlich, und er schlief langsam ein, neben dem Mann, den er liebte – und seinen sehr guten Freunden.

Kapitel 40
Eine besondere Art der Freundschaft

Day wachte auf, und hatte das Gefühl, in einer Sauna zu liegen. *Heilige Scheiße.* Die Körperwärme, die die Männer in seinem Bett ausstrahlten, war unglaublich. Irgendwie waren sie in der Nacht – oder am frühen Morgen, das kam auf die Betrachtungsweise an – noch näher zueinander gerutscht.
„Leck mich“, stöhnte er schläfrig.
„Okay“, antwortete Ronowski, die Augen noch geschlossen. Seine Stimme klang rau und sexy. Er zog sich Days Bein bis zur Hüfte hinauf und stach mit seiner Morgenlatte in Days Nabel.
„Ernsthaft. Bin ich hier der Einzige, der sich in dem Bett hier fühlt wie am Eingang von Satans Höhle? Es ist verdammt heiß!“, zickte Day und wischte sich den Schweiß von der Stirn. Er schob Ronowski von sich herunter, kletterte ungeschickt aus dem Bett und rammte dabei God sein Knie in die Hüfte.
„Leo, halt die Klappe, zum Teufel!“, knurrte God und drehte sich wieder um.
„Definitiv kein Morgenmensch, was?“ Das war Johnson, die Stimme ebenso tief und angeschlagen.
Ronowski drehte sich zu Johnson um und drückte seinen Ständer gegen ihn. Day ließ sich in den Fernsehsessel in der Ecke des Zimmers fallen, hob eine LP auf und fächerte sich damit Luft zu. Er beobachtete, wie Ronowski nach hinten zu God griff, und God nahm die Einladung an und legte sich hinter ihn. Ronowski rieb sich wollüstig an den beiden großen Männern und schaukelte hin und her. Gods Hand lag auf Ronowskis Hüfte, und Johnson tastete sich

hinab zu Ronowskis Schwanz, den er mit zielgerichteten Bewegungen bearbeitete.
Bevor Day richtig anfangen konnte, die ihm gebotene Show zu genießen, kam Ronowski mit einem erstickten Schrei. Dann rutschte Ronowski an seinem Mann hinunter und Day war sich sicher, dass er die gleiche Guten-Morgen-Behandlung auch God angedeihen lassen würde … also lehnte Day sich zurück und wartete, was sich vor ihm abspielen würde.
Als alle gekommen waren – inklusive Day, der sich selbst einen runtergeholt hatte, während er den Live-Porno, der vor seinen Augen ablief, angeschaut hatte – kündigte Day an, er werde in die Küche gehen und das Frühstück vorbereiten. Schließlich war es Montagmorgen und alle mussten zur Arbeit gehen. Zweifellos würden sie fertig und erschöpft aussehen, wenn sie auf der Wache aufliefen.
In der Küche machte er Eier á la Bénédict für God, Johnson und sich selbst; für Ronowski einen French Toast, da er wusste, dass Ronowski auf Senf allergisch reagierte.
Um kurz nach sieben beendeten sie ihr Frühstück. God und Johnson gingen ins Arbeitszimmer, tranken Kaffee und schalteten den Sportkanal an, während Day und Ronowski wieder zurück nach oben gingen. Day war stolz auf seine Modellautos und seine Jazzsammlung und zeigte sie gern. So festigen sie ihre Freundschaft immer mehr.
Nach einer weiteren Stunde mussten Ronowski und Johnson nach Hause aufbrechen, um sich für die Arbeit vorzubereiten. Sie versprachen sich gegenseitig, sich danach zum Poolbillard und auf ein paar Bier wieder zu treffen.

Day fand es erstaunlich, dass Männer auf so eine Art Zeit miteinander verbringen konnten, ohne dass es peinlich oder kompliziert wurde.

***

Als Day und God die Wache betraten, kamen sie erst gar nicht dazu, es sich an ihrem Schreibtisch bequem zu machen. Der Captain bestellte sie direkt in sein Büro.
Auf dem Weg dahin kamen sie an Ronowskis Schreibtisch vorbei, und er überraschte Day, indem er ihnen zuzwinkerte. Dieser Mann hatte wirklich eine komplette Wandlung vollzogen.
Day und God schlossen die Tür und setzten sich auf die zwei Stühle vor dem chaotischen Schreibtisch des Captains. Der Captain setzte sich ebenfalls, schaute sie streng an und knurrte: „Tja. Ich bin keiner, der lange um den heißen Brei herumredet. Vor diesem Hintergrund: Ihr zwei Jungs seid zu Lieutenants befördert."
Day und God sahen erst sich ungläubig an und starrten dann geschockt auf ihren Captain.
Der bot ihren eventuellen Fragen mit erhobener Hand Einhalt und fuhr fort: „Das kam direkt vom Bürgermeister an den Polizeichef. Die hohen Tiere sind wirklich sehr stolz auf die Arbeit und den Einsatz, den ihr auf der Straße gezeigt habt. Außerdem habt ihr Hansen in einem Hauptwahljahr ausgeschaltet und konntet euch wirklich keinen besseren Zeitpunkt dafür aussuchen."
„Moment – sagen Sie damit gerade, dass es eine politische Entscheidung war?", murrte God und setzte sich gerade hin.

Day verdrehte die Augen. *Immer schnell dabei, zu blaffen.*
„Habe ich das gesagt, Schlaumeier? Nein. Wenn du auch nur eine Minute darüber nachdenken würdest, würdest du es verstehen. Ja, es ist das Jahr einer eventuellen Wiederwahl, und der Bürgermeister hat erkannt, wer die Besten bei uns sind; er will zeigen, dass er solche Mitarbeiter nicht für selbstverständlich hält. Verdammt, Godfrey. Als ich ihm sagte, dass mir noch zwei gute Lieutenants fehlen, waren Eure Namen die ersten, die genannt wurden.“ Der Captain räusperte sich. Er zog seine Schreibtischschublade auf, zog zwei brandneue, goldglänzende Abzeichen heraus und schob sie über seinen Schreibtisch. God und Day nahmen sie und tauschten sie sofort gegen ihre Detective-Abzeichen aus.
„Vielleicht wird euch jetzt etwas Missgunst von anderen erfahrenen Officern entgegengebracht. Ein paar meiner Männer sind schon seit zwanzig Jahren hier und immer noch im dritten Dienstgrad. Aber das ist ihre eigene Schuld. Niemand kann in Zweifel ziehen, wie sehr ihr beiden da draußen gekämpft habt. Ich bin stolz darauf, euch meine Lieutenants nennen zu dürfen. Zusammen mit der Beförderung erhaltet ihr einen Haufen neuer Zuständigkeiten, und könnt immer noch das tun, worin ihr zwei am besten seid.“ Endlich gestattete der Captain sich ein kleines Lächeln, dann kniff er die Augen zusammen und schüttelte verwundert den Kopf. „In meinen ganzen 35 Dienstjahren bei der Truppe sind mir noch keine zwei Charaktere wie ihr untergekommen. Ich bin verdammt stolz auf euch zwei. Ihr überspringt innerhalb von ein paar Wochen fünf Dienstjahre, das hat es noch nie gegeben. Glaubt es mir oder lasst es bleiben, aber ihr beide schreibt Geschichte bei der APD.

Und selbst wenn es euch schon lange nicht mehr gibt, wird sich jeder hier noch an euch erinnern und Geschichten von dem dynamischen Duo erzählen, von God und Day."

Day und God erhoben sich und umarmten einander, direkt vor den Augen ihres Captains. Day wusste, was God in seinem Leben schon alles gemeistert hatte, und er war überglücklich für seinen Liebsten. Er hatte seine Familie wieder, sein Bruder sah ihn als Vertrauten und Freund an und ließ sich von ihm für seine Zukunft weiter helfen. Seine Mom konnte auch nicht genug von ihm bekommen und würde bald in ihrer Nähe wohnen. Sie hatten ein paar wunderbare Freunde, von denen Day sicher war, dass sie sich in naher Zukunft als unbezahlbar erweisen würden. Alles hatte sich gefügt.

„Ich liebe dich, Schatz. Du hast mich gerettet!", flüsterte God, nur für seine Ohren bestimmt.

Day drückte ihn fest. „Ich liebe dich auch. Wir haben einander gerettet." Er küsste ihn zärtlich auf die Wange.

„Schon gut, schon gut. Ihr zwei könnt einander danken, wenn ihr nicht gerade hier in meinem Büro seid!", foppte der Captain sie.

Day und God schüttelten ihm nochmal die Hand.

„Lasst es uns den anderen sagen." Ohne ein weiteres Wort zu verlieren, öffnete der Captain seine Tür und schrie mit einer Stimme, über die nur ein Captain verfügt und die alle innehalten ließ. Während er sprach, standen God und Day nebeneinander und alle Augen waren auf sie gerichtet.

„Ich möchte, dass ihr alle Godfrey und Day zu ihrem fünfjährigen Dienstjubiläum hier beim APD als sehr erfolgreiches und respektiertes Team gratuliert, und sie als eure neuen Lieutenants herzlich willkommen heißt!"

Die anderen brachen in Jubel aus und gratulierten lautstark. Einige schlugen auf ihre Aktenschränke, klapperten mit den Handschellen und versuchten so viel Lärm wie möglich zu machen. Day sah aus dem Augenwinkel, dass Ronowski auf ihn zu gerannt kam, er trug ein breites Lächeln im Gesicht und breitete kurz bevor er Day erreichte, die Arme aus. Dann kollidierte er mit Day und umarmte ihn fest.
Day hob ihn hoch und erwiderte die Umarmung. Wahrscheinlich hatte Ronowski vergessen, wo sie sich befanden, denn er gab Day einen dicken Kuss auf den Mund und umarmte ihn dann noch einmal fest.
„Glückwünsche, Hübscher!“, sagte er leise in sein Ohr.
Dann strahlte er ihn noch einmal an, bevor er sich God zuwandte und auch ihn umarmte. Sanft schrieb er mit seinen Fingern das Wort Lieutenant auf Gods Abzeichen, das um dessen Hals hing. Plötzlich wurde er sich der Totenstille bewusst, die sich im kompletten Revier ausgebreitet hatte.
„Sie schauen mich alle an, stimmt' s?“, fragte er leise.
God nickte und brach dann in sein tiefes Lachen aus.
Ronowski wirbelte herum und warf die Arme in die Luft, als sei er gestellt worden. „Ja-ah! Ich bin schwul, findet Euch damit ab!“, rief er und drehte sich wieder zu ihnen um.
„Du könntest uns ruhig etwas mehr zutrauen. Schließlich sind wir alle Detectives, Ronowski. Wir haben das schon vor Jahren herausgefunden!“, schrie ein Detective der Spurensicherung, und sofort brach wieder Jubel los.
Day war stolz, dass Ronowski so locker damit umging, obwohl sein Nacken und seine Ohren die Farbe Roter Bete annahmen. Die meisten der Gesichter, in die Day blickte,

sahen freundlich aus und freuten sich offensichtlich aufrichtig für sie. Aber Day war ein guter Menschenkenner, und er hatte die Kollegen, die mit unzufriedenen Blicken die Wache still und heimlich verließen, sehr wohl bemerkt. Aber das konnte er gut wegstecken, denn er hatte schon früh gelernt, dass man es nicht allen Menschen recht machen kann.

Ihre Kolleginnen umarmten sie herzlich, die Männer gratulierten mit festem Handschlag und stimmten zu, dass ihre Beförderung eine sehr verdiente war. Es war kein Geheimnis, dass in den fünf Jahren ihrer Partnerschaft God und Day die Verhaftungsrate nahezu verdoppelt hatten, und dass durch ihre Arbeit Drogen im Wert von hundert Millionen Dollar von den Straßen verschwunden waren.

Als Day und God wieder an ihren Schreibtischen saßen und sich wie berauscht von all der Anerkennung fühlten, kam Seasel zu ihnen hinüber. Seit ihrer Rückkehr vor zwei Wochen hatte sie Schreibtischdienst schieben müssen; sechs lange Monate Physiotherapie lagen noch vor ihr, bevor sie wieder auf der Straße würde Dienst tun dürfen.

„God, Du weißt bestimmt, dass du als mein Lieutenant die Befugnis dazu hast, meine Aufgaben auszuwählen.“ Sie zwinkerte.

„Natürlich mache ich das, Babe.“

Seasels braune Augen erhellten sich.

„Sobald dein Arzt sagt, dass du die Therapie abgeschlossen hast“, fügte er hinzu, und versuchte erst gar nicht, ihrem Schlag auf seine Schulter auszuweichen.

„Blödmann.“ Sie schnaubte und griff dann nach Gods goldener Marke, die sie sorgfältig inspizierte, bevor ein breites

Grinsen auf ihrem Gesicht erschien. „Also darf ich dich Leu nennen?“

„Nicht, wenn du ein Antwort von mir erwartest!“, gab God trocken zurück.

Gods Sarkasmus ließ sie die Augen verdrehen. „Du hast Glück, dass dein Partner mir das Leben gerettet hat, denn sonst würde ich nächsten Monat keine 5-Jahresfeier für euch schmeißen.“

„Was für eine Party?“, fragte God blinzelnd.

„Ich verrate ni-hichts!“, antwortete sie in einem Singsang auf dem Weg zurück an ihren Schreibtisch.

***

Dass sie befördert worden waren, traf sie erst richtig und mit voller Wucht, als God und Day vom Mittagessen zurückkamen und vier Detectives an ihren Schreibtischen auf sie warteten.

„Hey, Leute. Ihr könnt nicht mehr so lange Mittagspausen machen! Ich warte schon seit mindestens 45 Minuten!“, schnappte Detective Ross, bevor sie sich auch nur hingesetzt hatten. „Ich werde meinen Urlaub im Juni, statt wie sonst im August nehmen, ich habe den Antrag in deinen Postkorb gelegt, Day. Danke, Kumpel.“ Der pausbäckige Detective schlug ihm freundschaftlich auf den Rücken und kehrte an seinen Schreibtisch zurück.

Day schaute blinzelnd auf ihre Posteingangskörbe, die bis auf ihren Schreibtisch überquollen, und spuckte fast seinen Kaffee aus. „Was soll die verdammte Scheiße?“, schrie Day. „Du willst mich wohl verarschen!“ God sah sich im Büro um, aber niemand nahm Notiz von ihnen.

Ronowski kam zu ihnen und ließ sich in Gods Stuhl hinab plumpsen. „Hey, sieht so aus, als müsstet ihr Jungs euch das große Geld und die Macht wirklich verdienen, wenn ihr es wollt." Er grinste sie frevelhaft an.
„Ro, verschwinde sofort, bevor ich etwas tue, was dir das Grinsen vom Gesicht wischen wird!" God warf ihn aus seinem Sitz.
„Nur leere Versprechungen, Großer." Ronowski lachte und machte ein paar Schritte in Richtung seines Schreibtisches, bevor er sich noch einmal umdrehte und schnell hinzufügte: „Oh, und Lieutenants: ich brauche heute einen von euch für ein Verhör heute Nachmittag. Passt euch drei Uhr? Gut!" Er ließ ihnen keine Chance auf Erwiderung, sondern brach in fröhliches Lachen aus. Ronowski sah, dass sie schon von Anfragen und Formularen überschwemmt waren und war offensichtlich entzückt darüber, etwas zu ihrem chaotischen Arbeitsaufkommen beitragen zu können.
God hatte erst zwei Anträge auf Austausch eines Partners und eine Beschwerde eines Verdächtigen gegen einen ihrer Officer unterzeichnet, als der Captain aus seinem Büro herausrief. Sie sollten mit zwei anderen Detectives eine Durchsuchung und Beschlagnahme am anderen Ende der Stadt durchführen.
Day warf die Hände in die Luft. „Ich glaub, wir werden verarscht. Wie zur Hölle sollen wir den ganzen Scheiß hier erledigen und trotzdem draußen sein?"
„Wenn ich das bloß wüsste ...", murmelte God und rieb sich die Augen, die vor Schmerz pochen.
„Delegation, ihr Narren."

God und Day sahen beide auf zu dem dünnen Mann, der direkt neben ihren Schreibtischen stand, mit seinem eigenen Papierhaufen in den Händen. Er hob ihn hoch und ließ ihn dann von oben Gods Eingangsbox fallen, so dass einige Blätter zu Boden fielen.

„Was hast du gesagt? Und heb die auf, Blödmann!“ God zeigte auf die Papiere am Boden.

Der IT-Freak hockte sich hin, hob die Blätter auf und ließ sie zurück auf den Schreibtisch gleiten. Detective Hall arbeitete nicht draußen auf der Straße; er war zuständig für Internetkriminalität und ein exzellenter Hacker. Dieser schmächtige Typ hatte mindestens fünf verschiedene Abschlüsse in Computertechnologie und einen Master in forensischen Wissenschaften. Er konnte einen Computer mit geschlossenen Augen auseinander nehmen und wieder zusammensetzen, und einen brauchbaren Fingerabdruck von einer Steinmauer sichern. Er war ein eingebildeter Hurensohn, der sich benahm, als wüsste er alles, … was er letzten Endes auch tat.

„Ich sagte, Delegation. Ihr Jungs seid jetzt Lieutenants. Das bedeutet, ihr habt Sergeants, Streifenpolizisten und ein ganzes Revier voller administrativer Officer zu eurer freien Verfügung.“

Hall streckte die Hand aus und pflückte die Papiere aus Days Hand, dann blätterte er sie durch und scannte schnell ihren Inhalt, bevor er sie ihm zurückgab. Er schüttelte den Kopf über Day, als würde er ihn bemitleiden. „Welcher Drei-Sterne-Lieutenant verbringt Stunden damit, Urlaubsanfragen zu genehmigen? Der gottverdammte Rezeptionist kann das eingeben. Mach einen verdammten Klebezettel mit ‚ja' oder ‚nein' darauf, und dann gib es weiter. Reißt euch mal zusammen, Leute!"

Day und God saßen mit offenen Mündern da, als der taktlose Mann mit hoch erhobener Nase durch die Wache zurück in seine Abteilung ging, die aus zehn Laboratorien und mindestens fünfzig Computern bestand.

„Verdammt, ist der Typ ein Arschloch!", murmelte Day und begann, die Papiere zu verschiedenen Stapeln zu sortieren.

„Was tust du?", wollte God wissen.

„Delegieren – und dann sehe ich zu, dass ich meinen Hintern zurück auf die Straße bekomme, wo ich hingehöre." Day zwinkerte.

God tat es ihm schnell nach, und nach dreißig Minuten, in denen sie ihren Papierkram sortiert hatten, wanderten sie quer durch die ganze Wache und verteilten Aufgaben, genauso wie echte Lieutenants.

Am Ende des Tages waren beide viel zu erschöpft, um noch mit Ronowski und Johnson auf ein Bier auszugehen. Stattdessen holten sie sich eine Pizza, und gingen dann nach Hause, um auszuspannen und sich auszuruhen. Sie schafften es kaum, ihr Essen zu genießen, bevor sie beide todmüde ins Bett fielen und sofort einschliefen.

Kapitel 41
Das beste Geschenk von allen

Ein ganzer Monat war vergangen, und God und Day hatten sich langsam an ihre neuen Pflichten gewöhnt. Am liebsten waren sie immer noch auf der Straße, und die anderen hatten kein großes Problem mit ihrer neuen Vorliebe für die Kunst des Delegierens. Sie waren trotzdem gute Chefs, und letztendlich lenkten auch diejenigen, die am Anfang mit ihrer Beförderung nicht einverstanden gewesen waren, ein.

Es war Freitagabend. Morgen würden alle aus ihrer Abteilung, ihre Familien und gute Freunde bei ihnen zu Hause ihren 5. Jahrestag als Partner gemeinsam feiern. Im Leben hätte Day sich nicht vorstellen können, dass es jemals einen Tag geben würde, an dem sein Herz so übervoll mit Glück sein würde, und er bezweifelte, dass er es verarbeiten könnte, falls noch etwas so Wunderbares passieren würde.

Er lag im Bett, sah den Kochkanal und wartete darauf, dass God aus dem Badezimmer kam. Seit über einer Stunde war er schon darin. Das Wasser der Dusche war vor zwanzig Minuten abgestellt worden.

„Hey, du bist doch nicht etwa umgefallen, oder?“, rief er.

Keine Antwort.

„Babe.“ Day schaltete den Ton des Fernsehers aus. Er hörte keinen Laut.

Day schlug die Laken zurück, stand auf und ging schnell zur Badezimmertür. Seine Nippel versteiften sich in der Kühle des Raumes, Gänsehaut bildete sich auf seinen Unterarmen. Er klopfte ein paar Mal, und als er zum

dritten Mal ansetzte, öffnete God die Tür. Day stieß nervös die Luft aus. „Puuh. Hast du nicht gehört, dass -“
Er spürte Gods warmen Mund auf seinen Lippen, bevor er den Satz zu Ende bringen konnte, und wurde von ihm gegen die Wand gedrückt. God stieß sein Becken gegen seines und ergriff beide Hände, verschränkte ihre Finger ineinander und zog sie hoch über ihre Köpfe. Er presste Days Hände gegen die kühlen Fliesen, dann ließ er seine Hände die Arme hinab gleiten, bis sie auf der nackten Brust von Day lagen. God küsste ihn und ließ seinen Mund von Days Kiefer bis zum Hals wandern. Er atmete tief ein.
„Mhm. Du riechst so gut!“, stöhnte er wollüstig in Days Ohr.
Day hob sein Kinn und ließ God gewähren. Er selbst konnte den frischen Duft seines Mannes riechen. Tropfen fielen aus Gods feuchtem Haar, der maskuline Geruch seines Shampoos bestürmte Days Sinne. „Du riechst besser.“
God unterbrach sein Knabbern und Lecken lang genug, um in Days Augen sehen zu können. „Ich liebe dich so sehr!“, flüsterte er in seinen Mund.
„Ich weiß, Babe!“ Day nahm die Arme herunter, so dass seine Finger mit der Öffnung von Gods Handtuch spielen konnten.
„Ich hätte niemals gedacht, dass ich für jemanden etwas Besonderes sein würde.“ God streichelte zärtlich Days Gesicht, er blickte ihn an, als ob er nicht glauben könnte, dass er real war. Days Herz verkrampfte sich bei dem ernstem Blick von Gods grünen Augen. Als God weitersprach, war seine Stimme angespannt und voller Gefühl.

„Es sind jetzt schon fünf Jahre, Leonidis, fünf Jahre, in denen ich dich liebe."
„Ich weiß nicht, wie ich ohne dich leben konnte!", flüsterte Day zurück.
God schloss die Augen. Er atmete jetzt flach und der kleine Muskel in seinem Kiefer zuckte vor Nervosität. Day kannte ihn gut genug. „Cash. Was ist los?"
„Ich muss mit dir zusammen sein", antwortete God und packte Days Schultern fest.
Day beobachtete ihn aufmerksam, versuchte herauszufinden, was wirklich in ihm vorging. „Ich brauche dich auch."
„Nein. Ich meine, ich brauche, dass du mich nimmst. Mach Liebe mit mir." Er beugte sich leicht vor und legte seine Lippen an Days Ohr. „Ich möchte, dass du mich nimmst."
Day fror ein. Seine Hände ruhten leicht auf Gods Taille. Er hörte den Worten nach … *Ihn nehmen.* Plötzlich schlug eine Welle an tausend Gefühlen über ihm zusammen. Er wurde gleichzeitig aufgeregt, nervös, ängstlich und extrem geil. All diese Gefühle wirbelten durch seinen Kopf und sein Herz zur gleichen Zeit.
„Bitte. Ich vertraue dir. Ich vertraue dir, dass du es richtig machen wirst. Das einzige Mal in meinem Leben, dass ich der Empfangende war, war damals, als – " God packte Day fester, presste ihre Körper aneinander, als ob er es nicht ertragen könnte, das Wort „Vergewaltigung" jetzt auszusprechen. „Ich brauche dich, damit du all das verschwinden lässt. Wirst du das für mich tun?"
Gods tiefe Stimme vibrierte in Days Brust, und er wusste, worum God ihn bat. Die Dämonen der Vergangenheit mussten jetzt endgültig begraben werden. God hatte seine

Familie, seinen Partner, seine Karriere. Liebe. Er hatte alles. Trotzdem würde er seine Zukunft nie ganz genießen können, wenn er mit der Vergangenheit nicht abschloss.
„Ja“, antwortete Day schließlich. „Das werde ich. Ich würde alles für dich tun. Du weißt das.“
God ging ein paar Schritte vor und streckte die Hand nach ihm aus. Day legte seine schwitzige Hand hinein und ließ sich zum Bett führen. Day ließ seine Unterhose zu Boden fallen, während God sein Handtuch in die Mitte des warmen Betts legte.
Day drehte sich um und ging zu seinem Schallplattenspieler. Er wählte Oscar Petersons *Night Train*, ein klassisches, elegantes und romantisches Jazz Album. Nur das Beste für seinen Liebsten. Day machte den Fernseher und alle Lichter im Schlafzimmer aus, sodass nur das Mondlicht den Raum erhellte. God schlug die Laken zurück und lud ihn ein. Day stieg zu ihm und legte sich sofort auf ihn. Er stöhnte auf, als sofort ihre harten Schwänze aneinander stießen und rieben.
„Ich werde es so gut für dich machen, Cash!“ Day manövrierte seinen Schwanz so in Position, dass der Kopf unter Gods schweren Eiern lag. Er genoss das laute Stöhnen, das God ausstieß. „Ja …“
Obwohl er für den Rest seines gemeinsamen Lebens mit God glücklich damit gewesen wäre, den passiven Part zu übernehmen, benutzte er gern seinen Schwanz, und hätte ihn liebend gern in Gods Enge eingeführt; ihn zum Schreien gebracht, wenn er über diesen einen kleinen Punkt rieb. Aber er verstand, was God durchgemacht hatte, und hätte ihn niemals von sich aus darum gebeten, irgendetwas zu tun, das diese Erinnerungen wieder zum Leben erwe-

cken würde. Obwohl es nicht mehr so häufig war, litt God immer noch unter Alpträumen, in denen er angegriffen wurde.

Day strich die feuchten Strähnen von Gods Haar zurück und ließ es durch seine Finger gleiten. Gods Brust hob und senkte sich rasch, als Day seine Hüften kreisen ließ. „Alles ist gut!", flüsterte Day und strich mit seinen Lippen sanft auf Gods geöffnetem Mund hin und her.

„Mach es gut, Leo. Bitte. Ich will, dass meine einzigen Erinnerungen die an dich sind. Wie du mich nimmst. Der Einzige, der mich zu dem gemacht hat, der ich bin." Gods gequälte Stimme rief in Day den Wunsch wach, ihn – den Mann, den er seit fünf Jahren seinen Partner nannte – vor seinen Alpträumen zu schützen, vor den Jahren der Folter. Er gehörte jetzt ihm. Wenn God in Zukunft an passiven Sex dachte, würde er nur noch an ihn denken, und nicht an diese perversen Arschlöcher, die einem verängstigten Teenager Gewalt angetan hatten.

„Ich pass auf dich auf, Babe. Hab keine Angst. Ich pass auf dich auf." Day sank tiefer zwischen Gods Schenkeln, während seine Hände über dessen Gesicht, seinen Hals und die breite Brust rieben. Er bedeckte jeden Zentimeter seines Körpers mit süßen, leicht saugenden Küssen, markierte ihn an manchen Stellen, neckte ihn an anderen. Dann näherte er sich Gods Penis, auf dem Lusttropfen glitzerten, und rieb seine Bartstoppeln über die ganze Länge auf und ab. God grunzte seine Zustimmung und drückte seine Hüften hoch, um mehr zu spüren. Day öffnete seinen Mund und nahm nur die Eichel auf. Er drückte seine Zunge in den kleinen Schlitz, wollte mehr von der salzigen Flüssigkeit,

die aus seinem Mann quoll. „Das schmeckt so verdammt gut."
Gods Hände hatten sich zu Fäusten verkrampft und lagen auf der Decke, als wäre er sich nicht ganz sicher, was er damit anfangen sollte. Day glitt tiefer hinab, und setzte dabei gerade genug seine Zähne ein, um einen Seufzer hervorzurufen, aber nicht zu verletzen. Er stoppte erst, als seine Nase tief in dem kratzigen Haar an der Wurzel von Gods Schwanz vergraben war.
„Scheiße!" God fluchte, seine Schultern hoben sich vor Erregung vom Bett ab. Day wusste, God liebte es, dass er jeden Zentimeter von ihm in den Mund nehmen konnte. Langsam zog der mit flacher Zunge die dicke Ader auf der Unterseite von Gods Schwanz nach. Er stöhnte, als er an der Eichel angelangt war, und fuhr wieder hinab. Verdammt, er würde nie genug von diesem Mann bekommen können. God war stärker als jede andere Droge, Days ganz eigenes Heroin. Seine Stimme, sein Körper, seine ganze Art, seine Fähigkeiten und seine Intelligenz – all das floss in ihm zusammen und schuf einen höllisch scharfen Mann.
Day griff zum Nachttisch und nahm das Gel. God beobachtete ihn, beobachtete jede Bewegung, die er machte. Day kam zurück zu ihm und küsste ihn hungrig, steckte seine Zunge so tief in seinen Mund, dass God sich selbst schmecken konnte. God webte seine Finger in Days Haare und hielt ihn fest, übernahm die Kontrolle über den Kuss. Es störte Day nicht. God brauchte das Gefühl der Kontrolle über irgendetwas, also überließ er sie ihm. Er hörte nicht auf zu küssen, bis God seinen Kopf losließ.
Day atmete ein paar Mal tief ein, dann drückte er sich auf seinen Händen hoch. „Dreh dich um, Cash."

Angst blitzte in den elektrisierenden grünen Augen auf, bevor God sich bewegte, um seine Anweisung zu befolgen. Day sagte nichts. Er musste seinem Mann nicht mehr sagen, dass alles gut sein würde, er musste es ihm zeigen. Day schloss die Augen und ließ sich von den Klängen von Petersons Klavier beruhigen, die Musik in seinen Geist eindringen. Zärtlich rieb er mit seinen Händen Gods starken Rücken auf und ab. Er streichelte den großen Löwen, zähmte das wilde Tier, das in seinem Partner steckte.

Er manövrierte sich zwischen diese starken Oberschenkel und spreizte God auf. *Verdammt.* Nur ein kurzer Blick auf Gods dunkle Öffnung reichte aus, und er wollte sofort kommen. Er musste sich beruhigen. Wenn er zu erregt war, würde er die Selbstkontrolle verlieren und etwas tun, das diesen speziellen, sehr kritischen Moment in Gods Leben versauen würde. Er bedeckte Gods Körper mit seinem von Kopf bis Fuß, gab ihm Sicherheit und Schutz, denn das war es, was er fühlte, wenn God auf *ihm* lag. Anscheinend funktionierte das auch bei God, denn sein Liebster entspannte sich und sank tiefer in die Matratze. Er strich Gods langes Haar aus dem Weg und begann, seinen Nacken zu küssen, während er gleichzeitig seine Schultern massierte.

„Ohhh. Ja, Leo."

Day machte es gut. Er wollte, dass God mit ihm sprach, ihn wissen ließ, dass er es genoss. Er fuhr mit seiner Zunge Gods Wirbelsäule entlang, bis er bei den Hüften angelangt war, und rieb mit seinem Gesicht die weichen Haare auf Gods Pobacken. Vorsichtig zog er eine Pobacke zur Seite und fühlte die Anspannung unter seiner Hand. Day begann, God sanft um sein verkrampftes Loch herum zu küssen, dann neckte er ihn mit seiner Zunge. God wand sich, entog sich ihm aber nicht. Day leckte weiter über die enge, pelzige Knospe – die dunklen Haare waren jetzt glitschig von seinem Speichel – und presste schließlich seine flache Zunge dagegen. Er spürte, wie Gods Anus pulsierte. *Oh Scheiße.* God öffnete sich weiter. *Scheiße, ja!* Day drückte seinen schmerzenden Schwanz, um die Spannung kurz zu lösen, und strich wieder und wieder mit der Zunge über Gods Loch, leckte und blies auf die feuchte Haut.

„Noch einmal!“, verlangte God stöhnend und hob ein winzig kleines bisschen die Hüften.

Days Brust pochte vor unterdrückter Energie. Er ließ seine Zunge in Gods Falte in Form einer Acht rotieren und presste die Spitze nur leicht hinein, dann pustete er noch mehr kühle Luft auf Gods gekräuselte Haut. „Ah ... das ist gut!“

Day freute sich über die Zustimmung, und wiederholte das ein paar Mal. God schien es zu mögen. Day fuhr fort, ihn mit der Zunge zu verwöhnen, während er leise den Deckel des Gleitgels öffnete und etwas davon auf zwei Fingern verteilte.

Er drückte seine Zunge tiefer hinein. Verflucht, sein Mann war höllisch eng. God verkrampfte sich, als seine Zunge in ihn eindrang, und Day konnte sich nur vorstellen, wie sich dies an seinem Schwanz anfühlen musste. Mit Sicherheit wäre er in weniger als einer Minute fertig

Day zog seine Zunge zurück, und Gods Körper zitterte unter ihm, als er mit einem Finger um seinen Anus strich. Er bewegte sich sekundenlang kreisförmig darum, bevor er sich leicht hinein drückte. Dann zog er seinen Finger zurück und beobachtete Gods Reaktion ganz genau. Er lag

mit dem Gesicht auf dem weichen Kissen, die Augen geschlossenen und die Brauen konzentriert zusammengezogen.
„Entspann dich. Es wird sich gut anfühlen ...“, murmelte Day und presste seinen Finger tiefer hinein.
God nickte und hob seine Hüften höher.
„Heilige Scheiße. Du bist so unglaublich sexy. Dich so zu sehen, wie du dich mir anbietest ... Oh Gott. Danke, dass du mir so vertraust. Ich liebe dich so sehr.“ Day keuchte vor Dankbarkeit und schob seinen Finger ganz hinein, dabei streichelte er gleichzeitig seinen Schwanz, er konnte einfach nicht anders. Sein Penis war dunkelrot angelaufen, verlangte zornig nach Aufmerksamkeit und Erleichterung.
Wieder ächzte God, aber Day hörte nicht auf. Er zog seinen Finger bis zum ersten Glied zurück und drückte wieder hinein, diesmal noch tiefer. Sein Mann erzitterte und schrie seinen Namen.
„Fuck! Leo, das ist gut! Das tut so gut!“ God drückte sich ihm entgegen, wollte noch mehr von diesem Gefühl.
Day griff zwischen Gods Beine und zog seinen Schwanz zu sich nach hinten, so dass er ihn gleichzeitig lecken konnte, während er ihn mit den Fingern fickte. Er hielt einen Finger auf die weiche Drüse tief in Gods Innern gepresst und legte seinen Mund auf Gods Eier. Er strich über sie hinweg und rollte sie vorsichtig mit der Zunge hin und her. Undeutlich konnte er hören, wie God fluchte, aber in seinen Ohren klingelte es so laut, dass er ihn nicht verstehen konnte. Gods heißer, pulsierender Korridor quetschte seine Finger zusammen.
Day ließ seine Zunge den Damm hinter Gods Hoden hochwandern und kehrte dann wieder zurück zu Gods

Eingang. Er wirbelte mit seiner Zunge um seine Finger herum und hielt den Druck auf Gods Prostata aufrecht. Gods Anus hatte sich entspannt und nahm seinen Finger leicht auf. „Ich werde dir etwas mehr geben!", brachte Day atemlos hervor.

God antwortete nicht, aber sein Stöhnen war Ermutigung genug für Day, um weiterzumachen. Er fügte einen zweiten Finger hinzu, und drückte ihn stetig hinein. Da spürte er, wie God sich bei dem Druck anspannte. Er pausierte, nahm Gods Schwanz wieder in den Mund und bearbeitete ihn; saugte an der Eichel, bis God wieder anfing, zu stöhnen und langsam begann, seine Hüften vor und zurück zu bewegen.

„Hör jetzt nicht auf, Leo."

„Niemals." Day drückte die zwei Finger hinein, zielte auf diesen besonderen, süßen Punkt. „So verdammt eng ... Jesus."

Er ging vorsichtig und sorgfältig vor, um God auf sein erstes Mal vorzubereiten. Die schreckliche Gewalt, die ihm angetan worden war, als er noch jung war, zählte nicht. *Das* hier war es, was wirklich zählte. God gab ihm seinen Körper freiwillig hin. Er wusste, dass God Angst hatte, er konnte es fühlen und schmecken, er kannte seinen Partner besser als sich selbst. Er spürte aber auch, dass God grenzenloses Vertrauen zu ihm hatte, das stärker und tiefer ging als die Angst. Mit Leichtigkeit konnte er drei Finger einführen, und Gods leidenschaftliche Schreie ließen seinen Schwanz fast überfließen. *Heilige Scheiße*. Diese Laute hatte er von God noch nie gehört, und ihn noch nie so weit geöffnet gesehen, so begierig darauf, von ihm genommen zu werden.

„Jetzt Leo. Jetzt sofort!“, stöhnte God mit tiefer, sexy Stimme.
Day griff nach dem Gel, verteilte es großzügig auf seinem Schwanz und gab auch etwas in Gods entspannte Öffnung. Dann musste er innehalten und ein paar Sekunden lang nur schauen. In seinem ganzen Leben hatte er noch nie etwas so Wunderschönes gesehen. *Bitte, lass es mich gut für ihn machen!* Day sprach ein stilles Gebet, bevor er seine Eichel gegen Gods Arschloch drückte. Er wünschte sich, Gods Gesicht sehen zu können, wenn er in ihn eindrang, aber er wusste auch, dass es in dieser Position für God am leichtesten war, ihn aufzunehmen.
„Entspann dich, Cash. Es wird gut werden, ich verspreche es“, flüsterte Day in Gods Ohr und durchdrang den festen, muskulösen Ring.
Wieder erzitterte Gods Körper unter ihm, ein ersticktes Stöhnen entrang sich seinen Lippen. Day hielt inne und presste seine Brust fest gegen Gods Rücken, während er seine Schultern fest massierte. Es forderte all seine Selbstbeherrschung, nicht sofort ganz in ihn einzudringen und God zu vögeln, als wäre es sein letzte Tat auf Erden. Aber er riss sich zusammen, er würde alles tun, was nötig war, und er würde Geduld haben.
„Es geht mir gut!“, sagte God heiser.
Day ließ Hunderte Küsse auf Gods Nacken und seinen angespannten Kiefer regnen und drückte sich tiefer hinein. Er leckte Gods Ohrläppchen und sagte leise: „Atme Baby. Du weißt, was du tun musst. Zeig mir, wie sehr du mich willst; zeige mir, dass ich der einzige bin, der dich jemals so nehmen durfte.“

Day wiegte leicht seine Hüften und bewegte sich nur zentimeterweise. Er streichelte, küsste, massierte und flüsterte weiter, bis God plötzlich tief Luft holte und sich gegen ihn drückte. Mit Leichtigkeit glitt Day hinein, bis seine Eier an Gods pelzigem Po lagen.
„Fuck."
„Fuck." Sie stöhnten beide zur gleichen Zeit auf.
„Verdammt, Leo. Es fühlt sich, fühlt sich ...", stammelte God.
„Ich weiß!" Day stöhnte kehlig, während er sich vorsichtig zurückzog und wieder hinein glitt. Er stieß ihn langsam und flach. Die Musik versetzte ihn in die richtige Stimmung, der sanfte Jazz, der sie begleitete, machte seine Bewegungen langsam und sexy. Als Days Eier sich an Gods Hintern schmiegten, hob er leicht dessen Becken an, und stupste Gods Prostata mit der Eichel an. Er wusste, dass er die richtige Stelle getroffen hatte, als God die Hände zu Fäusten ballte.
„Ja", seufzte God.
Day wiederholte die Bewegung, bis er spürte, dass God sich mit ihm zusammen bewegte. Endlich lag God nachgiebig unter ihm, die Brust auf das weiche Kissen gepresst, die Beine weit gespreizt und sein schönes markantes Gesicht zur Seite gewandt.
Day erhob sich und packte Gods Hüften mit festem Griff. Er hob ihn auf seine Knie, denn er wollte Gods dicken Schwanz bearbeiten, während er ihn vögelte. Day zog sich halb zurück, nur um dann mit etwas mehr Kraft zuzustoßen. Gods Hände griffen hastig umher, auf der Suche nach etwas, an denen er sich festhalten konnte. Day ergriff sie und verschränkte ihre Finger einander, so dass sie fest

verbunden waren. Gods Körper glänzte in der Dunkelheit, das Mondlicht schien durch die durchsichtigen Gardinen und ließ den glänzenden Schweiß auf seinem Rücken glitzern. Dieses Bild würde Day niemals vergessen.
Er fasste nach unten und ergriff Gods Schwanz. Er war nur halb erigiert, aber das würde Day jetzt ändern. Er streichelte ihn im Rhythmus seiner Bewegungen.
„Mhm. Ja-ah, Schatz … das ist gut!", ermutigte ihn God. Sein Körper war bereit, ihn aufzunehmen.
Day ließ seine Hüften vorschnellen und God stieß ein lustvolles Wimmern aus. „Bist du bereit?", fragte Day, seine Kontrolle schwand. Er musste jetzt einfach tiefer und härter eindringen, sonst würde er abspritzen. Sein Mann war verdammt heiß, seine Umklammerung einfach köstlich.
„Ich drehe mich um", antwortete God.
Day zog langsam seinen Schwanz heraus. Als God sich umgedreht hatte, zögerte Day nicht lange. Er drückte God seinen Mund auf die Lippen und schob ihm seine Zunge so tief hinein, wie er es gleich mit seinem Schwanz tun wollte; küsste ihn, als ginge es um sein Leben. Er stöhnte und biss, leckte und knabberte, bis God ihn anflehte, ihn zu vögeln.
„Ich will dich jetzt, Leo."
Day leckte über Gods muskulöse Brust. Dunkle Nippel lockten ihn und sein Schwanz zuckte, als er seine Zunge über die festen Knöpfe wirbelte, bis sie hart wurden.
Er zog einen von Gods Armen nach oben und drückte ihm seine Hand über den Kopf. *Verflucht.* God roch so gut, männlich und stark. Day grub seine Nase in Gods Achsel, rieb seine Wange über die feinen Härchen des Unterarms und leckte auch hier mit flacher Zunge. Noch eine intime und ganz persönliche Stelle, die nur für ihn reserviert war.

God wand sich unter ihm und hielt seinen Hinterkopf mit festem Griff an Ort und Stelle. Day biss und benetzte ihn wild, genoss den reichhaltigen, maskulinen Duft seines Liebhabers. God knurrte und hob seinen anderen Arm. Day verstand und küsste und knabberte an beiden Nippeln, bevor er der anderen Achsel die gleiche Behandlung angedeihen ließ. Verdammt, Gods Duft war ein wahres Aphrodisiakum.

Dann hatte Day genug. Er brachte seinen schmerzenden Schwanz in Position und stieß ihn bis zum Anschlag hinein. Beide schnappten nach Luft, und vor Wonne verdrehte Day die Augen. God ließ seine Beine zu Seite hinab sinken und Day begann, ihn schnell und tief zu stoßen. Seinen Körper hielt er eng an God gedrückt, nur seine Hüften bewegten sich auf und ab. „Scheiße, Cash. Du fühlst sich so verdammt gut an. Drückst mich so verdammt eng ...“, stöhnte Day in Gods Halsbeuge.

God stupste Days Gesicht an, suchte seinen Mund. Day küsste ihn, als wäre es das erste Mal. Er seufzte, als God ihm umarmte, ihn fest an sich zog und seine Hüften nach oben stieß, um ihm entgegen zu kommen. Sie waren zusammen in dieser besonderen Blase, wo nichts anderes auf der Welt mehr existierte, nichts mehr eine Rolle spielte, außer ihnen beiden. Es gab keine Probleme, keinen Stress, keine Vergangenheit und keine Alpträume, nur sie und ihre Liebe. Ihr *Liebemachen.* Sie scheuchten alle Dämonen seines Liebsten direkt zurück in Tiefen der Hölle, wo sie hingehörten.

Day spürte, wie Gods harter Schaft an seinen Bauchmuskeln rieb. Seine Eier zogen sich zusammen und der nahende Orgasmus kitzelte ihn an der Wirbelsäule. Er fasste nach God Schwanz und wichste ihn mit langen, festen Bewegungen. Gleichzeitig hielt er Gods Schulter fest und drückte ihn nach unten, während er sich tief in ihn schob. Fast hatte er den Höhepunkt erreicht, er war bereit zu kommen und seinen Mann zu erfüllen, ihn wieder zusammenzufügen und ganz zu machen.

God stöhnte laut auf, und schon spürte Day den ersten Strahl des warmen Spermas seine Brust treffen. Gods Körper zuckte wild unter ihm, während Day seinen Schwanz bis zum letzten Tropfen pumpte, den God ihm geben konnte. „So ist es gut, Geliebter, komm, komm richtig für mich." God hielt Days Gesicht in den Händen, während beide hinab auf den Punkt ihrer Vereinigung blickten. Gods Schwanz zuckte in Days Faust, und noch mehr perlfarbige Flüssigkeit spritzte heraus und bedeckte seine Hand. Als God fertig war, zog er Day an sich heran und küsste ihn mit unendlicher Hingabe. Er nahm Days Hand von seinem Schwanz, führte sie an seinen Mund und leckte sein Sperma ab.

„Oh mein –" Day wurde das Wort abgeschnitten, als God ihm seine mit Sperma bedeckte Zunge in seinen Mund schob. Er erschauerte, als sein Schwanz in Gods immer noch zuckendem Gang sich wie von selbst rührte. Day begann, sich wieder zu bewegen, wieder Liebe mit God zu machen. God stöhnte in seinen Mund. „Ich liebe dich so unglaublich", flüsterte God zufrieden seufzend.

Days Augen glänzten voller Gefühl. „Ich liebe dich auch." Er keuchte, seine Stirn lag auf Gods Stirn. Lange würde er nicht mehr brauchen. Seine Hüften verloren ihren Rhythmus, als Gods lustvoller, grüner Blick seine Augen gefangen nahm. Da war sie: ihre unzerstörbare Verbindung,

die sie ohne Sprache miteinander kommunizieren ließ, diese faszinierende Fähigkeit, die verwandte Seelen miteinander verband. Still forderte er von Day, tief in ihm zu kommen. Sagte ihm, er sei wieder ein Ganzes. Sagte Day, dass er perfekt sei, es perfekt gemacht hatte.
Day wusste, dass er alles für diesen prachtvollen Mann tun würde; alles tun würde, um das er ihn bat und jedem seiner Worte folgen würde.
Seine Hand lag in Gods Nacken, die andere Hand umgriff Gods Oberschenkel und hielt ihn so weit offen für ihn gespreizt. Day stöhnte leise, aber tief auf: „Ich komme …"
God drückte ihn eng an sich und hielt ihn an seine Brust gepresst. Day stieß noch einmal tief in God hinein, und sein Rücken versteifte sich. Sein Blick verschwamm und er spürte, wie er in Gods Hitze pulsierte. Er wollte sein Sperma in diesem Mann verlieren, wollte, dass es in ihm blieb, auch während sie schliefen… Sein Körper bebte, als er den ersten Strahl Sperma hervorspritzte, er bewegte sich unkontrolliert und schrie, als wäre es das erste Mal. Es war intensiv und machtvoll, es war ein überwältigendes Gefühl, einen Mann wie God zu besteigen. All das schoss Day durch den Kopf, während er seine Essenz tief in God hinein pumpte. Ein paar Mal noch stieß er leicht zu, dann schließlich beruhigte er sich. Er hatte seine Munition komplett verschossen.
Er atmete schwerfällig und keuchend. Zärtlich küsste Day Gods muskulöse Brust. Er fühlte sich wie ein König. Er spürte, dass God empfand, dass er seinen Anspruch auf ihn geltend gemacht hatte, und leicht überrascht stellt er fest, dass er das auch wirklich tat.

Day bewegte sich, und sein jetzt weicher Penis glitt aus God. Der stöhnte noch einmal leise. Als Day sich neben ihn legen wollte, wurde er zurückgehalten. „Noch nicht bereit dafür, dich gehen zu lassen."

„Möchtest du, dass ich dir ein Handtuch hole, um dich zu säubern?", fragte Day träge.

„Nein. Lass es… Lass mich einfach so liegen!", verlangte God, und Day gehorchte.

Kapitel 42
Das zweitbeste Geschenk von allen

Am Samstagnachmittag war Vikki unten in Days Haus, legte letzte Hand an die Dekoration und wies die Caterer für Gods und Days Beförderungs-/Partnerschafts-Feier an. Viele Leute hatten mit angepackt, um zu dem Ereignis etwas beizutragen, denn Day hatte sich geweigert, Geld aus dem Partyfonds der Abteilung anzunehmen. Er blickte aus Genesis' Schlafzimmerfenster und war gründlich beeindruckt, wie sie mit wenigen Mitteln ihren Hinterhof in eine wunderschön dekorierte BBQ Partylocation verwandelt hatten. God und Day waren eher unkompliziert, und in schicker Kleidung umherzuwandern und aufgerüschtes Fingerfood zu verspeisen, war sowieso nicht nach ihrem Geschmack.

God zog Day in seine Arme, küsste seinen Hals und die Schulter, dann arbeitete er sich langsam hoch, bis er an seinem Kinn angelangt war. „Ich bin so in dich verliebt. Du warst letzte Nacht einfach perfekt."

„Ich liebe dich auch, Babe." Day legte seinen Kopf in den Nacken und drängte sich an ihn.

Gods Hände glitten an ihm hinab, packten Days Pobacken und massierten sie, während God in sein Ohr stöhnte.

„Verflucht! Kommt schon Leute, müsst ihr denn alle ständig sexeln?" Genesis stand in der Tür, und bedeckte seine Augen, als sei er geblendet worden.

„Ja!", schnappte Day.

„Ooohh. Werd nicht sauer, Onkel Leo." Genesis reizte Day … wie gewöhnlich. Er liebte es, seinen Onkel Leo zu einer Reaktion zu bringen. Er hatte angefangen, Day und seinen Bruder Jaxson „Onkel“ zu nennen, denn die Jungs benahmen sich, als seien sie verwandt. Jedes Mal, wenn Genesis einen Strafzettel oder die Note „C“ in einem Test bekam oder wenn ihm sonst irgendein Missgeschick passierte, fielen sie über ihn her. Nachdem ihre Mom in ihr neues Appartement umgezogen war, war Genesis bei ihnen eingezogen, und Day liebte es, wie glücklich sein Mann darüber war, endlich Frieden mit sich geschlossen zu haben, nun, da jetzt seine Familie wieder komplett war. Genesis war wie ein großes Kind, kein Tag verging, an dem Day nicht mehr und mehr von God in ihm erkannte. Selbst wenn der große Dummkopf ans College gehen würde, würde hier in ihrem Zuhause immer Platz für ihn sein … besonders, weil er nur anderthalb Stunden entfernt an der Universität von Georgia sein würde und ab Herbst vor Millionen für die Georgia Bulldogs spielen würde.

„Gen, wie oft muss ich dir noch sagen, dass du anklopfen sollst?“ God ging zu seinem Bruder und nahm ihn in den Schwitzkasten.

„Ich habe ja geklopft. Aber ihr beiden habt so laut gestöhnt und geächzt, dass ihr mich nicht gehört habt.“ Genesis lachte und stieß God mit den Ellenbogen in die Seite, damit er ihn losließ. „Ich bin nur heraufgekommen, um euch zu sagen, dass ich meinen Freund Terry auch zur Party eingeladen habe, und ich möchte nicht, dass ihr Jungs ihn grillt und ihm Millionen Fragen stellt. Wir sind kein Paar oder so … wir hängen nur zusammen rum“, tat Genesis lässig.

„Okay, aber du musst dir keine Sorgen darüber machen, dass wir dich blamieren könnten, denn unsere beiden Mütter werden auch hier sein, also schlage ich dir vor, dass du dieses Gespräch eher mit ihnen führst.“ Day lächelte

Genesis an und schnürte seine Schuhe zu. „Meine Mutter denkt, du bist ein Gutmensch-Student, der sich bis zur Hochzeit aufhebt. Sie will nicht sehen, dass wir in Wahrheit mit einem echten Perversen zusammen leben."
Day warf den Kopf in den Nacken und lachte, als Genesis den Kopf schüttelte.
„Gen, geh runter und sag Vikki, dass wir auch gleich kommen. Ich muss noch kurz Day etwas sagen." God schob Genesis in Richtung Tür.
„Oh, ich weiß genau, was du ihm sagen willst, und ich glaube, es hört sich an wie ‚Oh, ja! Genau so, Schatz! Hör nicht auf!'" Genesis schrie in einer wahren Spottekstase und lief vor God weg, der ihn bis in den Flur jagte. Genesis lange Beine nahmen die Stufen hinab viermal so schnell, als er versuchte, seinem Bruder zu entkommen.
„Ich krieg dich schon noch, kleiner Scheißer. Schlaf bloß nicht ein, bevor ich es tue!", rief God die Treppe hinab.
Day lachte seinen Liebsten an, als er zurück ins Zimmer kam. „Ich habe dir ja gesagt, du sollst leiser sein, wenn wir vögeln, Babe." Er feixte.
God sah Day an, als wolle er ihn verschlingen. „Ich kann es nicht ändern, wenn du mich zum Schreien bringst, Lieber."
„Er ist gut darin!", kam eine sexy Stimme vom Flur.
God und Day wandten sich um und erblickten ihre Freunde.
„Was macht ihr denn hier oben, Leute?" God lächelte und ging zu ihnen hinüber, um sie zu begrüßen. Er küsste beide auf den Mund, bei Johnson verweilte er ein bisschen länger, wie er es immer tat.

Ronowski schlich in den Raum und stellte sich hinter Day. Er küsste ihm den Nacken, und Day drehte sich herum und küsste ihn schnell zurück. „Du siehst gut aus, Kleiner!"
„Du aber auch!" Ronowski lächelte ihn an und tätschelte ihm das Gesicht.
Day musste zugeben, dass sie für ihre Party sehr gut aussahen. God trug khakifarbene Cargoshorts und ein einfaches weißes T-Shirt mit V-Ausschnitt. Seine braunen Timberlandstiefel ließen ihn wie einen Raufbold aussehen. Day selbst trug schwarze Shorts und ein Hemd mit schwarzweißem Kragen. Sicherheitshalber hatten sie Vikki gesagt, dass alle in Freizeitkleidung kommen sollten, ganz wie bei einem normalen BBQ. Dies war eine informelle Party.
„Ro möchte wissen, ob ihr heute Nacht Lust auf Gesellschaft habt!", nahm Johnson kein Blatt vor den Mund.
God griff nach Johnsons großem Bizeps und zog ihn mit Schwung an sich, knallte ihn gegen seine steinharte Brust. „Warum? Bist du bereit dazu, dich von mir ficken zu lassen, Johnson?" Er saugte an Johnsons Hals, hörte aber auf, bevor er einen Knutschfleck hinterlassen konnte.
„Vielleicht bin ich das!" Johnson knurrte leise und drückte God mit Schwung nach hinten, bis ihre Körper so laut gegen die Wand krachten, dass die Bilder wackelten. Endlich schubste Johnson Gods massigen Körper von sich fort.
„Heilige Scheiße." Day keuchte und drückte seinen anschwellenden Schwanz. „Ich würde eindeutig zuschauen, wenn ihr zwei großen Scheißkerle richtig loslegt." Sie wussten beide, wo die Grenzen lagen, wenn sie mit Johnson und Ro spielten. Es gab eine stillschweigende Übereinkunft. Keiner würde God dominieren. Das würde

immer etwas Heiliges und Besonderes nur für seinen einzigen und wahren Partner sein.

„Das hört sich für mich nach einem ‚Ja' an! Wir haben unsere Taschen im Auto. Und wir müssen alle erst am Dienstag wieder arbeiten!", frohlockte Ronowski. Er scheute sich nicht mehr, offen zu zeigen, dass er schwul und verliebt war. Alle vier waren noch ein paar Mal nach ihrem ersten Spieleabend zusammen gewesen, und jedes Mal wurde es besser. Am Ende lagen Day und Ronowski halb ohnmächtig im Pool und God und Johnson ruhten im Bett aus und sahen Arm in Arm den Sportkanal.

Ronowski sprang hoch in Days Arme und verhakte die Beine hinter seinem Rücken. Er beugte sich vor und leckte Days Lippen. „Bis heute Abend, Hübscher."

Day ließ sich von ihm mit Leidenschaft küssen. Dann ließ sich der schöne Mann hinabfallen und ging zurück in die Arme seines eigenen Mannes.

„Lasst uns erst Gen loswerden. Ich bin mir sicher, dass er heute Abend sowieso bei Terry übernachten wird", sagte God, während er beide umarmte. Er schickte sie nach unten und fügte hinzu, dass Day und er auch gleich unten sein würden.

Als sie gegangen waren, schloss God die Tür und drehte den Schlüssel um. So würde es keine Unterbrechungen mehr geben.

„Ich habe ein kleines Geschenk für dich, Schatz, und ich möchte es dir vor der Party geben", sagte God und zog eine eingepackte Schachtel unter dem Bett hervor.

Day lächelte ihn an, drehte sich um und ging zum Wandschrank. Dann kam er mit einer edlen Schachtel zurück. „Ich habe auch etwas für dich." Day legte die Schachtel neben God aufs Bett. Sie lächelten sich an, immer noch erstaunt darüber, wie ähnlich sie dachten. Irgendwie hatten sich beide überlegt, es wäre schön, dem anderen ein Geschenk zu machen, das sie an ihren fünften Jahrestag erinnerte.

„Mach meins zuerst auf!" Day strahlte ihn an.

God drehte sich zum Päckchen um und zog das dünne, schwarzsilberne Papier ab. Er runzelte die Stirn, als er sah, dass es eine Kiste mit Verschlüssen war, die man hochklappen musste, um sie zu öffnen. God blickte mit leicht gereizter Neugier zu Day auf und öffnete dann den Deckel der glänzenden Holzkiste.

„Das glaube ich nicht!" God fielen fast die Augen aus dem Kopf. „Die sind unglaublich schön … und so teuer. Schatz, was hast du getan?" God streichelte zärtlich Days Wange. Vorsichtig hob er eine der identischen, maßgearbeiteten .50 Kaliber Desert Eagles aus dem Filzgehäuse. God blickte überwältigt auf die chromglänzenden Waffen, die mit 24K Goldeinlagen akzentuiert waren. Die speziell angefertigten Griffe aus schwarzem Walnussholz waren mit einem eingeätzten Löwenkopf verziert.

God sah sich die Waffe genauer an und las die Inschrift auf dem glänzenden Lauf: in schöner Kursivschrift stand dort: *In God We Trust.*

God sah Day an, und Day konnte deutlich sehen, hören und fühlen, wie groß die Bewunderung seines Geliebten für dieses Geschenk war. Diese Waffen waren ein würdiges Geschenk für den Mann vor ihm. Day schalt sich nur ein wenig selbstsüchtig dafür, dass er dieses spezielle Geschenk für seinen Partner ausgewählt hatte, denn er selbst würde jedes Mal die größte Befriedigung daraus ziehen, wenn God sich diese prachtvollen Waffen direkt an den Körper schnallen würde.

„Komm her, Leo!“ Gods rauhe Stimme unterbrach seine unartigen Gedanken.

God saß auf dem Bett und zog Day zu sich zwischen seine Beine. „Bevor wir nach unten gehen und unsere Partnerschaft mit unseren Freunden und Familien feiern, möchte ich dir sagen, dass ich dich mehr liebe, als ich es je für möglich gehalten hätte. Bevor du mein Partner wurdest, war ich nur eine leere Hülle, die durch das Leben wanderte, und habe einfach nur existiert. Ich habe geglaubt, ich sei niemand Besonderes … aber du hast geglaubt, dass ich jemand bin, der deiner Liebe würdig ist. Du hast mir einen Sinn gegeben, Schatz, einen Grund zu leben. Du hast mich gerettet, und dafür werde ich dich – und nur dich –immer lieben.“ God beugte sich vor und küsste ihn sanft. „Das ist für dich!“ Er hielt ihm die Schachtel hin.

Day riss schnell das glänzende grüne Papier fort und hob den Deckel der samtenen Schachtel. „Oh mein Gott!“ Seine Hand wanderte zu seinem Mund, während er ungläubig in die Schachtel starrte. Er runzelte die Stirn und sah God an. „Wie zur Hölle hast du das gefunden? Wo hast … Wie hast du …?“ Ihm fehlten die Worte. Er nahm das Album vorsichtig heraus, als sei es ein Neugeborenes, frisch aus dem Mutterleib.

„Eine erste Originalpressung von Coltranes *Giant Steps*“, flüsterte Day bewundernd und inspizierte den Zustand des Covers. Tränen traten ihm in die Augen, als er die Songtitel auf der Rückseite las, und sich an jede einzelne weiche Note erinnerte. „Ich habe überall danach gesucht. So viele Jahre lang. Ich schwöre … ich erinnere mich nicht daran, dir davon erzählt zu haben. Jesus." Er sah God an, dieses rätselhafte Wunder, das sein Lebenspartner war. „Mein Vater hat diese Platte immer für meine Mom aufgelegt und tanzte dann mit ihr durch das Wohnzimmer." Days Stimme verriet seine Gefühle. Er drückte die hervorragend erhaltene Platte nah an seine Brust und schloss bei der aufkommenden Erinnerung die Augen. „Alle seine Alben wurden vom Feuer vernichtet. Ich habe es geschafft, jedes einzelne, das er verloren hat, wieder zu beschaffen … bis auf dieses. Ich habe mir dieses Album so sehr gewünscht." Er lächelte unter Tränen in Gedenken an seinen Vater. „Sie konnte nie lange mit ihm böse sein, wenn er diese Platte gespielt hat. Er hat sie so sehr geliebt, bis zu dem Tag, an dem er starb, Baby."

God zog Day an sich und hielt ihn fest, ließ Day alle Gefühle ausleben, die er in diesem Moment hatte, und nahm sie in sich mit auf. „Und ich werde dich auch für immer lieben, Schatz." God ließ ihn los, nahm vorsichtig das Cover aus Days Fingerspitzen und zog das kostbare Vinyl heraus. Er ging zu Days Schallplattenspieler, legte die Platte auf den Drehteller und ließ langsam die Nadel auf den äußersten Rand absinken.

Beim ersten melodischen Knistern, das die Nadel auf der Platte erzeugte, fasste Day an sein Herz. Erinnerungen an seinen Vater, der seine Mutter im Wohnzimmer herumwirbelte, fluteten seine Seele. Er konnte hören, wie sein Vater seiner Mom mit tiefer Stimme und vollkommen falsch ins Ohr sang, während sie ihren Kopf in den Nacken warf und glücklich in seinen Armen lachte.

Endlich hatte Day seine Liebe fürs Leben gefunden. Seinen Partner in allen nur vorstellbaren Bereichen. Er blickte in

Gods seelenvolle Augen und flüsterte ihm atemlos zu: „Tanz mit mir!“

Leseprobe
James Buchanan
Der ehrenwerte Dieb

Carol wand sich aus der Umarmung ihres Bruders. „Meine Arbeit hier ist getan. Du hast jemanden zum Reden. Ciao, Jungs." Mit erhobenem Finger entschwand sie. „Benutzt ein Kondom."
Nate kaute auf seiner Wange. Scham gepaart mit offensichtlichem Interesse ließ den Zug um sein Kinn hart werden. Seine Ohren hatten sich kaum merklich gerötet.
Caesar nutzte die Gelegenheit, um Nate gründlicher in Augenschein zu nehmen. Alles an ihm wirkte fest, nicht nur sein Hintern. Er war muskulös, massiv, wenn auch nicht wie jemand, der im Fitnessstudio verzweifelt für eine Bodybuilder-Meisterschaft trainierte, sondern eher wie ein Arbeiter, ausgestattet mit breiten Schultern und Armmuskeln.
Es war der Körper eines Mannes, der eher deshalb an sich arbeitete, weil er in seinem Job hin und wieder grob werden musste. Dort, wo der V-Ausschnitt seines Hemdes seine Brust entblößte, trat ein wenig weiches Haar zum Vorschein.
Verflucht! Blond, grüne Augen, muskulös und mit Brustbehaarung. Caesar war kurz davor, in seiner Jeans zu explodieren.
Endlich brummte Nate: „Ich werde sie umbringen." Sein Grollen war verdammt sexy.
„Wirklich?" Caesar setzte sein bestes Flirtlächeln auf. „Ich dachte eher daran, ihr eine Schachtel Pralinen und ein paar Rosen zu schicken."

Noch mehr Röte schlich sich von Nates Kragen herauf. Er war einfach zum Anbeißen.
Auch wenn er es jederzeit geleugnet hätte, war Caesar fast genauso verzweifelt, wie Carol ihren Bruder beschrieben hatte. Längere Beziehungen waren in Anbetracht der Tatsache, womit er sein Geld verdiente, völlig ausgeschlossen. Jemanden zu finden, dem die Sache mit den Einbrüchen nichts ausmachte …
Bisher war er nicht einmal in die Nähe dieser Unterhaltung gekommen. Alles, was über drei Dates hinausging, war für ihn gleichbedeutend mit einer langfristigen Beziehung. Spätestens wenn ein Mann „Wovon lebst du eigentlich?" fragte, war die Sache gelaufen. Aber ein, zwei Dates mit Nate waren machbar ...
„Meine Schwester mischt sich zu sehr in mein Leben ein." Nate verlagerte das Gewicht. Wenn Caesar hätte raten müssen, hätte er gesagt, dass Nate ihn ebenfalls musterte.
„Und ist das heute Abend so schlimm?"
Caesar wusste, was er zu bieten hatte. Er war nicht so muskulös wie Nate, aber durchaus fit. Und selbst die locker sitzenden Jeans gewährten noch einen guten Vorgeschmack auf sein Angebot, nicht zuletzt dank der Richtung, in die seine Gedanken vorhin abgedriftet waren.
Vermutlich war er ein bisschen eitel, aber genug Männer hatten ihm bestätigt, dass er ein guter Fang war. An ein Date zu kommen, war bisher nie ein Problem gewesen. Er musste Nate nur ein wenig aus der Reserve locken, damit er an den Jackpot kam.
„Vielleicht sollten wir uns eine ruhige Ecke suchen, damit wir uns unterhalten können." Er trat näher, so nah, dass sie sich beinahe berührten.
„Reden?" Nate verlagerte das Gewicht erneut, dieses Mal so, dass sich ihre Hüften trafen.
„Oder wir können rummachen, ist mir beides recht." Wäre er nicht angetrunken gewesen, wäre ihm das ganz sicher

nicht herausgerutscht. Vorsicht war das oberste Gebot eines professionellen Einbrechers. Doch vielleicht konnte er heute Abend ausnahmsweise ein wenig lockerlassen. Alternativ könnte er das Trinken einstellen, nach Nates Nummer fragen und warten, bis er wieder nüchtern war.
„Es gibt eine …“ Nates Zunge strich über seine Zähne. Dann schluckte er. „Außerhalb des Gästezimmers gibt es eine Veranda, die ziemlich privat ist. Da könnten wir reden.“
Scheiß auf später, jetzt war gut. „Dann geh mal vor.“

Kapitel 2

Sie redeten nicht, kein bisschen.
Nate schlüpfte durch die Tür, Caesar legte ihm die Hand an den Hintern, und Nates Zurückhaltung verschwand. Er packte Caesar und zog ihn in einen harten, ungestümen Kuss.
Vielleicht, überlegte Caesar, mochte Nate bloß keine öffentlichen Szenen. Egal. Die Art, wie sich Nates Zunge in seinem Mund bewegte, trieb ihn in den Wahnsinn. Abgelenkt von Zungen, Lippen und unangemessenen öffentlichen Berührungen verlor Caesar sich im Moment. Zumindest, bis jemand zum Rauchen nach draußen kam und rief: „Verdammt, sucht euch ein Zimmer!“
Sie brachten polternd eine Entschuldigung hervor, dann schlug Nate vor, die Sache in seine Wohnung zu verlagern. Im Auto schickte Caesar Angel eine SMS, dass er ihn morgen treffen würde, während er sich auf dem Beifahrersitz von Nates altem Taurus wand. Wie der Kerl es schaffte, ihn zu befummeln und gleichzeitig noch Auto zu fahren, war für Caesar in seiner aktuellen Lage unbegreiflich.

Unser Programm auf www.deadsoft.de